A

MADELEINE GRAY

Ein klarer Fall von Schicksal

Roman

Aus dem Englischen
von Hanna Hesse

Hoffmann und Campe

Die Originalausgabe erschien 2023 unter dem Titel
Green Dot bei Allen Unwin.

*Atlantik ist ein Imprint des
Hoffmann und Campe Verlags, Hamburg.*

1. Auflage 2024

www.hoffmann-und-campe.de
Umschlaggestaltung: Vivian Bencs © Hoffmann und Campe
Satz: Pinkuin Satz und Datentechnik, Berlin
Gesetzt aus der Adobe Garamond Pro
Druck und Bindung: GGP Media GmbH, Pößneck
Printed in Germany
ISBN 978-3-455-01668-0

HOFFMANN
UND CAMPE

Ein Unternehmen der
GANSKE VERLAGSGRUPPE

Für die »*workers in song*«.

Ich verliebe mich gerade und weiß nicht, was ich tun soll
Werft mich in eine Schubkarre voller Geister
und zündet mich an

Hera Lindsay Bird, »Monica«

Mit Mitte zwanzig war ich einige Jahre lang sehr in einen Mann verliebt, der seine Frau nicht verlassen wollte. Ich hatte in dieser Beziehung immer jede nur erdenkliche popkulturelle Darstellung einer solchen Verbindung vor Augen und wusste, welches Schicksal man mir dort voraussagte.

Da ich gut in Schule und Studium gewesen war, aber seither wenig Gelegenheit gefunden hatte, mich zu beweisen, war ich möglicherweise deshalb von dieser Beziehung so besessen, weil es mir eigentlich um den Glauben an mich selbst ging – daran, dass ich einen Mann dazu kriegen würde, mich so sehr zu lieben, dass er das, was er schon immer gekannt hatte, seine ganzen sogenannten Verpflichtungen, hinter sich lassen würde, schlicht und ergreifend, um für immer meine Gesellschaft genießen zu können. Denn ich hatte nun mal nur mich anzubieten. Ich war nicht reich, ich hatte kein Vermögen und war nicht gut vernetzt. Ich hatte keine Kinder und war im Grunde auch sonst an nichts gebunden. Er hingegen besaß das alles – er hatte es sich in seinem Leben schon so richtig gemütlich gemacht. Er war ein Mann mittleren Alters! Ich konnte von der Stabilität, die er ausstrahlte, nicht genug bekommen. In seinen Cargo-Shorts und seiner Kassengestell-Sonnenbrille lag ein Versprechen von Alltagsglück, das mich dahinschmelzen ließ. Ich war hin und weg davon, wie er in einem Hochleistungsjob bestehen und gleichzeitig die nervöse Schüchternheit eines Menschen an den Tag legen konnte, der in der Grundschule gemobbt worden war und inzwischen wusste, dass Zurückhaltung als liebenswerte Charaktereigenschaft gilt. Mein Gott, ich wollte ihn wirklich. Und ich wusste, wenn ich mich nur genug anstrengte, lange genug wartete, genug Verständnis zeigte, freundlich genug, lustig genug, geil genug, entgegenkommend genug wäre, würde ich ihn haben können. Und dann hätte ich ein Leben, das keine Entscheidungen mehr von mir fordern würde. Ich würde mich mit ihm so richtig gemütlich in seinem Leben einrichten. Kein Kopfzerbrechen mehr darüber, was ich tun oder wen ich treffen oder wie ich meine Abende verbringen sollte. Ich wäre die Seine, und das würde reichen, und ich würde zur Ruhe kommen.

Erster Teil

In der Highschool überlegten meine Mitschülerinnen gern, was ihr Traumjob wäre und welchen Abschluss sie bräuchten, um diesen Traumjob zu bekommen. In unserem letzten Schuljahr saßen wir in der Mittagspause häufig draußen auf der Terrasse, Mädchen aus unterschiedlichen sozialen Schichten und auf unterschiedlichen Hierarchieebenen, Mädchen mit unterschiedlich langen Röcken, alle vereint darin, diesen unklaren hypothetischen Zeitabschnitt namens »nach der Schule« fassbarer zu machen. Da ich eine der Besten unseres Jahrgangs war, landete der Ball unweigerlich bei mir. Es wurde erwartet, dass ich einen tollen Beruf nennen würde, der sehr gute Schulnoten und einen hochrangigen Uni-Abschluss verlangte, und dann würde man nicken, weil das, was ich sagte, Sinn ergäbe.

Ich war zwar schlau, aber das große Einmaleins hatte ich nie auswendig gelernt, und auch sonst war ich keine Frau der Zahlen. Also blieb mir nur Anwältin, Journalistin oder Wissenschaftlerin. Anwältin: Kohle. Journalistin: spannend. Wissenschaftlerin: Ruhm und Ehre. Ich wusste, ich müsste einfach nur einen dieser Berufe nennen, und die Unterhaltung würde weitergehen: die Außenverteidigerin, die einen sauberen Pass zur Mittelfeldspielerin reingibt.

Aber es gelang mir nicht. Ich täuschte an, gab den Ball

aber nicht ab. (So was machte ich in letzter Zeit ständig.) Mit herablassend monotoner Stimme sagte ich: »Ich will eigentlich gar nichts machen außer lernen oder lesen oder so, weil – alles andere ist irgendwie voll sinnlos. Wenn ich morgens im Bus die Leute auf dem Weg zur Schule oder zur Arbeit sehe – die wirken total depri.«

Meine Freundin Soph saß mit mir auf der Terrasse, und ich suchte bei ihr nach Unterstützung. Sie machte ein aufmunterndes Gesicht. Ich deutete das als Aufforderung, weiterzumachen, tiefer in die Sache einzusteigen.

Wenn ich nervös bin, habe ich die Angewohnheit, mich am Hals zu kratzen. Das soll meinen Worten was Beiläufiges geben und so was wie coole Nachlässigkeit demonstrieren. Logisch, dass ich das auch jetzt tat. Alle Augen waren auf mich gerichtet. Ich war mir meines Körpers, meiner Haltung sehr bewusst – einer Haltung, die, so kriege ich immer wieder zu hören, abweisend wirkt. Als würde ich mich einigeln. Aber ist eine abweisende Haltung nicht letztlich ein stummer Schrei nach Hilfe? Ich war mir sicher, dass man mir früher oder später auf die Schliche kommen würde. Denn schließlich dienten meine ach so coolen Worte nur dazu, von meinen zitternden Händen abzulenken – und von meinen Oberschenkeln, die beim Gehen aneinanderrieben, da konnte ich noch so wenig essen, noch so viel Sport treiben.

Außerhalb der Schulmauern hatte ich Mühe, mich zu behaupten. Meine Probleme im Umgang mit dem anderen Geschlecht versetzten meinem Ego da draußen in der Welt regelmäßig einen gehörigen Dämpfer. Aber innerhalb der Schulmauern, wenn ich mit Worten und mit

Mädchen zu tun hatte, war ich für gewöhnlich obenauf und ließ alle nach meiner Pfeife tanzen.

Zu diesem Zeitpunkt hatte ich das Publikum noch nicht verloren. Ich konnte sehen, wie die anderen an ihre eigenen morgendlichen Schulwege dachten, ich konnte sehen, wie sie sich die bedrückten Gesichter der traurigen Gestalten, die in Bleistiftröcken und Turnschuhen zum Bus sprinteten, vor Augen führten. Aber eine der Internatsschülerinnen, entnervt, so etwas Einfaches auch noch erklären zu müssen, krähte: »Also, mein Dad sagt, wenn man seinen Beruf liebt, wird man die Arbeit niemals als Arbeit empfinden.«

Zustimmendes Gemurmel im Chor der Internatsschülerinnen.

Ich wusste, dass ich jetzt gemein werden würde, ich konnte mich einfach nicht zurückhalten. Die Aussicht auf einen Gegentreffer war zu verlockend.

»Was macht dein Vater denn?«

»Er ist Landwirt.« Verschränkte Arme vor Polyesterkaro, der Rücken gegen die Beine einer Bank gelehnt, klar abgestecktes Territorium.

Ich blickte zwecks Rückversicherung zu Soph, wollte ihr Okay haben, weiterzumachen, vom Leder zu ziehen. Ihr Blick war undurchdringlich. Ganz offensichtlich hatte sie beschlossen, einfach nur dazusitzen und zu verfolgen, wie das Unheil seinen Lauf nahm. Im Gegensatz zu mir wusste Soph, wann Schluss war.

Noch gab es die Möglichkeit, kein Arsch zu sein, doch ich machte weiter.

»Okay, dann ist dein Dad leider entweder ein Idiot oder

ein Lügner. Ziemlich ätzend für dich.« Und dann verzog ich das Gesicht zu einer lustigen Grimasse, um deutlich zu machen, dass es mir keine Freude bereitete, ihr diese schlechte Nachricht überbringen zu müssen, aber irgendwer musste es ja tun.

Wie man sich vorstellen kann, kam das nicht sonderlich gut an. Einige beliebte Mädchen lachten kurz auf, aber die meisten schwiegen, denn auch wenn das, was ich gesagt hatte, lustig war, war es trotzdem nicht okay, ein Arsch zu sein. Das wusste ich. Ich hatte schon meine Erfahrungen damit gemacht. Aber mein Ärger darüber, einer geregelten Arbeit nachgehen zu müssen, musste wohl kurzzeitig meinen sozialen Selbsterhaltungstrieb verdrängt haben. Oder, das trifft es vielleicht eher: Ich hatte die Gelegenheit gehabt zu widerlegen, zu verletzen, zu verwirren und sie beim Schopfe ergriffen, weil ich wütend auf die Welt war und nicht wusste, an wem ich meinen Ärger auslassen sollte, wenn nicht an Menschen, die in ihrem Leben anscheinend zufriedener waren als ich.

Die Internatsschülerin war aufgebracht. Ich konnte sehen, dass ich ihre Gefühle verletzt hatte. Soph sah mich liebevoll und mitleidig zugleich an. So deutete ich jedenfalls ihren Blick. Sie schien zu denken: *Ach, Hera, wann wirst du es jemals lernen?*

Ich versuchte halbherzig, mich bei der Internatsschülerin zu entschuldigen, hatte aber den Begriff »systemisch« noch nicht internalisiert, und so fehlte meiner Entschuldigungs-Erklärung die rhetorische Überzeugungskraft, die mir einige Jahre später zu Gebote gestanden hätte. Genauer: Ich wusste zwar, was Selbsthass, aber nicht, was

Demut war. Und so sagte ich eigentlich nur, dass es mir leidtat, recht zu haben.

Sofort bereute ich, was ich gesagt hatte, aber es war zu spät, es zurückzunehmen. Die Schulglocke klingelte, noch bevor die Unterhaltung in eine neue Runde gehen konnte. Wir mussten dem Signal gehorchen, das so unerbittlich unseren Tagesablauf strukturierte, mussten unseren Spinden zustreben, unaufhaltsam wie Sushi-Gerichte auf einem Laufband, um Ordner und Mappen für die fünfte und sechste Stunde zu holen. Die Internatsschülerin weinte lautlos vor sich hin, als sie an mir vorbeiging, und ihre Internatsfreundinnen funkelten mich wütend an. Ich senkte meinen Blick, denn die Selbstsicherheit, mit der ich meine Attacke geführt hatte, war verflogen. Aber die Szene sollte wenigstens anständig zum Abschluss gebracht werden, deswegen blieb ich sitzen, bis alle von der Bühne abgegangen waren.

Am Nachmittag hörte ich im Vorbeigehen, wie meine Lieblingsgeschichtslehrerin im Lehrerzimmer einer jungen Vertretung eine gar nicht mal so inakkurate Version unseres Schlagabtauschs präsentierte, aber statt ablehnend oder ernst zu reagieren, gackerten beide los, deswegen fiel es mir schwer, ein angemessen schlechtes Gewissen zu bewahren. Am Ende des Tages hatte sich meine grausame Attacke in eine lustige Anekdote verwandelt, die ich meinen Freunden erzählte. Nur Soph stimmte nicht in das allgemeine Gelächter mit ein, und ich fragte mich, was sie eigentlich in mir sah. Ich wollte so gesehen werden, wie ich war, und fürchtete zugleich, von ihr durchschaut zu werden.

Als Teenager habe ich gedacht, dass es in meinem Leben später sehr viel interessantere Zimmer geben würde als das Lehrerzimmer zur Mittagspause, aber bisher hat sich das nicht bewahrheitet. Jeder einzelne Lehrer, jede einzelne Lehrerin, selbst die Vertretungen mussten irgendeine Form von Leben gehabt haben, bevor sie hier aufschlugen. Und trotzdem hatten sie alle beschlossen, dass sie in genau diesem Zimmer landen wollten. Ich wollte meine Lehrer damals nicht nur beeindrucken. Ich hätte gern mehr über sie gewusst. Wer innerhalb des Lehrkörpers mit wem konnte und welche Schülerinnen keiner von ihnen mochte. Ich wollte Zugriff auf alle Schulhofanekdoten aus der Perspektive derjenigen haben, deren Sozialleben nicht von diesen Anekdoten abhing. Ich wollte wissen, warum Mrs Vale von Irland hierhergezogen war und warum sie immer so traurig dreinblickte, wenn sie unsere allgemeine Leistungsbewertung wie einen passivaggressiven Rorschachtest aufs Whiteboard kritzelte. Ich wollte wissen, warum Mr Simmons so verrückt nach e e cummings war – wer hatte ihn verletzt? Ich wollte, dass sie mir alle geradeheraus sagten, was sie von der Welt da draußen hielten und ob sie es empfehlen würden, sie jemals zu betreten.

Damals war es schwierig, anderen verständlich zu machen, dass ich es tatsächlich ernst meinte, keine Karriereabsichten zu haben. Ich wollte keinen Beruf ergreifen. Natürlich würden wir alle Geld brauchen, wenn wir nach der Schule irgendetwas essen und irgendwo wohnen wollten, schon klar. Und für die meisten von uns würde das bedeuten, *irgendetwas* für *irgendwelche* Unternehmen zu tun oder wie auch immer die Arbeitswelt eigentlich funktionierte. Performance? Targets? Wo sehen Sie sich in zwei Jahren …? Warum redeten wir so? Als ginge es nicht nur ums Geldverdienen, sondern als würden wir uns geradezu danach sehnen, auf unbestimmte Zeit den Großteil unseres Tages etwas zu tun, das sehr wenig mit unserem eigenen Wachstum, unserer eigenen Bildung zu tun hatte – einer Bildung, die uns von unseren Lehrern und Eltern bisher doch als so superwichtig angepriesen worden war? Warum sollte auch nur irgendwer davon träumen, einen Job zu haben? Ich hatte das Gefühl, die Welt wollte mir einen Streich spielen. Ich hatte das Gefühl, die Zielscheibe eines Witzes zu sein, den ich nicht verstand.

Ich bin mir durchaus bewusst, dass manche von uns eine furchtbare Schulzeit haben, und die Aussicht, das Leben nach den eigenen Regeln gestalten zu können, ist in einem solchen Fall sehr vielversprechend. Aber ich muss gestehen, mich von Schuluniformen und Stundenplänen und einem Schultor, dass ab Viertel vor neun allen Nachzüglern den Einlass verwehrte, alles andere als eingeengt gefühlt zu haben. Ich fühlte mich auf dieser kleinen Insel der Seligen sehr wohl. Hier bestand unsere einzige Verpflichtung darin, uns zu bilden. Natürlich war das System so aufgebaut, dass unser Wissen über Sparta sich am Ende in eine Abschlussnote verwandeln würde, die uns wiederum Zugang zu einem vielversprechenden Uni-Abschluss verschaffte. Aber im Hier und Jetzt, wenn wir uns diesen Teil unseres Lebens mal ganz abstrakt anschauten, ging es einzig und allein um die Phalanx der Hopliten, die sozioökonomischen Schichten in der Antike, um Metaphern in der australischen Lyrik und um den Zusammenhang zwischen den verschlüsselten Siglen bei Anselm Kiefer und der deutschen Kollektivschuld. Wir waren eine Mädchenschule: Kein Junge konnte uns von unseren seltsamen Vorlieben und Eigenarten ablenken. Wir waren eine Mädchenschule: Wir waren verrückt und genial.

Zur Bestürzung meiner Tutorin, die sich damit brüstete, jeder Schülerin mittels fünf Fragen zu ihren Interessen klipp und klar sagen zu können, welcher »Traumberuf« zu ihr passte, strengte ich mich in der Schule an, weil es mir Spaß machte zu lernen und weil die Schule für mich der ideale Ort für intellektuelle Leistungsschauen und Konkurrenzkämpfe war, bei denen ich herausfinden konnte, wo ich stand. Ich wollte meine eigene Annahme bestätigt sehen, jede Mitschülerin schlagen zu können, wenn ich mich nur ernsthaft dazu entschloss. Ich wollte klare Beweise dafür, dass ich nicht wie die anderen war und dass spätere finanzielle oder berufliche Misserfolge kein Zeugnis meiner Unfähigkeit wären, sondern Ausdruck dessen, dass ich mich dazu entschieden hatte, nicht Teil eines Systems zu werden, das eine berufliche Karriere als Belohnung verstand.

Andere hätten Geld, aber ich die Musik in meinem Leben oder irgendwas in der Richtung.

Schaffte ich es, in der Highschool alle Gleichaltrigen zu schlagen, dachte ich mir, würde ich, wenn im Laufe der Jahre unsere Einkommensunterschiede immer größer würden oder die anderen vielleicht glücklich und zufrieden wären und ich nicht, immerhin Trost darin finden, dass ich um meine intellektuelle Überlegenheit wusste. Genauso wie beim Tennis (oder eigentlich jedem Spiel, das ich als Kind spielte), wenn ich zwar verloren hatte, aber nur deswegen, weil ich mich nicht ordentlich ins Zeug gelegt hatte.

Als jemand, der weder Geld noch ein Spotify-Abo sein Eigen nennt, während er diese Zeilen schreibt, würde ich – wäre ich jetzt gemein oder wenigstens pragmatisch veranlagt – meinem siebzehnjährigen Ich wohl die Warnung mit auf den Weg geben, dass einem eine solche Logik weder Reichtum noch Musik beschert. Aber ich bin nicht gemein, und pragmatisch veranlagt bin ich auch nicht, und mein siebzehnjähriges Ich wird das alles schon noch früh genug herausfinden, mit oder ohne meine Hilfe. Es wäre vielleicht auch nicht schlecht, ihm zu sagen, dass es in »Dance Me to the End of Love« um den Holocaust geht und man das Lied deswegen lieber nicht auf irgendwelchen Partys den Jungs als verführerische Anmache vorsingen sollte.

Aber lassen wir das. Das Mädel wird es schon noch kapieren.

Als ich meinen verheirateten Mann zum ersten Mal treffe, habe ich noch nichts kapiert. Ich habe bereits einiges an Leid erfahren und bin planlos und ausgelaugt, obwohl erst Mitte zwanzig, was für die meisten Menschen sehr jung ist, aber nicht für diejenigen, die Mitte zwanzig sind. Ich fühle mich, als hätte ich schon wahnsinnig lang gelebt, und die Aussicht, bis zu meinem Tod weiterleben zu müssen, geht über meine Kräfte. Ich wohne in Sydney, meiner Geburtsstadt, und lebe bei meinem Vater, weil ich wegen der Entscheidungen, die ich bisher getroffen habe, über keine eigene Kohle verfüge. In den Jahren seit meinem Schulabschluss habe ich mit Händen und Füßen versucht, einen Lebensstil zu entwickeln, der zu mir passt, den man hegen und pflegen und ausbauen könnte. Ich habe jemanden geliebt, aber nicht genug, um für immer mit ihr zusammenbleiben zu wollen, und sie verdient mehr als das und ich auch. Ich bin in verschiedene Städte gegangen und habe verschiedene Abschlüsse gemacht. Aber jetzt, wo ich sie habe, weiß ich nicht, was sie sonst noch sein sollen außer – Abschlüssen, Urkunden auf Papier. Meine Abschlüsse sind die Jahre der Freiheit, ohne Erwerbsarbeit, die ich mir mit Geld in Form von Darlehen erkauft habe. Leider kann man nur eine begrenzte Zahl von Abschlüssen machen, bevor es den Mitmenschen auffällt, dass man weniger ein Faible für bestimmte Studienfächer hat als vielmehr dafür, nicht arbeiten zu müssen. *Eine* Doktorarbeit kann man schreiben, aber bei einer zweiten fangen die Leute an, sich zu fragen, was los ist.

Nach einem weiteren Tag, den ich damit verbringe, vierundzwanzig Jahre alt zu sein und bei meinem Vater zu wohnen und seine Platten zu hören und mich zu fragen, wann er von der Arbeit zurückkommt, weil ich mich darauf freue, mit ihm zu reden, beschließe ich, die unsterbliche Frage der Smiths zu beantworten: *soon* ist tatsächlich *now*. Ich muss mir im Internet einen Job suchen und diesen Job dann auch machen und dann ein »Leben beginnen«. Ich wüsste nicht, wie ich es noch länger hinauszögern sollte, und Morrisseys eindringlich schleppender Gesang geht mir inzwischen auch auf die Nerven. Unser Hund Jude, für den ich in Dads Abwesenheit als stellvertretende Rudelführerin fungiere, folgt mir vom Wohnzimmer in Dads Arbeitszimmer. Mit meinem Laptop setze ich mich an Dads Schreibtisch. Jude legt seine Schnauze auf meine Füße.

Leuten, die das Glück hatten, niemals Jobbörsen im Internet durchforsten zu müssen, kann man nur schwer verständlich machen, wie niederschmetternd eine solche Erfahrung ist. Stellt euch vor, ihr seid seit Jahren in jemanden verliebt, und eure Beziehung lässt euch auf Wolke sieben schweben, und ihr findet noch die kleinste Kleinigkeit, die die andere Person sagt, interessant, und sie zu umarmen, vermittelt euch ein Gefühl der Geborgenheit, wie ihr es nie für möglich gehalten hättet. Dieser Mensch ist die Verkörperung all eurer Träume und gibt eurem

Leben in jeglicher Hinsicht einen Sinn. Jetzt stellt euch vor, dass man euch diesen Menschen aus irgendeinem nichtigen Grund entreißt, und stattdessen drückt euch irgendein Unbekannter einen Stein in die Hand und sagt: »Nimm diesen Stein. Du hast jetzt keinen Partner mehr, du hast jetzt diesen dreckigen Stein.«

So in etwa ist es, wenn man Jobbörsen im Netz durchforstet, nur ist der Stein dort – warum auch immer – ein ganz heißes Teil, das jeder haben möchte, und dann kriegst du ihn noch nicht einmal. Auf jeden Stein kommen zweitausend andere Leute, die diesen Stein haben wollen. Und am Ende des Tages bekommt die eine Person, die den Stein bekommt – einen Stein.

Da ich drei verschiedene geisteswissenschaftliche Abschlüsse aus meinem fadenscheinigen Ärmel schütteln kann, kann ich einigermaßen lesen und schreiben und verfüge über rudimentäre Kenntnisse in verschiedenen schöngeistigen Fachbereichen. Früher hätte ich die drei wichtigsten antiken Säulenarten nennen können. Mit vierundzwanzig – die Einführung in die Kunstgeschichte liegt schon ein paar Jahre zurück – kriege ich vielleicht noch zwei hin. Ich sitze am Schreibtisch meines Vaters und arbeite mich durch die Homepage der Jobbörse und weiß, dass der Zoroastrismus sehr alt ist und irgendetwas mit Dualismus zu tun hat. Ich weiß, dass das »Weichensteller«-Gedankenexperiment alle, die sich damit beschäftigen, in den Wahnsinn treibt und dass Utilitarismus mir Bauchschmerzen bereitet. Aber würde man mich nach einer besseren oder geeigneteren Alternative fragen, wüsste ich keine. Ich weiß, dass es nicht meine Berufung ist,

»Inhalte« zu produzieren. Doch zu diesem Zeitpunkt sieht es so aus, als hätte ich nur die Wahl zwischen »Content-Produktion« und der Arbeit im Callcenter. Und ich weiß, dass ich nicht im Callcenter arbeiten kann, weil ich mich vor einigen Jahren bei einem beworben habe, das Spenden für die Feuerwehr sammelte, und der Personalleiter hat mich nicht genommen, weil er fand, dass mein Tonfall auf Durchschnittsverbraucher ein bisschen hochnäsig wirken könnte.

Also schön. Content-Produktion, ich komme!, sage ich zu mir selbst und lege meine Finger wie Mr Burns zusammen.

Es gibt viele »Content-Creator«-Stellen, denn soweit ich das beurteilen kann, ist im Grunde alles Content. Aus den Stellenbeschreibungen, die ich mir durchlese, schließe ich, dass der Hauptunterschied zwischen Content-Produktion und Journalismus der ist, dass Ersteres ein bisschen mehr Geld einbringt und, anders als im Journalismus, explizit gewünscht wird, dass die produzierten Inhalte nicht die Feder ihrer Schöpfer erkennen lassen. Ein Content-Creator ist für die Bildbeschaffung zuständig (googelt nach Fotos und lädt sie auf der Firmen-Website hoch). Ein Content-Creator schreibt mitreißende Texte (paraphrasiert Werbemails und streut hier und da das Wort »dynamisch« ein). Ein Content-Creator analysiert mit Hilfe von Social-Media-Monitoring das User-Verhalten und passt die Inhalte entsprechend an (schaut sich an, welche Schlagwörter gerade auf Twitter beliebt sind, und benutzt sie dann als SEO-Tags in Firmenmitteilungen zum Thema Optimierung).

Die Jobbörse will wissen, ob ich über gute Photoshop-Kenntnisse verfüge. Ich weiß, worum es sich bei Photoshop handelt, und googeln kann ich auch, also: ja. Nach derselben Logik setze ich bei »Notwendige Voraussetzungen« fast überall mein Häkchen.

Macht es mir Spaß, im Team zu arbeiten? »Spaß«, »Arbeit«. Diese beiden Wörter in einem Satz – ein Widerspruch in sich! Mir macht die Arbeit im Team genauso wenig Spaß wie die Arbeit allein, aber das kann ich schlecht schreiben, wenn ich eine Stelle in einem agilen, interdisziplinären Team in einem transformativen Umfeld ergattern will. Als ich bei dieser spezifischen Stellenausschreibung auf »Details« klicke, wird klar, dass mit »agilem, interdisziplinärem Team in einem transformativen Umfeld« eigentlich eine Stelle in einem Bezirksamt auf dem Land gemeint ist.

Kennt ihr das, wenn ihr übermüdet seid und um elf Uhr morgens am Drehkreuz eines Bahnsteigs steht und immer und immer wieder eure Karte an das Lesegerät haltet und nichts passiert und ihr die Technik und euer Leben verflucht und euch eine alte Dame irgendwann darauf aufmerksam macht, dass die Karte, die ihr immer frustrierter und lauter fluchend an dieses Scanner-Dings haltet, eure Krankenversicherungskarte ist und dass das vielleicht erklären könnte, warum sich das Drehkreuz nicht bewegt? So fühle ich mich, wenn ich Motivationsschreiben für Content-Creator-Jobs aufsetze, ausgerüstet mit meinem halben Dutzend Fakten im Bereich Kunstgeschichte, Religion und Philosophie und der Fähigkeit, mit drei statt der üblichen zehn Finger zu tippen.

Trotzdem finde ich irgendwann rein. Der Schlüssel ist, wie so oft, sich von allem zu lösen. Der Schlüssel ist, wie Buddha vor dem Laptop zu sitzen – wenn Buddha arbeitslos wäre und im Netz nach Jobs suchen würde. Man muss sich in einen Zustand zenartiger Unbestimmtheit versetzen und Schlagworte durch sein Innerstes und dann auf die weiße Seite des Dokuments fließen lassen, ohne sich jemals wirklich bewusst zu werden, was man da gerade tippt. Während sich die Seite mit Geblubber füllt, das man anscheinend gerade selbst verfasst, kann man sich an Virginia Woolfs Mantra halten: *Ich bin verwurzelt, aber fließe. Ich bin verwurzelt, aber fließe. Ich bin verwurzelt, aber fließe.* Verdammt, ich gebe mir gleich die Kugel. Ab und an drängt sich eine Art Gedanke auf. Lass ihn ziehen! Kehre zu deinem Mantra zurück, tippe.

Mein Po tut weh, weil ich schon so lange auf dem Holzstuhl meines Vaters sitze. Meine schlechte Haltung hilft auch nicht gerade. Ich habe die Uhrzeit aus der Task-Leiste meines Desktops entfernt, und mein Handy liegt umgedreht und im Flugzeugmodus außerhalb meiner Reichweite. Nichts um mich herum darf mich ablenken.

Es klopft an der Tür, und ich seufze erleichtert. Jude steht auf und bellt, erledigt seinen Job. Ich fühle mich wie Bernard Black in der Szene, wo er keine Lust hat, die Steuern zu machen, und sich die Zeugen Jehovas ins Haus holt, um mit ihnen einen zu heben und über Jesus zu reden. In diesem Augenblick würde ich jeden ins Haus lassen. Ich würde die betreffende Person nach ihrer Kindheit fragen und kleinteilige Anschlussfragen folgen lassen. Ich würde Tee kochen ich würde einen Kuchen backen ich würde zusammen mit ihr ihre Oma per FaceTime anrufen ich würde ihr das gesamte Wörterbuch mit irischem Akzent vorlesen und dann schauen, ob sie es noch mal hören will, diesmal eher mit Oxford-Einschlag.

Ich rase die Treppe runter zur Haustür, Jude neben mir, und sehe gerade noch den Briefträger verschwinden. Das Paket auf der Fußmatte ist für meinen Vater, was einleuchtet, da ich kein Geld habe für derlei Bestellungen. Enttäuscht von diesem Nichtereignis, wäge ich ab, ob ich mir einen Kaffee holen soll oder nicht.

Kaffee: gut. Geld: nicht vorhanden.

Ich bin vierundzwanzig und surfe im Netz, um eine Möglichkeit zu finden, Content zu produzieren, um im Gegenzug dafür Geld zu bekommen, sodass ich bei meinem Vater ausziehen kann, um mehrere Hundert Dollar die Woche dafür zu zahlen, dass ich wo wohnen kann, wo es längst nicht so schön ist, um den Leuten erzählen zu können, dass ich unabhängig bin und mein Leben der hinlänglich bekannten Dramaturgie eines Bildungsromans folgt. Ich setze mich wieder an den Schreibtisch, höre mir – um mich zu motivieren – einen Song von Taylor Swift an und lade die Seite neu. Ganz oben, noch über den Anzeigen für Content-Produktion bei einer Hilfsorganisation für Krebskranke und Content-Produktion für die Abteilung »Digitale Transformation« eines Ministeriums, prangt eine neue Chance.

Moderatorin einer Online-Community: Das ist es!

Hatte ich jemals Bestrebungen, Moderatorin einer Online-Community zu werden? Nicht dass ich wüsste. Allerdings stammt diese Ausschreibung von einem Medienunternehmen, das einen guten Ruf und intelligente Inhalte hat, und ich gehe davon aus, dass das wahrscheinlich der einzige Weg für mich sein wird, in diesen heiligen Hallen des Journalismus jemals an ein Bewerbungsgespräch zu kommen – bedenkt man, dass ich aufgrund meiner bereits erwähnten Unwilligkeit, einen Beruf auszuüben, keine Berufserfahrung außerhalb des Einzelhandels habe. In einem Anfall von Masochismus, wie wenn man einen Pickel ausdrückt, der noch zu tief unter der Haut sitzt, denke ich: »Perfekt.« Ich denke: »Das wird es mir ermöglichen zu beobachten, wie die anderen Menschen leben, wie sie Tag für Tag in ihren Büros sitzen, sich nach der Arbeit auf ein Glas Wein treffen, am Wochenende Zimmerpflanzen kaufen und darauf hoffen, ›befördert‹ zu werden. Wenn ich diesen Job kriege, werde ich genug Geld zum Leben haben und meine Tage damit verbringen können, andere zu beurteilen, denen im Gegensatz zu mir daran gelegen ist, sich ins System einzufügen.«

Als ich die Stelle googele, um herauszufinden, ob es auf Reddit oder Arbeitgeber-Bewertungsseiten etwas gibt, das mir helfen könnte, das perfekte Motivationsschreiben zu formulieren, stoße ich stattdessen auf einen oft geteilten Beitrag von jemandem, der einmal als Moderator einer Online-Community gearbeitet hat. Der Text trägt die Überschrift »Nach zwei Jahren als Online-Community-Moderator wollte ich mich umbringen«. Der Rest des Artikels ist, wie einer meiner alten Lehrer zu sagen pflegte, »genau das, was auf der Packung steht«. Der Autor beschreibt, wie es seine Aufgabe war, am laufenden Band rassistische Kommentare zu löschen und Trolle zu sperren, um wenigstens die schlimmsten Auswüchse zu verhindern, und dass er nach einer Weile dachte, sich in seinem Mazda mit Kohlenmonoxid zu vergiften, Willy-Loman-mäßig, sei eine bessere Wahl.

Ich werte diesen Artikel als gutes Zeichen, dass es nicht allzu viel Konkurrenz geben wird, so wie wenn in einem Haus ein Mord stattgefunden hat und es dann deutlich unter seinem Marktwert verkauft wird. In diesem Fall ist es wohl eher so, dass man zwar ein billiges Haus kauft, sich der Mörder aber noch darin aufhält und man nicht weiß, ob er überhaupt je abhauen wird. Aber egal, wer hat nicht gern ein bisschen Adrenalin im Blut und Geldscheine in der Tasche? Ich setze mein Motivationsschreiben auf.

Ich heiße Hera Stephen, und ich interessiere mich leidenschaftlich für die Moderation von Online-Communitys. Angesichts der Tatsache, dass sich die Gräben in der Welt immer weiter vertiefen, ist es zunehmend wichtig, die Nutzung von Diskursplattformen zu erleichtern, damit Online-Communitys sinnvoll über tagesaktuelle Nachrichten diskutieren und debattieren können. Mir ist es ein Anliegen, in einem geschützten Online-Umfeld, in dem Meinungsfreiheit garantiert, aber Hass und Häme nicht toleriert werden, offene politische Debatten zu ermöglichen. Ich verrichte meine Arbeit stets zuverlässig, habe ein gutes Auge fürs Detail und arbeite sowohl gern im Team als auch allein. Ich bin nicht nur hochmotiviert, sondern auch davon überzeugt, die ausgeschriebene Stelle mit anhaltender Energie optimal ausfüllen zu können.

Verflucht. Es ist beunruhigend, wie ich das ohne mit der Wimper zu zucken runtertippe. Als bestünde ich geradezu aus diesem Scheiß, und sobald ich schreibe, sind alle Schleusen geöffnet.

Am Ende der Bewerbung klicke ich auf »Absenden« und klappe meinen Laptop entschlossen zu, als hätte ich gerade was geleistet.

Um die Stunden totzuschlagen, bis Dad nach Hause kommt und ich ihm berichten kann, wie unglaublich abwechslungsreich mein farbloser Tag war, lese ich im Wohnzimmer ein Buch. Als Studentin habe ich die meiste Zeit in schäbigen WG-Zimmern gehaust, und es ist ein Vergnügen, in einem Haus mit einem gefüllten Kühlschrank und einem Elternteil, der sich für einen interessiert, zu wohnen – auch wenn ich in puncto Lebenslauf eindeutig hinter meinen Freundinnen herhinke.

Dad kommt nach Hause, geht nach oben, um seinen Anzug auszuziehen, dann in die Küche, um das Abendessen vorzubereiten. Ich schwirre wie eine gutmeinende, aber wenig hilfreiche Biene um ihn herum. Jude schenkt ihm einen Dackelblick, ein schamloser Versuch, ein Leckerli abzustauben.

Während Dad sich die Schürze umbindet, fragt er mich, wie mein Tag war, und ich erzähle ihm, dass ich mich auf eine aufregende Journalistenstelle beworben habe und dort mit großer Wahrscheinlichkeit den Nahostkonflikt lösen werde.

»Wusste ich's doch«, bemerkt er. »Das ganze Schulgeld zahlt sich am Ende aus. Könntest du dich als Nächstes bitte um mein Golf-Handicap kümmern?«

»Kommt drauf an«, sage ich. »Kannst du denn überhaupt noch besser werden?«

»Ich habe dich nicht großgezogen, um mir Gemeinheiten anhören zu müssen.« Er wirft mir einen gespielt verletzten Blick zu und holt ein Glas Nudelsoße aus der Speisekammer.

»Und doch bin ich hier!« Ich drehe mit zuckenden Schultern eine wilde Pirouette und bewege meine Arme wie ein fleischgewordener Flaschenöffner auf und ab.

»Und wie war *dein* Tag?«, frage ich.

»Na ja, ich habe meinen finalen Entwurf für das wohl hässlichste Atrium, das je ein Bürogebäude gesehen hat, eingereicht und nicht zum ersten Mal in diesem Jahr überlegt, ob ich zum Gärtner umschulen sollte.«

»Ein ganz normaler Tag also?«

»Ein ganz normaler Tag.«

Ich sage ihm, dass ich erst nach oben gehen und duschen werde, aber gleich zurück bin.

»Was soll man da machen?«, beschwert er sich bei Jude, und Jude sieht mich anklagend an. Ich habe seinen Lieblingsmenschen verletzt, wenn auch nur im Scherz.

Als ich wieder unten bin, decken Dad und ich den Tisch und setzen uns. Er hat Nudeln gemacht. Genauer, er hat Nudelsoße gemacht. Genauer: Er hat Soße aus einem Glas in einen Topf geschüttet und sie aufgewärmt. Und er hat die vorgefertigte Teigware heiß gemacht. Wir sind hier nicht in Italien.

Er begann, dieses Gericht zu kochen – wenn man eine aufgewärmte Soße über ein paar Ravioli ein Gericht nennen kann –, als sich meine Eltern scheiden ließen und er nach einem langen Gerichtsstreit das ausschließliche Sorgerecht für mich als junge Teenagerin erhielt. Dad kam aus einer Bergarbeiterstadt in England, wo die Verteilung der Geschlechterrollen dazu führte, dass er mit Küche und Kochen nie in Berührung gekommen war. Aber dann zwangen ihn die Umstände dazu, wenn wir beide nicht verhungern wollten. Als ich jünger war, besuchten uns manchmal wohlmeinende Tanten und über drei Ecken mit uns verwandte ältere Frauen, und Dad servierte Variationen seines »Gerichts«. Und sie sahen ihn an, und sie sahen mich an, und man sah das Mitleid in ihren Augen, nach dem Motto: *Schaut nur, was dem armen Mädchen geblieben ist. Schaut nur, wie sie mit einem alleinerziehenden Vater zusammenwohnt, der nicht kochen kann. Schaut nur, was das Leben ihr schon jetzt alles genommen hat.*

Sie begriffen nicht, dass ich dieses Gericht liebte. Ich liebte, wie einfach es war. Ich liebte, wie es freimütig bekannte: »Da war ein Mann vom riesigen Supermarkt einfach überfordert.« Ich liebte es wie meinen Vater. Nicht gegen eine Million Gourmetgerichte würde ich Spinat-Ravioli aus der Tiefkühltruhe und diesen Mann hergeben. Nicht gegen eine Million Mütter würde ich die Zeit, die ich mit diesem Mann verbracht habe, hergeben. Diesem guten Mann, der mein Vater sein wollte, selbst als die Welt das anders sah. Der durch die Hölle gegangen war, um mich zu behalten.

Und so sitze ich mit meinem Vater am Tisch und esse diese Nudeln wie schon tausendmal zuvor, und obwohl ich arbeitslos bin und die Welt ganz klar ihrem Ende entgegengeht und meine Kinder, sollte ich je welche haben, wahrscheinlich nicht wissen werden, was Pflanzen sind, und ich mir überlegen muss, mit welchen Worten ich einen bestimmten Grünton beschreibe, den es früher gab und jetzt nicht mehr, wie ich für sie das Geräusch von Meeresstränden heraufbeschwöre – obwohl ich das alles weiß, spendet mir dieses Nudelritual mit Dad auf eine unbestreitbare Weise Trost und erinnert mich daran, dass es Zeiten gab, in denen ich mich sicher gefühlt und hoffnungsfroh in die Zukunft geblickt habe, und dass es auf dieser Welt gute Menschen gibt, auf die man sich verlassen kann, und dass es nicht ganz ausgeschlossen ist, dass ich vielleicht eines Tages wieder Hoffnung schöpfen werde.

Ich erzähle ihm mehr von der Stelle – dass es eigentlich nicht um Journalismus geht, sondern darum, Kommentare zu moderieren. Dass ich nicht gerade begeistert bin, aber das Gefühl habe, irgendetwas tun zu müssen, und dass so etwas vielleicht besser sei, als wieder in irgendeinem Geschäft zu arbeiten.

Dad sieht mich über den Tisch hinweg mit viel Liebe an, aber ich erkenne in seinen Augen auch ein wenig Sorge, eine Sorge, die er immer weniger verbergen kann, je weniger ich meine Traurigkeit verbergen kann – oder vielleicht werde ich einfach immer trauriger. Wenn wir wie jetzt, beim Abendessen, zusammen sind, bin ich für ihn fröhlich und er für mich, aber es gibt Pausen – es gibt immer welche –, in denen ich eine Sekunde lang keine Energie habe und zu lächeln vergesse, kurz ruhig bin, und dann muss ich wieder ins Hier und Jetzt finden, lustig sein, lebhaft.

Wenn ich eines nicht ertragen kann, dann, dass meine Traurigkeit ihn traurig macht. Mein Lachen gilt vor allem ihm. Ich wache jeden Tag vor allem für ihn auf und lebe weiter, weil ich weiß, dass mein Tod ihn umbringen würde. Und die Tatsache, dass er auf dieser Welt existiert, gibt mir die Kraft, das Gleiche zu tun. Ich glaube, wir haben beide Angst vor der unvermeidlichen Zukunft, wenn er nicht mehr da sein wird, und machen uns Sorgen, wie ich damit zurechtkommen werde, oder eher, *ob* ich damit zurechtkommen werde. Er würde diese Angst niemals zugeben, er betont immer, wie stark ich bin, wie ich es mit allem und jedem aufnehmen könne. Manchmal glaube ich ihm, und manchmal denke ich, dass er nur prahlt. Und natürlich werde ich alles überstehen. Ich übertreibe. Oder doch nicht? Ist es wirklich übertrieben, seine Angst zu äußern, etwas nicht ertragen zu können? Wer weiß denn schon, ob wir alles überstehen werden. Für mich fußt diese Angst also auf einer realistischen Annahme. Es ist absurd, dass wir das nicht alle zugeben können. Diese Lügen, die wir uns gegenseitig am Küchentisch erzählen, sind absurd.

Wir essen zu Ende, ich mache den Abwasch, Dad trocknet ab. Ich zwinge ihn, Popmusik zu hören, und er behauptet, sie nicht zu mögen. Wir scherzen rum, er tut so, als glaubte er, jedes Lied, das ich ihm vorspiele, wäre von Britney Spears, und ich wiederum tu so, als nähme ich ihm das ab. Wir sind gut darin, wir haben jahrelange Übung. Es ging los mit Kassetten, dann kamen CDs, und jetzt treiben wir den gleichen Scherz mit Sonos-Lautsprechern.

Meine Ex sagte immer, dass es im Leben darum gehe, »sich dem bisschen voll hinzugeben«, und sollte das stimmen, lebe ich wahnsinnig intensiv.

Eine Woche nach meiner Bewerbung kriege ich einen Anruf von einer mir unbekannten Nummer. Ich bin für die Stelle als Kommentar-Moderatorin zum Vorstellungsgespräch eingeladen. Sie sind sehr beeindruckt von meinem Lebenslauf (drei Abschlüsse in Geisteswissenschaften?!).

Vorstellungsgespräche haben mir noch nie gelegen, und ich glaube, das hängt damit zusammen, dass ich als Kind keine Freunde hatte: In jeder Gesprächssituation wird sofort deutlich, dass ich alles darauf anlege, gemocht zu werden. Leider führt dieser zwanghafte Drang, alle Gesprächspartner für mich gewinnen zu wollen, dazu, dass ich mich verhaspele, absurde Gesten mit den Händen vollführe und überhaupt ziemlichen Blödsinn von mir gebe, den ich selbst nicht eine Sekunden lang glaube.

Mir ist klar, dass jedes Vorstellungsgespräch etwas von einer Verzweiflungstat hat, insofern als eine Person den Stein hat, auf den eine andere Person scharf ist. Aber wie gesagt, ich wollte bislang eigentlich gar keinen Job – nur dass man ihn mir *anbietet*. Ich möchte wissen, dass ich ihn haben *könnte*, wenn ich wollte, und dann will ich ihn ablehnen können.

Allerdings ist es im Leben nun mal so, dass man für Dinge bezahlen muss, und deshalb bewarb ich mich als

Studentin auf unzählige furchtbare Jobs, von denen ich die meisten nicht bekam.

Ich erinnere mich, wie ich im zweiten Studienjahr einen fünfzehnminütigen »Plausch« mit Diane hatte, Personalleiterin einer Firma, die Konferenzen organisierte. Sie suchten einen »Rezeptionisten« beziehungsweise Bürosklaven (w/m/d), keine Berufserfahrung nötig. Die Firmenzentrale nahm die ganze Etage eines grauen Innenstadtgebäudes in der Nähe des Hafens ein. Ich war zu spät gewesen, weil ich immer zu spät bin. Es war heiß und stickig. Die kleinen Locken an meinem Haaransatz klebten wie verschwitzte Schamhaare an meiner Stirn, und mein Make-up tropfte vom Gesicht auf den Kragen meines bauchfreien Tops. Sobald ich aus dem Aufzug in die Empfangshalle trat, wusste ich, dass ich den Job nicht bekommen würde. Es lag nicht an der Büroumgebung, auch wenn die wenig überraschend furchtbar war, sondern daran, wie die toten Blicke der Angestellten verwirrt an mir hängenblieben. Als könnten sie den Wahnsinn spüren, der mich bis in die Spitzen meiner nicht rasierten Beinhaare elektrisch auflud. Sie konnten spüren, dass bereits meine Anwesenheit diesen traurigen, gedämpften Ort aus dem Gleichgewicht brachte. Es war glasklar, dass ich noch nie mit Excel zu tun gehabt hatte.

Kaum hatte ich mich gesetzt, wurde ich auch schon von Diane aufgescheucht. Sie tauchte hinter einer Schiebetür auf und bedeutete mir, ihr ins Jenseits zu folgen – was ich tat: Ich sprang mit einem Übereifer auf, der schon mich selbst abstieß, wie sollte es da erst anderen gehen.

Diane stellte sich nicht vor, aber ihr ganzes Gebaren

und der Name auf dem Absageschreiben, das ich ungefähr eine halbe Stunde später erhalten sollte, ließen mich vermuten, dass sie es war.

Sie führte mich in eine hell erleuchtete Höhle und fragte mich, was ich studiert hatte. Ich sagte Kunstgeschichte, auch wenn »Zusammenfassungen von Standardwerken« ehrlicher gewesen wäre. In ihrem Gesicht regte sich daraufhin etwas. Sie erzählte mir, dass sie Architektur hatte studieren wollen.

Ich fragte sie, ob diese Hoffnung unerfüllt geblieben sei, weil sie es sich anders überlegt hatte oder weil etwas passiert war, dass sie davon abgehalten hatte. Rückblickend war diese Frage von jemandem in meiner Position ziemlich dämlich.

Sie sagte, dass ihr Schnitt nicht gereicht habe, um Architektur zu studieren. Sie sah traurig aus.

Ganz eindeutig vollkommen unfähig, die Stimmung im Raum richtig einzuschätzen, grätschte ich mit falschem Lob dazwischen. Ich rief: »Na und schauen Sie mal, was aus Ihnen geworden ist!«

Diane blickte an sich hinunter, ich auch. Wir waren beide nicht begeistert von dem, was wir sahen.

Diane mochte mich nicht, und ich würde diese Stelle nicht bekommen. Trotzdem spielten wir das Spiel weiter.

Diane fragte mich, ob ich gut organisieren könne, und ich sagte ihr, dass ich sehr organisiert sei. Jetzt blickten wir an mir hinunter: Meine ungebügelte Bluse strafte mein angeblich gutes Zeitmanagement Lügen, gleichfalls die verschmierte Mascara.

Und dann kam der Hammer – der schlagende Beweis

meiner Unfähigkeit, mich in Arbeitsumgebungen einzufügen. Diane schaute mir in die Augen, sie wusste genau, dass ich mich jetzt in die Scheiße reiten würde. Selbstgefällig wie ein Mathegenie, das ein Kleinkind darum bittet, die Riemannsche Hypothese zu erklären, fragte sie: »Und wenn Sie ein Tier wären, welches wären Sie dann und warum?«

Ich geriet in Panik. Ich zögerte meine Antwort hinaus, indem ich Diane für ihre geniale Frage lobte. Ich wusste, was von mir erwartet wurde: Ich wusste, dass ich eigentlich sagen sollte, ich wäre ein Golden Retriever, weil ich ergeben bin und Befehle gut ausführe. Oder ein Biber, weil ich fleißig bin und Durchhaltevermögen habe. Oder ich hätte sagen können, dass ich ein Vogel bin, um dadurch meine Fähigkeit zu betonen, immer den Überblick zu behalten, von ganz oben. Aber das alles sagte ich nicht: Ich wählte etwas anderes.

»Ich wäre ein Erdmännchen«, sagte ich, »weil ich gut herumschnüffeln kann und nachtragend bin.«

Ich würde gern sagen können, dass diese Antwort ein Resultat kapitalismuskritischer Eigensabotage war, doch das wäre leider gelogen. In diesem Augenblick erschien mir meine Antwort richtig. Ich wollte Diane damit vermitteln, dass ich mir als ihre Angestellte die Hände schmutzig machen würde, skrupellos wäre, ihre Parteisoldatin, ihre kleine Privatsklavin. Wenn schon, denn schon, dachte ich wohl.

Aus Dianes entgleister Miene lernte ich allerdings, dass Personalleiter in Vorstellungsgesprächen nicht die Wahrheit hören wollen. Sie wollen im abstoßend süßlichen neoliberalen Business-Sprech eine Beziehung zu potenziellen Angestellten herstellen. Diane wollte von mir hören, dass ich Teil eines Teams, ihres Teams sein wollte, und ich ließ sie hängen. Tut mir leid, Diane. Es tut mir leid, was ich dir an diesem Tag angetan habe. Es tut mir leid, wenn ich dir dadurch deinen nachmittäglichen Pausenjoghurt verleidet habe. Es tut mir leid, dass du es nicht geschafft hast, Architektur zu studieren – aber eigentlich auch wieder nicht, weil du in deiner Absagemail eine richtige Zicke warst und ich in deinen spiegelnden Brillengläsern erkennen konnte, dass du sie bereits während des Gesprächs formuliert hast.

Aber das sind olle Kamellen. Diesmal, diesmal werde ich wissen, was ich sagen muss. Ich bin jetzt älter als damals, ich hatte mehr Zeit, mir die entsprechende Rhetorik draufzuschaffen, und außerdem interessieren mich an der Stelle als Community-Moderatorin ausschließlich die Einblicke, die sie mir gewähren. Und das zeichnet mich aus. Die Leute werden spüren, dass ich schlau bin, aber gleichzeitig keinen Drang habe, Journalistin zu werden. Ich kann mir vorstellen, dass die meisten Menschen, die dort vorsprechen und eingestellt werden, eigentlich höher hinauswollen im Unternehmen und dass das die Personalleiter, die einfach nur jemanden haben wollen, der tut, was ihm gesagt wird, nervt. Deswegen werde ich im Bewerbungsgespräch betonen, dass ich keinerlei journalistische Ambitionen habe, dass ich die Arbeit der Journalisten, von denen ich umgeben wäre, schätze, mein Herz aber für die Moderation von Online-Communitys schlage.

Ich habe Angst, dass ich mich für das Bewerbungsgespräch falsch kleide, da ich nichts Bürotaugliches besitze und immer, wenn ich etwas in der Richtung anprobiere, entweder wie ein Cosplay-Mädchen oder wie eine altbackene Matrone aussehe. Ich entscheide mich für ein ausladendes pinkes Kleid, was wahrscheinlich falsch ist, aber egal, das Vorstellungsgespräch meistere ich mit Bravour.

Das liegt zu großen Teilen daran, dass ich am Wochenende zuvor bei meiner Freundin Sarah bin, um Chardonnay zu kippen und mich vordergründig darauf »vorzubereiten«, durch die Mangel gedreht zu werden. Ich bin fest entschlossen, das Erdmännchen-Fiasko nicht zu wiederholen. Sarah ist meine kompetenteste Freundin. Sie besitzt einen eigenen Ständer für ihre Ohrringe. Und beim Kneipenquiz kommt sie so selbstbewusst mit irgendwelchen Fakten über Transitbestimmungen aus dem Jahr 1987 um die Ecke, dass der Rest von uns nur noch respektvoll nickt, nach dem Motto: Lasst sie machen, Sarah weiß das. Sarah macht PR und hat mir gegenüber noch nie das Wort »Pressearbeit« benutzt – sie macht PR.

In der Schule war zunächst Soph meine beste Freundin, in der Uni wiederum wurden Sarah und ich zusammen erwachsen, studierten beide Kunstgeschichte und waren uns einig, dass wir die meisten anderen Studis hassten. Wir verachteten vor allem die etwas älteren Semester unter ihnen, deren Redebeiträge in den Seminaren fast immer damit begannen, dass sie »im Folgenden den Advocatus Diaboli« spielen würden. Sarah und ich outeten uns ungefähr zur gleichen Zeit: sie, indem sie ihre engsten

Freundinnen, als müsse sie ein ernstes Gespräch mit ihnen führen, zu sich ins Wohnzimmer einlud, ihnen dann erklärte, dass sie sich für Frauen und Männer, aber vor allem für Frauen interessiere, und ihnen danach Gelegenheit gab, Fragen zu stellen; ich, indem ich meine Freundin zu einer Party mitbrachte und daraufhin für die nächsten paar Jahre bei allen öffentlichen Veranstaltungen wild mit ihr rumknutschte.

Sarah weiß, dass ich schlau bin, aber sie weiß auch, dass ich genau genommen eine Vollidiotin bin, und so bietet sie gern ihre Hilfe an, wenn es darum geht, mich in die Welt der arbeitenden Bevölkerung einzuführen und deren Sprache in Konzepte zu übersetzen, die ich kapiere.

»Hera«, sagt sie, als wir beide mit unserem dritten großbäuchigen Weißweinglas auf dem Ledersofa ihres WG-Wohnzimmers sitzen, »du musst immer daran denken, dass diesen Leuten langweilig ist und sie einfach nur jemanden einstellen wollen, um mit ihrer Arbeit weitermachen zu können. Du musst lediglich einigermaßen kompetent und nicht komplett irrsinnig wirken. Und nicht lachen, wenn sie etwas über ihre Unternehmenswerte sagen, okay? Nicht lachen!

Googel, wer das Unternehmen gegründet hat. Erwähne den Namen dieser Person innerhalb der ersten drei Minuten und sag, dass du sie bewunderst.

Wenn sie dich fragen, wann du bei der Arbeit schon mal für strukturierte Verbesserungen gesorgt hast, dann erzähle nicht, wie du während der einen Woche, die du bei David Jones gearbeitet hast, haufenweise Gürtel ins Sozialkaufhaus gebracht hast, weil du meintest, es gebe viel zu viele in der Damenabteilung und dass die sich immer verhaken, wenn die Verkäuferinnen schnell einen für die Kundinnen in ihren Ted-Baker-Kleidern raussuchen müssen.«

»Und was soll ich sonst sagen?«

»Sag ihnen, dass du leidenschaftlich gern Listen führst.« Diese Autorität in Sarahs Stimme.

»Listen?«

»Listen. Sag ihnen, dass du, obwohl du selbstverständlich in deiner beruflichen Laufbahn bereits sehr viele komplexe Zeitmanagement-Maßnahmen implementiert hast, der festen Überzeugung bist, dass eine gute Struktur auf der Mikroebene beginnt, und dass das für dich bedeutet, sowohl die täglichen Aufgaben als auch längerfristige Projekte mittels verschiedener Listen zu organisieren, in denen du jeden abgeschlossenen Schritt entsprechend markierst.« Sie sieht mich bedeutsam an. »Vertrau mir, Büromenschen lieben Listen.«

Die Gute hat recht. Als ich zwei Tage später im Vorstellungsgespräch mein Faible für Listen erwähne, kriegen sich die Personalerinnen kaum ein.

»Ach! Mary-Alice ist auch verrückt nach Listen, nicht wahr, Mary-Alice?«

Mary-Alice, die auf der anderen Seite des Konferenztisches auf meinem Lebenslauf herumkritzelt, hebt den Kopf. »Das stimmt. Total.«

Volltreffer!

Zwei Wochen später, nachdem ich einen Haufen Steuerformulare ausgefüllt und viele freundliche E-Mails mit der Personalerin ausgetauscht habe, fange ich an. Die Personalerin rät mir, ein Halstuch mitzubringen, da die Klimaanlage im Büro sehr kalt ist.

Wir besitzen alle einen Büro-Schal! ;), schreibt sie mir, als wäre das eine lustige, situativ bedingte Gemeinsamkeit und nicht viel eher ein offenkundiger Beweis sexistischen Bürodesigns.

Um die Zeit bis zu meinem Karrierestart als Online-Community-Moderatorin totzuschlagen, lese ich ein dickes Buch über die Frauen modernistischer Schriftsteller und rege mich sehr darüber auf, wie man Zelda Fitzgerald behandelt hat. Erst stahl Scott ihre Ideen und ließ sie dann in die Psychiatrie einweisen?! In was für einer Welt leben wir?!

Zudem hat man eine firmeninterne Kettenmail gestartet, in der alle im Unternehmen, vom kleinen Moderator bis zur Chefredakteurin, gezwungen werden, mich schriftlich willkommen zu heißen. Sie tun mir alle leid und ich mir auch. Wie viele solcher E-Mails müssen sie pro Jahr schreiben? Muss ich jedem einzelnen Gratulanten persönlich antworten?

Kann es kaum erwarten, dich als Teil des Teams zu begrüßen!

Ist jetzt nicht euer Ernst, oder? Was machen wir hier eigentlich?

Man hat Zelda in den Wahnsinn getrieben.

An meinem ersten Arbeitstag, einem Montag, der um halb neun Uhr morgens beginnen soll (irrsinnig), wache ich auf und bin sofort gereizt. Ich bin es nicht gewohnt, vom Wecker geweckt zu werden. Ich verabscheue das Geräusch. Dennoch bin ich entschlossen, gute Laune zu verströmen. Wenn ich mich in das Büroleben einschleichen und von meinem kleinen Arbeitsplatz aus über alle urteilen will, muss ich dafür sorgen, frisch und fröhlich aufzutreten. Ich freue mich, hier zu sein. Ich darf nicht so aussehen, als hasste ich alle und alles um mich herum.

Sarah sagte einmal, dass ich, wenn ich ganz normal gucke, so aussehe, als würde ich an einen weißen Mann namens Barry denken, der gerade befördert wurde. Und wie immer hat sie recht. Mein neutraler Gesichtsausdruck ist leer, ein düsterer, starrer Blick in eine Zukunft, die ebenso aussehen wird wie die Vergangenheit, nur ab und an erscheint ein kleines Grinsen, wenn ich zufällig an dieses Meme mit der gruseligen viktorianischen Puppe und dem Schriftzug »Du mein Papa?« denke.

Fest entschlossen, noch vor dem unvermeidlichen Büro-Schaulaufen die Geschichte, die mein Gesicht erzählt, neu zu schreiben, übe ich vor dem Spiegel, neutral zu lächeln. Im Bad klatsche ich mir Wasser ins Gesicht und sage: »Hau rein, Mädel.« Ich entscheide mich für ein dunkelblaues Kleid, glätte meine Haare. Pinsele mir Make-up ins Gesicht und Mascara auf die Wimpern. Ich besitze nur ein Paar Schuhe – alte Doc Martens –, und zugegebenermaßen unterminieren sie ein wenig mein Erscheinungsbild, aber immerhin habe ich sie gestern Abend auf Dads Geheiß hin geputzt, und jetzt starren sie nicht mehr vor Dreck. Sie glänzen geradezu. Ein weiteres Zugeständnis an den Mann aller Männer.

Ich googele die Nachrichten, und sie sind nicht schön.

Dann laufe ich zur Bushaltestelle und betrachte die anderen Pendler, frage mich, ob sie denken, ich wäre eine von ihnen, oder ob sie wissen, dass ich ein Haufen Chaos in einem dunkelblauen Kleid bin. Zwei Anzugträger neben mir spielen unabhängig voneinander *Candy Crush* auf ihren Handys, eine Frau ist auf Tinder. Sie sind total vertieft in ihre jeweiligen Tätigkeiten. Ein paar Schulmädchen drängen sich um die Sitzbank der Haltestelle und lästern über ihre sogenannte Freundin: Ist sie überhaupt noch eine Freundin, wenn sie sagt, sie würde wie die anderen ihren Zwölfte-Klasse-Schulpulli hinten mit dem Namen ihrer Vierer-Clique bedrucken lassen, und dann werden die Pullis geliefert und sie so, nee, doch nicht? Da steht einfach nur »Maddison« und so?

»Die Leute sind Ärsche«, erklärt ein Schulmädchen den anderen altklug. Sie stimmen ihr zu. Wir steigen alle ein. Wo sie recht hat, hat sie recht.

Alle im Bus sehen müde aus. Ein Geschäftsmann ganz vorn hört Ariana Grande, der Refrain hallt in seinen Kopfhörern wider, auch wenn er es tunlichst vermeidet, mit seinen Loafern im Takt zu wippen. Ich selbst höre »Eye of the Tiger«, ein kleiner Scherz nur für mich, und mache dabei ein ernstes Gesicht.

Wir fahren an Ladenschildern vorbei, die ich schon mein ganzes Leben lang kenne. Das Möbelgeschäft, das früher ein Birkenstock-Laden war und es bestimmt irgendwann wieder sein wird, weil sich alles kreisförmig bewegt, und die quirlige Oxford Street in Sydney ist da keine Ausnahme. Wir fahren an dem Kino vorbei, in das ich als Teenager immer gegangen bin, in der Hoffnung, jemand würde mich beachten. Ich erinnere mich, wie ich den Film *Bobby* dort das erste Mal sah. Er handelte von der Ermordung des siebten Kennedy-Kindes mit meinen damaligen Idolen Lindsay Lohan und Demi Moore in Gastrollen. Ich weiß noch, dass ich wochenlang jedem, der nicht bei drei auf den Bäumen war, erzählte, dass der Film einem »wirklich *nahegeht*«, eine Formulierung, die ich bei Margaret, der Blumenblazer tragenden großen alten Dame der australischen Filmkritik, gehört hatte. Und der Film ging einem tatsächlich äußerst nahe. Wussten die anderen das über die Kennedys? Was für ein Pech diese Familie hatte!

Der Bus hält, und die Mädchen steigen aus und hüpfen fröhlich in einen Schultag hinein, den ich meinem ersten Arbeitstag sofort vorziehen würde. Aber man kann nicht sofort wieder nach Hause fahren, und man kann nicht ewig zur Schule gehen, es sei denn, man wird Lehrerin – und selbst dann ist es nicht das Gleiche, nehme ich an. Ich denke darüber nach und weiß, dass ich durchaus wieder nach Hause fahren werde, in circa neun Stunden, und das werde ich dann jeden Tag für den Rest meines Lebens tun.

Community-Moderatorin. Kommentare. Sind Hunde besser als Katzen? Lasst uns darüber diskutieren.

Ich bin Mitte zwanzig: Es ist mir erlaubt, ja man erwartet es von mir, einen Bürojob zu haben. Aber als ich vor dem großen Gebäude stehe, in dem das Unternehmen, für das ich nun arbeiten werde, untergebracht ist, fühle ich mich fast schon absurd fehl am Platz, so als würde jede Sekunde jemand auf mich aufmerksam werden, wie ich da vor der Tür stehe, und lachen, nach dem Motto: *Tut mir leid, aber keine Chance.* Es ist nicht so, dass ich mich in Firmenumgebungen grundsätzlich als Hochstaplerin empfinde, wegen internalisierter Misogynie oder dergleichen. Ich kann nur beim besten Willen nicht verstehen, wie jemand auf die Idee kommen könnte, es wäre ganz natürlich, dass ich hier bin. Ich habe Angst, dass mein Gesicht mich verrät. Bestimmt werde ich die Augen verdrehen und damit mein einnehmendes Lächeln Lügen strafen.

Ich mache mich für meinen großen Eintritt in die Geschäftswelt bereit (gehe also durch eine stinknormale Tür in einer Seitenstraße des zentralen Geschäftsviertels), betrete das Gebäude und gehe zum Aufzug. Ich steige ein und lächle strahlend, als würde ich von einer Kamera beobachtet.

Die Türen öffnen sich, und da bin ich, schon fast im Inneren des sehr großen, kalten Raums, in dem ich den Rest meines Lebens verbringen werde, so kommt es mir an diesem Morgen zumindest vor. Ich setze mich zu ein paar anderen in den Empfangsbereich. Wir ignorieren uns und warten darauf, ins innerste Heiligtum geführt zu werden. Der Raum ist beige und erinnert mich an das Wartezimmer einer Abtreibungsklinik, nicht nur wegen der Firmenflyer und des Linoleums, sondern weil alle traurig entschlossen wirken, Eintritt in einen Bereich zu erlangen, der ihnen etwas nehmen wird. Sie verzehren sich geradezu danach, sich vor einen Computer zu setzen oder von jemandem befragt zu werden, der vor einem Computer sitzt. Nach einer Abtreibung kann man das Gebäude wieder verlassen, und man ist vielleicht wahnsinnig niedergeschlagen – oder fühlt sich wahnsinnig frei. Aber immerhin hat man selbst über seinen Körper und sein Leben entschieden, man hatte eine Wahl. Doch wenn man hier arbeitet, muss man diesen Empfangsbereich jeden Tag von Neuem durchqueren, um sich Lebensstunden wegnehmen zu lassen, und wenn wir dann abends um sechs wieder gehen, wird keine einzige Entscheidung, die wir in den vergangenen neun oder zehn Stunden getroffen haben, wirklich in unserem Sinne gewesen sein.

Übrigens bin ich mir durchaus bewusst, dass ich an meinem ersten Arbeitstag keine positive, auf produktives Arbeiten ausgerichtete Energie versprühe.

Endlich taucht die Personalerin auf und führt mich in einen anderen Raum. Man weist mir einen Spind zu für meine »persönlichen Gegenstände«, und schon jetzt muss ich mich zusammenreißen, nicht zu lachen, wenn ich an den Inhalt meiner Jutetasche mit dem Lurpak-Butter-Werbeaufdruck denke: mein Portemonnaie, drei Unterhosen, Kopfhörer, neun Tampons, ein Reisevibrator, zwei Romane, ein Notizheft, zwei Kronkorken, eine Flasche Sake und ein Füller. Ich werde zudem darüber informiert, dass ich Laptop und Headset, die man mir stellt, jeden Tag am Ende meiner Schicht wieder im Spind einzuschließen habe.

Dann führt man mich zu meinem Schreibtisch, den noch sechs weitere Menschen benutzen. Nicht abwechselnd, wie in vielen Firmen inzwischen üblich, sondern gleichzeitig. Es handelt sich genau genommen um einen großen Tisch mit vier Leuten vor ihrem Computer auf der einen Seite und drei Leuten vor ihrem Computer auf der anderen. Mir weist man die Viererseite zu, dort befinden sich auch die Sitzplätze meiner Moderatorenkollegen. Auf der anderen Seite, der luftigen Dreierseite, stehen Bürostühle, auf denen in Kürze Menschen Platz nehmen werden, die mir – so macht man mir sofort klar – in jeder Hinsicht überlegen sind. Es handelt sich nämlich um Journalisten. *Journalisten*, Leute. Könnte man Kursivschrift durch einen bestimmten ehrerbietigen Tonfall nachbilden, würde die Personalerin gerade so was von kursiv reden. Sie spricht es zwar nicht laut aus, aber die Botschaft ist trotzdem eindeutig: Die *Journalisten* werden nicht gestört!

Äußerlich lächle ich wie eine, die froh ist, hier sein zu dürfen (Hau rein, Mädel), und innerlich wie eine, die zufrieden ist, weil sie mit ihrer Annahme, dass hier alles furchtbar sein würde, richtiglag. Ich lächle das Lächeln einer Frau, die ihren vergebenen Freundinnen zuliebe ein Tinder-Date mit einem Typen hat, der auf seinem Profilbild wie ein Flachwichser aussieht und beim ersten Treffen als Allererstes seine große Bewunderung für Elon Musk kundtut, einer Frau, die dann dasitzt, ein kleines recht ekstatisches Tränchen des Eigenlobs verdrückt und sich denkt: *Genau. Genau so habe ich es mir vorgestellt.* An diesem befriedigenden Gefühl, das liebe Leben so gut einschätzen zu können, hält sie das ganze Date über fest. Sie hält daran fest, als er für sie bestellt; sie hält daran fest, als er über sein Auto spricht; sie hält daran fest, als er ihr erzählt, dass er normalerweise eher »auf Blondinen steht«; sie hält daran fest, als sie sich selbst zuhört, wie sie aus irgendeinem Grund einwilligt, ihn noch einmal zu treffen, und eines Tages, ihn zu heiraten. Irgendwann liegt sie auf ihrem Totenbett, lächelt und denkt daran, wie sie all das vorausgesagt hat.

Man hat mich gebeten, schon um halb neun da zu sein, ich nehme an, damit ich mich einrichten kann, bevor um neun die Meute eintrifft. Zum jetzigen Zeitpunkt sind da nur ich und die Frau aus der Personalabteilung, und so habe ich das Privileg, die am Vorabend verlassenen Sitzplätze an den verschiedenen Schreibtischinseln begutachten zu können und mir anhand der Beschaffenheit der Essensverpackungen, die neben den Tastaturen herumliegen, Gedanken über die journalistische Hierarchiestufe des jeweiligen Sitzplatzinhabers zu machen. Mein Schreibtisch steht ganz vorn im Raum, und sollte ich die Grenzlinie meiner Schreibtischinsel jemals überschreiten, dann gewiss nicht aus arbeitstechnischen Gründen, sondern allenfalls weil ich mich ariellemäßig zu den *Menschen*, auch bekannt als *Journalisten*, hingezogen fühle.

Die Personalerin lässt mich mit einem Handbuch über die Unternehmenswerte allein und sagt, ich solle es den Tag über durcharbeiten und kein schlechtes Gewissen haben, wenn es eine Weile dauere, schließlich sei das Buch dick. Ja, ich könnte es lesen, ich könnte auch eines Tages noch Astronautin werden. »Könnte« ist ein interessantes Wort.

Gegen Viertel vor neun tritt eine verhüllte Gestalt an meine Schreibtischinsel. Die verhüllte Gestalt trägt viele locker sitzende schwarze Kleidungsschichten – Schals, eine Strickjacke, einen Pulli, eine unförmige Hose, oder ist das ein Rock? –, und auf dem Kopf trägt sie ein Visor-Cap, wie eines dieser Werbegeschenke, die man auf Sportveranstaltungen bekommt, und auf dem Visor hat sie noch ein Tuch drapiert, das mit einem der Schals verflochten ist. Nachdem sie sich gesetzt und ihren Bildschirm genauso ausgerichtet hat, wie sie ihn braucht, alle Gegenstände, die sie für den Tag benötigen könnte, aus ihrer Tasche gezogen und mich während dieses Prozederes keines Blickes gewürdigt hat, stellt sie sich vor. Sie sagt: »Ich bin Alison.«

Und so ist es. Sie ist Alison.

Alison ist ein eingesperrter Vogel, der sich nicht an dem Käfig zu stören scheint, in dem er sitzt, sondern vielmehr daran, ihn mit mir teilen zu müssen. Sie sollte eindeutig ihre Prioritäten anders setzen, finde ich, aber ich bin mir sehr bewusst, dass nichts, was ich tue, darauf Einfluss hat. Wenn dir von jemandem eine solch unmittelbare Abneigung entgegenschlägt, bedeutet das meist, dass nicht du das Problem bist, sondern der andere. Andererseits rede ich mir das vielleicht auch nur ein, weil ich oft auf den ersten Blick nicht gemocht werde. So oder so: Irgendwie müssen wir alle über die Runden kommen.

Alison will nicht, dass ich über die Runden komme, und warum auch? Sie sieht aus wie Mitte fünfzig, hat aber die Haltung einer alten Frau. Ich bin mir sicher, wäre ich sie, würde ich jemanden wie mich auch sofort hassen – dieses vergleichsweise junge Ding mit dem erkennbar falschen Lächeln.

Ich schaue auf mein Handy. Seit Alison mit ihren ganzen Stoffbahnen und ihrer Verachtung da ist, sind erst vier Minuten vergangen. Sollten die anderen beiden Moderatoren pünktlich sein, werden sie in elf Minuten eintreffen. Hoffentlich entsprechen sie eher meinem Alter, mehr will ich ja gar nicht. Kurz erlaube ich mir zu träumen, ich könnte sie vielleicht mögen, aber dann pfeife ich mich zurück. *Hera, mach dir keine Hoffnungen, du wirst nur enttäuscht sein.*

Nach und nach kommen die Journalisten herein. Das heißt, ich nehme an, dass sie alle Journalisten sind. Bald werde ich lernen, dass einige von ihnen IT-ler sind, einige Webdesigner, einige Redaktionsassistenten, andere Fakten-Checker, wieder andere Korrektoren. Mit gezücktem Stift sitze ich da und warte darauf, mir etwas zu notieren, wenn mich denn jemand in die Arbeit einführen sollte. Denjenigen, die mich anschauen, als sie mit ihren bedeutsam schwingenden Laptoptaschen hereintrampeln, werfe ich ein schüchternes Lächeln zu.

Schließlich setzt sich eine sehr kleine Brünette an meine Seite des Schreibtischs, nickt Alison zu und wendet sich dann ihrem Bildschirm zu. Ich schätze sie auf Mitte zwanzig, und sie zittert, als würde sie wahnsinnig frieren.

Sie stellt sich mir nicht vor, doch instinktiv merke ich, dass sie zu schüchtern dazu ist, nicht unhöflich. Der Tunnelblick, mit dem sie auf ihre Tastatur starrt, erinnert mich an ein Mädchen in der Grundschule, das keiner mochte und das auf dem Pausenhof einmal zu mir kam und sagte: »Meine Mama hat mir erzählt, dass Kinder, die in der Grundschule geärgert werden, später viel erfolgreicher sind als die anderen«, um daraufhin wehmütig in die Ferne zu blicken, als wäre sie schon jetzt in dieser Zukunft. Die Brünette ist mir sympathisch. In mir regt sich sogar ein Beschützerinstinkt.

»Hi! Ich bin Hera«, rufe ich meiner mysteriösen Moderatorenkollegin über Alisons Kopf hinweg zu. »Heute ist mein erster Tag. Ich brauche Tipps von meinen Mitstreiterinnen.«

Sie schaut mich an und kichert. »Keine Ahnung … Bring einen Schal mit, würd ich sagen. Wird schnell kühl hier. Und grüß Steve, wenn du kannst.«

Ich weiß nicht, wer Steve ist, und ich weigere mich, einen Schal mitzubringen, erst recht, wenn Schals dauernd erwähnt werden.

Die mysteriöse Fremde hat mir noch nicht ihren Namen genannt, also frage ich sie. Sie heißt Mei Ling. Mehr sagt sie nicht, und mehr Informationen tauschen wir an dem Tag auch nicht aus.

Jetzt kommt eine große blonde Frau mit einer weiten schwarzen Hose und einer Ihr-könnt-mich-mal-Haltung herein, und die Energie im Raum verändert sich. Sie registriert mich, und ihr Gesicht sackt für eine Sekunde zusammen, dann hat sie sich wieder gefangen, wie wenn man sich für einen Besuch bei der Großmutter wappnet oder etwas anderes, zu dem man sich verpflichtet fühlt.

»Du musst Hera sein. Wir freuen uns sehr, dass du bei uns bist! Das Moderatorenteam ist das Rückgrat dieser Zeitung. Ohne euch, unsere stillen Heldinnen, würden wir nicht funktionieren!«

Ich lache schnaubend, was ich schnell in ein unterwürfiges Kichern verwandle – ein nahtloser Übergang, hoffe ich, bin mir aber nicht sicher.

»Ich bin Sally, die Chefredakteurin, und sitze gleich dort drüben.« Sie zeigt in die hinterste Ecke des Raums. Eine lustige Definition von »gleich«. »Alison hier ist ein alter Hase und wird Ihnen alles zeigen.« Während sie das sagt, schaut sie auf ihr Handy. Es wird das erste und einzige Mal sein, dass Sally mit mir spricht.

Nachdem sie mich eine Weile fleißig ignoriert hat, sagt Alison irgendwann, dass es Zeit ist, mir den Rest des Büros zu zeigen. Sie steht auf und mit ihr ihre vielen Stoffschichten, und wir machen uns langsam auf den Weg. Alison führt mich mit der Erschöpfung einer Holocaust-Museumsführerin herum, und ich merke, dass die meisten, die an ihren Tischen kauern, den Blick abwenden und so tun, als wären sie gerade furchtbar beschäftigt, wenn sich Alison nähert, um sie davon abzuhalten, Kontakt aufzunehmen.

Diejenigen, die nicht schnell genug waren, kommen in den fragwürdigen Genuss, einer Person vorgestellt zu werden, die nicht die geringste Rolle in ihrem Leben oder Beruf spielen wird, und doch tun wir alle so, als meinten wir es ernst. Ich frage sie nach ihrem Aufgabenbereich, und sie stellen mir ein, zwei Fragen zu meiner Person, bis beide Seiten das Gefühl haben, genug geheuchelt zu haben und sich wieder in ihre unterschiedlichen Sphären zurückziehen zu können: Sie wenden sich wieder Twitter zu und Alison und ich uns unserem Schreibtisch.

Der vierte Platz auf unserer Tischseite ist immer noch frei, also frage ich Alison, wer dort sitzt. Ihr Blick geht ins Leere, offenbar versucht sie, sich an einen Namen zu erinnern.

»Tim saß dort. Tim hat letzte Woche gekündigt.«

»Also gibt es nur uns drei Moderatorinnen?«

»Korrekt.«

Ich, Alison und Mei Ling. Das Dream-Team.

Ich möchte sterben, aber nichts passiert, es ist niederschmetternd. Ich bin äußerst lebendig und sitze zu allem Überfluss auch noch auf einem Bürostuhl mit Rollen.

Alison beschließt, dass sie mir am besten etwas beibringen kann, indem sie mich beobachten lässt, wie sie arbeitet. Das bedeutet, dass ich die nächsten sieben Stunden meines Lebens damit verbringe, mir den Kopf zu verrenken, um ihr dabei zuzuschauen, wie sie scrollt, leise vor sich hin lacht und entnervt zwischen verschiedenen Fenstern hin und her springt. Gelegentlich melde ich mich zu Wort und frage Alison, ob sie mir die Freude machen könnte zu erklären, was sie da gerade tut. Dann seufzt sie. Anscheinend hatte sie gehofft, dass ich auf osmotische Weise alles Nötige inzwischen verinnerlicht hätte, ohne dass man es mir erklären müsste.

»Bei Communitys«, erklärt sie mir, »geht es um Menschen.«

Ach was.

»Unsere Leser haben ein Recht, ihre Meinung kundzutun, also gibt es Kommentarfelder unter unseren Artikeln, die genau dies ermöglichen. Manchmal jedoch wird allzu hitzig diskutiert, oder Trolle versuchen, die Diskussionen zu torpedieren. Weißt du, was Trolle sind? Ja, gut, also, unsere Aufgabe besteht darin, diese Kommentare zu moderieren und sicherzustellen, dass die Unterhaltung sachlich und höflich vonstattengeht.«

»Also geht es im Grunde darum, dass wir rassistische Kommentare löschen?«

»Ha!« Alison schnaubt, als wäre ich ein Kind, das keine Ahnung hat, was es heißt, mit einer Feuerqualle in Berührung zu kommen.

Bereit, mir eine wichtige Lektion zu erteilen, schaut sie mir in die Augen und drosselt ihre Redegeschwindigkeit zu einem herablassenden Schneckentempo.

»Nein, wir ›löschen‹ nicht einfach Kommentare, Hera.« Sie malt Anführungszeichen in die Luft, um hervorzuheben, wie dumm meine Annahme ist. »Wir sind hier nicht in China. Hier gibt es Gesetze. Meinungsfreiheit. Das hier ist nicht der Platz des Himmlischen Friedens. Wir *löschen* keine Kommentare, wir *moderieren* Kommentare.«

Ich lehne mich unauffällig zurück, um zu schauen, ob sich Mei Lings Gesichtsausdruck während dieser leidenschaftlichen Rede verändert hat, aber sie ist clever und lässt ihr Profil hinter einem Vorhang aus Haaren verschwinden. Ich notiere im Geiste: *Muss mir die Haare wachsen lassen.*

Den Blick wieder auf Alison gerichtet, beschließe ich, die Tiananmen-Analogie zu ignorieren. »Natürlich. Mein

Fehler. Dann frage ich mich ... wie moderieren wir Kommentare, wenn wir sie nicht löschen?« Ich bin tatsächlich verwirrt.

Ich sehe, wie sich Alison gedanklich die Ärmel hochkrempelt.

Die Tirade, in der sie sich nun ergeht, beinhaltet viele Farben und eine ganze Reihe von Akronymen. Grundsätzlich ist es so, dass sich Nutzer, die einen Kommentar schreiben wollen, registrieren müssen. Wenn wir sehen, dass sie einen eindeutig rassistischen, homophoben oder sonst wie kranken Kommentar verfasst haben, lassen wir ihnen per Mail eine Warnung zukommen. In unserem System sind sie dann »orange«. Wenn sie das Gleiche noch mal tun, »blau«. Wenn sie das Gleiche noch mal tun, »gelb«. Wenn sie das Gleiche noch mal tun, »rot«. Danach: Zugang gesperrt.

Wenn sie es allerdings nach ihrer Verwarnung schaffen, sieben Tage lang hasskommentarfrei zu bleiben, verlieren sie jegliche Farbe, und das Ganze geht von vorn los.

»Okay, aber was ist, wenn sie sich einfach einen anderen Account zulegen und unter neuem Namen den gleichen Schabernack treiben?« Ich hoffe, durch den »Schabernack« die Generationenkluft zwischen uns überbrücken zu können.

Die Frage lässt Alisons Augen leuchten, aber nicht wegen meiner pfiffigen Ausdrucksweise. Sie ist bereit, mir ein paar Wahrheiten aufzutischen.

»Weißt du, was eine IP-Adresse ist, Hera?«

Ich bin eine australische Internetnutzerin, und ich habe schon amerikanische Serien gestreamt, bevor sie in Down

Under zu haben waren. Also ja, natürlich weiß ich, was eine IP-Adresse ist, aber ich glaube nicht, dass diese Information jetzt gut ankäme, also sage ich: »Nein, bitte erklär es mir, Alison.«

»Eine IP-Adresse ist eine individuelle Zahlenkombination, die der Internetverbindung einer Person zugeordnet ist« – falsch –, »und so können wir erkennen, wenn der neue Account eines Kommentators dieselbe IP-Adresse wie ein zuvor gesperrter Account hat. Das ist ein ganz alter Hut, Hera. Viele Leute versuchen, das System auszutricksen und Accounts zu tauschen. Aber ich finde sie. Ich finde sie immer.«

Ich beschließe, Alison nicht zu fragen, ob sie weiß, dass es sehr einfach ist, sich mehrere IP-Adressen zuzulegen.

So wie ich das sehe, wird mein Job Folgendes beinhalten: Ich werde jeden einzelnen Kommentar unter jedem einzelnen Artikel lesen, bei jedem dieser Kommentare überlegen, ob er sachlich ist oder nicht, und, sollte das nicht der Fall sein, die Farbe ändern, die dem Zugang des jeweiligen Kommentators zugeordnet ist.

Ein weiterer Großteil meines Tages wird genauso ablaufen, nur einen minimal anderen Fokus haben: das Urheberrecht. Wenn irgendwer seinen Kommentar mit einem Link versieht, ist es mein Job, darauf zu klicken und zu schauen, ob die Seite, zu der mich der Link führt, eine offizielle Seite ist oder ob dort auf wie auch immer geartete Weise Urheberrechte verletzt werden. Wenn mich der Link zum Beispiel zu Lady Gagas offiziellem YouTube-Kanal führt und mich mit dem offiziellen Musikvideo von »Bad Romance« beglückt, dann ist alles bestens. Wenn er mich jedoch zu einem inoffiziellen Gaga-Account führt, am Ende gar zu einer illegalen Gaga-Raubkopie, dann dampft die Kacke, und harte Geschütze werden aufgefahren. Noch bevor man »Gaga, oh, là, là« sagen kann, habe ich den Kommentar bereits gelöscht.

Das ist ein richtiger Job, und es ist meiner.

Ich mache mir absurde Notizen, während Alison monologisiert.

> TERF steht für »Trans-Exclusionary Radical Feminist« und ist ein Schimpfwort für Feministinnen der zweiten Frauenbewegung. A sagt, behalte Nutzer, die diesen Begriff verwenden, im Auge, die veranstalten gern viel Wirbel.

Und ich kritzele einen taifunartigen Wirbel daneben, so als wäre ich zwölf, denn genau so fühle ich mich: wie ein musisch veranlagtes Kind, das gelangweilt im Matheunterricht herumalbert, sehr zum Verdruss der Lehrkraft, die weiß, dass das Mädchen null Interesse zeigt, die Klassenarbeit aber trotzdem mit Bestnote schreiben wird.

Es geht immer weiter, seitenweise sinnloses Kuligeschmiere. Ich kralle meine Fingernägel in die Oberschenkel, um mich wach zu halten.

Am Ende des Arbeitstags bin ich vollkommen erschöpft. Ein Teil von mir hegte die – wahrscheinlich alberne – Hoffnung, dass man nach der Arbeit vielleicht noch etwas trinken gehen würde und ich ein bisschen Büroklatsch mitbekäme oder zumindest meinen Bekanntenkreis über Alison und Mei Ling hinaus erweitern könnte, aber das ist nicht der Fall. Meine Schicht endet um halb sechs, und zu diesem Zeitpunkt hat sich schon die Hälfte der Belegschaft aus dem Staub gemacht.

Als Alison zusammenpackt, schaue ich sie fragend an, ob ich auch gehen kann.

»Natürlich kannst du Feierabend machen, deine Schicht ist vorbei.«

Natürlich doch, meine Schicht ist vorbei. Dumme Hera!

Ich verstaue Laptop und Headset im Spind und gehe zum Aufzug. Er fährt mich hinunter. Ich durchquere die Lobby und trete auf die Straße, auf der sich das richtige Leben abspielt. Die Menschen hasten in verschiedene Richtungen, wollen schnellstmöglich nach Hause, und ich bin eine von ihnen. Ich habe zwar erst einen Tag hinter mir, aber jetzt verstehe ich ihre verhärteten Gesichtsausdrücke viel besser als noch am Morgen. Vor mir breitet sich die traurige Realität des Heimwegs nach der Arbeit aus. Jede einzelne Person tut mir leid.

Ich nehme den Bus und mache mir während der Fahrt keine Gedanken über die Innenwelten meiner Mitfahrer. Ich bin viel zu müde.

Zufällig kommen Dad und ich zur gleichen Zeit nach Hause.

»Hera, du siehst aus, als hätte dich wer überfahren.«

»Also wirklich! Ich freue mich auch, dich zu sehen, alter Junge.«

An diesem Abend verspüre ich keinerlei Lust, meinem Vater von meinem Tag zu erzählen, was er intuitiv erahnt, als ich auf allzu viele seiner Fragen mit »Mmhmm« antworte. Was sollte ich ihm schon erzählen? Dass die Welt grausam ist und ich mehrfach mit dem Gedanken gespielt hatte, von meinem Schreibtisch aufzustehen, hinunterzugehen und mich vor einen fahrenden Bus zu werfen? Väter wollen und sollten so etwas nicht hören. Er hat schon sein ganzes Leben lang gearbeitet. Alle anderen auch. Also Schluss mit dem Gejammer.

Der nächste Tag ist ein Dienstag. Danach kommt der Mittwoch. Das weiß ich, weil ich die Wochentage jetzt auf dem Schirm haben muss.

Inzwischen gibt es eine Routine. Sie sieht so aus, dass ich sitze, Alison sitzt, Mei Ling sitzt. Wir drei sitzen. In England und den USA gibt es Moderatoren-Gegenparts zu uns, und jeden Morgen teilen sie uns, bevor wir loslegen, per Videokonferenz mit, was in der Nacht passiert ist, sodass wir alle wissen, bei welchem Leitartikel über Palästina die Kommentare gerade explodieren. Es ist unglaublich, wie gefühllos alle sind. Ein Typ namens Mark gähnt uns über Skype unverhohlen aus seiner kleinen Arbeitskabine in London an, als er uns über staatsgelenkten Genozid und darüber, dass die Leser »das nicht so cool finden«, berichtet, und wir gähnen unverhohlen zurück. Alison sitzt mit hängenden Schultern da und macht deutlich, dass das Gewicht der Welt schon immer auf ihr gelastet habe.

Ich muss ziemlich viele Akronyme lernen. Das Internet hat so viele Möglichkeiten, Menschengruppen zu kategorisieren. Ich bin nicht vollkommen technikavers, ich kenne einige Akronyme aus meinem Alltag (LOL, schon klar, Homies). Aber an meinem dritten Tag verstehe ich eine ganze Reihe von Kommentaren unter einem Artikel über die Arbeit im Homeoffice nicht so recht. Ein Kommentator nennt jeden, der von zu Hause aus arbeitet, einen »Wuslim«. Per Google habe ich bereits herausgefunden, dass Wuslim »weißer Muslim« bedeutet, aber ich verstehe wirklich nicht, was das mit Menschen, die im Homeoffice arbeiten, zu tun hat. Ich frage Alison, ob sie mich erleuchten kann.

»Aha«, sagt sie. »Du kennst das Wort Wuslim nicht?«

»Ja, na ja, doch, ich glaube schon. Ich weiß nur nicht, warum es erstens eine Beleidigung und zweitens in diesem Kontext relevant sein sollte, jemanden einen weißen Muslim zu nennen.«

Sie schaut mich an, als hätte ich noch unglaublich viel zu lernen (was wohl auch stimmt), dann wendet sie sich wieder wortlos ihren Bildschirmen zu.

Mei Ling ignoriert uns gekonnt. Langsam glaube ich, dass Mei Ling ein absolutes Genie ist.

Ich mache mich wieder ans Scrollen. Ich scrolle und scrolle, ich markiere farblich, ich scrolle. Ich denke über Zelda nach. Was würde Zelda tun?

Sie wäre gar nicht erst hier gelandet.

Mein Browser schickt mir eine Benachrichtigung – *pling*! Mei Ling hat mich in unserem internen Messenger zu ihren Kontakten hinzugefügt. Ich bin richtig aufgeregt. Was bedeutet das?

Der Punkt neben ihrem Namen leuchtet grün. Ich sehe die tanzenden grauen Auslassungspünktchen: Sie schreibt etwas. Ich weiß, dass ich arbeiten und erst zu diesem Fenster zurückkehren sollte, wenn sie ihre Nachricht tatsächlich abgeschickt hat. Das wäre eine logische Herangehensweise. Aber etwas an diesen tanzenden Pünktchen zieht mich in ihren Bann, und ich starre auf den Bildschirm, bis der Text erscheint. Es heißt ja auch immer, man solle nicht direkt in die Sonne blicken, aber wir tun es trotzdem alle, oder? *Oder?*

Pling!

Mei Ling Chen: *Man gewöhnt sich an sie, versprochen.*

Ich blicke zu Mei Lings Schultern hinüber. Sie schaut nicht auf, sie hat auch ihre Haltung nicht verändert, um irgendeine Art von Messenger-Komplizenschaft anzudeuten. Ihre Haare lassen diesmal einen Teil ihres Profils frei, und ich kann sehen, dass sie nicht grinst, was ich immer tue, wenn ich im Stillen eine lustige Nachricht bekomme. Ich bin extrem beeindruckt, welche Tricks sie auf Lager hat.

Ich überlege, ob ich zurückschreiben soll: *So wie wenn man die Scheiße, in der man sitzt, irgendwann nicht mehr riecht??* Aber nein, alles zu seiner Zeit. So weit sind Mei Ling und ich noch nicht. Mach langsam, Hera. Ich muss etwas schreiben, das zu weiterem Geplänkel einlädt, das man aber auch unter »die Arbeit betreffend« einstufen könnte, sollte ich die Situation missverstanden haben und Mei Ling mir einfach nur weibliche Unterstützung in einem harten Arbeitsumfeld anbieten wollen.

Hera Stephen: *Was meinst du, wie lange dauert das in etwa?*

Stille.

Pünktchen kommen, verschwinden wieder.

Pling!

Mei Ling Chen: *Du musst einfach abwarten, bis all deine Träume zerplatzt sind, dann wird alles viel einfacher. Hab Vertrauen, der Augenblick wird kommen.*

O mein Gott.

O mein Gott, Mei Ling ist lustig! Mei Ling ist lustig und depressiv. Meine zwei Lieblingseigenschaften bei potenziellen Freundinnen. Ich *glühe*. Ich *schwebe*. Mei Ling, du kleines Teufelchen, du schlaues Ding, du hasst das alles auch!

Ich unterdrücke ein Lachen. Mei Ling schaut auf. Ich erwidere ihren Blick – das muss sein! Ich muss ihren Blick erwischen! Sie lächelt mich wissend an, und ich lächele zurück.

Nun habe ich eine Verbündete auf meiner Seite des Schreibtischs. So muss sich Brutus gefühlt haben, als er merkte, dass auch Cassius Bock hatte, Cäsar umzubringen. Bitte nicht googeln, ich weiß nicht, ob das so stimmt. Lasst es mir für heute einfach durchgehen.

Jetzt, wo Mei Ling und ich uns angewöhnen, uns gegenseitig Screenshots besonders wirrer Exemplare der von uns auf Hass und Urheberrechtsverletzungen durchsuchten Kommentare zuzuschicken, lässt sich der Tag psychisch viel besser überstehen.

Was ich vorhin über Katzen und Hunde sagte? Das habe ich mir nicht ausgedacht. An diesem Mittwochnachmittag verbringe ich vier Stunden meines Lebens damit, Kommentare unter der Stellungnahme einer bekannten australischen Journalistin zu moderieren, die die Kühnheit – nein, die scheiß *Frechheit* – besessen hat, zu schreiben, dass Katzen besser als Hunde seien, und das auch noch gleich in der Überschrift. Als wollte sie auf Teufel komm raus einen neuen Weltkrieg vom Zaun brechen. Gibt es nicht schon genug Leid auf Erden?

Anfangs sind die Kommentare noch recht freundlich. @tiermama stimmt der Journalistin zu. @tiermama hat auch eine Katze, und sie liebt ihre Katze. Sie ist pro Katzen.

Bis hierhin alles paletti.

Auftritt @jeinsager, der zugibt, dass *manche* Katzen nett sind, aber leider sagen muss, dass die meisten Katzen eine Einstellung haben, die ihm nicht sonderlich gefällt, sie sind alle so hochnäsig. @jeinsager ist der Meinung, dass Katzen nur dann besser als Hunde sind, wenn man eine richtig tolle Katze mit einem richtig fiesen Hund vergleicht.

Geht ein bisschen an der Sache vorbei, aber gut, was soll's. Lassen wir durchgehen.

@drunkinlove bringt jetzt das unvermeidliche Katzen-Gif in die Unterhaltung ein. Er hat sich eins ausgesucht, wo Salem, die sprechende Katze in *Sabrina – Total Verhext!*, in ein seltsames, marionettenhaftes Uahahahaha-Lachen ausbricht und man die Hand, die sich in dem ausgestopften Tier bewegt, fast schon sehen kann.

Passt. Mit einem Gif zur rechten Zeit macht man nie etwas falsch. Frage ich mich womöglich, wer @drunkinlove ist und was für ein Leben diese Person führt, dass sie die Zeit und Lust hat, ein Katzen-Gif unter einem Artikel über Haustiere zu posten? Ja, das tue ich. Aber wie gesagt, das ist alles noch koscher, oberhalb der Gürtellinie. Es gibt noch keinen Grund, meinen digitalen Marker zu zücken.

Jetzt steigt @fürdiewahrheit in die Unterhaltung ein, und die Stimmung kippt. Ich merke, dass da etwas kommt, spüre drohendes Unheil.

@fürdiewahrheit: *hunde sind nat besser als katzen, die frau is ne schlampe, die nix aushält*

@fürdiewahrheit: *der muss es mal jemand besogen dann heult sie nich mehr so rum*

Ich nehme an, dass @fürdiewahrheit »besorgen« schreiben wollte, aber wie sollen wir das jemals herausfinden? Manches auf dieser Welt wird für immer ein Rätsel bleiben. Ein tröstlicher Gedanke.

@tiermama zieht erneut in die Schlacht: *@fürdiewahrheit, ich finde, du solltest nicht so gemein sein. Die Autorin mag ihre Katze. Manche Leute mögen Katzen lieber.*

Dann das Unvermeidliche:

@dusseline: *Ihr habt Vögel vergessen. Vögel sind die besten Haustiere. Meine Mum ist an Krebs gestorben, und ohne meinen Vogel hätte ich diese schwierige Zeit nicht überstanden.*

@debby: *Was ist mit Goldfischen? Hat die Autorin die überhaupt in Betracht gezogen? Hätte sie tun sollen, wenn sie schon Haustiere miteinander vergleicht. Dieser Artikel TRIEFT nur so vor Privilegien. Die Autorin zieht nicht einmal in Betracht, dass die meisten Leute sich Hunde oder Katzen gar nicht leisten können oder überhaupt Haustiere?? Total offensichtlich für mich, dass sie aus einem reichen Haus kommt.*

Stellt euch vor, dieser Austausch hätte morgens stattgefunden, als ich noch nicht Mei Ling hatte, um ihr Screenshots zuzusenden.

Der vierte Tag der Woche ist Donnerstag: Ich lerne dazu. Aber so schnell, wie sie sich gestern zum Guten wendete, kippt meine Stimmung auch wieder. Nach dem High der Mei-Ling-Enthüllung zieht mich ein weiterer Morgen in diesem Büro sofort wieder runter. Während ich dasitze und scrolle, ziehen an mir Journalisten vorbei, die sich miteinander über die Lage der Welt unterhalten. Kein Einziger registriert mich. In den Artikeln geht es heute um die Klimakrise, Alkoholismus im Alter und Fußball. Ich habe trockene Augen, Rückenschmerzen. Wie kann das hier nur mein Leben sein?

Am Freitag genau dasselbe.

Der einzige Unterschied zu gestern ist der, dass ein neuer Journalist auf der anderen Seite der Bildschirme dazugekommen ist. Sein britisches Englisch unterscheidet sich deutlich vom Gemurmel der anderen gedämpften Stimmen, die meine Tage grundieren. Seine Kollegen heißen ihn nach einem Urlaub wieder willkommen, glaube ich. Es ist schwer, etwas zu verstehen. Einmal habe ich meinen Laptop so positioniert, dass ich durch eine Lücke zwischen zwei Bildschirmen einen Ausschnitt seines Gesichts sehen kann.

Das Gesicht gefällt mir.

Alison verlangt meine Aufmerksamkeit. Vielleicht spürt sie, dass ich abgelenkt bin. Sie sagt, dass ich zuschauen soll, wie sie die Kommentare zu einem Artikel über die schrumpfende Korallenbedeckung des Great Barrier Reefs überprüft. Während ich ihr beim Scrollen zusehe, muss ich mich zwingen, meine Augen offen zu halten.

Wie das Büro funktioniert, weiß ich inzwischen. (Wie schnell alles Neue und Unbekannte alltäglich wird!) Wenn etwas »Berichtenswertes« passiert, spürt man es in der Luft, alle Journalisten plustern sich wie frisch aufgepumpte Hüpfburgen auf und telefonieren gehetzt mit ihren Quellen. Meine Schreibtischseite ist von diesen Energieausbrüchen natürlich nicht betroffen: Wir wühlen weiter im Dreck, hinken immer hinterher, üben uns im Hochgeschwindigkeitslesen, machen einem User in Perth klar, dass es nicht okay ist, einen anderen Kommentator einen Kanaken zu nennen, springen zum nächsten Kommentar.

Nach der Korallenstunde gehe ich Artikel über den Gazastreifen durch, über eine krebskranke Frau, die sich einen Hund zugelegt hat, über Metallarbeiter in den USA, über den Selbstmord eines britischen TV-Sternchens, über eine Krankenschwester, die im Lotto gewonnen hat, und über Jugendarbeitslosigkeit in gering besiedelten Gebieten Australiens. Ich werde nicht dafür bezahlt, die Artikel in Gänze zu lesen, aber dafür, genug zu wissen, um jeden Kommentar am Ende einordnen und dann entscheiden zu können, ob er durchgeht oder nicht. Ist das rassistisch oder nur eine andere Sicht auf die Dinge? Ich habe drei geisteswissenschaftliche Abschlüsse, also neige ich in der Regel zum Urteil Rassismus.

Während ich dasitze und auf meinen Laptop starre, höre ich die Journalisten auf der anderen Seite des Tisches über Innenpolitik debattieren. Sie äußern ihre Ansichten mit einem Nachdruck, als würden sie sich dadurch irgendwie schneller verbreiten. Plötzlich bin ich den Tränen nahe, und ich weiß, dass das furchtbar theatralisch ist, aber ich kann nicht anders. Ich habe mich psychisch und physisch noch nie so gelähmt gefühlt. Mir war nicht klar, wie sehr es mich stören würde, vom Nachrichtenmachen ausgeschlossen zu sein. Meine Augen brennen, mein Körper vibriert und zittert leicht, versucht, die Traurigkeit in Schach zu halten. Ich muss sofort aus diesem Büro raus. Es ist so, wie wenn man sich gleich übergeben muss und alles egal ist, Hauptsache, man schafft es noch zur Toilette.

In den vergangenen Tagen habe ich ohne Unterbrechung am Platz gegessen. Ich war mir nicht sicher, ob ich ein Recht darauf habe, rauszugehen, und traute mich nicht zu fragen, aber heute muss ich es wagen. Ich muss raus. Eilig frage ich Alison, ob ich in die Pause gehen kann, und sie sieht mich an, als wäre ich der letzte Vollidiot. »Du hättest früher deine Pause nehmen sollen, Hera«, brummt sie verärgert. »Du musst bedenken, dass alles, was du tust, den gesamten Workflow beeinflusst.« Ich bin kurz davor, jetzt wirklich in Tränen auszubrechen. Stattdessen sage ich Alison, dass ich das in Zukunft tun werde, und begebe mich mit gesenktem Blick schnurstracks zum Aufzug.

Als ich aus dem Gebäude trete, erschrecke ich über das grelle Sonnenlicht. Es trifft mich wie ein Peitschenhieb –

oder wenigstens wie eines dieser Schnapparmbänder, die wir uns in der Grundschule gegenseitig um die Handgelenke geklatscht haben. Während ich drinnen saß, war es draußen die ganze Zeit so hell, wird mir klar. Während ich Alison beim Lesen der Kommentare zusah, Mei Ling Nachrichten schickte, gelangweilt etwas über Genozid las und scrollte – währenddessen war der Himmel die ganze Zeit strahlend blau.

Ich weiß nicht, wo ich mir etwas zu essen besorgen soll. Eine schier unmögliche Aufgabe. Anzugträger laufen mit Mittagsgerichten in Einwegverpackungen herum, aber wo haben sie die her? Ein paar Straßenecken weiter finde ich neben einem Geschäft für Handyhüllen einen Sushi-Laden. Ich kaufe mir zwei Hühnchen-Katsu-Rollen und finde noch ein paar Straßenecken weiter eine Sitzbank. Als ich die Tüte mit dem Sushi öffne, merke ich, dass man mir weder Sojasoße noch Ingwer oder Wasabi eingepackt hat. Das ist der Tropfen, der das Fass zum Überlaufen bringt. Auch eine Lesbe kann irgendwann nicht mehr. Ich schluchze.

Es gibt Augenblicke im Leben, die hängenbleiben, nicht weil sie auf eine gute Art besonders sind, sondern weil es sich um Momente völliger Erschlaffung handelt, kurz bevor zwangsläufig etwas anderes passiert. Ich vergesse das immer, aber so ist es: Irgendetwas passiert immer.

Deprimiert esse ich mein trockenes Sushi.

Bei meiner Arbeit gibt es keine Ziele, die ich erreichen, keine Erfolge, die ich verbuchen könnte: nur Kommentar nach Kommentar nach Kommentar.

Ich bin dabei zu verzweifeln, das spüre ich schon jetzt.

Ich habe gerade erst angefangen, ich kann nicht jetzt schon kündigen. Unmöglich.

Ich führe mir wieder den Vorfall mit der Internatsschülerin vor Augen. Ich führe mir die Jahre seit der Schule vor Augen, in denen ich mich darin geübt habe, nicht mehr so kopflos auf enttäuschende Situationen oder Menschen zu reagieren. Ich führe mir vor Augen, wie meine Ex mich »eine echte Herausforderung« genannt hat. Ich führe mir vor Augen, dass es entweder dieser Job oder gar kein Job ist. Ich will unbedingt Zugang zu Menschen bekommen, um zu verstehen, wie sie mit alldem klarkommen. Dieser Job muss reichen: Ich muss ihn machen.

Aber im Großen und Ganzen ist das alles so armselig – die Männer in Anzügen, die sich ihren To-go-Kaffee holen und über die Straße eilen, um noch vor neun im Büro zu sein; das aufgesetzte Lächeln zweier Kollegen, die gleichzeitig nach dem letzten Bagel angeln; die Tatsache, dass wir alle in unserem ersten Uni-Jahr Marx gelesen haben, und wenn nicht, so hat uns zumindest ein bekiffter Liebhaber in der Highschool den ein oder anderen Absatz Walter Benjamin eingetrichtert, und währenddessen lagen wir auf der Wiese vor der Schule oder vertrieben uns die Zeit zwischen zwei Kursen, und nie hätten wir gedacht, dass wir nach dieser Auszeit ebenfalls als Zahnrädchen in der Maschine enden würden und auch noch dankbar dafür wären – dankbar dafür, den Abend zu Hause mit Netflix verbringen zu können.

Oder vielleicht haben es ja alle gewusst außer mir – sinniere ich vor mich hin, als ich auf meinem traurigen Sushi herumkaue – und vielleicht dachten sie, dass sie es lieber unerwähnt lassen. So wie man seiner Frau erst nach dem Festessen zum Jahrestag gesteht, seinen Job verloren zu haben, man will ja den Abend nicht verderben. Oder wie man der besten Freundin nicht erzählt, dass man mit ihrem Freund geschlafen hat, obwohl man es doch nun mal getan hat und es ja wohl kaum rückgängig machen kann ... Sie wird es herausfinden, und dann wird alles nur noch viel schlimmer. Sag's ihr also jetzt sofort, verdammt! (Ich bin gerade dabei, mir, wie der Rest der Welt, noch mal *Fleabag* reinzuziehen, da liegt das Thema nahe.) Während wir in schlechten Theaterproduktionen mitspielten und über die Vorteile polyamoröser Beziehungen diskutierten, billiges Bier tranken und die Sonne genossen – hatten alle außer mir schon Pläne geschmiedet, sich heimlich auf unternehmensnahe Masterstudiengänge beworben und sich in existenzieller Selbstzufriedenheit geübt, sodass sie, als die Zeit reif war, problemlos einen Gang hochschalten konnten? Hatten alle anderen fröhlich ihre Rolle in einer Phantasiewelt gespielt, von der nur ich Volltrottel glaubte, sie könnte ewig währen? Und ich hatte geglaubt, wenn wir alle eine Sache wirklich nicht wollten, dann würden wir sie auch nicht tun. Wie bei den Schulmädchen im Bus mit ihrem Plan, auf die Schulpullis alle denselben Namen drucken zu lassen. Und siehe da, alle hatten ihren echten Namen drucken lassen, nur ich hatte an »Schweinebacke« festgehalten, das nun für immer in Cambria-Schrift über »Abschlussklasse 2012« prangte.

Die Leute sind Ärsche, die Mädchen haben recht, aber ein Volltrottel bin ich trotzdem. Ich hätte es wissen sollen, hatte aber die Augen vor der Wahrheit verschlossen. Es gibt so viele Dinge, die ich lieber nicht wissen möchte, doch das Universum lädt seinen Scheiß immer wieder bei mir ab, wie eine unbelehrbare Lästerbacke, wie eine Schulfreundin, die zum ersten Mal Ecstasy genommen hat – ohne Sinn und Verstand und Atempausen.

Ich stehe auf. Ich muss zurück in meinen selbst gewählten Käfig.

Kurz vor dem Bürogebäude entdecke ich den britischen Journalisten von der gegenüberliegenden Tischseite. Er ist dabei, die Lobby zu betreten. Von hier aus kann ich ihn besser erkennen. Er wird um die vierzig sein, sieht gut aus, aber auch gestresst, fahrig, gezeichnet. Er trägt ein Karohemd, das in der Anzughose steckt, hat einen langen Oberkörper, eher kurze Beine, und die kontrastierenden Stoffe betonen das. Ich muss auch durch die Lobby, um in das Gebäude hineinzukommen, anders kann ich es nicht betreten, und ich muss es betreten, aus Gründen, die tief im Kapitalismus wurzeln.

Ich bin so müde. Ich bin so früh aufgestanden. Dabei weiß ich, dass ich durchaus spritzig sein kann. Ich bin schon so oft spritzig gewesen, wenn es die Situation verlangte. Mein ganzes Leben lang hat man mir gesagt, ich solle spritzig sein. In jedem Film, den ich gesehen habe, gibt es gefühlt immer eine quirlige, kluge weiße Frau, die normale Situationen zum Leuchten bringt, die alle mit ihren geistreichen Bemerkungen über Simone Weil überrascht und sich dabei in der Stammkneipe einen Tequila hinter die Binde kippt.

Aber diese Form von Spritzigkeit, differenziert und

leutselig, erfordert viel Energie, und von meinem Sushi bin ich nicht satt geworden. Ich habe immer noch Hunger. Und ich habe noch so schrecklich viele Arbeitsstunden vor mir, muss noch so viele Meinungsbeiträge lesen, endlose Textfelder beackern und mir Alisons vorwurfsvolle Bemerkungen anhören.

In der Lobby steige ich in den Aufzug und lächle den Journalisten an. Werde ich spritzig sein? Werde ich eine Bemerkung fallenlassen, die beweist, dass ich die Nachrichten verfolge? Werde ich höflich sein und ihn fragen, ob er eine angenehme Mittagspause hatte? Da er am Montag nicht da war, wurde ich ihm noch nicht vorgestellt, und wenn ich ihn jetzt nicht anspreche, werden wir uns vielleicht nie kennenlernen. Nichts an diesem Mann weist darauf hin, dass er mir mehr Aufmerksamkeit schenken wird als die anderen Journalisten im Büro. Nichts an diesem Mann würde normalerweise mein Interesse wecken. Aber ich langweile mich so sehr.

Scheiß drauf, beschließe ich. Ich stelle Blickkontakt her und lege ohne Umschweife los. »Hi, ich bin Hera. Ich bin die neue Community-Moderatorin. Wir sitzen nicht weit voneinander entfernt, glaube ich. Welchen von den Kollegen findest du am schrecklichsten?«

Er sieht mich eine Sekunde lang mit einem *Hat sie das wirklich gerade gefragt?*-Blick an. Dann bricht er in Lachen aus. Es ist das erste echte Lachen, das ich in dieser Woche höre. Er lacht wie ein Verrückter.

Er hat eine Ader an der Stirn, die stärker hervortritt, wenn er seine Augen aufreißt.

»Nun, Hera, neue Community-Moderatorin, ich

fürchte, dass eine solche Information nicht für die Öffentlichkeit bestimmt ist.«

Die Türen gehen auf, und er lässt mich als Erste aussteigen. Ich spüre, wie die Stimmung kippt, ich kann sehen, wie sein Lächeln verschwindet und er vor meinen Augen in seinen Büromodus wechselt, also beschließe ich, unseren frisch geformten Bund in die heilige Büroumgebung mitzunehmen. Als ich aus dem Aufzug steige, schaue ich direkt in seine Augen, die meinen in dem Moment sehr nah sind, und forme mit den Lippen die Worte: *Wer?*

Er antwortet mit einem winzigen Lächeln, das sowohl »Wüsstest du wohl gerne« als auch »Das geht zu weit, aber ich werde dir schon noch beibringen, wie man sich im Büro benimmt« oder »Mich beschäftigt mein dementer Vater gerade sehr« oder wirklich alles bedeuten könnte. Ich kenne weder diesen Mann, noch weiß ich, was es heißt, wenn er lächelt. Und dann geht er zu seinem Platz mir gegenüber, wo sein Gesicht und seine Anwesenheit von den riesigen Monitoren verdeckt werden, die unseren Tisch wie ein Umkleidekabinenvorhang aus Dells teilen, und wir sind wieder in unterschiedlichen Welten.

Er beginnt ein Gespräch mit anderen Journalisten über einen Cafébesitzer in Sydney, dem offensichtlich aus antichinesischen Ressentiments heraus gekündigt wurde. Die drei sind ganz in ihr Gespräch vertieft und erzählen sich gegenseitig von der tollen Arbeit, die sie jeweils geleistet haben, um das ungerechte Racial Profiling bei Ladenbesitzern in Sydneys westlichen Vororten aufzudecken. Er redet weniger als die anderen, und mir sind ihre Hierarchieverhältnisse nicht ganz klar – ob sie alle Journalisten sind, ob einer von ihnen eine höhere Position als die anderen hat, in welchem Gebiet oder welchen Gebieten sie unterwegs sind. Ich widme mich wieder meinen Tabs, nehme das Klicken und Scrollen wieder auf.

Das war's dann, zwinge ich mich zu denken. Mein Einsatz wurde nicht belohnt. Jetzt geht's wieder ans Malochen, zurück zu Alison und Mei Ling, zurück in den Tod. Es ist unerträglich.

Nach ungefähr einer Stunde Quälerei gebe ich Bescheid, dass ich auf die Toilette muss. Ich befinde mich in vertrautem Gebiet: auf schwankendem Boden, im freien Fall. Ich spürte etwas in diesem Aufzug, ich spürte, dass dieser Ort mir vielleicht doch etwas zu bieten hätte. Doch jetzt sehe ich nur noch schwarz für die Zukunft. Ich setze mich in einer der Kabinen auf die Toilette. Die Leuchtstoffröhren lassen meine Beine weiß marmoriert erscheinen, und ich betrachte das ausgebreitet vor mir liegende Fleisch, die sich berührenden Oberschenkel. Ich erlaube mir wieder zu weinen, nur ein bisschen – und natürlich still vor mich hin.

Ich weiß nicht, wie ich das durchstehen soll – den restlichen Tag und dann die nächste Woche und alle weiteren Wochen. Zwei Frauen kommen herein, sie reden über die Story, an der sie gerade arbeiten. Es ist ein Artikel über Steuervorteile für Immobilieninvestoren, und sie überlegen, welche Abgeordneten ihnen die kontroversesten Zitate liefern könnten. Ich denke nur: Diese Frauen leben ihr Leben. Sie sind *eins* mit ihrem Leben. Und das meine ich nicht zynisch oder auch nur wertend. Ich staune einfach, ich bin neidisch auf sie. Ich weiß nicht, wie ich je eins sein sollte mit meinem eigenen Körper, meinen eigenen Kopf. Ich will auch für eine Geschichte brennen, egal welche.

Ich warte, bis sie verschwunden sind, dann verlasse ich meine Kabine, wasche die Hände, trockne die Feuchtigkeit um meine Augen und gehe zurück zu meinem Platz. Bevor ich mein Headset aufsetze, sagt mir Alison, ich solle in Zukunft versuchen, meine Klogänge in die Mittagspause zu legen, und ich danke ihr für diesen Rat.

Gegen Viertel nach fünf *plingt* es auf meinem Bildschirm. Ich nehme an, dass es eine Nachricht von Mei Ling ist, die mich darüber informieren will, was in meiner Abwesenheit alles passiert ist.

Ich klicke auf die Benachrichtigung des Messenger-Dienstes, und das Chat-Fenster geht auf. Die Nachricht ist nicht von Mei Ling: Sie ist von Arthur Jones. Wer ist Arthur Jones?

Wer auch immer es ist, er hat eben das Wort *Doug* getippt.

Wer hat mir das geschickt? Wer ist Doug?

Ich blicke von meinem Bildschirm auf und schaue mich im Büro um wie eine Filmfigur, die gerade ihren Stalker in der Leitung hat, der ihr sagt, dass er *im* Haus ist.

Und dann sehe ich ihn, den britischen Journalisten aus dem Aufzug, den mit dem Lachen. Er ist aufgestanden, sein Scheitel ist über den Monitoren erkennbar. Seine Bewegungen lassen darauf schließen, dass er sich gerade seine Laptoptasche umhängt. Er kommt um den Tisch, stellt Blickkontakt zu mir her und lächelt wieder sein winziges Lächeln, ein Schulterzucken von einem Lächeln.

»Einen schönen Abend noch, Alison, war wie immer ein Vergnügen«, sagt er zu ihr, und sie wird rot. Und dann formt er, als sie sich wieder ihren Bildschirmen zugewendet hat, mit den Lippen die Worte »Ich hasse Doug«. Und damit geht er auf den Flur hinaus, der ihn zum Empfang führen wird, der ihn zum Aufzug führen wird, der ihn dorthin führen wird, wo auch immer er nachts schläft.

Ich bin wieder entflammt, neue Energie durchströmt mich, der Nervenkitzel einer Herausforderung.

Runde eins ist eingeläutet. So einfach ist das.

Ich habe die Nahrungsquelle gefunden, die ich brauche, um das Büro zu überleben. Zwei Minuten lang wurde ich heute daran erinnert, dass ich ein Mensch bin.

Daran werde ich mich festhalten. Natürlich werde ich das.

An diesem Abend bin ich nach der Arbeit mit Soph zum Essen verabredet. Das ist ziemlich aufregend, denn wie alle meine Freunde hat auch Soph zu diesem Zeitpunkt bereits seit einigen Jahren einen normalen Job. Bisher konnte ich nur stumm danebensitzen, wenn meine Freunde und ihre Partner einer nach dem anderen über ihre Langeweile oder Sorgen klagten, sich über ihren verhassten Vorgesetzten oder die verpasste Beförderung beschwerten. Wenn dann die erste Büro-Beileidsrunde durch ist, gelingt es mir vielleicht, einen Kommentar über etwas, das ich an dem Tag gelesen habe, einzuwerfen. Aber Uni-Arbeit ist keine richtige Arbeit, darüber sind sich alle einig, und den Stress, dem meine Freunde ausgesetzt sind, kann ich unmöglich verstehen. Jeder Versuch meinerseits, meine eigenen Stressquellen mit den ihren gleichzusetzen, wird sofort gemaßregelt, und so habe ich gelernt zu schweigen, bis mindestens ein paar Flaschen Wein geleert sind und die geäußerten Missstände eine allgemeinere, existenziellere Form annehmen. Ich habe zwar kein Kollegenschwein, das immer das ganze Lob für meine Powerpoint-Folien einheimst, aber sterben werden wir am Ende eben doch alle.

Doch jetzt bin ich *eine von ihnen* und kann mich auch über meinen Tag beschweren.

Soph und ich haben uns für halb sieben bei einem

Italiener verabredet, dessen Preise sich, seit ich auf der Welt bin, noch nie verändert haben. Unten ist ein Café, in dem meine Freundinnen und ich uns nach der Schule gern zum Kaffeetrinken trafen und zusammen mit den Jungs aus der benachbarten Jungenschule so taten, als wären wir erwachsen. Oben ist ein Restaurant mit karierten Tischdecken, die vom Set der *Sopranos* stammen könnten. Nicht dass ich die *Sopranos* je gesehen hätte. Ich bin zu früh, also bleibe ich noch ein paar Minuten auf dem oberen Treppenabsatz stehen und beobachte das Geschehen unter mir. Automatisch spüre ich, wie meine Laune so gut ist wie die ganze Woche nicht, wegen des britischen Journalisten und weil das hier genau das ist, wofür ich lebe: in der Welt zu sein, alles zu beobachten, all die kleinen Verrücktheiten, aus denen sich unsere Tage zusammensetzen.

Am Ecktisch an der Straße sitzt ein älterer Herr mit einer Zeitung, einem Adressbuch und einem Glas Orangensaft mit Eiswürfeln. Er schaut sich immer wieder verstohlen um und gießt dann schnell einen Schwung Alkohol in sein Glas, was ich großartig finde: Ich mag seine Hingabe an die zur Schau gestellte Heimlichkeit bei jedem Einschenken, als würde er nicht schon seit fünfzehn Jahren jeden Abend sein eigens mitgebrachtes Schnäpschen an diesem Tisch picheln. Ich mag es, dass die Bedienung ihn nie zurechtweist, ich mag es, dass sie jedes Mal geflissentlich wegschaut, damit das Schauspiel weitergehen kann.

Ich beobachte ein paar Jugendliche in Schuluniform, die das tun, was meine Freundinnen und ich früher taten, sie scharen sich, ein Hühnerhaufen voller Energie und schlummerndem Potenzial, um zwei leere Kaffeetassen, die sie sich zu siebt geteilt haben, ihre Beine liegen wie Mikadostäbe kreuz und quer übereinander. Die Bedienung hinter dem Tresen schaut sie an, als würde sie ihnen gern den Hals umdrehen, aber manchmal muss sie grinsen, wenn einer von ihnen etwas unbestreitbar Komisches sagt.

»Voll ätzend, Mr Bradshaw hat alle früher gehenlassen, nur mich nicht.«

»Ja, weil deine Fresse so hässlich ist, Marcus.«

Weil deine Fresse so hässlich ist, Marcus. Scheiße, wie ich diese Teenies liebe, wie ich die Kellnerin liebe, wie ich Marcus liebe.

Ich gehe die Treppe weiter hoch und erinnere mich an die Zeit, als Soph und ich solche Teenies waren, als wir noch nicht wussten, was uns das Leben bescheren würde, und wir ganz in der Gegenwart lebten.

Soph arbeitet jetzt im diplomatischen Dienst und spielt dauernd auf Vorgänge an, die sie mir unmöglich erzählen könne (»Verschwiegenheitserklärungen, du verstehst?«), und dann trinkt sie Wein und erzählt mir doch alles. Sie geht damit kein großes Risiko ein, interessiere ich mich nicht sonderlich für Außenpolitik und kann mir ohnehin nicht merken, was sie mir erzählt. Und selbst wenn ich wollte, wüsste ich niemanden, der Interesse daran hätte, Geheiminformationen über Malta zu erwerben.

Obwohl Soph und ich inzwischen recht unterschiedliche Lebenswege verfolgen, haben wir uns zunächst mit den gleichen halbgaren Ambitionen ins Erwachsenendasein gestürzt: In der Schule wollten wir beide Künstlerinnen werden. Das beschlossen wir, als uns unsere Kunstlehrerin eines Tages ein Foto von Francis Bacons chaotischem Atelier zeigte und uns mit ernster Miene erzählte, dass sich Bacons Liebhaber auf der Toilette umgebracht habe. Das fanden wir grandios. Ich wollte Malerin werden und Soph Schriftstellerin. Ich hatte noch nie gemalt, aber sie hatte schon geschrieben. Wir fanden es sinnvoll, unsere Talente möglichst breit zu streuen, um uns in mehr als nur einer Szene zu etablieren. Rückblickend war es vielleicht nicht der allerbeste Plan, einem alkoholkranken irischen Maler mit Pfannkuchengesicht und einem Hang zur Misogynie nachzueifern, aber zu dem Zeitpunkt hatten wir nur wenig Anschauungsmaterial, und wir hatten den Eindruck, es gäbe nur dieses Leben – oder eins, das aus Geschäftsabschlüssen bestand, nichts dazwischen. Später, nach der Schule, wollten wir nach Europa ziehen, und mit Europa meinten wir »irgendeinen Ort mit vielen Dachkammern«. Wir hatten *Moulin Rouge* gesehen, wir wussten, wie Europa funktioniert.

Wie es sich so fügt, gab es nie ein Später – oder doch, aber es war ein anderes als das, was wir uns vorgestellt hatten. Soph machte einen guten Schulabschluss, ich auch. Welch eine Verschwendung, solche Noten in den Wind zu schießen, so sagten zumindest alle. Ich wurde nach und nach weich gekocht wie ein Hummer, auf kleiner Flamme. Wir könnten uns doch einschreiben und dann immer noch jederzeit aussteigen. Lieber rein ins System und dann die Wahl haben, das war der logische Schluss, auf den wir uns einigen konnten.

Soph schrieb sich für Jura und Kommunikationswissenschaft ein und ich für Kunstwissenschaft – ein kleines Zugeständnis an das Pariser Leben der Bohème. Wir würden beide an der Uni in Sydney studieren, denn uns war von Geburt an eingetrichtert worden, dass ein Studium an jeder anderen Universität gar kein Studium war.

Gespräche über einen Umzug nach Europa legten wir übergangsweise auf Eis, bis aus der Übergangslösung ziemlich schnell eine Dauerlösung wurde – etwas, das recht häufig passiert, wie ich inzwischen gelernt habe. Man sagt, die Gewohnheit sei der große Dämpfer, aber man verschweigt, dass es außer Gewohnheit nichts gibt.

Soph ging schon bald ganz in ihrem Jurastudium auf. Da man ohnehin nur mit sehr guten Noten in diesen Studiengang aufgenommen wurde, hatte sie nicht mehr den Stress, jedem erzählen zu müssen, dass sie sehr klug war. Soph passte von Anfang an gut zu diesen Leuten, die mit ihren deutlich sichtbar unter dem Arm platzierten Gesetzesschwarten über den Campus stolzierten. Diese Studenten schienen keine Taschen oder Rucksäcke zu besitzen, wie ich eines Tages feststellte, als wir auf der Wiese vor der Bibliothek saßen.

»Die Armen«, sagte ich mitfühlend, »immer müssen sie sich mit ihren Bücherstapeln herumschlagen, ohne zu wissen, dass es eine Vorrichtung gibt, die den Transport solcher Wälzer deutlich erleichtern würde.«

In den ersten zwei Uni-Wochen lachte Soph noch über solche Kommentare, danach waren Bemerkungen über das eigentümliche Verhalten der Spezies Jurastudent tabu. Mir machte das nichts. Hätte ich die gleiche Entscheidung wie Soph getroffen, hätte ich mich der Sache auch mit Haut und Haar verschrieben. Was hatte es für einen Sinn, Jura zu studieren, wenn man nicht gleichzeitig sein inneres arrogantes Arschloch umarmen konnte und erwartete, dass sich gefälligst niemand darüber lustig machte? Es gefiel mir, dass das für sie so war. Ich mochte die Welt, zu der sie mir einen Zugang verschaffte, und ich mochte es, dass ich nicht Teil davon war.

Oben setze ich mich an unseren üblichen Tisch auf der Galerie und warte auf Soph. Ich überlege, welche Anekdoten aus der Arbeitswelt ich zum Besten geben soll, und denke darüber nach, die Existenz eines Wasserspenders in meine Geschichte einzuflechten, um dem Ganzen ein gewisses büromäßiges Flair zu verleihen.

Soph kommt in einem einzigen Bewegungsstrudel auf den Tisch hernieder, die Jacke wird über die Stuhllehne geworfen, der Rucksack unter den Stuhl geschmissen. »Du wirst nicht glauben, was sich Jacinta heute Morgen in der Abteilungsrunde geleistet hat.«

Ich hege den leisen Verdacht, dass ich es sehr wohl glauben werde. Ich höre nicht zum ersten Mal von Jacintas Eskapaden.

Man bringt uns Brot. Ich esse Brot und warte, bis ich mit dem Reden dran bin.

Jacinta hat eine Konferenz an sich gerissen, die sie nicht geleitet hat, und hat für die Arbeit an einem aktuellen Projekt Lob eingeheimst, das eigentlich Soph gebührt hätte. Ich stimme Soph zu, dass Jacinta eine Schlampe ist, die nur Schlechtes verdient, und das besänftigt Soph ein wenig, aber nicht sehr. Sie wird Jacinta vernichten, erklärt sie. Daran habe ich keinen Zweifel: Soph ist klug und zieht ihre Motivation vornehmlich aus Rachefeldzügen – auch wenn sie das durch eine täuschend süße Oberfläche gut versteckt –, und sie hat sich gerade erst von ihrem Freund getrennt, sie hat also Zeit.

Die Arbeitsplatzdynamik in Sophs Büro ist im Vergleich zu der unserer meisten anderen Freunde tatsächlich interessant. Viele ihrer Kollegen werden aus anderen Ländern entsandt, also sind sie sozial ungebunden und vogelfrei in einer fremden Stadt, und sie schlafen mit allen in ihrem Umkreis. Viele von ihnen sind zu Hause liiert, aber anscheinend haben sie eine »Andere Länder, andere Sitten«-Mentalität.

Als unsere Pasta serviert wird, ist Soph so richtig in Fahrt, sie redet und redet über irgendeine Handelskampagne und darüber, wie das Schrott-Marketing es einfach nicht schafft, mit der Graphik zusammenzuarbeiten, und es allen, die an der eigentlichen *Richtlinie* arbeiten wollen, echt schwer macht. Fairerweise muss man sagen, dass sich das Marketing tatsächlich ziemlich Schrott anhört. Mein Technikwissen beschränkt sich auf das absolute Minimum, aber selbst ich weiß, wie ich einen Termin als iCal-Datei verschicke. Die meisten meiner iCal-Termine sind zwar nur Erinnerungen an mich selbst, mich zu dehnen, aber das Prinzip bleibt das gleiche.

Als sie schließlich genug Dampf abgelassen hat, fragt mich Soph, wie es mir geht.

Ich ertappe mich dabei, wie ich von meiner Woche erzähle, als wäre mein Leben eine Sitcom, in der ich die glücklose Protagonistin bin, die immer wieder schulterzuckend in die Kamera schaut, während im Off eine Lachkonserve explodiert. Ich erzähle ihr von Alisons Visor-Cap, davon, dass sie mir erklärte, sie trage ihn drinnen, um nicht so viel »Blendlicht« abzubekommen. Ich erzähle ihr von Mei Ling, davon, dass sie eine Verbündete, aber immer noch undurchschaubar ist. Ich erzähle ihr von der Arbeit, die meine Seele zerstört. Soph hört zu, sie nickt, empört sich an genau den richtigen Stellen. In dieser Hinsicht ist sie immer noch dieselbe Soph wie zu Schulzeiten. Schweigend sieht sie mir dabei zu, wie ich die Karre in den Dreck fahre.

Doch während ich weiterrede, wird mir klar, dass Soph einfach nur Schema F abspult. Ich glaube, sie geht nicht richtig auf mich ein, weil sie nicht glauben kann, dass ich das hier tatsächlich tue, dass das hier tatsächlich mein Leben ist. Sie reagiert so, als wäre das alles nur ein Scherz. Weil ich es so präsentiere, als wäre es nur ein Scherz.

Ich bin in einer Zwickmühle. Entweder behalte ich diese Süffisanz bei, und die Stimmung bleibt locker-flockig, oder ich schlage einen ganz anderen Ton an und gebe zu, dass ich mich durch diesen Job schon jetzt um Jahre gealtert fühle und einfach nicht weiß, wie ich es schaffen soll, nicht weiß, wie ich durchhalten soll, Angst habe, dass ich mich angesichts der Tatsache, dass die wirtschaftlichen Rahmenbedingungen nun mal sind, wie sie sind, und Wohnraum und Lebensmittel Geld kosten, für den Rest meines Lebens so fühlen werde. Ich bin immer die künstlerische Freundin gewesen, die, die von Luft und Liebe lebt. Ich mit so einer Arbeit, das sollte doch eigentlich eine Lachnummer sein – Hera in einem

Büro, wie verrückt! Und jetzt merke ich, dass es vielleicht nicht möglich sein wird, beides gedanklich voneinander zu trennen, wenn die Lachnummer, die ich aufführe, tatsächlich mein Leben ist. Ich gehe seit einer Woche einer Bürotätigkeit nach, und schon geht mir der Arsch gedanklich auf Grundeis.

Nach einer Weile scheint Soph doch zu verstehen, dass meine Woche nicht gerade grandios war, auch wenn ich alles daransetze, meine Verzweiflung lustig zu verpacken.

»Süße, jetzt mal im Ernst. Gab es die ganze Woche über keinen Moment, in dem du mal irgendwie an irgendwas interessiert warst? *Irgendetwas* muss es doch gegeben haben?«

Ich denke zurück an schlechtes Sushi, Rassismus, IP-Adressen. Doug. Ich hasse Doug!

»Na ja, Doug wahrscheinlich«, antworte ich.

»Doug?«

»Doug.«

Ich führe mir wieder vor Augen, wie Arthur mich angesehen hat, wie sich sein Blick geschärft hat, als er gemerkt hat, dass mir alles scheißegal war, dass ich nicht, wie wohl die meisten in meiner Position, unterwürfig war, weil er auf einer anderen Hierarchieebene stand, dass ich nicht die üblichen Bürofloskeln von mir gegeben habe. Ich weide mich an der Erinnerung daran, dass ich jemanden in einer Umgebung, die kein Gelächter kennt, zum Lachen gebracht habe.

»Na ja, da ist dieser Typ bei mir im Büro.«

Sophs Gesichts leuchtet auf. Jetzt habe ich ihre volle Aufmerksamkeit. Verschwiegenheitserklärungen und Büroaffären sind ihr das Allerliebste, und von Büroaffären anderer Leute zu hören, ebenso, und seit meiner Trennung von meiner Ex hat sie mich ohnehin immer wieder darin bestärkt, Sex mit einem Mann auszuprobieren.

»Er ist ziemlich alt, sieht aus wie vierzig oder so, und er ist auf einer ganz anderen Hierarchieebene als ich – nicht in meiner Abteilung, aber er spielt tatsächlich eine wichtige Rolle im Büro. Ich weiß gar nicht, was er genau macht, aber er strahlt so was aus wie … Also, dein Vater würde seine Kolumne wahrscheinlich am Frühstückstisch lesen und sich dann denken: ›Hmmm, ein interessanter Standpunkt über Milizen in Hongkong‹, und beim Abendessen würde er seinen Boomer-Freunden dann vielleicht erzählen, dass er am Morgen ›einen interessanten Kommentar zur Situation in Hongkong‹ gelesen hat.«

Soph nickt, sie weiß, was ich meine.

»Aber das Ding ist, dieser Typ – er heißt Arthur –, könnte sein, dass er mit mir flirtet, und ich glaube, ich flirte auch mit ihm, und ich finde ihn tatsächlich ziemlich süß. Aber er ist bei der Arbeit auf einem ganz anderen Level als ich und auch noch deutlich älter, und vielleicht ist er auch einfach nur nett zu mir, und außerdem ist mir bei der Arbeit wahnsinnig langweilig, also könnte es auch sein, dass ich das hier gerade total aufblähe …«

Noch während ich rede, frage ich mich, ob es stimmt, was ich sage. Mache ich hier gerade um der Unterhaltung willen Gefühle stärker, als sie sind, oder entwickeln sich Gefühle, wenn man über sie spricht? Ich bin mir größtenteils sicher, dass mein Monolog meinen Gefühlshaushalt korrekt beschreibt – aber ich weiß auch, dass ich eine

Schwäche fürs Dramatische habe. Ich mache weiter. Jetzt rede ich. Ob es stimmt oder nicht, darüber mache ich mir später Gedanken.

»Aber trotzdem habe ich so ein Gefühl im Bauch, dass irgendwas mit ihm passieren wird und er irgendwie … etwas bedeuten wird? Total verrückt, ich weiß, dass es verrückt ist, so etwas zu fühlen oder zu sagen. Aber ja, er hat mir heute eine interne Chat-Nachricht geschickt, und ich war irgendwie so richtig angefixt, und … vielleicht ist das einfach nur ein alberner Büroflirt, aber so ist es, und jetzt will ich unbedingt wieder mit ihm sprechen.«

Es gefällt mir, dass ich einen Grund habe, die Worte »interne Chat-Nachricht« in einem Satz zu verwenden, und der Effekt, den mein Wortschwall auf Sophs Interesse an dieser Unterhaltung hatte, gefällt mir auch.

Soph steht bei allem, was in dieser Sache passieren könnte, *total hinter mir*.

»Hera, hör mir zu, und das sage ich jetzt nicht nur so daher. Du musst mit diesem Mann ins Bett gehen.«

Wer weiß schon, ob er überhaupt Single ist, wer weiß schon, ob ich ihn überhaupt gut finde? Aber ansonsten passiert bei mir nichts. Also kann ich genauso gut diesen Faden aufnehmen und schauen, was dabei herumkommt. So machen sich die Leute doch ihr ganzes Leben lang ihre Arbeit erträglich, oder? Indem sie davon *träumen*, jemanden zu ficken, oder *tatsächlich* ihre Kollegen ficken. Ich habe *Grey's Anatomy* gesehen, ich bin kein Greenhorn. Wenn ich wirklich in die Bürowelt eintauchen will, ist es quasi meine Pflicht, mit dem alten Knacker zu schlafen, oder nicht? Tradition ist Tradition.

Es ist klar, dass sich Soph mittel bis gar nicht für Arthur interessiert, es geht ihr ausschließlich um das, ich zitiere, »geriatrische Bumsen«. Wahrscheinlich wäre es cooler, wenn das auch mein Hauptaugenmerk wäre; wenn ich zur Gruppe befreiter junger Frauen gehören würde, die Sex als Werkzeug für intergenerationelle Dominanz verstehen; wenn ich der Typ wäre, der unbeschadet so was durchziehen könnte. Leider fehlt mir die emotionale Fingerfertigkeit, die Dinge so voneinander zu trennen. Meine Gefühle sind eine einzige Matschepampe. Sie sind wie das Fingerfarbenbild eines Kleinkinds: alles so gründlich vermischt, dass das ganze Papier nur noch aus einem schmutzigen Braunton besteht und jedwede farbliche Nuanciertheit vermissen lässt.

Sophs Vorschlag, ich solle im Bridget-Jones-Stil einen kurzen frechen Rock im Büro tragen, lässt praktischerweise die Tatsache außer Acht, dass Daniel Cleaver ein Vollidiot ist und Bridget etwas Besseres verdient hat. Ich sage Soph, sie solle Arthur nicht danielcleaverisieren. Arthurs Auftreten rechtfertigt eine solch fiese Charakterisierung nicht, zumindest noch nicht, wo er mir doch bisher nur »Ich hasse Doug« gesteckt hat. Wo er doch bisher nichts weiter getan hat, als attraktiv auf mich zu wirken, weil er mich angeschaut hat, als nehme er an, ich könne mein Hirn tatsächlich benutzen. Vielleicht ist er ja Mark Darcy.

Und nicht nur das, sage ich zu Soph, sondern ich werde auch keine kurzen sexy Flatterröckchen zur Arbeit tragen, weil ich zum einen keine kurzen sexy Flatterröckchen besitze und es zum Zweiten scheißkalt im Büro ist. Die Kälte ist das dominanteste gemeinschaftsstiftende Merkmal dieses Büros. Hat sie nicht richtig zugehört, nicht richtig gelesen?

Die Kellnerin trägt unsere Teller ab und blickt über die Schulter, um uns wortlos darauf aufmerksam zu machen, dass wir inzwischen die einzigen Gäste sind und sie wirklich möchte, dass wir uns jetzt endlich verpissen, damit sie aufräumen und ins Bett gehen kann.

Draußen ruft Soph sich ein Uber, und nach einer großen Umarmung und einem gegenseitigen »Hau rein, Mädel« laufe ich zur Bushaltestelle. Ich habe noch nicht die Stellung in meinem Leben erreicht, wo ich gerechtfertigterweise im nüchternen Zustand ein Uber nehmen könnte. Ubers sind ein Luxus, den man sich ausschließlich in Nächten gönnt, in denen man hackedicht ist und die Öffentlichen als Transportmittel ausscheiden.

Im Bus denke ich über die seelische Verfasstheit meiner Mitreisenden nach. Es ist halb zwölf an einem Freitagabend, aber hier in der Gegend gibt es nicht besonders viele Bars, deswegen sind es nicht viele Fahrgäste. Da gibt es die Busfahrerin, die aussieht, als wolle sie sterben, könne aber die Energie dazu nicht aufbringen. Da gibt es einen Obdachlosen auf der Rückbank, der sich beeindruckend aufwendig eingerichtet hat – mit Decken, verschiedenen Flaschen und einem Buch auf dem Schoß … während er sich zurücklehnt, die Aussicht auf die Stadt genießt und sich von seiner staatlich angestellten Chauffeurin durch die Gegend karren lässt. Da gibt es eine Frau in einem gut geschnittenen Kleid, deren starr nach vorn gerichteter Blick deutlich macht, dass sie schwer damit zu kämpfen hat, sich nicht zu übergeben. Wenn der Bus sich in die Kurve legt, schwankt sie gelegentlich unsicher. Aus dem Ruder gelaufene Feierabenddrinks, vermute ich. Ich leide mit. Sie ist meine Büroschwester, meine Kameradin im Schützengraben.

Beim Aussteigen salutiere ich meinen Mitfahrern. Der Obdachlose salutiert zurück, die Frau lächelt mich verschämt an, die Busfahrerin bleibt emotional unberührt, aber das ist okay, sie ist müde und arbeitet. Sie ist meine gefühllose Königin.

Als ich ins Bett gehe, denke ich über alles nach, was in dieser Woche passiert ist – so viel und auch absolut gar nichts. Manchen Momenten habe ich ein bestimmtes Narrativ gegeben, habe ihnen die gedankliche Fußnote »möglicherweise relevant« verpasst, das sehe ich. Ich sehe die Umrisse dessen, was einmal eine Geschichte wird, die ich mir selbst erzählen werde. Als ich träume, träume ich von Alison.

Die zweite Bürowoche rollt über mich hinweg und dann die dritte, so wie Wogen ans Ufer rollen – weil sie müssen. Und da bin ich, halte immer noch den Kopf über Wasser.

Kennt ihr diese Szene in *Zum Leuchtturm*, wo es heißt: »so vergeht die Zeit«, und dann springt Woolf einfach weiter, und alle so, wow, wie radikal, verrückte Moderne, hat sie das wirklich gerade gemacht? Ich möchte diese Gelegenheit nutzen, um klarzustellen, dass Woolf ganz offensichtlich nie als Kommentar-Moderatorin in einem Büro gearbeitet hat (und jetzt regt euch nicht gleich auf, ich weiß schon, dass Frauen damals nicht einfach so arbeiten konnten und so). Denn ich spüre jede Sekunde, die vergeht. Jeden Fünf-Minuten-Abschnitt. Nie, auch nur einen einzigen Moment, kann ich mal kurz abschalten und finde mich dann in der Zukunft wieder. Meine Gegenwart ist der Bildschirm vor mir, und meine Gegenwart ist die Maus, mit der ich scrolle, und meine Gegenwart ist, dass ich mich jeden Tag nach der Mittagspause sehne, dieser süßen Befreiung.

Die Tage vergehen, ohne dass ich noch einmal zufällig auf Arthur treffe. Obwohl er nur etwa einen Meter von mir entfernt auf der anderen Seite der Bildschirme sitzt, haben wir keinerlei Berührungspunkte.

In Fernsehserien, die in Büros spielen, gibt es normalerweise irgendeine Art kameradschaftlicher Gemeinschaft. Diese Serien verbreiten fälschlicherweise die Vorstellung, dass alle Kollegen aufgrund der Tatsache, dass sie auf eine ganz spezifische Weise Zeit und Raum miteinander teilen, auch in sozialer Hinsicht miteinander verbunden sind. Vielleicht ist das an manchen Arbeitsplätzen der Fall, vielleicht scheint manchen Menschen auch die Sonne aus dem Arsch. Aber mir nicht. In unserem Büro gibt es klare Trennlinien zwischen bestimmten Grüppchen, die einander großartig und extrem wichtig finden und unbedingt miteinander reden wollen, und allen anderen. Alle anderen sind von der Außenwelt abgeschnitten, sitzen einsam und allein an ihren Plätzen, gehören nicht zum Rudel. Da gibt es die IT-ler. Sie sind in allen Varianten zu haben und zusammenhangslos über das ganze Büro verteilt, wie unbedeutende Gäste bei einer Hochzeit, die in keine der existierenden sozialen Gruppen passen und am Ende an den Katzentisch gesetzt werden oder zu den Cousins der Braut oder zu den Arbeitskollegen des Bräutigams vom vorvorherigen Job. Dann gibt es da die Typen, die sich um die Nutzerzahlen kümmern, eine Untergruppe der IT-ler mit ein bisschen mehr Macht, weil sie diejenigen sind, die den Journalisten Bescheid geben, wenn ihre Artikel durch die Decke gehen, und als Überbringer der guten Botschaft regelmäßig ein wenig Wohlwollen ernten. Dann gibt es da die Techniktypen. Die mag ich am liebsten, da ihre Situation meiner in ihrer monotonen Banalität und Ziellosigkeit am ähnlichsten zu sein scheint. Jeden Tag besteht ihre Hauptaufgabe darin, den Laptop irgendeines Boomer-Journalisten namens John, dessen »verfluchter

Rechner verflucht noch mal wieder nicht funktioniert« runter- und wieder hochzufahren. Da gibt es die Personalerin und die Empfangsdame. Beide leben in ihrer ganz eigenen kleinen Welt, sie halten sich ganz offensichtlich für das Rückgrat des Unternehmens und sind sich nicht bewusst, dass die Journalisten sie nicht einmal zur Kategorie »Mensch« zählen. Da gibt es den Wachmann am Eingang, Janeel. Ich mag ihn, und inzwischen scherzt er jeden Morgen mit mir, dass uns ein »neuer Tag im Paradies« bevorsteht. Dieser Witz wird einfach nicht alt und gewinnt sogar, je häufiger man ihn bringt.

Mei Ling und ich entwickeln weiterhin ein angenehmes und hocherwünschtes Verhältnis zueinander, doch nur selten erstreckt es sich über die Bürowelt hinaus. Ich glaube, wir merken beide, dass es angesichts der Tatsache, dass wir uns täglich gegenseitig bei der Arbeit davon abhalten, uns eine Kugel durch den Kopf zu jagen, ein bisschen viel wäre, im Privatleben der anderen auch noch eine Rolle zu spielen. Wir machen nie zusammen Mittagspause, da die Mittagspausen unbedingt nacheinander zu nehmen sind, damit die Kommentare nicht unbeobachtet bleiben. Auch nach der Arbeit machen wir nie etwas zusammen, denn nach Feierabend besteht unser Hauptziel darin, so schnell wie möglich aus dieser unterkühlten beigen Hölle zu verschwinden und in den Stunden, die uns bis zu unserer Rückkehr bleiben, so wenig wie möglich an sie zu denken. So kommt es, dass ich nach kurzer Zeit das Gefühl habe, dass ich niemanden so häufig spreche und sehe wie Mei Ling, aber gleichzeitig nur sehr wenig über sie weiß. Alison sitzt zwischen uns und verhindert jedes

Gespräch, und so tauschen wir uns weiterhin nur digital aus.

Der einzige andere Mensch, mit dem ich mich regelmäßig austausche, ist Ken, einer der Journalisten an Arthurs Tischseite, der es sich angewöhnt hat, mit seinem Bürostuhl auf meine Seite zu rollen, wenn er jemanden braucht, der ihm bei irgendeiner unbedeutenden Streitigkeit ein gutes Argument liefert oder ihm sagt, was er seiner Frau schenken soll, um sie zu befrieden. Ken weiß nichts über mich, außer dass ich Hera heiße und in seiner Nähe sitze.

Dann ist da noch ein IT-ler, Ian, der sich eindeutig mit mir anfreunden will. Er kommt immer wieder bei mir vorbei, um mich zu fragen, ob ich nach der Arbeit mit ihm im Pub gegenüber noch was trinken gehe. Beim ersten Mal hätte ich beinahe Ja gesagt und dann Mei Ling überredet mitzukommen. Ich mag Pubs, und ich trinke gern, überlegte ich, hört sich doch also alles gut an, oder? So etwas machen Kollegen miteinander. Ich bin eine Kollegin. Aber dann erzählt er mir am nächsten Tag, dass er und seine Freunde *Dungeons & Dragons* spielen wollen, und ich weiß nicht, wie das Spiel funktioniert, aber ich weiß, dass ich nichts davon wissen möchte, geschweige denn es lernen. Ich sehe mich einen Humpen nach dem nächsten leeren, während drei dünne Männer in ihren Dreißigern Figürchen auf einem Spielbrett hin und her schieben (oder? Wie gesagt, ich habe es noch nie gespielt). Und dieses Bild gefällt mir nicht.

Ich sage: »Danke, dass du fragst, Ian, leider habe ich heute Abend schon was vor. Ein anderes Mal, ja?«

Und jetzt kommt er jeden Tag um vier bei mir vorbei, um mich wieder zu fragen. Spoiler: Ein anderes Mal wird es nie geben.

Ich fühle mich schlecht, aber nicht schlecht genug, um mit drei fremden Männern in einem Pub neben der Arbeit *Dungeons & Dragons* zu spielen. Als Ian zu seinem Platz zurückgeht, schickt mir Mei Ling ein *Arrested Development*-Gif. Das, wo Lucille (in einem großartigen pinken Chanel-Kostüm wie das von Marge Simpson, als sie es in den Countryclub schafft) ausdruckslos zu Michael sagt: »Sollte das eine versteckte Kritik sein, werde ich sie mir nicht anhören und auch nicht darauf eingehen.«

Das Gif könnte in diesem Zusammenhang so vieles heißen. Ich antworte Mei Ling mit Text, keinem weiteren Gif. Ich schreibe: *Ich werde mir nichts anhören und auch auf nichts eingehen.*

Schließlich haben wir eine Arbeit zu erledigen, die darin besteht, bis ans Ende unserer Tage Nutzerprofile farblich zu markieren.

Eines Montagmorgens, ich befinde mich in der vierten Woche meiner Festanstellung, ist Alison besonders gereizt. Eine Moderatorin aus den USA hat es versäumt, unserem »Team« Bescheid zu geben, dass heute ein großer Artikel erscheinen wird, der das Potenzial hat, stark zu polarisieren. Inzwischen habe ich gelernt, dass wir bei Artikeln, die mit Sicherheit die Kacke zum Dampfen bringen werden, die Kommentare »vormoderieren«. Das bedeutet, dass wir alle Kommentare in eine Art digitales Wartezimmer schicken, wo wir bereits vor ihrer Veröffentlichung entscheiden, ob sie verrückt sind oder nicht, anstatt sie erst während der Unterhaltung zu löschen oder zu kategorisieren. Das versehentliche Versäumnis unserer amerikanischen Kollegin kann auf eine sehr einfache Weise wiedergutgemacht werden. Wir müssen nur auf einen Knopf im Backend der Webseite drücken, der die Kommentare in den »Vormoderationsmodus« versetzt. Aber eine korrekte Vorgehensweise ist alles für Alison, und sie nimmt es den internationalen Kollegen sehr übel, dass sie uns übersehen haben und ihr nun zusätzliche Arbeit aufbürden, ihren Workflow unterbrechen.

Alison verlangt nach der Chefredakteurin, um sie ausführlich über die »Situation« in Kenntnis setzen zu können. Sally kommt pflichtbewusst zu uns, zieht sich einen Bürostuhl zu Alison heran und hört sich schicksalsergeben eine fünfminütige Tirade an. Nach diesen fünf Minuten hat sie offensichtlich das Gefühl, ihre Rolle als demokratische Alleinherrscherin erfüllt zu haben, sie hat gezeigt, dass sie sich um eine niedere Gestalt ihrer Belegschaft kümmert. Sally wird heute gut schlafen können, sie weiß, dass niemand ihr vorwerfen kann, das Büro-Fußvolk zu missachten. Mit erhobener Hand würgt sie Alison mitten im Satz ab.

»Das ist eine ganz wichtige Information, Alison. Dein Feedback bedeutet mir viel. Ich werde mich mit dem Team in Washington in Verbindung setzen, und wir werden uns darum kümmern. Ich muss jetzt los. Aber weiter so!«

Und weg ist sie. Eine Minute lang ist Alison besänftigt, dann geht ihr auf, dass Sally sie gar nicht gefragt hat, wem sie in den USA eine Mail schreiben soll, was nötig gewesen wäre, um ihr Versprechen in die Tat umzusetzen.

Für mich hat Alisons Schimpftirade einen Vorteil: Sie lenkt die Aufmerksamkeit auf meine kleine Seite des Tisches – nicht systematisch oder über den Moment hinaus, nein, aber doch in einer ganz bestimmten Hinsicht.

Auf meinem Bildschirm taucht eine Nachricht von Arthur auf, unter »Doug«, dem einzigen Wort, das bisher in unserer Unterhaltung gefallen ist.

Arthur Jones: *Was meinst du, wie verbringt Alison ihre Sonntage?*

Ich drehe fast durch, versuche aber, ruhig zu bleiben. Ich werde auf gar keinen Fall den Eindruck erwecken, dass ich die letzten zwei Wochen danach gelechzt habe, eine weitere Nachricht von Arthur zu kriegen.

Hera Stephen: *lol. Seit wann teilt ihr euch den Schreibtisch?*

Arthur Jones: *Als ich hier vor vier Jahren angefangen habe, war sie schon da. Ich glaube, sie war schon immer da.*

Hera Stephen: *Ja, oder?? Ich glaube wirklich, dass sie hier geboren ist und wahrscheinlich auch sterben wird. Wahrscheinlich übernachtet sie hier. Ich glaube, sie baut sich jeden Abend ein Nest unter den Monitoren.*

Ein unterdrücktes Lachen auf der anderen Bildschirmseite. Ich verspüre ein Kribbeln, als hätte ich gerade Klebstoff geschnüffelt.

In diesem Stil schicken wir uns die ganze Woche Nachrichten, und jeden Tag antworten wir schneller. Am Donnerstag schreiben wir uns schon fast ununterbrochen. Bei meiner Arbeit kann ich gut nebenher anderes erledigen, aber bei ihm frage ich mich durchaus, wie er es noch schafft zu arbeiten. Morgens auf dem Weg ins Büro überlege ich mir, was ich ihm an diesem Tag schreiben werde, ich googele, welche Filme in den frühen 2000ern in England beliebt waren, durchsuche Twitter nach Insiderscherzen, die ich mir zu eigen machen könnte.

Hera Stephen: *Was sagst du zu Sallys Lederrock? Lucy Liu lässt grüßen.*

Arthur Jones: *Meine Rede. Vielleicht wird sie die IT-ler darüber in Kenntnis setzen, welch entscheidende Rolle sie bei der Akkumulation von Produktionsmitteln spielen? Viva la revolución.*

Hera Stephen: *Ahhh, verstehe – noch ein* Charlie's Angels-*Fan im Haus. Und vielleicht auch ein Mitgenosse??? Ich stand total auf sie, als ich jung war.*

Arthur Jones: *Ich weiß noch, wie ich als Student den Film im Kino gesehen habe. Hat mich mehr von Marx und Engels überzeugt als jedes Buch.*

Hera Stephen: *Ich wette, du hast jede einzelne Pflichtlektüre an der Uni gelesen, oder? Mit Marker und Bleistift! Und hast dich immer fleißig mit deinen Betreuern ausgetauscht. Habe ich recht?*

Arthur Jones: *Woher wusstest du das, Hera?*

Am Freitag dieser ersten Woche mit neuer Chat-Routine bin ich nach der Arbeit mit Freunden verabredet. Sarah ist in eine neue WG gezogen und hat sich mit ihrem PR-Geld das größte Zimmer geschnappt. Sie hat mich und Soph und ein paar andere, die wir aus Schule und Uni kennen, zu Cocktails auf ihrem Balkon eingeladen. Solche Abende enden meist damit, dass ich betrunken alle zwinge, »Ich habe noch nie« zu spielen, ein Spiel, dem sich die Leute mehr und mehr verweigern, je älter sie werden und je mehr ihr Leben aus Bürotagen, Missionarsstellungssex mit dem Langzeitpartner und Wanderausflügen am Wochenende besteht.

Ich freue mich schon ein bisschen auf den Abend, denn mit diesen Menschen abzuhängen, fühlt sich an, wie mit der Familie zusammen zu sein, so lange kenne ich sie schon. Viele von ihnen wissen noch, wie ich jeden Tag mit Pferdeschwanz-Palme rumgelaufen bin. Eine solche Intimität lässt sich nur schwer bei Freunden, die man erst im Erwachsenenalter kennenlernt, herstellen. Aber dann wiederum freue ich mich auch nicht, denn ich merke gerade, dass mein Bürojob-Gejammer nicht besonders gut ankommt. Das ist enttäuschend, ist doch eines meiner

Hauptziele, durch diesen Job in den Kreis der Selbstmitleidigen aufgenommen zu werden. Doch es sieht so aus, als müsste ich mich noch durch ein paar Bürojahre quälen, bis ich von meinen Freunden als ihresgleichen akzeptiert werde. Die allgemeine Ansage lautet: »Melde dich, wenn du dort vier, fünf Jahre gearbeitet hast, Hera, dann kannst du ansatzweise verstehen, wie deprimiert wir alle sind.«

Aus diesem Grund – neben anderen (dazu gehören: Geilheit, Geilheit, Geilheit, Langeweile, Geilheit) – werfe ich meine Pläne schnell und extrem kurzfristig über Bord, als Arthur mir gegen halb fünf eine Nachricht schickt, ob ich Lust hätte, mit ihm und ein paar Schreiberlingen aus seiner Abteilung nach der Arbeit in der Bar gegenüber was trinken zu gehen.

Ob ich Lust habe? Was für eine absurde Frage! Natürlich komme ich mit, Arthur. Darauf habe ich die letzten drei Wochen gewartet: du, ich, eine Bar. Ich schreibe, dass Mei Ling auch mitkommen wird, wenn das okay ist. Na klar ist das okay. Ich schicke Mei Ling eine Nachricht, dass es mir leidtue, aber sie müsse mitkommen. Nachdem ich ihr dreimal hintereinander *klopf klopf Alte ich bins du musst mitkommen* schicke, gibt sie nach.

Mei Ling Chen: *Okay okay, wenns sein muss.*

Da es Freitag ist, machen die Leute früher Feierabend. Mei Ling, Alison und ich sind jedoch bis halb sechs an unsere Plätze gebunden. Das ist Schichtarbeit, Baby.

Gegen Viertel nach fünf schwärmen Arthur und sein Team unter lauten »Ab zur Tränke«-Rufen und gegenseitigem Schulterklopfen aus.

Er hält auf seinem Weg nach draußen kurz an unserer Tischseite an, sieht mich an und sagt: »Dann bis gleich.«

Ich nicke. »Bis gleich.«

Alison blickt mich entgeistert an. Mit Mühe schaffe ich es, nicht zu lachen. Ich werde mich nicht erklären und ihre Neugier befriedigen, auch wenn es mehr als offensichtlich ist, dass sie unbedingt wissen will, was hier gerade los ist, wie es passieren konnte, dass ich im Leben eines Journalisten, eines Menschen *von jenseits der Monitore*, eine Rolle spiele.

Rückblickend erkenne ich, dass man diese Szene von außen so lesen könnte, als würden hier gerade ungleiche Machtverhältnisse zementiert: ich, das eifrige, naive junge Mädchen; Arthur, der alte faltige Mann. Auf einem gewissen Level stimmt das sogar. Dass er sich außerhalb meiner üblichen Kreise befand, machte ihn auf jeden Fall attraktiver für mich. Auch die Annahme, ich könne ihn nicht kriegen, eine Annahme, die sich darauf stützte, dass ich im Vergleich zu seinem Gehalt, der Höhe seiner Rentenansprüche und dem mehr oder weniger hohen Wiederkennungswert seines Namens unter Artikeln in beruflicher Hinsicht vollkommen wertlos war.

Aber es wäre unfair, ihn ausschließlich als den Jäger und mich als die Beute darzustellen. Auch ich verstand mich als Jägerin – vielleicht eine etwas verkorkste Art, für mich Partei zu ergreifen, aber trotzdem fühlte ich mich so. Ich war Hera und wollte Arthur, und ich sah keinen Grund, ihn nicht haben zu können.

Na gut, wenn ich ganz ehrlich bin, kann ich nicht verhehlen, dass ich im Stillen auch äußerst versessen darauf war, hinter die Kulissen blicken zu dürfen. Ich wollte die Gespräche mitbekommen, die diese gut bezahlten Männer und Frauen miteinander führten, die Dynamiken verstehen, die sich beim freitäglichen Feierabendbier bildeten und veränderten. Ich wollte wissen, wie sie außerhalb des Büros sprachen und ob ihre Selbstzufriedenheit unerschütterlich war oder nicht. Ich wollte sehen, wie sie sich betranken. Ich wollte, dass jemand nach sieben Bier etwas Homophobes von sich gab, und dann wollte ich sehen, wie derjenige versuchen würde, sich herauszuwinden. Ich wollte wissen, ob sie dieses Leben, das sie lebten, auch wirklich mochten. Ich wollte wissen, was Arthur davon hielt. Denn irgendetwas sagte mir, dass auch er ein Beobachter war.

Vielleicht sah ich von Anfang an zu viel in ihm. Doch ist der Begehrende nicht immer großmütig? Ich wollte, dass er das war, was ich brauchte, und so wurde er genau das.

Die Bar ist mexikanisch, bedient wird man folgerichtig von weißen westlichen Studenten. Sie ist dunkel und abgeranzt, und bisher war ich ausschließlich spätabends hier. Es ist komisch, sie mit nüchternen Augen zu sehen. Mei Ling und ich betreten einen langen schmalen Raum mit unendlich vielen Sitzecken, die sich wie Dominosteine in einem Spiegelkabinett in der Ferne verlieren. Wir drängeln uns durch die Bar zu Arthurs Tisch weiter hinten. Ich bin mir sehr bewusst, dass man uns anstarrt. Ich bezweifle, dass Arthur seine Kollegen über unser Kommen informiert hat, und Eindringlinge, die auf direktem Wege ihre Sitzecke ansteuern, beunruhigen sie wahrscheinlich. Als Arthur uns zu sich winkt, drehen sich einige Köpfe, und ich kann erkennen, wie sie anfangen zu rattern: *Woher kenne ich die doch gleich?* Ich beobachte, wie Ken mich erkennt und dann zu verbergen sucht, wie sehr es ihn erstaunt, dass ich hier an diesem Ort bin und nicht nur als Wurmfortsatz seines Schreibtischs existiere.

Ich beurteile die Lage und komme zu dem Schluss, dass es nur einen brauchbaren Weg gibt, mit dieser Situation umzugehen. Ich könnte mich leise in die Sitzecke quetschen wie ein schüchternes Gespenst. Ich könnte Arthur Mei Ling und mich der Gruppe vorstellen und ihn darüber entscheiden lassen, wie wir aufgenommen werden, nämlich als Kommentar-Moderatorinnen, die man in allen Unterhaltungen geflissentlich ignorieren würde. (Mei Ling würde das wahrscheinlich wenig ausmachen, da sie ohnehin nicht hier sein will.) Oder ich erhebe meine Stimme. Ich mache deutlich, dass man mir hier nicht mit Arbeitsplatzhierarchien kommen kann. Denn ich bin fest davon überzeugt, dass eine Bar ein wunderbar egalitärer Ort ist, an dem alle gleich sind, solange sie die Zeche zahlen.

Ich stehe am Rand der Sitzecke, Mei Ling blickt neben mir auf ihr Handy. Wie immer bin ich beeindruckt von ihrer Fähigkeit, sich in taktisch klugen Momenten von allem zu distanzieren.

Ich schaue mich in der Gruppe um und sagte laut: »Hallo in die Runde! Ich bin Hera, das hier ist Mei Ling. Danke, Arthur, dass du uns Bescheid gegeben hast. Schön, euch alle außerhalb des Kühlschranks kennenzulernen.

Die nächste Runde geht auf mich. Was trinken wir? Ihr müsst jetzt Bier sagen, weil ich supermies bezahlt werde.«

»Bier!«, ruft ein Mann in einem kurzärmeligen Hemd aus der hinteren Ecke.

»Der gute Mann hat Bier gefordert, also soll es Bier sein. Bin gleich mit vollen Krügen wieder da.«

Ich fange Arthurs Blick auf. Er lächelt ungläubig. Ich zwinkere ihm zu, drehe mich um, rufe Mei Ling über die Schulter hinweg zu, sie solle sich setzen und ihren müden Beinen Ruhe gönnen, und steuere die Bar an.

Mei Ling verdreht die Augen. Sie hat mich noch nie in einem gesellschaftlichen Kontext gesehen, erst recht nicht in so einem, wo ich mich offensichtlich größer mache, als ich bin, um zu kriegen, was ich will.

Hera!, werdet ihr jetzt vielleicht einwenden. *Hera, das ist die erste Gelegenheit, außerhalb der Arbeit eine Bindung zu Mei Ling aufzubauen! Du solltest diese Gelegenheit nutzen, um die Bande eurer Frauenfreundschaft zu festigen, um dich mit einem anderen Mitglied des Plebs zu solidarisieren. Du solltest sie über ihr Leben ausfragen und sie dich, und dann werdet ihr beide mehr als nur Nebenfiguren füreinander sein, mehr als Statistinnen ohne Vergangenheit, Familie oder ein Leben außerhalb eures eigenen gemeinsamen Narrativs.*

Und ich möchte euch antworten: *Klappe! Jetzt nicht! Ich habe hier gerade sehr schwere Getränke in der Hand.*

Zurück am Tisch, werden die Krüge mit Gejohle in Empfang genommen. Ich lasse mich gegenüber von Mei Ling auf die Sitzbank fallen, wir hocken beide am äußeren Rand, schließlich sind wir als Letzte eingetroffen. Kopfschüttelnd lächelt sie mir zu. Ich zucke die Schultern: *Was soll's?* Sie lacht. Sie muss ein Sandwichkind sein, denke ich, die mittlere von drei Schwestern. Ich merke mir, sie beizeiten zu fragen, ob ich richtigliege. Ich wende mich Ken zu und will wissen, was er als Siebenjähriger werden wollte.

»Paläontologe«, sagt er nach kurzem Nachdenken. »Auf jeden Fall Paläontologe.«

»Und hast du das Gefühl, dass du dem als Mensch, der über die Finanzmärkte schreibt, irgendwie nahegekommen bist? Graben musst du ja auch, nur nicht in der Erde, was?«

Er stockt kurz, dann kapiert er den Witz. »Ja genau, bin wohl eine Art Indiana Jones.«

»Jäger der veruntreuten Steuern, oder wie?«

Das kommt sehr gut an. Ihm gefällt diese Charakterisierung, also wiederholt er sie laut für den ganzen Tisch.

»Jäger der veruntreuten Steuern! Arthur, wo zum Teufel hast du diese Frau aufgegabelt?«

»Port Douglas«, antwortet Arthur.

Endlich jemand, der mithalten kann. Alle anderen wissen logischerweise nicht, wie sie seine Bemerkung einordnen sollen, und sind dementsprechend verwirrt. Arthur stellt die Sache klar.

»Nein, nur ein Scherz. Wie du weißt, Ken, sitzen Hera und Mei Ling direkt neben uns. Ich dachte, sie könnten einen Drink gebrauchen, schließlich ist Alison ihre Vorgesetzte.«

»Ach, Alison«, sagt eine Frau im Hosenanzug, die mir gegenübersitzt. »Die ist durchgeknallt, oder? Sie hat mich einmal bei der Personalabteilung angeschwärzt, weil ich einen ihrer Teebeutel benutzt habe. Ich dachte, die wären für alle!«

Jetzt gibt jeder eine Alison-Geschichte zum Besten. Sieht ganz so aus, als wäre sie eine Art Bürolegende, aber nicht im positiven Sinne.

Die Krüge werden geleert und weitere bestellt. Der Abend schreitet langsam voran, Augen werden glasiger, man tauscht Anekdoten aus, übertreibt, bestreitet Fakten, schließlich gehen die Leute, auch Mei Ling, allein oder zu zweit hinaus in den Abend, ins Wochenende.

Die Gruppe schrumpft, bis nur noch Ken, Arthur, ich und die Frau im Hosenanzug, die anscheinend Killara heißt, da sind. Zuerst denke ich, dass ich sie falsch verstanden habe und sie denkt, ich hätte sie gefragt, wo sie wohnt, denn auch ein Vorort von Sydney heißt Killara. Doch als ich nachhake, wird deutlich, wie ignorant ich bin, denn es stellt sich heraus, dass Killara ein Darug-Name ist und »immer da« heißt. Ich möchte im Boden versinken und beschließe, dass ich mich bei nächster Gelegenheit für Killara buchstäblich in den Tod stürzen muss, nur so kann ich das wiedergutmachen.

Ken hingegen findet, dass es eine gute Idee sei, mich für meinen Fehler aufzuziehen. »Ich dachte immer, deine Generation ist ›woke‹, Hera.« Er malt mit den Fingern Anführungszeichen in die Luft, als er das sagt.

»Lass gut sein, Ken. Den Fehler machen die Leute andauernd … zumindest die Rassisten unter ihnen.« Und Killara wirft mir einen anklagenden Blick zu. Dann prustet sie los.

Nur ein Scherz. Gott sei Dank. Sie macht Scherze.

Arthur registriert meinen roten Kopf, die heißen Wangen, meine gestammelte Entschuldigung und die Bemühungen, ebenfalls einen lockeren Ton anzuschlagen. Er macht sich nicht über mich lustig. Er sieht, dass ich kurzfristig meine Rüstung abgelegt habe und es mir tatsächlich wichtig ist, was andere von mir denken. Er sieht mein weißes Schuldgefühl durchscheinen wie das Licht bei einem rissigen Lampenschirm.

Vielleicht sieht er aber auch gar nichts. Vielleicht, ja sogar wahrscheinlich liegt es an meinem roten Gesicht und an meiner Stimme, die mir viel zu laut in den Ohren hallt, und ich projiziere meine angespannte Wahrnehmung bloß auf ihn, einen Fremden, der genauso gut gerade an irgendwelche Sportergebnisse denken könnte.

Aber meint ihr nicht auch, dass man es manchmal einfach *weiß*? Manchmal lernt man jemanden kennen und weiß, dass man sich gegenseitig wirklich versteht. Vielleicht sieht man sich nie wieder, aber für einen kurzen Moment seid ihr euch beide bewusst, dass ihr gerade aus ein und demselben Blickwinkel auf die Situation blickt, in der ihr euch befindet, wohingegen alle um euch herum ganz anders darauf schauen, einen ganz anderen Standpunkt haben. Das muss nichts Sexuelles sein, auch wenn es oft mit reinspielt. Es ist so, wie wenn du dich auf einer Party zu einer Gruppe im Hinterhof gesellst, die aus Freunden und Fremden besteht, und du merkst sofort, dass dieser Typ da, der neben dem Bruder deines Mitbewohners, dass er an diesem Abend dein Seelenverwandter sein wird. Die anderen machen irgendwelche Scherze, aber ihr beide lacht nicht, ihr habt euch auf eine andere Ebene begeben, und dort ist nur lustig, dass sich eure Blicke andauernd treffen. Ihr absentiert euch, die anderen Deppen braucht ihr nicht, ihr habt euch vielleicht noch nicht einmal vorgestellt, vielleicht werdet ihr das den ganzen Abend nicht tun, denn ihr seid euch näher als jeder Name. Namen sind was für Loser.

Andere versuchen, sich zu eurer Ausreißergruppe zu gesellen, denn jeder sieht, wie viel Spaß ihr habt. Aber sie machen sich schnell wieder aus dem Staub. Sie sind der Sprache, die ihr zwei gerade erfindet, nicht mächtig.

Alle anderen auf der Party finden euch beide unerträglich, und wärt ihr nicht Teil eurer Zweiergruppe, würde es euch auch so gehen. Aber ihr seid Teil der Zweiergruppe, also ist es anders. Ihr seid viel zu sehr am Lachen.

Wenn der Abend zu Ende geht, kannst du bei einem Kumpel mitfahren, und am nächsten Tag erinnerst du dich vage an diesen Mann, den du gestern Abend geliebt hast, aber du stellst keine Nachforschungen an, willst nicht seinen Nachnamen herausbekommen, versuchst nicht, ihn zu kontaktieren. Die gelegentlichen Lachsalven, die durch dein benebeltes Hirn rauschen, lassen dich wissen, dass das, was du hattest, perfekt war und, noch wichtiger, dass du es immer haben wirst. Und außerdem werdet ihr euch in diesem Leben ohnehin wieder begegnen, davon bist du überzeugt. Ob du dich dann daran erinnern wirst, dass ihr euch schon einmal begegnet seid, steht auf einem anderen Blatt, aber das wird egal sein, ihr werdet alles wieder genauso machen. Dreißig Jahre später werdet ihr nebeneinander in der Toilettenwarteschlange eines Restaurants stehen und ins Gespräch kommen und es auch dann wieder spüren. Du wirst dich nicht notwendigerweise daran erinnern, dass er der Mann ist, den du vor so vielen Jahren auf einer Party kennengelernt hast, aber du wirst dieses vertraute Gefühl haben, dass dieser Mensch dich kennt und du ihn. Gackernd werdet ihr euch über den Namen des Restaurants lustig machen, darüber, dass ihr immer denken müsst: Herrlich, wie offensichtlich es ist, dass hier Geld gewaschen wird. Und dann wird einer von euch auf die Toilette gehen, und eine weitere Kabine wird frei werden, und der andere wird sie nehmen, und das Timing wird so sein, dass ihr euch beim Händewaschen nicht mehr begegnet. Wieder wirst du im Restaurant nicht nach ihm suchen: Du wirst lächelnd zu deinem Platz zurückkehren, und niemand an deinem Tisch wird wissen, wieso du so zufrieden aussiehst. Sie werden einfach annehmen, dass du eine richtig gute Sitzung hattest, und du wirst sie in dem Glauben lassen.

Was ich damit eigentlich sagen möchte, ist, dass ich, je länger ich mich mit Arthur unterhielt, genau diese Vorahnung hatte: Es fühlte sich so an, als würden wir uns schon ewig kennen und als könne keiner von uns das, was kommen musste, kontrollieren. So war es einfach. Es hatte etwas damit zu tun, wie er seine Augenbrauen zusammenkniff, damit, dass ich spürte, wie er direkt in mich hineinsah und mich durchschaute. Er würde jetzt vielleicht sagen, dass das nie der Fall war und ich ihm immer ein Rätsel geblieben bin und dass es genau das war, was ihn gefangengenommen hat. Aber ich glaube, dass er von Anfang an genau wusste, wer ich war und wie sehr ich mich danach sehnte, von jemandem gesehen zu werden, dessen Blick ich wertschätzte. Vielleicht wusste er nicht, dass ich es wusste – aber er wusste es. An diesem Abend in der Bar, als ich mich um Kopf und Kragen redete, sah er, dass ich trotz aller Forschheit verletzlich war. Ich wollte genau wie alle anderen geliebt werden. In dieser Hinsicht unterscheide ich mich nicht sonderlich vom Rest der Menschheit.

Irgendwann sind wir alle betrunken, und in der mexikanischen Bar wird nichts mehr ausgeschenkt. Wir müssen gehen. Ich will nicht aufhören, Arthur anzuschauen.

Wir stehen alle auf. Ken und Killara gehen zum Bahnhof, ob wir mitkommen?

Ich sage, dass ich den Bus nehme und deswegen die andere Richtung einschlagen muss. Arthur ist hin- und hergerissen und sagt dann, dass meine Richtung auch für ihn sinnvoller ist. Ich denke, wir wissen beide, dass wir den Bus nicht nehmen wollen und er sich ein Uber holen würde, würde er wirklich nach Hause fahren wollen. Aber vielleicht interpretiere ich das auch alles falsch. Vielleicht findet er mich anhänglich und notgeil, hat überhaupt kein Interesse, will nur höflich sein.

Jetzt sind nur noch wir beide da, zu zweit vor der Bar. Er ist schüchtern. Ich bin mir sicher, würde ich jetzt Anstalten machen, aufzubrechen, würde er sich mit einer solchen Variante des Abends sofort einverstanden erklären. Aber ich bin mir auch fast sicher, dass er bleiben wird, wenn ich bleibe. Ich beschließe, den Mut für uns beide aufzubringen. Ich sage: »Ich habe einen Wahnsinnshunger, und du?«

Und beinahe erleichtert antwortet er: »O mein Gott, ich bin so unglaublich hungrig. Kennst du was in der Gegend, das so spät noch offen hat?«

Nein, aber er geht davon aus, dass ich junger Hüpfer natürlich cool bin, ein ausschweifendes Leben führe und alle Orte, an denen man zu später Stunde noch etwas zu beißen bekommt, kenne. »Lass mich kurz überlegen«, sage ich und googele verstohlen, während er seine Jacke anzieht. In der Nähe gibt es einen Chinesen, den ich noch aus meiner Kindheit kenne, und er ist nicht cool, hat aber geöffnet, also führe ich ihn dort hin.

Er ist betrunken, betrunkener als ich, und ich finde dieses leicht dämliche Lächeln, das sich auf seinem Gesicht breitgemacht hat, sehr lustig. Er mag es, geführt zu werden, so viel ist klar.

Im Restaurant weist man uns einen Platz am Fenster zu. Es gibt kaum Gäste. Auch keine Musik, der Ort hat eine sterile Ästhetik.

Arthur ist nervös, vielleicht merkt er erst jetzt, wie betrunken er ist. Er zögert, als die Speisekarte vor ihm liegt, wählt dann ein paar Sachen aus, die allesamt grandios furchtbar sind und hier garantiert nicht schmecken werden, und mir ist es vollkommen egal, was wir bestellen, aber um es ihm ein wenig angenehmer zu machen, wähle auch ich einige Sachen aus. Wir bestellen das Essen und zwei Gläser Wein. Er ist extrem höflich zum Kellner. Fast ehrerbietig. Sogar höflicher als ich, und ich bin schon sehr höflich.

Bis das Essen serviert wird, vergeht eine Viertelstunde, die wir hier sitzen, und es wirkt, als laste die Erwartung, die Stille zu füllen, schwer auf ihm, und plötzlich sieht er sehr müde aus. Das ist okay, ich bin es gewohnt, andere mit Energie vollzupumpen. Ich frage ihn nach seiner Arbeit, seinem Leben, seiner größten Angst. Er antwortet jedes Mal überlegt, aber präzise und macht nach jeder Antwort eine Pause, um mich anzuschauen und – mit einem Fragezeichen, das er sich wie einen Pulli an einem heißen Tag über die Schultern gelegt hat – zu sagen: »Wenn das irgendeinen Sinn ergibt?«

Ich frage ihn, ob er in einer WG wohnt oder eine eigene Wohnung hat, und verfluche mich im gleichen Moment, denn er ist ein echter erwachsener Mann mit einem echten Job, und echte Erwachsene mit Jobs haben keine Mitbewohner, sind längst darüber hinaus. Die Frage hebt unseren Altersunterschied hervor, etwas, das ich bisher strikt zu vermeiden versucht habe – oder besser etwas, das ich nur dann hervorheben möchte, wenn es mich attraktiver macht. Nicht um zu verdeutlichen, wie arm, unerfahren und überfordert ich im Vergleich zu ihm bin. Meine Jugend sollte nur scherzhaft erwähnt werden, als ein Witz, über den wir beide lachen, weil es klar ist, dass ich in dieser Dynamik im Grunde die Ältere bin. Ich weiß mehr, oder zumindest verhalten wir uns beide so, als wüsste ich mehr.

Er antwortet auf meine Mitbewohnerfrage, ohne sie zu belächeln. »Nein. Keine Mitbewohner. Ich wohne in einem Haus, zur Miete.«

Es stellt sich heraus, dass wir (also, im Grunde mein Vater und er) nicht weit voneinander entfernt wohnen. Ich mache mich über seine stabilen Finanzen lustig.

»Deine eigene Bude!«, rufe ich aus. »Oh, là, là! Ich wusste nicht, dass ich hier dem König von England gegenübersitze. Und jetzt habe ich meinen Siegelring zu Hause liegen lassen, so ein Mist.«

Er lacht schüchtern in sich hinein, als wäre es ihm peinlich, dass er Geld hat und ich nicht. Zumindest gehe ich davon aus, dass es das ist, was ihm unangenehm ist. Solche Dinge durchschaut man immer erst hinterher – wenn es längst zu spät ist.

Das Essen kommt. Es ist schlecht – wer bitte schön bestellt auch Hühnchen in Honig-Sojasoße? Aber nach einem Bissen bin ich ohnehin satt. Er futtert alles auf, vertilgt es hinter hervorgehaltener Hand und Serviette wie ein Mädchen in einer romantischen Komödie, das bei einem Date versucht, den Burger möglichst würdevoll zu verspeisen. Ich finde das wunderbar. Mir fällt auf, dass er lange schlanke Finger hat. Ich frage ihn, ob er Klavier spielt. Er sagt, nein, tut er nicht, aber man sieht, dass er von der Frage, davon, dass ich ihn mir als Klavierspieler vorstellen kann, geschmeichelt ist.

Einmal macht er mitten in der Unterhaltung eine Pause und schaut mich eindringlich an, als würde er mich fragen, was er tun soll, wie er sein Leben leben soll. Ich beschließe, es ihm nicht zu sagen. Manche Dinge müssen wir Frauen einfach für uns behalten, stimmt's, Ladys?

Ab und zu berühren sich unsere Füße, und jedes Mal entschuldigt er sich.

Ich frage ihn, warum er nach Australien gezogen ist. Er nimmt sich Zeit, bevor er antwortet, als müsse er nachdenken, welche Antwort er mir geben will.

Er legt seine Gabel weg, schaut mich an und erzählt, dass er nach der Uni hier Urlaub gemacht und sich in eine Australierin verliebt hat, also ist er geblieben.

»Wie romantisch!«, rufe ich aus. »Filmreif!«

»Ja, stimmt wohl«, antwortet er. »Ist wohl wie im Film.«

»Na gut, also dann: Lieblingsfilm. Los!«

Er greift wieder zur Gabel, nimmt einen Bissen. »Hmmmm … es gibt so viele, aber vielleicht … *Before Sunrise*?«

»Scheiße, das ist nicht dein Ernst, oder?«

Als wir zu Ende gegessen und getrunken haben, stellt sich heraus, dass er bereits die Rechnung beglichen hat, was passiert sein muss, als er auf die Toilette gegangen ist. Ich beschwere mich verlegen bei ihm. Ich will nicht, dass er denkt, dass ich das von ihm erwartet hab. Ich will nicht, dass das in eine Richtung geht, die er gar nicht beabsichtigt. Wenn das hier ein Arbeitsessen unter Kollegen ist, sollten wir uns die Rechnung teilen. Aber nein, er hat bereits gezahlt. *Er* hat die Richtung vorgegeben. Das muss ich mir immer wieder in Erinnerung rufen, wenn ich hiervon erzähle. Ich neige dazu, meine Macht zu überschätzen, wenn ich an diesen Abend zurückdenke, fast so, als wollte ich ihn von jeglicher Schuld für das, was folgte, freisprechen.

Es ist schon spät, als wir einen Bus nehmen, dessen Endhaltestelle ungefähr auf halber Strecke zwischen unseren Häusern liegt. Keiner von uns hat ein Uber vorgeschlagen. Wir sitzen die meiste Zeit schweigend nebeneinander auf der Rückbank, und unsere Beine berühren sich leicht, wenn es holpert.

Wir erreichen die Endhaltestelle. Entweder wir übertreten jetzt eine Linie oder nicht.

Ich werde ihn nicht zuerst küssen. Das beschließe ich in diesem Moment. Wenn jemals etwas zwischen uns passieren sollte, muss der erste Schritt von ihm kommen. Nicht wegen irgendwelcher Rollenmuster, nicht weil ich der Meinung bin, Frauen sollten nicht um die Hand eines Mannes anhalten, sondern weil er so schüchtern, so unsicher ist und ich will, dass er, wenn er mich küsst, weiß, dass es geschieht, weil er es unbedingt möchte. Und er wird mich küssen, da bin ich mir sicher. Es ist nur eine Frage der Zeit.

An der Haltestelle stehen wir sehr nah beieinander, berühren uns aber nicht, und er schaut mich an und ich ihn.

Ich lehne mich vor. Ich umarme ihn. Schenke ihm ein breites Lächeln. Ich sage: »Von hier aus laufe ich.«

Er braucht kurz, um diese neue Information, dass ich jetzt gehe, zu verarbeiten, dann lächelt auch er. »Ja, gut. Sicher? Das war schön, Hera.«

»Ja, das war es. Es war schön.«

»Das sollten wir wiederholen …« Seine Stimme wird bei diesem letzten Teil immer dünner. Vielleicht bereut er, was er sagt.

Ich sage: »Klar doch.« Und laufe in die Nacht hinein, in Richtung des Hauses meines Vaters, allein, als würde mir so was ständig passieren. Als würde mein Herz nicht gerade bis zum Hals schlagen.

Am Montag bei der Arbeit habe ich Angst, dass das Wochenende vielleicht alles, was am Freitag passiert ist, weggewaschen hat. Ob seine Vorfreude so groß ist wie meine? Ich sitze auf meinem Bürostuhl, verbinde meinen Laptop mit meinem Bildschirm – oder besser: verbinde einen Laptop mit einem Bildschirm. Nichts hiervon gehört mir, und das sollte ich nicht vergessen.

Bis zur Mittagspause – nichts. Keine Nachricht von ihm. Er sitzt nur eine Armlänge von mir entfernt, an einem Tisch jenseits meines Monitors. Jedes Mal wenn es im Chat *plingt*, schießt Adrenalin durch meine Adern, und jedes Mal wenn ich enttäuscht bin, dass es Mei Ling ist, fühle ich mich schuldig. Wir plauschen ein wenig. Einer im Büro hat Geburtstag, und wir spekulieren abwechselnd darüber, was sich das Geburtstagskind wünschen könnte, obwohl wir außer der Tatsache, dass Sally sich irgendwie genötigt sah, bei Coles einen Kuchen für ihn zu bestellen, nichts über ihn wissen.

Mei Ling Chen: *er will ein Kopfmassagegerät*

Hera Stephen: *er will ganz woanders massiert werden*

Mei Ling Chen: *er will die vergangenen sechs Jahre seines Lebens vergessen*

Hera Stephen: *er will alles vergessen*

Mei Ling Chen: *okay, okay, du hattest also ein schönes Wochenende? Madame ist gut gelaunt*

Hera Stephens: *schon gut, ja, hatte ich. Er will zum Mittagessen ein Brathähnchen aus seinem Rucksack befördern, und alle sollen so tun, als wäre das normal.*

Dann kommt eine Nachricht von Arthur rein. *Pling!* Sofort klicke ich den Chat mit Mei Ling weg.

Arthur Jones: *Wie war dein Wochenende?*

Hera Stephen: *Stell dir vor: Ich hatte einen erstaunlich netten Freitagabend. Und bei dir so?*

Arthur Jones: *Was für ein Zufall – ich auch.*

Ab da bekomme ich die gesamte restliche Zeit, die ich in diesem Büro arbeite, abgesehen von ein paar Tagen, circa alle zwei Minuten eine Nachricht von Arthur. Und jede Minute, die ich auf eine Antwort von ihm warte, bringt mich fast um. Erneut, die Tatsache, dass ich diese im Grunde durchgehende Unterhaltung führen kann und trotzdem noch meinen Job erledige, zeigt nur umso mehr, dass meine Arbeit absolut sinnlos ist. Aber Alison davon zu informieren, würde mir nicht sonderlich helfen, also behalte ich meine Weisheit lieber für mich.

Ich lese viele Romane, und er liest viele Nachrichten. Wir erfüllen perfekt unsere Rollenklischees, außer dass sich keiner von uns für Autos interessiert. Er erzählt mir ohne Ende, was gerade in der Welt passiert und von ihm in Content übersetzt wird. Ich sage ihm, welche March-Schwester er meiner Meinung nach ist. (Er hält sich für Meg, aber ich glaube, dass er im Geheimen Amy ist und Angst hat, nur Mittelmaß und kein Genie zu sein, und hätte er die Gelegenheit, würde er das Manuskript seiner Schwester bestimmt ins Feuer werfen und sich direkt danach ganz schlecht fühlen.) Ich sage ihm, dass er Meg ist, Aszendent Amy, und dann muss ich ihm erst mal Astrologie erklären, weil er nicht versteht, was ich meine, für ihn klingt meine Art zu reden wie eine Fremdsprache: die Ausdrücke, die meine Freunde und ich benutzen, das Switchen zwischen Ironie und Aufrichtigkeit und Ernst und melancholischer Kapitalismusverherrlichung im Co-Star-Astrologen-Duktus, der unsere Gedanken und Sätze prägt.

Aber er nimmt dieses ganze Sternzeichending sofort begeistert auf, ich glaube, weil es lustig und albern ist und er sich in der Regel weder das eine noch das andere zu sein erlaubt und weil Astrologie im Kern eine metaphorisch verkleidete Selbstkonstruktion ist. Und gibt es einen besseren Weg, jemandem klarzumachen, dass man total auf ihn steht, als en passant zu erwähnen, dass das eigene Horoskop einem gerade große Veränderungen im Leben voraussagt? Man meint das natürlich nicht ernst, es geht eher ums Prinzip. Total kindisch? Oder dadurch vielleicht schon wieder erwachsen? Antwortet lieber nicht. Wie auch immer, es macht herrlichen Spaß, Links von ihm geschickt zu bekommen und sie anzuschauen, astrology.com oder Horoskope obskurer Regionalblättchen, die mir nahelegen, heute ein Pferd zu erwerben. In seinen Horoskopen steht eigentlich immer, er solle sich mal locker machen, ein Markenzeichen seines Sternzeichens, und ich werde nie müde, ihm welche zu schicken mit dem Kommentar: *nur zur Info xx.*

Er ist süchtig nach Smoothies, ich nach Zigaretten. Er joggt gern, ich sitze gern. Er hört australischen Rock, ich Plastikpop.

Ich schicke ihm Lieder, die er sich anhören soll, und er hört sie sich an. Er zitiert sie, wenn wir uns über andere Dinge unterhalten. Er sagt, die Lektüre des Haushaltsplans der Regierung rufe bei ihm *»emotional motion sickness«* hervor. Nach einigen Wochen wilden Hin- und Herschreibens frage ich ihn, ob er in einer halben Stunde zusammen mit mir Mittagspause machen will (ich lehne mich weit aus dem Fenster, und es zahlt sich aus). Er schreibt, er hat eben erst einen DNA-Test gemacht, und stell dir vor, er ist *»one hundred percent that bitch«*. Ich kann nicht erklären, warum ich es so lustig finde, wenn er so etwas schreibt, warum ich breit grinsen muss, wenn ich eine vollkommen aus dem Kontext gerissene Zeile eines Trap-Songs, den ich als Jugendliche gern gehört habe, als Antwort auf eine harmlose Frage unter Kollegen bekomme. Andererseits, wenn ich mir durchlese, was ich eben geschrieben habe, merke ich, dass ich es doch sehr gut erklären kann. Ein älterer weißer Mann auf der anderen Seite meines Bildschirms, der diese absurde Mischung unterschiedlichster Pop-Referenzen, die ich seit meiner Jugend sammle, kennen- und lieben lernt und sie benutzt, um mir eine Freude zu machen, wo er sich eigentlich auf bosnische Kriegsverbrechen konzentrieren sollte – das ist großes Kino. Wie sollte ich das nicht mögen? Wie sollte ich mich da nicht in ihn verlieben?

Er schickt mir auch Lieder, die ich mir anhören soll, aber in der Regel höre ich sie mir nicht an, weil er einen furchtbaren Musikgeschmack hat. Er ist weiß und wurde in den neunziger Jahren im Vereinigten Königreich erwachsen. Muss ich noch mehr sagen?

Drei Wochen nach Beginn unseres Dauer-Chats schickt er mir ein Lied, das ich sogar kenne, und ich höre es mir erst abends auf dem Heimweg im Bus richtig an. Eine junge Frau singt sehr traurig darüber, wie all ihre Freunde Kinder kriegen und sie sich deswegen ganz zerrissen fühlt, aber dann wird die Zerrissenheit zu Eifersucht, und die Tonart bleibt auf der Stelle stehen, und man spürt, dass die Frau diesen Schwebezustand gewissermaßen annimmt und ganz bewusst in ihm verharrt. Ich frage mich, warum er mir dieses Lied geschickt hat. Ich vermute, dass er mir damit auf männliche Art mitteilen will, dass er sich fragt, ob das Thema Familiengründung für ihn durch ist, und er nicht so recht weiß, wie er das finden soll. Natürlich spricht er nie mit mir darüber, warum ihm dieses Lied gefällt, und ich frage ihn nicht, weil ich Angst vor der Antwort oder der Unterhaltung, die sich daraus entspinnen könnte, habe. Von Woche zu Woche wird mir bewusster, dass Schüchternheit nicht der einzige Grund für seine emotionale Zurückhaltung ist. Ich merke, dass da in unseren Gesprächen ein Schreckgespenst lauert. Aber ich dränge ihn nicht.

Die Frau in dem Lied – die mit den Freunden, die alle Babys bekommen – ist im echten Leben älter als ich, aber nur fünf Jahre oder so. Meine Freunde haben noch nicht angefangen, Kinder zu kriegen, doch ich bin mir sicher, dass es bald so weit ist, und dann werde ich dieses Lied singen. Ich kann es mir nicht leisten, Kinder zu kriegen, und bezweifle, dass es je anders sein wird. Schon seit einiger Zeit weiß ich: Sollte ich jemals ein Kind bekommen wollen, dann aus einer spontanen Entscheidung heraus, nicht, weil die Umstände gerade günstig sind. Meine Freunde werden erst Hypotheken aufnehmen und sich dann vermehren, aber ich werde nie eine Hypothek aufnehmen können, es sei denn, ich gewinne im Lotto, und mal ehrlich, wenn ich im Lotto gewinne, kaufe ich das Haus doch gleich ganz, oder?

Wenn mir also keine Hypothek sagen wird, dass jetzt Paarungszeit ist, was dann? Das Gefühl, meiner Rolle als Frau nicht gerecht zu werden? Langeweile, wenn sich all meine Freunde samstags nachmittags auf dem Spielplatz treffen und ich allein zu Hause sitze? Und was könnte ich einem Kind schon bieten? Das meine ich jetzt nicht im Sinne von Umweltbewusstsein und Nachhaltigkeit, auch wenn es Menschen in meinem Alter gibt, die die moralische Überlegenheit besitzen, sich aus diesem Grund bewusst gegen Kinder zu entscheiden. Die Erde stirbt gerade, das weiß ich. Und ich habe durchaus schon darüber nachgedacht, ich verschließe mich nicht diesem Diskurs, nur glaube ich, dass die ein, vielleicht zwei Kinder, die ich in die Welt setzen würde, angesichts der Tatsache, dass Millionäre sich ins All schießen lassen, um ihrem Leben einen Sinn zu geben, nicht wirklich ausschlaggebend für das Ende unseres Planeten wären. Viel eher kriegen sie, wenn ich sie richtig erziehe, vielleicht sogar noch die guten Seiten dieses Planeten mit, bevor alles endgültig den Bach runtergeht, und vielleicht können sie, sollten sie das Einmaleins ein bisschen besser als ich beherrschen, sogar helfen, ihn zu retten?

Aber auch, wenn wir unseren Planeten mal kurz außer Acht lassen, bleibt die Mutterfrage.

Als Kind hatte ich ein kleines Buch voller Geheimnisse – nicht im übertragenen Sinne, sondern wörtlich. Ich schrieb meine aufregendsten Wissensfunde in dieses Büchlein – Informationen, die ich aufgeschnappt hatte, die ich eigentlich nicht hätte aufschnappen sollen. Mit kindlicher Sauklaue, falschrummen Bs und krummen Zeilen notierte ich brisante Wahrheiten, deren Hüterin ich nun war. Dabei war ich so leichtgläubig, dass ich jedem Mädchen, das in der Schule mindestens zwei Klassen über mir war, alles abnahm.

Ich notierte, dass ein Mädchen aus der sechsten Klasse gesagt hatte, sie wäre in die Vergangenheit gereist. Ich listete auf, wann ich unerlaubt die Pausenhofgrenzen übertreten hatte. Und ich schrieb ein Geheimnis auf, das meine Mutter preisgegeben hatte: *Mum sagt, Dad trifft sich im Park mit Männern.*

Und dann, zwischen dem Paukenschlag, dass meine Großmutter nicht katholisch war, und meinem Geständnis, dass ich meine Freundin Natalie dazu gebracht hatte, unsere Barbies sich aneinander reiben zu lassen, folgender Eintrag, der Stift mit erkennbarer Wut wie ein Skalpell geführt, das Papier eingerissen: *Mum sagt, ich würde eine schlimme Mutter abgeben.*

Ich weiß nicht mehr, in welchem Zusammenhang diese Bemerkung fiel, aber ich weiß, dass sie mich verletzte. Ich hatte schon immer gespürt, dass ich anders war, seltsam im Vergleich zu anderen Kindern, aber welches Kind träumt nicht davon, erwachsen zu werden und nicht mehr seltsam zu sein und als ganz normale Mutter oder ganz normaler Vater ganz normale Kinder zu haben? Von

Kindesbeinen an hatte mir meine Mutter eingetrichtert, dass ich es schwerer als andere haben würde, weil ich war, wer ich war – wegen meines schwierigen Charakters.

Als ich älter wurde und mich von meiner Mutter distanzierte, versuchte ich, nicht so viel über ihr vernichtendes Urteil meiner mütterlichen Fähigkeiten nachzudenken. Sie war keine gute Mutter gewesen, warum sollte mir ihre Meinung also wichtig sein? Aber an Kritik an uns als Person, von der wir befürchten, dass sie stimmen könnte, halten wir fest. Ich hatte immer schon das Gefühl, ein bisschen seltsam zu sein, und so war es schwer, dem Urteil meiner Mutter gar keinen Glauben zu schenken.

Als ich das Lied, das Arthur mir geschickt hat, höre, muss ich erneut denken, dass ich niemals die Freuden genießen werde, die allen anderen beschieden sind – weil das nun mal mein Schicksal ist.

Arthur stört es vielleicht, dass er mit plus/minus vierzig immer noch nicht Vater ist, weil die Umstände nicht danach sind. Aber hier sitze ich mit vierundzwanzig und denke, dass ich niemals Mutter sein werde, nicht weil die Umstände nicht danach sind, sondern weil ich es nicht verdiene, Kinder zu haben.

Das kann und werde ich Arthur nicht erzählen.

Der Gedanke, dass er sich Kinder wünscht, löst in mir allerdings ein Gefühl aus, das ich noch nie zuvor verspürte: ein unbedingtes Wollen. Vollkommen verfrüht natürlich – ich habe den Mann ja noch nicht einmal geküsst. Aber ich gebe mich trotzdem meinen Tagträumen hin. Ich will diejenige sein, die ihm das Erlebnis, Vater zu werden, ermöglicht; ich will das Universum dazu bringen, mich eine Familie haben zu lassen, die ich liebe und die mich liebt. Ich stelle mir vor, wie glücklich Arthur wäre, wenn er mich mit unserem Kind sähe. Ich male mir aus, wie natürlich es aussähe, wenn ich es im Arm halten würde. Ich stelle mir vor, welche Freuden ich durch die Augen des Kindes wiederentdecken würde und dass ich meinem Kind niemals sagen würde, es sei seltsam. Ich weiß zugleich, dass solche Gefühle im Hinblick auf den Kampf für die Sache der Frau und so weiter dämlich sind: Mein Lebensglück sollte nicht darin liegen, einem Mann ein Kind zu schenken. Aber gleichzeitig habe ich wirklich das Gefühl, auf diese Art glücklich werden zu können. Ich habe versucht, aus mir heraus glücklich zu werden, und bin krachend gescheitert. Ich finde immer Fehler bei mir, ich kenne eine Million Wege, die mich daran hindern, Freude zu empfinden, obwohl ich nach Freude geradezu lechze. Aber wenn ich es für jemand anderen täte, wenn ich *andere* glücklich machen könnte – nun ja, dann sähe die Sache schon anders aus. Das würde mich zweifellos aufwerten.

Das Lied ist zu Ende, und der Bus fährt an, und als ich mich umblicke, merke ich, dass ich meine Haltestelle verpasst habe. Panisch drücke ich den Stopp-Knopf, steige an der nächsten Haltestelle aus, mache mich auf den Weg zum Haus meines Vaters und versuche, so locker auszusehen, als hätte ich das alles genau so geplant: Hier auszusteigen, war kein Fehler, sondern meine freie Wahl.

Dad und ich »machen« Tacos und essen vor den Nachrichten. Zum ersten Mal in meinem Leben weiß ich mehr über die Nachrichten als Dad – was ihm gefällt. Ich belehre ihn über öffentliche Reaktionen auf politische Entscheidungen, und er täuscht Respekt vor. Wir machen die Küche, und Jude hilft uns, indem er die schmutzigen Teller in der Spülmaschine abschleckt.

Im Bett denke ich an Arthur und frage mich, wo er gerade liegt und ob er auch an mich denkt. Mir kommt in den Sinn, dass ich auch dann an ihn denken könnte, wenn ich es mir besorge.

Ein Teil von mir hat Angst, dass es ihn abstoßen könnte, statt ihn aufzugeilen, wenn er irgendwie spitzkriegen würde, dass ich es mir besorge, während ich an ihn denke. Ist das nicht der furchtbarste Gedanke überhaupt? Nicht nur dass der Typ, den du magst, dich vielleicht nicht auf die gleiche Art mag, sondern dass dein Begehren ihn sogar abstößt? Und dass er sich belästigt fühlen würde, wenn du ihn anmachst, und du dadurch unfreiwillig zu einem Menschentypus wirst, den du hasst?

Ein anderer Teil von mir fragt sich, ob es ihn ehren oder erniedrigen würde, wenn ich mit seinem Bild vor Augen zum Höhepunkt käme. Ich merke, dass ich ihn noch nicht gut genug kenne. Wie seltsam – ich habe noch nie über jemanden, den ich beim Masturbieren im Sinn hatte, in solchen moralischen Kategorien nachgedacht. Ist das Liebe?

In Titeln von Pornovideos und erotischen Geschichten im Internet ist immer von *»cumming«* statt *»coming«* die Rede, wenn es um Orgasmen geht, und ich weiß nicht, ob das die maskuline Version oder die amerikanische Version oder einfach die korrekte Version des Wortes in einem sexuellen Kontext ist. Aber ich weiß ganz genau, sollte ich jemals mit Arthur einen Orgasmus haben, wäre es kein *»cumming«*, sondern ein *»coming«*.

Ich schlafe ein, ohne mich selbst befriedigt zu haben. Vielleicht bin ich also ein anständiger Mensch.

Das Leben geht weiter, Alison hasst mich nach wie vor, und Mei Ling und ich sind während der Arbeitszeit nach wie vor auf eine angenehme Weise voneinander abhängig. Arthur und ich schreiben uns nach wie vor. Meine Tage werden von dem *Pling*, das seine Posts ankündigt, strukturiert. Meine Freunde leben, arbeiten, treffen sich nach wie vor zum Brunch. Mehltau hat sich über Sydney, über uns gelegt – auf ganz unterschiedliche Weise. An einem Samstag (sechs Wochen nach meinem Start als Bürobiene, zwei Wochen nach meinem Abendessen mit Arthur) schlendern Soph und ich über einen Bauernmarkt. Wir sind beide verkatert wegen unabhängig voneinander verbrachter wilder Nächte. Sie war mit ihren Kollegen unterwegs und ich mit meiner esoterischen Freundin Daisy und ihrem neuen Freund Johan, dessen liebenswerteste Eigenschaft darin besteht, uns äußerst zuverlässig mit Ketamin zu versorgen. Zwischen sprudelnden Biofruchtsäften, die wir uns am liebsten spritzen würden, um wieder zu Kräften zu kommen, und Überlegungen, ob Hortensien oder Pfingstrosen besser sind, bleibt Soph plötzlich stehen und verkündet: »Ich fühle mich so, als wäre ich in *Vergiss mein nicht*!«

»Du fühlst dich so, als hättest du dich einer Gehirnwäsche unterzogen, um einen Verflossenen zu vergessen, und jetzt willst du die Erinnerungen wiederhaben?«

»Natürlich nicht, Holzkopf, ich fühle mich so …«

»Du willst deine Haare in irgendeinem grellen Ton färben, der dir nicht steht?«

»Hera!«

»Du willst alles rückwärts erleben? Du fühlst dich wie Effy aus *Skins*? Du willst mit Jim Carrey ins Bett?«

Ich bin im verkaterten Zustand nicht sonderlich hilfreich, so viel steht fest.

»Fick dich, Hera!«

Dann bleibt sie wieder stehen. Die Leute müssen einen Bogen um uns machen, während sie vor sich hin philosophiert, aber ich bin viel zu erledigt, um wegen des Staus, den wir verursachen, ein schlechtes Gewissen zu haben.

»Ich fühle mich so, als wäre ich der Typ, der in der Klinik, die alle Erinnerungen auslöscht, am Empfang sitzt«, erläutert sie, »und jeden Tag mache ich immer den gleichen Scheiß und schaue anderen dabei zu, wie sie schlechte Entscheidungen treffen. Und mein Job ist es, mit falschen Versprechungen die Wogen zu glätten. Und Kate und Jim hätten sich gegenseitig nicht auslöschen sollen, und ich war diejenige, die es beiden ermöglicht hat, weißt du, was ich meine? Und dann mache ich genau das Gleiche beim nächsten Paar und kriege Geld dafür, und dann kaufe ich mir mit dem Geld einen Saft, der elf Dollar kostet, weil ich mich freitags abends immer abschieße. Ich weiß auch nicht … Das ist alles irgendwie so … Weißt du noch, wie wir immer gesagt haben, dass wir nach Paris ziehen?«

»*Bien sûr*, Soph.« Natürlich weiß ich das noch.

»Na ja, weißt du, ich denke immer wieder an die Zeit zurück, als die Vorstellung, an so einen Ort zu ziehen, krass aufregend war. Ich habe echt gedacht, dass sich mir eine ganz andere Welt eröffnet, wenn ich dort hinziehe. Und wenn jetzt jemand ankäme, nach dem Motto ›Ich zahl dir den Umzug nach Paris‹, würde ich eher denken: ›Mal ganz ehrlich, ist es dort so anders als hier?‹ Weißt du, was ich meine?«

»*Absolument*, Soph. So was von.«

Ich sage: »Ich glaube, ich verliebe mich gerade in den Typen, von dem ich dir neulich erzählt habe, den bei der Arbeit, und ich weiß nicht, ob ich echte Gefühle habe oder ob das eher so eine Art Zeitvertreib ist.«

»Amen«, antwortet sie und belässt es dabei.

Ich lege meinen Kopf auf ihre Schulter, und in dieser Position laufen wir weiter, ungeschickt wie zwei Schulväter beim dreibeinigen Spendenlauf. Wir kaufen am Blumenstand einen Strauß Pfingstrosen und gehen zu Soph nach Hause, wo wir uns aufs Sofa hauen und *Buffy* gucken, bis Sarah mit Wein auftaucht und uns befiehlt, uns wie Menschen zu verhalten und uns mit ihr einen hinter die Binde zu kippen.

Nach ein paar Gläsern wird alles einfacher, nach ein paar Flaschen ist der Kater vergessen. Ich erzähle Sarah von meinem Bürotypen, führe das, was ich bereits Soph berichtet habe, näher aus. Ich erzähle, dass es mir immer schwerer fällt zu wissen, wann ich in meinem Leben eigentlich etwas fühle. Ich erzähle, dass ich mich immer so fühle, als läge ein Nebelschleier über allem. Ich erzähle, dass ich etwas fühle, wenn ich mit Arthur zusammen bin und wenn ich ihm schreibe, also muss das doch etwas bedeuten, oder?

Sarah blickt mich ernst an, als würde sie meine Aussagen mit der gebotenen Intensität prüfen, und sagt dann: »Hera. Hera, erinnerst du dich an Max?«

Ja. Ich erinnere mich an Max.

Ich lege mein Gesicht in verwirrte Falten, als wüsste ich nicht genau, worauf sie hinauswill. Meine hochgezogenen Augenbrauen legen nahe, dass ich mich vielleicht an Max erinnere, ja, aber wer weiß das schon so genau?

Max war ein Junge, den ich mit siebzehn kennengelernt habe. Und als ich ihn kennenlernte, versuchte ich, mich davon zu überzeugen, dass ich ihn liebte. Im Schnelldurchlauf lehrte mich Max, was es hieß, zur Phantasiegestalt für jemanden zu werden. Für Max war ich eine rätselhafte Nymphe. Ich war das erste Mädchen in seinem Leben, das seine Filmanspielungen verstand. Max war der erste Junge in meinem Leben, der an dem, was ich sagte, aufrichtig interessiert war.

Durch Max lernte ich, dass jemand, der dich liebt, dich nicht notwendigerweise auch kennen muss.

Max wusste nicht, dass in meinem dünnen Körper eine fette Trulla saß, die nur darauf wartete, rausgelassen zu werden.

Max ist die einzige Person männlichen Geschlechts, mit der ich je geschlafen habe.

Als Max mir sagte, dass er mich liebe, sagte ich ihm, dass ich lesbisch sei, wovon ich bis vor Kurzem auch noch überzeugt war.

Sarah will damit sagen, dass meine Schwärmerei für Arthur ein Echo dessen ist, was ich einst für Max empfand, und dass sie vorübergehen wird. Ich weise diesen Vergleich brüsk zurück.

Bei Max wollte ich unbedingt mehr fühlen, und es hat nicht geklappt. Doch jetzt *fühle* ich mehr. Also ist es etwas ganz anderes! Ich sage Sarah, sie soll sich verpissen, und schenke mir noch einen Wein ein.

Wir haben uns alle um das Sofa herum ausgebreitet. Sarah und ich sitzen darauf, und Soph befindet sich aus ungeklärten Gründen auf dem Boden daneben und macht unmotivierte, schlecht ausgeführte Liegestütze. Fitness-Model Adrienne würde wohl sagen, dass ihre Ausführung den letzten Schliff vermissen lässt, und sie hätte recht. Ich frage Sarah, ob sie sich an Nick Tyrell aus dem ersten Uni-Jahr erinnert, um den Ball in ihr Feld zu spielen und die Unterhaltung auf ihre statt meine Beziehungsmuster zu lenken. Bitte schön!

Sarah sagt: »Hera, du weißt ganz genau, dass ich mich selbstverständlich sehr gut an Nick Tyrell erinnere. Er war der Einzige, der mir je etwas bedeutet hat.«

»Sarah, das sagst du über jeden, dem du mal einen runtergeholt hast«, weise ich sie zurecht.

Sie schaut mich an – weise, ernst, andachtsvoll. »Und jedes Mal stimmte es.«

Wir prusten los, und Soph kann die Plank, der sie sich halbherzig gewidmet hat, nicht mehr halten.

Aus ihrer schrägen Embryonalhaltung heraus verkündet sie, dass wir rausgehen sollten. Es sei Zeit, die Welt zu entdecken, statt sich in Selbstmitleid zu suhlen – wobei sie unter »Welt« die Bars in Laufnähe und die Straßen, die sie verbinden, versteht.

Ich bin langsam so betrunken, dass ich der festen Überzeugung bin, fast alles mit ziemlicher Sicherheit ziemlich gut meistern zu können: Die Welt liegt mir zu Füßen, vielleicht kann ich sogar Französisch sprechen, wer weiß? Ich könnte eine Pflanze stehlen. Ich könnte eine Pflanze züchten. Ich könnte jedem Türsteher versichern, nur zwei Gläser Wein zum Essen getrunken zu haben, und würde mir sofort glauben und er vielleicht auch.

Ich frage mich, was Arthur jetzt gerade tut. Wahrscheinlich sitzt er auf irgendeinem Sofa und betrinkt sich ebenfalls mit seinen Freunden, nur dass alles mehr Geld kostet und nicht so lustig ist. Ich stelle mir vor, wie sie über *The Wire* reden oder darüber, dass eine gemeinsame Freundin vor Kurzem verkündet hat, dass sie schwanger ist. Wahrscheinlich lassen sie Grenache in Riedel-Gläsern kreisen. Wahrscheinlich haben sie ihr Abendessen auf Tellern eingenommen, mit richtigem Besteck. Wahrscheinlich machen sie sich alle gleich auf den Weg nach Hause, ins Bett. Vielleicht schlingen sich ihre Frauen gerade ihre Pashminas um den Hals. Vielleicht bezeichnen die Männer sie als ihre »bessere Hälfte«. Vielleicht versetzt eine der besseren Hälften einem der Männer deswegen einen spielerischen Hieb gegen die Schulter, aber eigentlich gefällt es ihr, weil es bedeutet, dass sie gut aufgehoben ist: Sie hat es geschafft, die Hälfte von jemandem zu werden. Sie ist jetzt sein Problem.

Vielleicht, ganz vielleicht träumt Arthur auf dem Sofa inmitten dieses Gewusels still vor sich hin und denkt an mich. Vielleicht scharwenzeln seine Freunde mit lauten Abschiedsgesten um ihn herum, und er ist ruhig und schweigt und hat mein Bild vor Augen.

Welche Kühnheit, sich so etwas auszumalen!

Ich blicke auf, und Soph trägt gerade großzügig flüssigen Eyeliner auf – sie ist erstaunlich präzise, wenn man bedenkt, dass sie hammerdicht ist.

»Wo wollen wir hin, Soph?«, frage ich sie.

»In die Welt hinaus, Hera, in die Welt hinaus.«

»Und wenn wir das ein ganz klein wenig runterbrechen?«

»Vielleicht Mr Moore's?«

Der Abend läuft im Zeitraffer vor meinen Augen ab – das Bier, das wir trinken werden, die Unterhaltungen, die wir führen werden, der Kater, mit dem ich morgen aufwachen werde.

»Großartig.«

Ich schmiere mir Lippenstift auf meinen Schmollmund, Sarah zieht ihre Schuhe an, und wir verlassen das eine Gebäude, um ein anderes zu betreten, eines mit teuren Drinks und Menschen darin, die alle Graphikdesigner sind – also arbeitslos oder gerade dabei, ein Logo für irgendeinen Techkonzern zu entwerfen.

Ich schaffe es, mich durch reine Willenskraft davon zu überzeugen, dass ich riesig viel Spaß habe.

Wir sind nicht die hübschesten Menschen in der Bar, aber die lautesten, und das zahlt sich aus. Bald haben wir die Aufmerksamkeit einiger langhaariger Männer auf uns gezogen, und Soph unterhält sie mit einer anspielungsreichen Geschichte aus der Welt der internationalen

Diplomatie, die niemand versteht, die aber eine gewisse Nähe herstellt.

Einer der Männer nimmt mich in den Blick, als hätte er gerade offiziell festgestellt, dass ich existiere, neben ihm sitze und ein Objekt bin, mit dem er sich beschäftigen kann. Es fühlt sich immer unangenehm an, wenn Männer so was machen, wenn sich ihre Haltung ändert und es vollkommen klar ist, dass sie beschlossen haben: Einen Versuch ist es wert, vielleicht kann ich sie ficken. Ich habe seit sieben Jahren keinen Sex mit Männern mehr gehabt und dachte, daran würde sich nie mehr etwas ändern, weil ich das Gefühl, von Männern beurteilt zu werden, nicht ausstehen kann. Aber zu meiner Schande kommt in solchen Fällen bei mir auch ein Wettbewerbsgedanke auf, den ich ebenfalls nicht ausstehen kann: Ich hasse es, dass ich von Menschen, die ich nicht respektiere, gewollt werden will. Habe ich nicht mehr mit Männern geschlafen, weil ich sie grundsätzlich abstoßend finde? Oder weil ich Angst davor hatte, zurückgewiesen zu werden?

An diesem Abend allerdings, in der lauten Bar mit den schummerigen Sitzecken und einer wachsenden Schwärmerei meinerseits für eine Person männlichen Geschlechts, die nicht anwesend ist, denke ich: Warum nicht einfach mal versuchen? So schlimm kann es doch nicht sein, oder?

Der Langhaarige sagt, dass ihm meine Jacke gefällt – und da stimme ich ihm zu, sie ist großartig. Ich danke ihm und mache ihm ein Kompliment für seinen kurzen Pony. Ich bin mir ziemlich sicher, dass er erst Soph im Blick hatte oder Sarah (viel Erfolg beim Zähneausbeißen,

Kumpel!), aber mein scheinbares Desinteresse ihm gegenüber hat ihn angefixt, das spüre ich. Er fängt an, sich größer zu machen, als er ist, als wäre das hier ein Kampf, den er gewinnen will, weil er sich anstrengen muss.

Allzu sehr wird er sich nicht anstrengen müssen, denke ich mir. Wenn ich genug trinke, werde ich wahrscheinlich mit ihm schlafen, er ist vollkommen in Ordnung. Allerdings habe ich keine Ahnung, ob ich gut sein werde. Es ist das genaue Gegenteil von meiner Nervosität beim ersten Mal mit einer Frau. Ich weiß, wie ich es einer Frau besorge, aber weiß ich, was ich mit einem Mann anstellen soll? Unnatürlich, das Ganze.

Er fragt mich, woran ich denke, weil ich kurz ruhig war.

Ich gehe durch, was ich jetzt in diese Pause hinein sagen könnte, stelle mir die Szenarien vor, die ich entwerfen könnte, allein mit der Bewegung meiner Zunge, dem Öffnen und Schließen meiner Lippen.

Ich überlege, ob ich so was wie die Wahrheit sagen soll, nämlich dass dieser Abend in der Bar mich daran erinnert, wie ich als frischgebackene Studentin mit einer Gruppe von neuen Freunden abends in Newtown um die Häuser gezogen war, berauscht vom Leben, aber vor allem vom Alkohol, und wir waren alle so begeistert, dass wir uns gefunden hatten und die Stadt uns jetzt auf eine Weise offenstand, wie dies vorher undenkbar gewesen war, als wir an unsere unterschiedlichen Schulen gebunden waren und uns das Gewicht unserer schweren Rucksäcke morgens auf dem Hinweg und nachmittags auf dem Rückweg in unsere Kinderzimmer niedergedrückt hatte. Wie ein

Mädchen, dessen Name mir jetzt nicht mehr einfällt, plötzlich im Zickzack durch eine Gasse hüpfte und wir alle hinterher, und irgendwie sangen wir alle ein Lied, das wir uns währenddessen ausdachten, und das Lied war genau richtig, es war fröhlich und laut. Und wie ich heute in genau der gleichen Situation nicht mehr diese Gefühle hätte, mich nicht mehr beschwingt fühlen würde – und ich frage mich, ob das Leben daraus besteht, neue Situationen zu suchen, die einen die alte Freude wiedererleben lassen, oder ob es auch noch neue Freude gibt, und wenn ja, wo man sie finden kann, ob er das vielleicht wisse?

Ich sage ihm, dass ich gerade über den Klimawandel nachgedacht habe.

Er sagt mir, dass er ständig über den Klimawandel nachdenkt, und dann beschreibt er mir en détail, wie er zu Hause kompostiert. Seine Hand hat sich inzwischen auf mein Bein gelegt, was wir beide unberührt hinnehmen. Es ist unvermeidlich. Alles ist unvermeidlich.

Als ich später am Abend mit ihm schlafe, denke ich an Arthur. Es ist beunruhigend schnell vorbei. Bei lesbischem Sex habe ich gelernt, dass es ein absolutes Muss ist, aufeinander einzugehen: Ich weiß, dass es meine Aufgabe ist, sie zu berühren, sie zu lecken, ich will, dass es ihr gefällt. Selbst bei einem One-Night-Stand gehe ich davon aus (und empfinde es auch so), dass man sich gegenseitig respektiert.

Bei diesem Typen (wie heißt er schon wieder? Ich kann ihn nicht noch mal fragen, habe ich schon zu oft getan) – … diesem Mann hier habe ich das Gefühl, einem Geschäftsvorgang beizuwohnen, aber auch, dass jede

Unsicherheit, die ich je in Bezug auf meinen Körper und meinen Charakter hatte, absolut begründet und total offensichtlich ist und dass er das hier wahrscheinlich nur macht, um ihn irgendwo reinstecken zu können, und ich dankbar sein sollte, beteiligt sein zu dürfen. Woher kommen diese Gedanken? Warum habe ich automatisch diesen Reflex, mich zu hassen, auch wenn nichts darauf hinweist, dass ich nicht begehrenswert bin?

Egal, ich schiebe die Gedanken beiseite. Das hier ist reine Feldforschung: Ich bin hier, um Sex mit einem Mann zu haben.

Er wohnt mit seiner WG in einem Reihenhaus, sein Schlafzimmer ist im Erdgeschoss und geht nach vorn raus. Sein Bett besteht aus einer Matratze auf Europaletten, weil sich das natürlich so gehört. Viel mehr kann ich nicht sehen, weil wir das Licht nicht anmachen, wir kommen gleich zur Sache. Beziehungsweise er kommt gleich zur Sache. Ich bin ein Gefäß, ich bin die Empfängerin, ich bin alles, was ich mir für eine Frau beim Heterosex vorgestellt habe. Und ich weiß nicht, ob ich mich selbst dazu bringe, mich so zu fühlen, oder dazu gebracht werde. Ich versuche, aktiv zu sein: Ich kratze, zerre. Aber alles geht so schnell, und er kommt fast sofort, und ich merke: Zumindest in dieser Hinsicht, rein körperlich, muss ich mir keine Sorgen machen. Ich komme nicht, egal ob *cumming* oder *coming*. Sex mit einem Mann ist nicht gerade kompliziert.

Als ich am Morgen das Haus verlasse, wecke ich ihn nicht.

Drei Monate sind vergangen, seit ich angefangen habe, ein Büroleben zu führen, und bei der Arbeit hat man mich inzwischen als Rädchen im Getriebe anerkannt – kein sonderlich wichtiges Rädchen, das nicht, aber ein Zahnrad, an dem man aus irgendeinem Grund nicht vorbeikommt. Man kann sich darauf verlassen, dass ich eine lustige Bemerkung mache, wenn etwas passiert, das alle Journalisten panisch umherflattern lässt, und dann können sie mir alle erzählen, welch ein Glück ich habe, einen Job zu haben, der nicht ansatzweise so anspruchsvoll wie ihrer ist. Es lässt sich kaum vermeiden, dass ich noch vor den meisten Journalisten weiß, wenn etwas passiert, denn mein Job besteht darin, Leserreaktionen zu beobachten, und Menschen, die ihr Leben damit verbringen, Nachrichtenartikel zu kommentieren, sind ziemlich schnell darin, ihre Meinung loszuwerden. Ich kann euch versichern, dass Darren aus der Region »Central Coast«, schon lange bevor ein Thema auf Twitter trendet, fünfundzwanzig Kommentare unter dem entsprechenden Artikel auf der Website des jeweiligen Mediums hinterlassen hat.

Fallen Nachrichten in Kens Bereich – also alles, was mit Finanzen zu tun hat, wozu in Kens Augen tatsächlich alles gehört, da es nichts gibt, was nicht in irgendeiner Beziehung zur Börse steht –, pfeift und trällert er seinen

Tischnachbarn »Heute geht's um die Kohle, Leute!« zu und wiederholt den Spruch wie einen abgenudelten Werbesong. Und manchmal, wenn er das Gefühl hat, seiner kleinen Vorstellung auch noch einen Scherz auf visueller Ebene hinzufügen zu müssen, steht er auf und fragt mich laut über die Bildschirme hinweg: »Na, Hera, wie läuft's da drüben im Nagelstudio?«, und kichert in sich hinein. Alison stellt sich stumm und blind und ignoriert diese Schlagabtausche. Meist tue ich das auch, aber manchmal antworte ich, einfach weil ich Arthur zum Lachen bringen will – einfach weil ich Arthurs Lachen hören will.

Dann sage ich: »Im Westen nichts Neues, Kumpel, aber wo du schon fragst, ich habe bisher nur meinen Mittelfinger lackieren lassen, willst du mal sehen?«, oder etwas ähnlich Kindisches. Das ist das einzige Niveau, das Ken versteht, und dort muss man ihn abholen, sonst kapiert er nichts.

In solchen Fällen schreibt Arthur mir: *Du warst in Lew Ayres verknallt, stimmt's?*

Und ich antworte: *Nein, ich wollte gleich die ganze Front ficken.*

Und er schreibt: *So ist's recht, mein Mädchen. Wer nicht wagt, der nicht gewinnt.*

Und dann antworte ich nicht, weil er gerade »mein Mädchen« geschrieben hat, und ich weiß, dass es sich dabei um eine abgedroschene Redewendung handelt, aber kommt schon, so was nennt man Flirten, oder nicht? Wir flirten. Wenn das kein Flirten ist, habe ich mein ganzes Leben lang eine sehr falsche Vorstellung vom Flirten gehabt.

Aber egal. Es ist egal. Wir schreiben uns seit zwei Monaten. Und außer dass wir einmal chinesisch essen waren, ist nichts passiert. Vielleicht passiert nie etwas. Außer dass natürlich etwas passieren wird.

Ein weiterer Freitag rollt über uns hinweg, und gegen zwei Uhr nachmittags an diesem verheißungsvollen Tag gründet Ken eine WhatsApp-Gruppe namens »Feiern nach Feierabend«, und mich fügt er hinzu, Mei Ling aber nicht, was ich bedauere, doch ich fühle mich in der Gruppe nicht stark genug, um zusätzliche Mitglieder einladen zu können. Ich bin nun mal die Einzige in der Gruppe, die keine Journalistin ist. Niemand sagt etwas, aber es ist vollkommen klar, dass ich eine echte Ausnahme bin und so etwas normalerweise nicht vorkommt. Da habt ihr's: Man muss also nur jung und weiblich sein, ein loses Mundwerk und ein bisschen was in der Birne haben, über einigermaßen große Brüste verfügen und sich nicht offen zu eigenen journalistischen Ambitionen bekennen, und schon ist man Teil der Feierabendbier-Gruppe.

Heute Abend steht zur Abwechslung der Mexikaner gegenüber auf dem Programm. Ken teilt uns mit, dass wir da »die Sau rauslassen« werden, da seine bessere Hälfte übers Wochenende verreist ist. Wie gern wäre ich dabei gewesen, als Ken zum ersten Mal die Redewendung »die Sau rauslassen« hörte. Ich sehe es vor mir, wie sich auf seinem Gesicht die reinste Freude ausgebreitet haben muss, als er feststellte, dass er auf eine Redewendung gestoßen war, die so gut zu ihm passte, dass sie ihn zwangsläufig ein Leben lang begleiten würde.

Ich schreibe Soph, dass wir uns vielleicht später am Abend auf einer Party treffen, doch ich weiß ganz genau: Wenn Arthur die Bar heute Abend nicht früh verlässt, werde auch ich sie nicht früh verlassen.

Weder Arthur noch ich gehen früh.

Im Laufe des Abends, während wir uns beide mit vorgetäuschter Lässigkeit mit anderen Leuten unterhalten, landen wir immer wieder nebeneinander. Irgendjemand muss aufs Klo, steht auf, und zack, klebt Arthurs Bein in der dicht besetzten Sitzgruppe an meinem. Oder ich versuche, mich mit aller Macht auf Killara zu konzentrieren, die erzählt, wie sie und ihre Freunde in der zwölften Klasse die Schulsprecherwahl manipulierten, und obwohl Killaras Geschichte ziemlich lustig ist und ich in dieser Runde unbedingt mehr sein will als jemand, der jemand anderen begehrt, trifft mein Blick, jedes Mal wenn er von Killara abschweift, auf Arthurs, denn Arthur schaut mich die ganze Zeit an und versucht, so zu tun, als sei das nicht der Fall. Selbst wenn er mit jemand anderem spricht, versucht er, der Unterhaltung, die ich auf der anderen Seite des Tisches führe, zu folgen. Ich sehe sein kleines Grinsen aufblitzen, wenn ich einen Scherz mache, während er sich gleichzeitig mit einigen Kollegen über die finanzielle Förderung von investigativem Journalismus in diesem Land unterhält (sie ist unzureichend, da sind sich alle einig).

An diesem Abend kapiere ich, dass Arthur Kens Vorgesetzter ist. Dass er auch der Chef der meisten Journalisten hier in der Bar ist. Da Arthur so ruhig ist und mir gegenüber noch nie seine Stellung im Büro erwähnt hat (es sei denn bei unserem ersten Treffen, und ich habe es vergessen), habe ich es mir zur Regel gemacht, kaum über seine Arbeit mit ihm zu sprechen, denn ich möchte keine Speichelleckerin sein, ich will nicht, dass er den Eindruck bekommt, ich sei an ihm interessiert, weil ich irgendeine Karriereleiter hochklettern oder Insidertipps haben will. Ich hatte durchaus schon darüber nachgedacht, ob er womöglich der Vorgesetzte von einigen ist, hatte diesen Gedanken aber wieder verworfen: Ich habe ihn noch nie laut werden hören, und sein stets rücksichtsvoller Umgang mit anderen sendet auch nicht gerade Chefsignale aus, zumindest dachte ich das. Falsch gewickelt. Killara erwähnt nebenher einen Abgabetermin, den er ihr genannt hat, und da kapiere ich es, natürlich ist er der Chef. Ich schaffe es doch immer, dem Glück ein Schnippchen zu schlagen. Natürlich ist er der Chef. Ich muss einfach immer den schwierigsten Weg wählen.

Neue Getränke kommen, und immer kommen welche nach, so wie Lebensjahre. Wir trinken Shots, wir trinken Bier, ich spendiere eine Runde Margaritas, weil ich so betrunken bin, dass mir mein in der Folge geplünderter Kontostand egal ist.

Irgendwer – bestimmt Ken – schlägt Karaoke vor, und plötzlich stehen wir alle auf der Straße und stolpern wie eine Horde wilder Schulkinder auf einem Klassenausflug Richtung Innenstadt.

Als wir die Betonstufen eines schäbigen Gebäudes zwischen einem Theater und einem chinesischen Restaurant erklommen haben und in der Karaoke-Bar ankommen, erwartet man uns bereits. Killara hat uns anscheinend angekündigt. Verdammt, ist die gut. Sie bestellt Getränke für uns alle und treibt uns in einen der separaten Räume. Zwei Handmikrophone liegen erwartungsvoll auf dem niedrigen Tisch, um den wir uns scharen, jetzt müssen wir nur noch die Lieder auswählen. Es entgeht mir nicht, dass Killara und keiner der Männer das hier alles organisiert hat. Ich kenne diese Frau kaum, möchte sie aber umarmen und ihr sagen, wie grandios gut sie ist, dass sie eine coole Sau ist. Ich gehe jede Wette ein: Das Karaoke-Mikrophon rücksichtslos in Beschlag genommen haben sie schon alle, die Männer in den Büros, aber einen Karaoke-Abend organisiert hat noch keiner von ihnen.

Ich lasse mich nicht dazu herab, eigene Lieder vorzuschlagen. Mit Freude reihe ich mich in den Hintergrundchor des nächsten vergessenen Hits ein, der gespielt wird. Ich ziehe es vor, viel zu abgebrüht zu wirken, um selbst durch das große, klebrige laminierte Heft zu gehen und mit der nervigen Fernbedienung den Song meiner Wahl einzugeben. Zugegebenermaßen hoffe ich insgeheim, dass einer von Kens bescheuerten (für mich) namenlosen Kollegen einen Springsteen-Song aussucht, da ich sein gesamtes Werk im Grunde jeden Abend meines Lebens beim Abwasch mit Dad geübt habe.

Aber nein. Bon Jovi soll es sein, dann Journey, dann Macklemore, dann Psy.

Ich bin abgelenkt, habe aber gleichwohl ein halbes Auge auf Arthur, der mir gegenübersitzt und auf sein Handy starrt, müde aussieht. Vielleicht mag er Karaoke nicht oder hat Angst, seine Autorität als Chef könne leiden, wenn er einen Song auswählt und ihn dann verpatzt.

Ab und an singe ich mit, aber ich wage es erst gar nicht, mir eins der Mikros schnappen zu wollen, die von Ken und seinen Mannen, wie zu erwarten war, in Dauerbeschlag genommen werden.

Zwischen zwei Liedern ist es kurz still. Ich schaue hoch und sehe, dass Arthur mich mit seinem halben Lächeln beobachtet. Zufrieden schenke ich ihm auch ein kleines Lächeln.

Und dann höre ich sie, diese melodischen ersten Akkorde, die Mundharmonika. Ich blicke mich um und sehe, wie einige andere kapieren, was kommt, und aufstöhnen.

Ken ruft: »Welcher Idiot hat das denn ausgewählt und nicht ›Born in the USA‹?«

Eine Stimme singt die erste Zeile, sanft, aber laut genug, um sich gegen das Play-back zu behaupten. Die Stimme ist tief und nicht die beste, aber sie meint, was sie singt. Wer immer das ist: Das verzweifelte Pathos eines Jungen aus New Jersey, der zu früh erwachsen werden muss, hat er wirklich gut drauf.

Irgendwer heult anerkennend »Woo!«, und dann ist der ganze Raum mehr oder weniger still, abgesehen von der Stimme, die das Lied singt. Mir geht auf, dass nur eine einzige Person in diesem Kabuff voller betrunkener Menschen die Macht hat, für Ruhe zu sorgen, um eine Ballade zu singen.

Arthur. Natürlich Arthur. Ich suche ihn wieder in seiner Ecke, und er hält ein Mikrophon in der Hand. Er sieht meinen Blick und deutet auf das andere Mikro, das vor mir auf dem Tisch liegt. Ich habe keine Ahnung, wie er das arrangiert hat oder warum niemand das zweite Mikro an sich reißt, wo es doch ansonsten stets heiß umkämpft ist.

»Komm schon, Hera, das Mikro ruft!«, jauchzt Killara, und der Rest der Gruppe fängt an, »Hera! Hera! Hera!« zu rufen.

Ich bin mir sicher, dass die meisten Leute nur mitmachen, weil sie zum ersten Mal mitbekommen haben, wie ich heiße.

Okay, sieht so aus, als müsste ich da jetzt durch. Man will ja keine Spielverderberin sein.

Aber sie wissen nicht, wie verletzlich mich das machen wird. Dass der perfekte Abend für mich genau so aussähe, mit Arthur in diesem Kabuff »The River« singen, von ihm ausgewählt.

Welcher Teil von mir schreit eigentlich »traurigster Springsteen-Song aller Zeiten«? Er wusste es einfach.

Bei der Zeile mit Marys Schwangerschaft falle ich ein, unter lauten Bewunderungsrufen, vor allem, weil alle betrunken sind, aber auch, weil ich – Überraschung – singen kann. Und diesen Song beherrsche ich aus dem Effeff.

Als meine Eltern sich trennten, haben mein Vater und ich das Lied immer im Auto gesungen. Wir hatten das Album auf Kassette. Zwischen den Versen hat Dad auf dem Lenkrad herumgetrommelt. Eines Tages würde ich noch besser als ohnehin schon verstehen, worum es in dem Lied gehe, sagte er, und er hatte recht.

Arthur strahlt jetzt. Er sieht mich an, als wäre ich die Antwort auf alle Fragen. Und ich versuche, ihn nicht allzu oft während unseres Duetts anzusehen, denn ich weiß, dass mein Gesicht gerade wie eine Seeoberfläche ist, die auf jede Brise, jeden hüpfenden Kiesel mit einem Kräuseln reagiert, und mir wäre es ganz recht, wenn nicht gleich das gesamte Büro sieht, welches Verlangen meinen Körper durchströmt.

Als wir die letzte Zeile anstimmen, ist die Stille um uns herum geradezu träumerisch. So als würde sich jeder an eine Zeit erinnern, in der er glücklicher war als heute. Ich muss mich nicht mehr bemühen, nicht ständig zu Arthur zu gucken, denn ich bin mir sicher, dass alle gerade in ihrer eigenen Welt sind.

Also linse ich zu ihm rüber, und er singt immer noch in meine Richtung, und jetzt schenke ich ihm ein breites Grinsen, ich kann mir nicht helfen. Bei den abschließenden melodramatischen »Ooh-oohs« gebe ich alles. Ich singe die zweite Stimme, im höchsten Sopran. Es ist mir egal, dass ich angebe, ich will vor ihm angeben. Ich will, dass er sieht und hört, was ich kann. Ich will, dass er weiß, wie ich fühle.

Als das Lied zu Ende ist und die Musik langsam ausgeblendet wird, applaudieren alle, und dann geht es weiter: »Hips Don't Lie« steht als Nächstes auf der Tagesordnung, und schon erobern die Kens wieder die Mikrophone. Unser Lied wird zu einem unter vielen.

Doch für mich natürlich nicht. Für mich hat sich etwas verändert.

Um Mitternacht wirft man uns raus, und alle steuern den Bahnhof an oder rufen sich ein Uber. Ich spüre, dass jemand neben mir steht, und es ist Arthur, die Hände in den Hosentaschen vergraben.

»Wollen wir uns ein Uber teilen?«, fragt er. »Wenn ich mich recht entsinne, wohnen wir ziemlich nah beieinander.«

Ich schaue mich verstohlen um, ob irgendwer diese Unterhaltung mitbekommt. Glücklicherweise nicht.

»Klar, warum nicht.«

Wir setzen uns im Uber beide auf die Rückbank, zwischen uns der leere mittlere Platz, und unterhalten uns leise über den Abend, darüber, welche Lieder kaum auszuhalten waren.

Nach einer Pause sagt er: »Deine Stimme ist unglaublich. Ich *wusste*, dass du singen kannst.«

»Und ich wusste, dass du den traurigsten Song auf der Liste auswählen würdest«, kontere ich.

Ich erkenne die Schnellstraße, die wir entlangfahren, und weiß, dass wir in ein paar Minuten bei mir ankommen und ich aus dem Auto steigen werde und dieser Augenblick vorbei sein wird. Den Gedanken an eine solche Zukunft kann ich nicht ertragen, und ich habe das Gefühl, dass es ihm genauso geht. Aber beim letzten Mal war ich diejenige, die den Abend verlängert hat, das werde ich nicht noch einmal tun. Wir sitzen, warten. Endlich knickt er ein.

»Trinken wir noch einen Absacker?«, fragt er.

»Alle Bars haben jetzt zu, Arthur.«

»Ja, stimmt. Es ist nur … Ich will noch nicht nach Hause.«

!!!

Ich wäge ab. Treffe eine Entscheidung.

»Ich weiß, es ist vielleicht etwas seltsam, weil ich bei meinem Vater wohne und so, aber er schläft um diese Uhrzeit schon längst, also – deswegen – wollen wir bei mir noch was trinken? Wir haben sehr viel Wein – oder Whisky, wenn du den bevorzugst, Boss.«

»Liebend gern.«

»Okay«, sage ich mit gesenktem Blick.

Und so sitzen wir die restliche Fahrt schweigend da, abgesehen davon, dass Arthur dem Fahrer sagt, es habe sich herausgestellt, dass wir doch nur einmal halten müssen.

Es ist sehr, sehr seltsam, das Einfahrtstor zu öffnen und mit Arthur im Schlepptau den Weg zum Haus entlangzulaufen. Das hier ist nicht die Arbeit, nicht die Bar neben dem Büro, das hier ist mein Haus, und ich zeige ihm gerade den Weg.

Ich sage ihm, er solle es sich auf dem Sofa im Wohnzimmer bequem machen, während ich uns etwas zu trinken hole. Ich achte darauf, leise zu sein, um Dad nicht aufzuwecken – nicht dass er runterkäme, wenn er mich hören würde, aber, na ja, er muss ja nicht gleich wissen, was los ist.

Ich verspüre eine Leichtigkeit in meinem Körper, in meiner Sprache, in diesem Zimmer, diesem Haus. Und hier ist Arthur: der Mann, der mich an jenem ersten Tag im Aufzug ungläubig anstarrte – nicht der Mann außerhalb meiner Reichweite jenseits der Bildschirme. Ungeachtet dessen, ist ihm seine Nervosität deutlich anzumerken, als ich mit einer Flasche Wein und zwei Gläsern ins Wohnzimmer zurückkomme. Als ich die Gläser auf den Sofatisch stelle, weiß er nicht, wohin mit seinen Händen, dankt mir höflich. Wir sind recht weit voneinander entfernt, als ich mich aufs Sofa setze. Er respektiert meine körperliche Autonomie, und ich wünschte so sehr, es wäre nicht so.

Ich habe auch meinen Laptop aus der Küche mitgebracht und suche eine Playlist mit entspannter Musik aus. Maggie Rogers' trauriger Mädchen-Pop schlüpft durch die Laptoplautsprecher und erfüllt die Luft um uns herum.

Arthur hat seine Füße auf dem Boden, wohingegen ich mich ihm gegenüber im Schneidersitz aufs Sofa setze.

Wir reden über alles Mögliche. Er ist betrunken, er ist lustig, er ist rücksichtsvoll. Es geht sogar um den Klimawandel und Kinder. Er fängt an, über Kühe und Methan-Emissionen zu sprechen, darüber, dass Kinder noch das geringste Problem sind, wenn es darum geht, dass der Planet stirbt. Und er kennt sehr viele Statistiken, von denen ich noch nie etwas gehört habe, und ich kann nicht anders, als beeindruckt von ihm zu sein und zu bewundern, wie gewandt er Argumente hervorbringt, die ich mich niemals auszusprechen trauen würde, aus lauter Angst, ignorant oder herzlos zu wirken. Doch er ist weder das eine noch das andere: Man hat das Gefühl, dass er alles genau durchdacht hat, und das gefällt mir.

Da der Wein meine Zunge gelockert hat, sage ich: »Ich habe auch einfach Angst, dass ich nicht sonderlich gut darin wäre – die Mutter eines Kindes zu sein, meine ich. Ich glaube, dass das Klimawandel-Argument vielleicht nur eine Ausrede für mich ist, nicht zugeben zu müssen, dass ich einen Riesenschiss davor habe, einem Kind auf dieser Welt nicht wirklich was geben zu können. Weißt du, was ich meine?«

Und er sieht mich sehr ernst an und sagt langsam und deutlich: »Hera, jedes Kind, das dich seine Mutter nennen darf, wird das glücklichste Kind auf Erden sein.«

Irgendwie sitzen wir jetzt doch ganz nah beieinander. Ich habe keine Ahnung, wie das passiert ist, aber so ist es nun.

Das, was er gerade gesagt hat, berührt mich sehr.

Ich lehne mich vor und weiß genau, dass ich sterben werde, wenn er sich jetzt abwendet.

Er fällt eine Entscheidung und greift nach mir. Er hat mich. Seine Hände schließen sich um mein Gesicht, und dann wandern sie meine Schultern, meinen Rücken, meine Taille hinab. Er küsst mein Schlüsselbein, meine Wangen, meine Lippen. Meine Lippen. Ich spüre, wie ich loslasse. Mein Körper nachgibt. Natürlich. Das ist es, was ich will. Jetzt weiß ich, was ich vom Leben will.

Ihr lacht, aber ich meine es ernst.

Ich unterbreche ihn. Ich sage: »Entweder du gehst jetzt nach Hause, oder wir gehen hoch. Du hast die Wahl.«

Ich will, dass er sich ganz sicher ist. Wie sehr ich will, dass er sich sicher ist!

»Lass uns hochgehen.«

Und das tun wir dann auch.

In meinem Kinderzimmer, neben meinem Bett, zieht mir Arthur mein Kleid aus und legt es auf den Boden. Ich versuche, es ihm gleichzutun. Ungeschickt knöpfe ich sein Hemd auf, werfe es zu Boden. Doch an seinem

Gürtel fummele ich erfolglos herum. Ich bin betrunken, ja, aber zudem bin ich Männerkleidung nicht gewohnt. Er spürt meine Panik, meine zitternden Hände, lächelt mich an und stößt mich sanft von sich. Er öffnet seinen Gürtel allein, schält sich aus der Hose, und ich schaue ihm zu. Arthur steht in seiner Unterhose vor mir, und ich kann sehen, dass er erregt ist. Ich will ihm eine Show bieten. Ich ziehe meinen BH aus und schlüpfe aus meinem Slip. Wortlos stelle ich mich vor ihn und ziehe seine Unterhose hinunter, von den Füßen strampeln muss er sie sich selbst. Ich gehe einen Schritt zurück, stelle mich aufrecht hin. Ich will, dass er mich ansieht, während ich ihn ansehe. Er stöhnt. Er kommt zu mir und küsst mich. Stößt mich an den Schultern aufs Bett. Ich fühle, wie sich sein ganzer Körper an mich drückt, und alles ist feucht und heiß und glitschig. Es ist ein einziger Taumel, wie wir uns zusammen bewegen, uns küssen und anfassen und lecken. Aber als ich spüre, wie er in mich eindringt, wird auf einmal alles ganz klar. Und für dieses Gefühl werde ich kämpfen.

Zweiter Teil

Gern würde ich jetzt schildern, wie wir am nächsten Morgen in meinem Bett aufwachten, müde und verkatert, aber glücklich. Wie er mir gedankenverloren über den Rücken streichelte, als ich langsam aus dem Schlaf in einen Zustand des Bewusstseins zurückfand. Wie ich ihn heimlich aus dem Haus hatte bugsieren müssen, damit Dad ihn nicht sehen würde. Oder wie ich gedacht hatte, scheiß drauf, wenn, dann richtig, und einfach mit ihm runtergegangen war und ihn Dad vorgestellt hatte.

Allerdings tat ich nichts dergleichen. Denn nachdem wir miteinander geschlafen hatten, um genau zu sein, nur ein paar Minuten später, klingelte sein Handy. Und selig, wie ich war, sagte ich ihm, er solle ruhig drangehen, vielleicht sei es wichtig. Und er, betrunken und erledigt, ging tatsächlich dran, und irgendwer sprach zu ihm, und dieser jemand war sauer. Ich konnte die Worte zwar nicht verstehen, hörte aber die Tonlage. Und es war klar, dass es eine Frau war. Und er sagte: »Ja, ja, ich komm jetzt nach Hause. Ist hier ein bisschen ausgeufert. Okay, dann bis gleich.«

Und ich blickte ihn an, und langsam dämmerte es mir, und er blickte mich an und wusste, dass ich es wusste, und dann sagte er: »Es tut mir so leid, Hera.« Und dann stand er auf. Ich lag nackt im Bett und sah mit starrem Blick zu, wie er Hose und Hemd anzog und seinen Gürtel zumachte, und dann öffnete er die Zimmertür und schloss sie hinter sich, und einige Sekunden später hörte ich, wie die Haustür ins Schloss fiel, und ich lag allein in meinem Bett, vollkommen allein. So ist es passiert, und ich wünschte, ich könnte euch etwas anderes erzählen.

Mein Körper, mein Bettzeug rochen nach ihm. Meine Matratze war dort, wo er gelegen hatte, noch leicht eingedellt. Mein Körper war noch rau, nass, offen. Und auch wenn ich mich furchtbar, furchtbar leer fühlte, hatte ein Teil von mir schon immer gewusst, dass so etwas in der Art passieren würde.

Irgendwie schlief ich wieder ein. Und als ich am nächsten Morgen (nur einige Stunden später) aufwachte, war er immer noch weg, und ich war immer noch allein und hatte nur meine Erinnerungen, um mich zu vergewissern, dass passiert war, was passiert war. Und was war denn eigentlich passiert? Es war nervenzermürbend zu realisieren, dass ich von etwas ausgegangen war, währenddessen aber tatsächlich etwas ganz anderes passiert war. Oder doch nicht? Zählte das, was ich fühlte, plötzlich nicht mehr? Musste es rückwirkend gelöscht werden?

Das konnte ich nicht. Ich konnte es nicht löschen, selbst wenn ich es gewollt hätte, was leider nicht der Fall war.

Ich war glücklich gewesen.

Und obwohl mir schlecht war, obwohl er mich angelogen hatte und der Weg, der vor mir lag, sollte ich ihn tatsächlich gehen wollen, mit Landminen und Problemen gespickt wäre und mich mit großer Wahrscheinlichkeit nicht dahin bringen würde, wo ich hinwollte – trotz al-

Iedem wusste ich: Wenn er nicht aufhört, tue ich es auch nicht.

Meine Entscheidung, weiterzumachen, ist eventuell schwer nachzuvollziehen. Vielleicht werdet ihr jetzt einwerfen, ich hätte hier einen Punkt setzen sollen, da es moralisch geboten gewesen wäre und ich meine Gefühle auf diese Weise hätte schützen können.

Aber was ich wirklich wollte, waren Gefühle, die es wert waren, geschützt zu werden. Und hier waren sie. Und deswegen würde ich weitermachen.

Der Kater, der mich am Morgen nach meinem ersten Sex mit Arthur begrüßt, ist hartnäckig, bringt mich aber nicht um. Benebelt verbringe ich einige Zeit damit, im Erdgeschoss herumzuwerkeln, den Wein und die Gläser, die Arthur und ich neben dem Sofa im Wohnzimmer stehen ließen, wegzuräumen und mich daran zu erinnern, was für ein großes Versprechen in der Luft lag, als wir aus ihnen getrunken hatten, und nun sind davon nur noch vereinzelte rote Flecken auf dem Teppichboden meines Vaters übrig geblieben. Was für eine Metapher – das ist mir alles zu viel.

An diesem Nachmittag bin ich zu einem Picknick verabredet, mit Soph, Sarah, unserer Uni-Freundin Daisy und Ben, einem weiteren Kumpel, der zusammen mit Soph Jura studiert hat, seinen Beruf aber nicht ausübt, weswegen ihm verziehen sei. Dad liest in der Küche die Zeitung, als ich mich von ihm verabschiede. Er hat am Abend ein Date, weigert sich aber, es beim Namen zu nennen.

»Erwachsene Männer haben keine ›Dates‹, Hera. Wir sind einfach zwei Menschen, die einander interessant finden und zusammen zu Abend essen.«

Ich verdrehe die Augen und sage: »Klar doch, Dad, viel Spaß bei deinem Date.«

Als ich hinausgehe, lächelt er in sich hinein.

Im verabredeten Park angekommen, kriege ich eine Instagram-Messenger-Benachrichtigung. Dieses Pink, dieses Lila, welch Schönheit! Er hat mich zu seinen Kontakten hinzugefügt, er hat mir eine Nachricht geschickt. Sein Profilbild ist ein bloßer Umriss und erinnert mich auf angenehme Weise an ältere Facebook-Nutzer mit der vom System automatisch erzeugten Silhouette als Profilbild, entweder weil sie es nicht hinbekommen, ein Foto hochzuladen, oder weil sie Bedenkenträger hinsichtlich privater Daten im Netz sind, aber trotzdem einen Social-Media-Account haben.

Die erste Zeile, die als Voransicht auf meinem Home-Bildschirm erscheint, lässt mein Herz wie verrückt hüpfen und es zugleich in die Hose rutschen, also klicke ich auf die Nachricht und vertiefe mich in sie, wohl wissend, dass er sieht, dass ich sie gelesen habe. Dieses Risiko gehen mein Stolz und ich ein.

Er schreibt: *Hi. Danke für letzte Nacht. Ich kann nicht aufhören, daran zu denken. An dich zu denken. Ich hasse es, dich bitten zu müssen, aber es geht nicht anders: Würdest du bitte niemandem davon erzählen?*

Ich atme auf und verspüre die Erleichterung, die sich mit der ersten Nachricht nach dem Sex einstellt: Dies ist eine Bestätigung, dass es passiert ist, dass wir uns nicht ab jetzt aus dem Weg gehen werden, dass die Nacht nicht unter »Vergangenes« abgelegt wird. Doch sie beinhaltet auch das gegenseitige Einvernehmen, dass ich bereits Teil seiner geheimen Schande bin. Ich frage mich, wie ich in dieser Situation meine Würde behalten kann und ob überhaupt.

Ich hole tief Luft und schreibe zurück. Ich möchte den

Flow nicht unterbrechen, will, dass er weiterhin auf sein Handy starrt, aber ich hoffe auch, auf diese Weise die Oberhand zu bekommen (als hätte ich sie je gehabt, warum versuche ich es überhaupt?).

Hey. Äh, gern geschehen? Blöderweise kann ich auch nicht aufhören, daran zu denken. So gar nicht. Und tut mir leid, aber ich hab der Personalabteilung schon ein Memo geschickt, der Zug ist also abgefahren.

Und dann zwei Sekunden später:

Natürlich erzähle ich niemandem davon, Arthur. Ich bin keine Psychopathin.

Er: *Ich rieche noch nach dir.*

Ich: *Füll es ab in Flaschen und verdien dir damit eine goldene Nase.*

Meine Freunde treffen ein, und natürlich erzähle ich ihnen alles. Na ja, fast alles. Ich konzentriere mich auf die monatelange sexuelle Anspannung und wie sie sich in bewusstseinsveränderndem Sex entlud und dann dieser Verrat. Ich erzähle ihnen nicht, dass ich mich seitdem bereits wieder in schriftlichem Austausch mit ihm befinde. Ich beschließe, die Aufmerksamkeit nicht darauf zu lenken, dass ich bereits den unmoralischen Schritt getan habe, weiter mit ihm zu flirten, nachdem ich jetzt die Wahrheit weiß.

Die Sonne scheint, und das Gras ist grün, und ich möchte all das Gute genießen, weil mir diese Unbescholtenheit bereits wieder genommen wurde. Lasst uns Cider trinken und Erdbeeren essen und im Sonnenschein über meine Eroberung lachen. Lasst die anderen meine Freude sehen, lasst mir meine Freude, nur für diesen einen Tag.

Sie wollen Fotos sehen, also zeige ich ihnen welche. Die Auswahl ist begrenzt, da ich bisher keine Fotos von ihm gemacht habe, aber selbst auf seinem ergoogelbaren Bewerbungsfoto sieht er umwerfend aus. Sie sind von seinen schönen blauen Augen begeistert (ach nee). »Hera, du Herzensbrecherin!«, rufen sie aus. »Du wirst diesen alten Knacker in den Ruin treiben!« Sie wissen nicht, wie sehr das der Wahrheit entspricht und dann auch wieder nicht.

Es ist Sarah, die auf einen Punkt hinweist, der leider nur schwer zu leugnen ist – nämlich, dass jemand, der seine Partnerin betrügt, vielleicht nicht unbedingt der beste Mensch der Welt ist.

Glücklicherweise machen sich die anderen – zumindest zunächst – keine Gedanken darüber, was das über seinen Charakter aussagt. Der Betrug wird elegant unter den Tisch gekehrt, als Ben verkündet: »Gott, Männer sind solche Tiere, oder? Scheiß drauf. Wie war er im Bett?«

Obwohl Soph und Sarah aus vorherigen Gesprächen wissen, dass ich so gar nicht drauf scheißen kann und es alles andere als ideal ist, dass er eine Frau hat, die nicht ich bin, spielen wir das Spiel mir zuliebe, der Sache zuliebe alle mit. Wir ergötzen uns an dem Drama und tun gemeinsam so, als wäre ich von alldem emotional unberührt – ich bin rein und wieder raus und habe sogar noch eine Geschichte mitgenommen. Sollte ich es noch einmal tun, wäre das eine Machtdemonstration, finden sie. Ich erzähle ihnen ganz sicher nicht davon, wie ich meine Tränen zurückhalten musste, als er angerufen wurde.

Am nächsten Tag, einem Sonntag, schlafe ich mit einem Typen namens Rav, um mir weiterhin einreden zu können, dass ich selbstbestimmt bin und mich nicht einfach so in die Rolle der Geliebten drängen lasse.

Männer! Sieht so aus, als würde ich jetzt mit Männern schlafen. Keine große Sache, der Übergang zwischen sexuellen Orientierungen ist ohnehin fließend, und ich hasse mich sowieso, es gibt so viel mehr Wahrheiten als nur eine.

Arthur ist nur einer von vielen, sage ich mir und meinen Freunden. Rumsitzen und auf ihn warten kann und werde ich nicht.

Also melde ich mich bei Bumble an und stoße dort auf Rav, jemanden, der zugestimmt hat, mit mir zu schlafen, indem er ein Foto meines Gesichts nach rechts gewischt hat und ich seins. Sich auf diesen Apps zu tummeln, ist wie mit Kleidergröße XL auf eine Schulparty zu gehen: Du bist dir bewusst, dass du wahrscheinlich für niemanden die erste Wahl, aber am Ende des Abends für irgendwen die letzte sein wirst. Entweder man akzeptiert die Wirklichkeit, wie sie ist, oder eben nicht. In der Highschool war ich dünn, hatte aber nie das Gefühl, dünn zu sein, da ich mich nur dünn gehungert hatte. Ich war zeitweise eher eine Art Hausmeisterin dieses dünnen Körpers. Inzwischen habe ich einen Körper, der Nahrung aufnimmt, also gehört er mir, und ich sollte mehr eins mit ihm sein. Aber ich kann mich des Gefühls nicht erwehren, dass das nur ein vorübergehender Zustand ist und jede Version meines Körpers, die ich einem Mann präsentiere, unehrlich ist. Bei keiner dieser Versionen handelt es sich wirklich um mich, sondern nur um Zwischenstadien dieser Masse, die ich bewohne. In zwei Jahren werde ich anders sein als heute, das weiß ich. Ich kann keine stabilen Verhältnisse versprechen. Aber mit Frauen fühlt es sich ganz anders an. Warum ist das so?

Rav ist nichts. Ravs Kenntnisse im Bett sind ausreichend. Als ich ihn zum ersten Mal in mir spüre, fühle ich mich körperlich penetriert, das war es. Währenddessen spielt ein kleiner Bose-Lautsprecher die ganze Zeit Tash Sultana. Immer wieder denke ich an die Nacht mit Arthur, wie Julia Jacklin leise auf meinem Laptop lief, und als ich gestern Morgen meinen Laptop anmachen wollte, war der Akku leer. Beim Aufladen ging der Song »Someday« an.

Man hat mir gesagt, es gebe zwei Arten von Menschen auf dieser Welt: Die einen achten bei Liedern auf den Text und beziehen ihn sofort auf sich, die anderen hören auf den Rhythmus oder die Melodie und nehmen den Text kaum wahr. Ihr könnt euch vorstellen, dass ich zur ersten Gruppe gehöre. *Someday, someday, someday.*

Am nächsten Morgen, nachdem ich blöderweise in Ravs Bett eingeschlafen und morgens losgehetzt bin, bin ich bei der Arbeit extrem nervös.

Alison beginnt die Woche damit, dass sie Mei Ling und mir aufträgt, in den kommenden Tagen besonders aufmerksam zu sein, da in einem Land, das für Australien und die USA eine wichtige Rolle spielt, Wahlen anstehen und deswegen höchstwahrscheinlich ziemlich viel Gift aus den Tastaturen und auf unsere Bildschirme spritzen wird. (Ich sollte vielleicht hinzufügen, dass während der gesamten Zeit, die ich dort arbeitete, kein einziger Kommentatoren-Zugang je gesperrt wurde. Aufmerksam sein hieß, von Blau auf Orange auf Rot zu schalten. Aufmerksam sein hieß, etwas zu sehen und dann nichts zu tun, außer deutlich zu machen, dass man es gesehen hatte.)

Mei Ling schreibt mir und fragt mich, wie mein Wochenende nach den »Feiern nach Feierabend«-Drinks war. Unspektakulär, schreibe ich zurück. Ihres war nett, abgesehen davon, dass der Deliveroo-Typ vergessen hat, die Soße mitzuliefern, die sie zu ihrem Döner bestellt hatte, das war ganz schön hart. Ich bestätige, dass »ganz schön hart« die Situation treffend zusammenfasst, und wir beginnen unser Tagwerk. Unter einem Artikel über die neuen Richtlinien der australischen Regierung zur Nutzung fossiler Brennstoffe verlinken ziemlich viele Leute auf einen nicht offiziellen Ausschnitt aus dem Film *Beds Are Burning*. Ich brauche extrem viel Zeit, um die ganzen Links zu entfernen, nur damit weitere Nutzer, die sich über die staatliche Bevormundung empören, sie erneut posten.

Um die Mittagszeit *plingt* mein PC erneut. Diesmal ist es Arthur, der nach meiner Handynummer fragt. Offensichtlich ist er nicht auf die Idee gekommen, meine Nummer aus der »Feiern nach Feierabend«-Gruppe zu ziehen, was ich herzallerliebst finde. Ich tippe die Nummer ein und atme tief aus, als ich auf Enter drücke. Er ruft mich nicht sofort an, was nicht so überraschend ist, schließlich sind wir bei der Arbeit, doch ich stelle mir natürlich vor, was er alles sagen könnte, und das Herz rutscht mir metertief in die Hose. Eigentlich sollte ich vor allem wütend sein, dass er sich in einer Beziehung befindet, doch stattdessen habe ich Angst, mitgeteilt zu bekommen, dass Freitagabend ein Fehler war, dass es ihm leidtue, dass wir ab jetzt ein reines Arbeitsverhältnis pflegen werden. Ich weiß nicht, wie ich in so einem Fall weiterhin meinen Job machen könnte. Und dann gäbe es da noch die andere Möglichkeit mit ihren verschiedenen Varianten – Varianten, die allesamt ein Weitermachen beinhalten. Sie sind gut, sie gefallen mir, auch wenn sie mir sehr viel Angst machen.

In der Mittagspause, als ich immer und immer wieder durch die engen Straßen rund um das Büro tigere, werde ich von einer unbekannten Nummer angerufen. Ich hole tief Luft und gehe dran.

Als ich das Handy zum Ohr führe, presse ich mich an die Wand, als wäre ich auf der Flucht vor jemandem.

Ein leichter Sprühregen löst sich aus dem Himmel und benetzt mein rostrotes Baumwolloberteil, auf dem man jeden Fleck sieht.

Stille, und ich werde nicht als Erste das Wort ergreifen. Ich starre auf die Wand gegenüber, den graffitibesprühten unteren Teil eines Hochhaus-Erdgeschosses, und warte darauf, dass er anfängt.

»Hi«, sagt er zur Begrüßung.

»Hi?«, formuliere ich als Frage.

Immer diese Verschlossenheit, immer diese Nervosität! Die ganze Intimität ausradiert, in so kurzer Zeit. Und nun die Aufgabe, sie wieder aufzubauen, Satz für Satz, Stein für Stein. Weißt du nicht mehr, wie es sich anfühlte? Können wir nicht so sprechen, als wären wir immer noch mittendrin?

»Tut mir leid für meine Nachricht am Samstag. Ich war fix und alle.«

»Schon in Ordnung. Das verstehe ich.« Also, ja, das tu ich und auch wieder nicht, aber ich will, dass er weiterspricht, und mit dieser Antwort werde ich das am ehesten erreichen.

»Es ist nur so, na ja, also, es ist alles kompliziert, meine Ehe ist kompliziert, und es tut mir leid, dass du es auf diese Weise herausfinden musstest – aber, also, so etwas habe ich noch nie vorher gemacht, und ich wollte einfach nur sagen, dass ich es verstehe, wenn du jetzt nichts mehr mit mir zu tun haben willst.«

Okay, also nicht nur eine Freundin, nein, sogar eine Ehefrau! Hervorragend. Und außerdem frage ich mich, worauf er hinauswill, wenn er mir sagt, dass er so was noch nie gemacht hat. Geht er davon aus, dass ich so etwas schon mal gemacht habe? Will er mir damit sagen, dass er nicht wie die anderen Typen ist, dass er ein goldenes Schürzenjägerherz hat? Und warum bin ich gerade dabei, darauf reinzufallen?

Ich atme langsam aus und lasse es zu, dass mein Schweigen sich ausbreitet, während ich überlege, wie eine ehrliche Antwort aussehen könnte.

»Arthur, ich … Das ist auch für mich alles andere als normal. Und ich weiß, dass ich jetzt eigentlich nichts mehr mit dir zu tun haben sollte, aber … na ja, das will ich trotzdem. Sehr sogar. Und deswegen weiß ich wirklich nicht, was das dann aus mir macht. Das hier ist echt nicht ideal. Deswegen … Was meinst du?«

Ich kann seine Erleichterung durch das Handy förmlich sehen. Nach einigen Sekunden ist der Ball wieder bei mir. Ein sanfter Lupfer, ausschließlich dazu gedacht, innerhalb der Grenzlinien zu landen. Präzision statt Tempo.

»Wenn dem so ist, Hera, dann solltest du wissen, dass ich die letzten zwei Tage an nichts anderes denken konnte als daran, wann ich dich wiedersehe.«

Treffer. Ein Lächeln hat sich auf meinem Gesicht ausgebreitet und lässt sich nicht wieder ausknipsen.

Und ich weiß, dass das falsch ist. Ich weiß, dass ich zur Komplizin werde, indem ich akzeptiere, was er sagt, noch mehr als ohnehin schon. Aber meine Gefühle waren bereits da, bevor ich wusste, dass es sich um Betrug handelt. Sie waren anfangs vollkommen unschuldig, und zählt das nicht auch irgendwie? Ich wollte nie eine Geliebte sein, Ehebruch steht nun wahrlich nicht auf meiner Bucket-

List. Aber Liebe will ich nun mal erleben – wer nicht? Ich will mich in jemanden verlieben, der mich auch liebt, und nun stehe ich hier und verliebe mich gerade Hals über Kopf.

Also treffe ich eine Entscheidung. In dieser dunklen Gasse beschließe ich, dass ich mich für jetzt mit diesem Zipfel der Liebe zufriedengebe und darauf hoffe, dass ich eines nicht allzu fernen Tages mehr von ihr zu fassen bekommen werde. Vielleicht findet ihr das schwach – findet sogar, dass ich eine klägliche Figur abgebe. Aber aus Erfahrung weiß ich, dass mir in romantischer Hinsicht nur sehr selten jemand etwas bedeutet, und dieser Mann hier bedeutet mir tatsächlich etwas, sehr viel sogar, und er bietet mir einen Teil von sich an. Warum sollte ich mich dazu entscheiden, mit nichts dazustehen, wenn ich die Chance habe, jetzt etwas zu bekommen? Ich habe es so satt, mich von nichts berühren zu lassen. Ich habe es so satt, Kommentare zu moderieren. Ich habe es so satt, niemanden zu haben, den ich festhalten möchte.

Er deutet mein Schweigen als Return und spielt den Ballwechsel weiter, diesmal mit einem soliden Grundschlag in die Mitte des Spielfelds, er spielt mir den Ball genau in die Hand, lädt mich zu einer Antwort ein: »Sag mir, wenn ich jetzt zu forsch bin, aber, also, wollen wir uns wieder treffen? Außerhalb der Arbeit, meine ich.«

Ich lache. »Nun ja, Arthur, ist es nicht ziemlich offensichtlich, dass ich dich ›treffen‹ will? Und obwohl ich unser gelegentliches berufliches Miteinander sehr schätze, glaube ich doch, dass es angemessener wäre, wir täten das irgendwo außerhalb der Büromauern.«

Ich beruhige mich und atme tief durch, bevor ich den nächsten Satz sage. Er kostet mich Überwindung.

»Und wenn du mit ›treffen‹ wissen willst, ob ich dich unbedingt wieder küssen möchte, dann kann ich auch dies bejahen. Also, woran dachtest du?«

Obwohl wir schon Sex hatten und uns anscheinend gerade darauf geeinigt haben, eine Affäre einzugehen, erscheint mir allein die Bemerkung, ich wolle ihn küssen, gewagt, als stünde ich auf einer Theaterbühne und würde gerade wie verrückt improvisieren. Ich bin erstaunt darüber, welche Rollen ich spielen kann – welche Rollen wir alle spielen können, jederzeit, wir müssen es nur wollen. Und die Auswahl an Rollen ist riesig, immer.

Jetzt ist er an der Reihe, vor nervöser Aufregung zu lachen.

Es wirkt, als hätte er sich dieses Gespräch in Gedanken schon genau ausgemalt, wäre jetzt aber unglaublich erschrocken, dass wir es tatsächlich führen. »Na ja … wie wäre es mit einem Hotel?«, bringt er mit Mühe und Not heraus.

Ich unterdrücke ein Lachen. Wie bin ich nur in diese Situation gekommen? Aber ich will nicht, dass die Stimmung kippt.

Also antworte ich: »Gut. Lass uns ins Hotel gehen. Hast du eins für solche Angelegenheiten?«

»Hera, du weißt ganz genau, dass ich das nicht habe.«

Und so kommt es, dass ich ein Hotel für uns raussuche und mit meiner anämischen Kreditkarte ein Zimmer reserviere.

Viereinhalb lange Moderatorentage später laufe ich an einem Samstagnachmittag von zu Hause zu einem kleinen Hotel im Nachbarbezirk. Ich überlege zunächst, ob ich mich schminken, verführerisch anziehen, aufreizend geben soll. Aber dann entscheide ich mich dagegen. Ich möchte nicht, dass es *so* etwas wird. Ich will kein erotisches Selbstbewusstsein zur Schau stellen, das ich nicht habe. Ich will kein Vamp sein. Mein Gesicht glänzt frisch, nachdem ich unter der Dusche war, ich trage eine locker geschnittene Hose und einen grünen Pulli, den ich mag. Beim Hotel angekommen, hat sich ein leichter Schweißfilm über meine Haut gelegt: Es ist sonnig in Sydney.

Das Tor vor dem Hotelgebäude ist geschlossen, und ich merke, dass ich nicht weiß, wie ich reinkomme. Hat man mir eine Mail mit einem Code geschickt? Ich habe keine Ahnung. Nachdem ich gebucht und Arthur geschrieben hatte, wann und wo wir uns treffen, war ich davon ausgegangen, dass die Logistik sich damit erledigt hätte.

Ich bleibe vor dem Gebäude stehen, durchsuche mein Handy und finde keine Antwort. Lediglich Beweise für die schreckliche Wahrheit, dass ich das Zimmer über die Website dayuse.com gebucht habe, eine URL, die sich mit einer Offenheit an Ehebrecher richtet, die mich ebenso beeindruckt wie abstößt.

In diesem Moment fühle ich mich erwachsen und kindlich zugleich. Ich bin eine erwachsene Frau. Ich werde eine Affäre eingehen. Und dennoch lebe ich bei meinem Vater, bin auf Partys nervös, und meine Lebensmittelvorräte haben noch nie länger als einen Tag gereicht. Ich weiß nicht, wohin mit meinen Händen, wenn ich unsicher bin. Geliebte sollten doch wohl selbstbewusst sein. Ich bin eine Hochstaplerin.

Ein paar Minuten später – ich stehe immer noch verloren mitten auf dem Bürgersteig herum – hält neben mir ein Auto, und er steigt aus. Er sieht auch nicht gerade siegessicher aus. Wieder, wie beim ersten Mal in der mexikanischen Bar, nehme ich das Heft in die Hand, obwohl meine Knie schlottern, ich begrüße ihn mit »Freut mich, dass es geklappt hat« und küsse ihn auf den Mund. Er ist größer als ich und muss sich hinunterbeugen, um meinen Kuss zu erwidern, und mir fällt auf, dass er leicht zögert, wahrscheinlich weil wir uns in der Öffentlichkeit befinden, wo jeder Zeuge des Ehebruchs, den er gerade begeht, werden kann. Der Kuss, die Direktheit, mit der ich die Sache angehe, scheint ihn zudem zu überraschen, was ich lustig finde, bedenkt man, was wir vorhaben. Ich bin nicht hier, um mit ihm rumzualbern. Ich bin hier, um mit ihm rumzumachen.

Er hat seine Laptoptasche dabei (ich nehme an, dass er seiner Frau gesagt hat, er müsse arbeiten), aber wir haben kein Gepäck, nichts, womit wir am Empfang den Eindruck erwecken könnten, die Nacht hier verbringen zu wollen. Ich sage ihm, dass ich nicht weiß, wie wir in das Hotel reinkommen, und auch er hat keinen konstruktiven Lösungsvorschlag. Ich googele das Hotel und wähle die Nummer, die mir in den Suchergebnissen angezeigt wird. Nachdem ich der Frau am anderen Ende der Leitung mehr oder weniger klarmachen konnte, dass wir draußen stehen und gerne reinkommen würden, blinkt das Tor grün, und ich drücke es auf.

Die Rezeption ist altmodisch, sauber, funktional. Ich teile der Empfangsdame mit, dass wir reserviert haben. Ich gehe fest davon aus, dass sie ganz genau weiß, was hier vor sich geht, und frage mich, ob sie es lustig findet, wie unbeholfen und aufgeregt wir sind, oder ob so etwas so oft passiert, dass es für sie schon zum Alltag gehört. Sie erkundigt sich, ob wir zum Sightseeing hier sind, und ich sage: »So etwas in der Art«, was, wie ich erfreut feststelle, keinerlei Reaktion bei ihr auslöst. Solche Frauen gefallen mir: Sie lässt alles an sich abprallen. Sie händigt mir einen Schlüssel aus, erklärt uns, wo das Zimmer liegt, und informiert uns darüber, dass wir bis zehn Uhr ausgecheckt haben müssen. Wir nicken und antworten, als wäre das alles ganz normal.

Ich nehme die Treppe zu unserem Zimmer, ohne zu schauen, ob Arthur mir folgt. Schließlich habe ich den Schlüssel. Die Reservierung läuft auf meinen Namen. Das Zimmer gehört mir. Wenn er möchte, kann er mir Gesellschaft leisten. Wir steuern schweigend unser Ziel an, und ich finde es geradezu lächerlich, wie viele Signale mein Körper aussendet. Bei jedem Schritt schwingen meine Hüften, als wollte ich einen verführerischen Tanz aufführen, was absurd ist, also versuche ich, sie unter Kontrolle zu bringen.

Endlich sind wir an der Tür: Ich spüre seine Hand auf meinem unteren Rücken, ein sanfter Druck dort, wo die Taille in die Hüfte übergeht. Er will mir also tatsächlich Gesellschaft leisten. Ich kann nicht länger warten. Ich drehe mich zu ihm um, und diesmal beugt er sich vor und küsst mich. Langsam und entspannt.

Wir lösen uns kurz voneinander.

»Hi«, sagt er.

»Hi«, antworte ich.

Er schaut mich ernst an. »Das wollte ich die ganze Zeit tun, seit ich deine Haustür hinter mir zugezogen habe, und auch schon davor ... jeden einzelnen Tag davor.«

Ich weiß nicht, was ich darauf antworten soll, habe das Gefühl, dass alles, was ich sagen würde, übertrieben, melodramatisch, falsch klänge. Also sage ich nichts. Stattdessen lächle ich. Ich freue mich, bin aber auch verwirrt. Das hat nichts mehr mit den schlagfertigen Textnachrichten zu tun, in denen wir bereits geübt sind, es ist ernst und irritiert mich deshalb. Wenn das hier ein Spiel ist, bin ich mir nicht sicher, ob ich die Regeln kenne.

»Na, dann komm mal rein«, leite ich ihn an. Ich schließe die Tür auf, und wir betreten unser klimatisiertes Paradies. Das Zimmer ist klein, aber lichtdurchflutet. Von draußen werfen die schwankenden Bäume Schatten an die Wand.

Was würde jemand, der sich in seiner Haut wohlfühlt, jetzt tun? Ich pfeffere meine Schuhe in die Ecke, springe aufs Bett und setze mich im Schneidersitz hin, direkt in die Mitte, und die Bettdecke breitet sich blütenblattförmig von meinem Allerwertesten in alle Richtungen aus.

Ich blicke zu Arthur, der neben dem Bett steht und mich lächelnd betrachtet.

Jetzt ist der Moment gekommen, etwas Aufreizendes zu sagen. Ich weiß, dass das der richtige Augenblick ist. Aber ich kann nicht. Stattdessen flöte ich: »Arthur?«

»Ja, Hera?«

»Deine Laptoptasche ist ziemlich heiß.«

Er lacht. »Ich wusste ganz genau, dass du es dir nicht entgehen lassen würdest, dich darüber lustig zu machen! Macht sie dich an, ja?«

»Und wie«, antworte ich ernst. »Verdammt sexy. Jeder weiß, dass wir Mädchen nicht genug von Männern kriegen können, die ihre Technik in Tragetaschen verstauen. James Bond lässt grüßen.«

»Nun, wenn dem so ist«, er zieht die Augenbrauen hoch, »willst du mich geschüttelt … oder gerührt?«

Das ist zu viel für mich, vor allem mit seinem englischen Akzent. Ich kriege mich vor Lachen kaum ein und verdrehe die Augen.

»Komm her, du Vollidiot«, ich klopfe auf die Bettdecke.

Er wirft sich neben mich auf die Matratze, und wir bleiben dort vollständig angezogen eine halbe Minute nebeneinanderliegen. Ich glaube, wir brauchen beide einen Moment, um uns an diese extrem seltsame Situation zu gewöhnen, und auch daran, im nüchternen Zustand zusammen zu sein. Anscheinend hat keiner von uns vorher einen Blick in die Anleitung zum Fremdgehen geworfen.

»Arthur?«, frage ich.

»Hera«, antwortet er.

»Hast du Kondome dabei?«

Er lacht. »Zum Teufel, sie kommt gleich zur Sache.«

Ich halte seinem Blick stand wie bei einer Wette: »Ich habe dir gesagt, dass ich es direkt mag.«

Er zeigt auf seine Hose. »Bitte, ich gewähre dir jederzeit direkten Zugang.«

Wieder unterdrücke ich ein Lachen. »Ich kann nicht glauben, dass du das gerade gesagt hast.«

Mit amerikanischem Akzent antwortet er: »Nimm mich, Baby.«

»Wow, okay.« Ich knöpfe sein Hemd auf. »Du musst jetzt wirklich aufhören zu reden.«

»Schaffe ich. Und zu deiner Info: Die Kondome befinden sich in meiner Laptoptasche.« Er zwinkert mir zu, was mich sofort die Flucht hätte antreten und auf Nimmerwiedersehen verschwinden lassen sollen, aber natürlich tue ich nichts dergleichen. Vielmehr löst jeder noch so dämliche Scherz von ihm Lachsalven bei mir aus.

Ich hole ein Kondom aus seiner Tasche und lege es aufs Bett.

Langsam, ganz langsam ziehe ich ihm das Hemd aus. Zusammen machen wir seinen Gürtel auf, ziehen ihm die Hose runter. Er hat einen Steifen, was sich trotz meiner heterosexuellen Abenteuer in letzter Zeit immer noch fremd anfühlt. Ich weiß nicht so recht, wie ich mich seinem Penis nähern soll, bin zögerlich. Seine Unterhose lasse ich noch an.

Stattdessen stehe ich auf und stelle mich am Fußende des Bettes vor ihm hin. Ich mochte es, mich in meinem Zimmer vor ihm auszuziehen, und jetzt will ich es richtig machen, es zelebrieren. Ich ziehe meinen Pulli und die

Hose aus und – Überraschung! – trage nichts darunter. Ich habe auf Unterwäsche verzichtet, weil ich sehen wollte, wie er reagiert, und ich komme voll auf meine Kosten. Er hat sich aufgestützt und ist vollkommen baff. Was habe ich davon geträumt, von ihm so angeschaut zu werden. Es ermutigt mich.

»Arthur«, leite ich ihn an, »zieh deine Unterhose aus und berühre mich.«

Hastig tut er, was ich sage, und schmeißt seine Shorts zu Boden. »Ihr Wunsch ist mir Befehl.«

Ich werfe mich wieder aufs Bett, und unsere Körper treffen aufeinander. Wir halten einander fest, wir greifen zu. Er langt nach unten, um mich zu berühren, und ich bin tropfnass. Sanft fährt er dort mit seinem Finger entlang, er ist einfühlsam, er lässt es langsam angehen.

Langsam ist für mich keine Option mehr. Ich angele mir das Kondom und versuche, die Packung zu öffnen, kriege es aber nicht hin.

»Arthur, ich brauche deine Hilfe.« Ich reiche ihm das Plastikquadrat. Er reißt es auf, und ich schaue ihm dabei zu, wie er sich das Kondom überstülpt. Ich versuche, mir zu merken, wie man es macht, fürs nächste Mal.

Der Pflichtteil ist erledigt, und ich stoße ihn auf die Decke, besteige ihn rittlings. Ich setze mich auf ihn und nehme ihn in mir auf. Wimmernd, die Blicke ineinander verschränkt, schlafen wir miteinander.

Wie oft wird über Verlangen geschrieben. Ich lese alle Gedichte, ich schaue alle Filme. Ich hatte nicht gerade wenig Sex, das gebe ich gern zu. Aber nichts kann einen darauf vorbereiten, wie es ist, mit einer Person zu schlafen, mit der alles einen Sinn ergibt, und dann diesen einen Moment zu erleben: *Oh, jetzt kapiere ich es. Jetzt verstehe ich es.*

Wir sprechen an diesem Tag zwar nicht darüber, aber ich glaube, wir verstehen beide, dass das hier, was auch immer es ist, anders ist. Ich weiß es, er weiß es. Die Umstände mögen furchtbar sein, aber das, was hier zwischen uns passiert, ist nicht normal. Es fühlt sich gigantisch an. Es fühlt sich so an, als hätten wir eine Riesenkraft freigesetzt und würden uns nun um sie kümmern. So habe ich mich noch nie gefühlt, es ist, als würde ich einen Zauber hüten.

Später, in der schwitzigen Hitze zerwühlter Bettlaken, zaubert er eine Flasche Wein aus seiner Laptoptasche hervor, und wir finden im angrenzenden Bad zwei Wassergläser und trinken aus ihnen, reden entspannt, lachen.

Nach einer Weile zufriedener Stille beschließe ich zu sagen, was ich denke, für den Fall, dass es nicht klar ist. »Ich glaube, du weißt es schon, aber ich will es trotzdem sagen. Das hier … das hier ist kein Spiel für mich, Arthur. Mir geht es um mehr als nur ein bisschen Spaß.«

»Puh, da habe ich ja Glück gehabt.«

»Ich meine es ernst, Arthur.«

Er ist einsichtig. »Ich weiß, ich weiß, entschuldige.« Er zögert. »Ich … weiß nicht, was ich sagen soll, wenn ich mit dir zusammen bin. Mir fehlen die Worte.«

»Okay, na ja, dann versuch es doch mal mit dem, was dir durch den Kopf geht.«

»Mir geht durch den Kopf … dass das hier etwas ganz anderes ist. Und dass ich nicht weiß, wie ich es handhaben soll.«

»Denkst du, ich weiß das?«

»Nein, nein, das wollte ich damit nicht sagen.«

»Arthur, was machen wir denn jetzt damit?«

Wir haben zweimal miteinander geschlafen. Ich werde ihm jetzt kein Ultimatum stellen. So eine bin ich nicht. Aber ich möchte, dass er etwas sagt, irgendetwas, das mir klarmacht, dass auch er spürt, wie groß das hier ist.

Er atmet aus. Ich höre, wie es in seinem Kopf rattert. »Ich … ich habe jetzt noch keine Antworten. Das hier … das hier hat mich unvorbereitet getroffen. Aber ich will, dass du weißt, dass ich nichts davon auf die leichte Schulter nehme.«

Ich muss wohl mit dem Zaunpfahl winken.

»Okay … okay. Aber, Arthur, worauf ich hinauswill, ist … also, willst du mit mir zusammen sein?«

Ich kann nicht glauben, dass ich das gerade gefragt habe. Ich fühle mich wie ein Teenager.

Er kichert. »Hera, das ist doch vollkommen offensichtlich, dachte ich.«

Ach ja??

»Oh, okay … Dann haben wir wohl ein kleines Problem, was?«

»Sieht ganz so aus.«

Und mit diesen Worten nimmt er mich fest in den Arm, und ich vergrabe mich in seiner Schulter und denke: *Fuck.*

Ich weiß nicht wirklich, was er da gerade bestätigt hat – er hat gesagt, dass er mit mir zusammen sein will, aber er hat nicht gesagt, dass er *nur* mit mir zusammen sein will. Ich kann jetzt erst mal keine weiteren Fragen stellen, will nicht allzu verzweifelt wirken. Abwarten, beschließe ich.

Irgendwann müssen wir los. Wir bleiben nicht bis zum Check-out. Ich habe eine Verabredung zum Abendessen, die ich ganz bewusst getroffen habe, um nach dieser Sache nicht einsam und allein zu sein, und er muss zu seiner Frau zurück. Natürlich sagt er das nicht so. Tatsächlich erwähnen wir während der ganzen Zeit, die wir zusammen sind, ihre Existenz, wenn überhaupt, nur indirekt.

Am Empfang geben wir unseren Schlüssel wieder ab. Ich bin mir sicher, dass unser lebhaftes Gerammel nicht zu überhören war, und versuche mich mit den Augen an einer stummen Entschuldigung.

»Wir sehen uns bei der Arbeit, Arthur«, sage ich, als wir wieder draußen auf dem Bürgersteig beieinanderstehen, und gehe davon, ohne ihm die Möglichkeit zu geben, etwas zu erwidern. Nehme eine unverfälschte Erinnerung an diesen Nachmittag mit. Keine weiteren Worte. Nur ein Gefühl, an dem ich festhalte, während ich mich entferne und mir Sydney so lebendig vorkommt wie lange nicht.

Beim Essen rede ich Belanglosigkeiten. Wir sind bei einem Libanesen, den wir alle gut kennen. Hier haben uns Besucher des benachbarten Theaters schon unzählige Male gebeten, leiser zu sein. Hier fühlen wir uns wohl genug, um ohne Schuldgefühle Fladenbrot nachzubestellen. Meine Freunde und ihre Partner berichten, wie sie die Stunden seit dem Frühstück verbracht haben. Keiner von ihnen hat sich am heutigen Tage unsterblich verliebt. Sie tun mir leid, auch wenn ich weiß, dass es wahrscheinlich genau andersherum wäre, wüssten sie um meine Situation.

Während des Essens schaue ich immer wieder auf mein Handy. Dass er mich noch über Instagram anschreibt – eindeutig nicht seine, aber meine digitale Heimat –, finde ich rührend, auch wenn es zugleich Zeichen seiner Heimlichtuerei ist. Denn es ist unwahrscheinlich, dass er die App für irgendetwas anderes benutzt. Auf seinem Profil findet man vier Bilder oder so, eines davon zeigt ihn mit ihr, es ist eindeutig mehrere Jahre alt, und ich versuche erfolglos, es nicht immer wieder anzustarren.

Ein grüner Punkt sagt mir, dass er online ist.

Punkt, Punkt, Punkt, er fragt mich, wie mein Abendessen läuft.

Ich antworte: *Lebhaft.*

Lebhafte Abende, ich erinnere mich vage, schreibt er zurück.

Ich lächle in mich hinein, lächle über den kleinen Schatz an Emotionen, der sich jetzt in meiner Tasche befindet. Ich will Arthur zu meinen abendlichen Verabredungen mitnehmen. Ich will, dass er neben mir sitzt und über mein Bein streicht, wenn Sarah wieder albern ist, dass er über meine dummen Witze lacht, wenn niemand anderes es tut. Ich will ihm die Welt zurückgeben, die er in den Jahren, die uns trennen, dummerweise irgendwie verloren hat. Ich will diejenige sein, die ihm zeigt, dass es immer noch Freude gibt, und sie selbst erleben, indem ich sie ihm zeige.

Beim Essen sprechen wir über Sexarbeit: Könnte man sich so etwas vorstellen? Ist das moralisch vertretbar? Feministisch? Im Allgemeinen finde ich dieses Thema recht ermüdend (ja, Sexarbeit kann feministisch sein; ja, auch moralisch vertretbar; nein, ich könnte wahrscheinlich nicht als Sexarbeiterin arbeiten, nicht wegen der moralischen Komponente, sondern weil ich unfähig bin, Sex emotional von anderen Lebensbereichen zu trennen), aber ich steige trotzdem mit Freude in die Diskussion ein, da es so aussieht, als würden sich einige der Partner zum ersten Mal mit diesem Thema auseinandersetzen. Es ist immer wichtig, die Partner von Freundinnen zu unterstützen, wenn sie mal über Themen nachdenken, die nicht unmittelbar mit ihrem eigenen Leben oder mit Bitcoins zu tun haben, man weiß schließlich nie, ob so etwas noch mal vorkommen wird.

John (Angelas Freund) hat vor Kurzem einen Essay im *Atlantic* gelesen, in dem eine Frau behauptet, Sexarbeit sei der ultimative ausgestreckte Mittelfinger des Feminismus gegen den Kapitalismus, weil Sexarbeit Frauen erlaube, ihren Körper zu besitzen und gegen einen direkten Gegenwert zu verkaufen, wohingegen es ansonsten in der Regel so sei, dass Frauenkörper das Kapital anderer seien. Das sind nicht seine Worte. Was er sagt, ist: »Diese Lady hat geschrieben, eine Nutte zu sein, ist das ehrlichste Geschäft, das man als Frau eingehen kann, und ich dachte so, Alter, alle Macht den Sexarbeiterinnen.«

Angela belohnt John für seine fortschrittlichen Gedanken, indem sie ihm den Arm tätschelt, als wollte sie ihm damit sagen, dass sie alles absegnet. Die anderen Männer schließen daraus, dass John mit seiner Meinung in dieser Frauenrunde richtigliegt, und fangen an, Gemeinplätze von sich zu geben, dass Sexarbeit ja der älteste Beruf der Welt sei und Sex eine Dienstleistung wie jede andere.

Hier fangen einige der Frauen an, unruhig zu werden. Jetzt haben sie sich vielleicht doch ein bisschen zu sehr in Rage geredet, die Guten.

Ich habe keinen Partner, mit dem ich mich verbünden oder den ich zurechtweisen könnte, also schlage ich beim Hummus zu und lasse die Unterhaltung auf ihren unweigerlichen Endpunkt zusteuern, nämlich Sophs Äußerung, dass alles eine Frage der Wahlmöglichkeiten ist. Dem kann niemand widersprechen. Eine Wahl zu haben, finden alle gut.

Sexarbeit: gut oder schlecht?, schreibe ich Arthur.

Sex gut: Arbeit schlecht, antwortet er.

Ich kichere und seufze dann. Ich betrachte meine Mitstreiter, die sich immer noch so angeregt unterhalten, als wäre unser Tisch der Mittelpunkt der Welt. Ich aber habe eine andere Welt kennengelernt. Und ich werde sie besiedeln.

So verbringen wir die nächsten Wochen: unter der Woche bei der Arbeit, abends und an den Wochenenden in Hotels. Gut möglich, dass wir der australischen Tourismusbranche im Alleingang zu einem Konjunkturaufschwung verhelfen. Die Arbeit ist immer noch so langweilig, dass sie einen krank macht, aber die meiste Zeit verbringe ich im Büro damit, Arthur zu schreiben und gelegentlich im Treppenhaus mit ihm herumzuknutschen. Er versucht, nichts ans Licht kommen zu lassen, wohingegen ich mich insgeheim danach sehne, dass uns jemand erwischt. Mei Ling kriegt hundertpro mit, dass ich abgelenkt bin, lässt sich aber nichts anmerken. Killara hat es sich zur Angewohnheit gemacht, mir einen Kaffee ins Büro mitzubringen, wenn sie von den Streifzügen zurückkommt, die ihr Job ihr erlaubt: rausgehen, Leute interviewen, die Welt entdecken. Gelegentlich erzählt sie mir sogar, woran sie gerade arbeitet, allerdings zieht sie die Grenze dort, wo sie an der Reihe wäre zu fragen, was ich tue.

Arthurs und meine Chat-Nachrichten schwanken zwischen Geplänkel und Gefühlen. Wann immer möglich, versuche ich, mittels unverfänglichen Promiklatsches in emotional tiefere Gewässer vorzustoßen. Ab und an mache ich mir über die gar nicht so unwahrscheinliche Möglichkeit Gedanken, dass unsere Vorgesetzten diesen

Chat jeden Augenblick lesen könnten, doch das macht mir keine Angst, vielmehr beruhigt mich diese Aussicht sogar. Denn Arthur weiß ganz sicher auch um dieses Risiko, und die Tatsache, dass er bereit ist, es auf sich zu nehmen, deutet darauf hin, dass ihm wichtiger ist, mit mir zu sprechen, als seinen Job zu behalten. So deute ich es wenigstens.

Hera Stephen: *Okay, Thema College-Skandal. Findest du nicht, dass Glenn Close die alte Felicity Huffmann spielen sollte, wenn sie einen Film draus machen? Wird doch bestimmt passieren.*

Arthur Jones: *Und Teri Hatcher als Lori Loughlin, um ein bisschen* Desperate Housewives-*Feuer reinzubringen?*

Natürlich stürze ich mich auf diese Antwort.

Hera Stephen: *hahahaha, du bist so ein Loser. Okay: Thema* Desperate Housewives*: Wer von denen bist du?*

Arthur Jones: *Von mir aus jeder, aber bitte nicht Mike, ich konnte den Typen nie ausstehen.*

Hera Stephen: *Du bist kein Mike, Arthur.*

Arthur Jones: *Na gut. Und wer bist du?*

Ich wäge meine Möglichkeiten ab.

Hera Stephen: *Ich würde gern sagen, nicht Edie, aber sie hat einen wahren Kern.*

Arthur Jones: *Edie ist großartig!! Aber bitte nicht an einem Stromschlag sterben, wenns geht, ja?*

Er will nicht, dass ich sterbe! Ein kleiner Strohhalm, aber ich greife zu.

Eines Morgens sitze ich wie immer am Schreibtisch, scrolle zum x-ten Male durch irgendwelche Kommentare irgendeines Artikels und habe Schwierigkeiten, mich zu konzentrieren, weil Arthur mir gerade eine Nachricht geschickt hat, in der er darauf anspielt, mich zum Orgasmus zu bringen. Wir werden beide immer entspannter, wenn es darum geht, uns zu schreiben, was wir gern miteinander tun würden. Diese Unterhaltungen beginnen tagsüber bei der Arbeit und gehen nach Feierabend nahtlos auf Instagram weiter, ein putziges Zugeständnis an die Trennung von Arbeit und Freizeit. Nach dem Motto, ja, wir schicken uns während der Arbeit Sexnachrichten, aber wir halten die Büroregeln ein und benutzen dafür den offiziellen internen Chat.

Allerdings bringen versaute Nachrichten bei der Arbeit ihre Herausforderungen mit sich. Zum Beispiel jetzt: Es ist elf Uhr morgens, und Alison sitzt neben mir, und ich bin wahnsinnig geil und versuche währenddessen, mich durch Kommentare zu einem Artikel über Kürzungen öffentlicher Gelder im Kulturbereich zu arbeiten. Ein Nutzer mit dem Namen @ichbesorgsdirdonald freut sich, dass die »Theater-Schwuchteln« jetzt weniger Geld kriegen, @betreiberdeswandels stimmt mit ihm überein, dass Theater elitäre Einrichtungen sind, @georgeboy hat Angst, die Kürzungen könnten die Besetzung von *Home and Away* in irgendeiner Weise beeinflussen, und ich will einfach nur masturbieren.

Diesen letzten Teil schicke ich Arthur, und ich sehe, wie seine Pünktchen auftauchen und dann wieder verschwinden. Endlich kriege ich eine Antwort: *Lean in, Sheryl Sandberg! Frauenrechtlerinnen sind dafür gestorben, dass du dir bei der Arbeit einen runterholen kannst.*

Und aus diesem Grund, im Namen des Feminismus, kriege ich keine zehn Minuten später auf einer Bürotoilette sitzend einen Orgasmus. Als ich zurückkomme, schreibt mir Arthur: *Emmeline Pankhurst wäre stolz auf dich.*

Herzchen, antworte ich, *stolz ist gar kein Ausdruck. Sie heult sich in ihrem Grab gerade die Augen aus.*

Aber es geht nicht nur ums Ficken. Das ist eine der Sachen, die ich über Affären lerne. Im Kino und Fernsehen liegt der Schwerpunkt immer auf Sex, und, versteht mich nicht falsch, das stimmt schon auch – aber eine noch viel größere Rolle spielt das Warten in unserem Leben. Theoretisch sehen Arthur und ich uns jeden Tag im Büro und sind nur ein paar Meter voneinander entfernt, aber die meiste Zeit können wir nichts anderes tun, als uns Nachrichten zu schicken. Außerhalb der Arbeit gibt es Stunden und manchmal ganze Abende, die wir miteinander verbringen – aber noch viel häufiger sind die Stunden, in denen wir *Vermisse dich* und *Wünschte, du wärst hier* und *Was machst du gerade?* tippen.

Normalerweise fängt man in einer Beziehung, die sich gut entwickelt, nach einigen Treffen an, seinen Liebhaber in seine Kreise einzuführen. Man schaut, wie sich das Gegenüber in das größere Bild des eigenen Lebens einfügt, wie es sich im Freundeskreis macht. Und ganz egal, wie sehr man sich vom Gegenteil zu überzeugen versucht: Das Urteil von Freunden und Familie beeinflusst die eigene Sicht auf den potenziellen Lebenspartner. Und auch der Charakter der gemeinsam verbrachten Zeit verändert sich: Man ist mit anderen zusammen, beim Grillen, geht was trinken, auf Partys, fährt morgens zusammen zur Arbeit.

Eine heimliche Beziehung reduziert die Anzahl an Personen, die zum weiteren Kennenlernen herangezogen werden, hingegen drastisch. Da gibt es dich. Und da gibt es ihn, ihn, ihn. Abseits des Geschehens, ohne den Rhythmus eines gemeinsamen Alltags zu haben, erzählt ihr euch alles. Ihr lehrt einander euer Leben, denn Erzählungen sind der einzige Zugang, den ihr zum anderen Leben des anderen habt.

Es ist wie bei Hallie und Annie, als sie beschließen, nach dem Sommercamp ihren Alltag zu tauschen und stundenlang in ihrer kleinen Hütte hocken und die Häusergrundrisse und Spitznamen aller Familienmitglieder auswendig lernen.

Statt meine Freunde kennenzulernen, hört er nur von ihnen, aber das en détail. Er weiß, dass Sarah die verlässlichste unter ihnen ist, diejenige, auf die ich in Krisensituationen immer zählen kann. Er weiß, dass Soph für mich das ist, was ich hätte sein können, wenn ich einen anderen Weg eingeschlagen hätte, und dass ich mich mit ihr auf eine ganz eigene Weise zwar unglaublich lebendig fühle, ihr aber nie ganz trauen werde, denn in Soph erkenne ich die Seite von mir, die nimmt, in Sarah die, die gibt. Jede Geschichte, die ich ihm erzähle, fügt sich für ihn in ein größeres Bild ein. Er sieht meine Welt durch meine Augen, und das hatte ich bisher noch nie, denn die anderen haben meine Welt bisher durch ihre eigenen Augen gesehen, und ich würde mich niemals zu der Behauptung hinreißen lassen, dass meine Augen vertrauenswürdiger wären als ihre.

Arthur kann sich Details sehr gut merken, viel besser als ich. Nach einer Weile beginnt er, mich darauf hinzuweisen, wenn ich ihm etwas bereits erzählt habe, und das gefällt mir. Ich stelle mir vor, wie ich an dem Tag, an dem er alle Geschichten kennt, rundum glücklich sein werde, denn dann wird er ein vollständiges Bild von mir haben und mich kennen und immer noch da sein.

Ich merke, dass er nicht viele Menschen hat, denen er seine eigenen Geschichten erzählen kann, auch wenn er im Grunde genau damit sein Geld verdient. Aber die Geschichten, die er bei der Arbeit erzählt, sind nicht seine. Er hat nicht viele Freunde, und so, wie er über seine Frau spricht – was fast nie vorkommt –, vermute ich, dass sie lange Zeit seine beste Freundin war und nun nur noch seine Mitbewohnerin ist und dass ihn das runterzieht. Ich spüre, dass er darüber die größte Schuld empfindet, nicht über den Sex. Denn jetzt lacht er mit mir und nicht mit ihr, obwohl sie diejenige ist, der er das Versprechen gab, ein Leben lang zusammen zu lachen, und er war fest entschlossen gewesen, sein Versprechen zu halten.

Eines Sonntagnachmittags, ungefähr einen Monat nach Beginn unseres Arrangements, liegen wir in einem Hotelbett in der Stadt. Wir haben miteinander geschlafen und plaudern jetzt entspannt über die Arbeit. Es stellt sich heraus, dass Arthur Ken ebenso wenig ausstehen kann wie ich, was nicht wirklich verwunderlich ist, mich aber trotzdem in meiner Meinung bestärkt. Ich frage ihn, ob er von Anfang an gewusst hat, dass da was zwischen uns ist, so wie ich, oder ob es bei ihm länger gedauert hat.

»Willst du dir ein paar Komplimente abholen?«, fragt er.

»Komm schon, Süßer«, jammere ich, »sag's mir. Sei ehrlich. Warst du von Anfang an in mich verschossen?«

Er zieht mich an sich, krault meinen Rücken und sagt, nein, er war nicht sofort in mich verschossen. Aber er war sofort angefixt und wusste sofort, dass er mich näher kennenlernen wollte.

»Komm schon, Arthur, du weißt genau, dass das exakt dasselbe ist, tu nicht so. Du wusstest sofort, dass du im Castlereagh Boutique Hotel mit mir schlafen willst, stimmt's?«

Er seufzt. »Manchmal glaube ich, du kannst meine Gedanken lesen.«

Und schon küssen wir uns wieder, und er taucht ab und ab und ab, denn inzwischen habe ich ihm erklärt, dass orale Befriedigung bei lesbischem Sex zur Grundausstattung gehört und ich gewisse Ansprüche habe.

Nachdem ich gekommen bin, robbt er wieder hoch, und wir schmiegen uns wie zwei schnurrende Katzen aneinander.

Sein Handy vibriert, und er dreht sich zur Seite, um die Nachricht zu lesen, und so wie er sich abwendet, weiß ich, dass sie von ihr ist.

Als er sich umdreht, kuschelt er sich wieder zu mir, und ich frage ihn nicht, worum es ging. Aber ich kriege seine Frau nicht aus dem Kopf. Was macht sie gerade, und wo vermutet sie ihn? Trifft sie sich mit Freunden, oder kauft sie gerade fürs gemeinsame Abendessen ein? Wie sehr hat sie ihn ihm Griff?

»Arthur?«

»Ja, meine Liebste?« (Solche Sachen sagt er wirklich, und aus irgendeinem Grund gehen sie bei mir runter wie Butter, statt mich abzustoßen.)

»Wie lange bist du schon mit deiner Frau zusammen?«

Er blickt mich ernst an. Ich weiß, dass er mir antworten wird. Ich frage ihn nur sehr selten so etwas, und er ist ein ehrlicher Typ – sein Selbstbild als ehrlicher Mann ist für ihn essenziell, das habe ich bereits gelernt. Also wird er mir nicht ausweichen, wenn ich ihn solche Dinge frage. Nur ziehe ich es die meiste Zeit vor, ihn nicht so etwas zu fragen, nichts wissen zu wollen, ihn durch meine Fragerei nicht daran zu erinnern, dass ich die andere bin. Aber in diesem Moment liege ich eng umschlungen mit einem Mann im Bett, den ich zu lieben beginne, und ich muss verstehen, womit ich es hier zu tun habe. Wie groß der Scherbenhaufen ist, sollte ich kriegen, was ich will.

»Wir haben uns kennengelernt, als ich nach der Uni Urlaub in Sydney gemacht habe, das habe ich dir schon erzählt, glaube ich. Und seitdem … sind wir zusammen.«

»Okay«, das muss ich erst mal verarbeiten. »Also, das heißt, dass ihr seit … zwanzig Jahren zusammen seid?«

»So ist es. Ja.« Er schluckt, als würde er darüber nachdenken oder sich darauf vorbereiten, noch mehr zu sagen. »Vor dir gab es, na ja, gab es nur sie.«

Ich verschlucke mich beinahe an meiner eigenen Spucke. Das hatte ich nicht erwartet. Ich bin schockiert und irgendwie auch getröstet. Das ist alles so neu für mich, das Zusammensein mit einem erwachsenen Mann. Aber jetzt erzählt er mir, dass ich erst die Zweite bin, mit der er je geschlafen hat. Vielleicht ist unsere Situation doch nicht so anders.

»Scheiße noch eins.«

Er lacht nervös. »Allerdings. Scheiße noch eins.«

Als ich nichts sage, fährt er fort: »Als wir uns kennenlernten, war sie … war sie so klug und lustig und …«

Er hält inne, ich nehme an, weil es sich für ihn glatt wie ein neuer Betrug anfühlt, so über sie zu reden.

Ich versuche, alles runterzuspielen, nicht zu Ernst zu wirken, um auf keinen Fall zu zeigen, wie sehr mich dieses Gespräch berührt, wie ich noch nach dem kleinsten Informationskrümel, den er fallen lässt, schnappe. »Und jetzt ist sie nicht mehr klug und lustig? Bisschen harsch, Süßer.«

Er lächelt gequält. »Nein, ist sie natürlich immer noch. Aber …« Er verstummt.

»Also gut, anders gefragt. Warum bist du dann hier mit mir?«

»Weil ich nicht nicht hier sein kann, Hera.«

Das ist zwar keine Antwort, aber ich lasse sie ihm für diesmal durchgehen.

Und es ist nicht so, dass mich diese Enthüllung kaltlässt, diese zwanzig Jahre, die ich allem Anschein nach gerade zerstöre. Und ja, ich war noch nicht mal in der Schule, als sie sich kennenlernten, und fühle mich in mancherlei Hinsicht klein und albern, verglichen mit dem, was sie haben. Aber auch ich habe schon geliebt, schon ein wenig gelebt. Ich fühle mit ihr, mit ihnen. Aber ich fühle auch mit mir. Und ich habe Eltern, die sich nicht mehr lieben, sofern sie sich überhaupt je geliebt haben, und hätte mir von ganzem Herzen gewünscht, dass sie früher Affären eingegangen wären. Ich hätte mir gewünscht, dass einer von ihnen früher gegangen wäre, wenn schon nicht ihretwegen, dann wenigstens meinetwegen. Nicht jedes Versprechen sollte man halten, das habe ich schon früh gelernt. Ich weiß, dass man manchmal selbst am allermeisten über die eigenen Witze lacht.

Ich ziehe mich lieber auf sicheres Terrain zurück und frage ihn nach seiner Kindheit, und er erzählt mir, wie er – ebenfalls ein Einzelkind – aufwuchs und dass er ein guter Sportler war, aber nie gut genug. Er beschreibt seine Mutter, wie abhängig sie von ihm war und welche Wut auf die Welt in ihr brodelt, wie er sich damit arrangiert hat, es aber bis heute nicht wirklich versteht. Ich sage, dass seine Mutter und ich uns wahrscheinlich gut verstehen würden, und zuerst zögert er, dann gibt er mir recht. Er erzählt von seinen Schulfreunden, von denen einige in der ganzen Welt verteilt sind, andere immer noch in seiner Heimatstadt leben. Die meisten sieht er alle paar Jahre, wenn er zu Besuch in England ist oder sie nach Sydney kommen, aber alle zusammen treffen sie sich nie.

Er sagt, dass er mich um meine vielen unkomplizierten Freundschaften beneidet, ist von meinem regen Sozialleben und vollem Kalender beeindruckt. Er würde sich gerne eine Scheibe davon abschneiden.

»Aber, Arthur«, sage ich, »das ist alles nicht so einfach. Ich muss investieren. Daran arbeiten.«

Er grinst, als wollte er damit sagen, dass er mir nicht

glaubt. Ich grinse zurück, als ginge es mir genauso, denn so sind unsere Spielregeln. Wir tun so, als wäre ich die mit dem intakten Sozialleben. Ich bin jung und finanziell nicht gut abgesichert. Wenn ich nicht wenigstens den Anschein sozialer Kompetenz erwecke, was bleibt dann noch? Ich sage: »Klar, Arthur, ich habe eine Million Freunde und lebe das Leben, das wir alle wollen.«

Ich liebe es, allein mit Arthur zu sein. Aber ich liebe es auch, mit ihm gesehen zu werden. Wenn wir nicht bei der Arbeit und nicht in seiner Wohngegend sind, halten wir Händchen, und ich bin stolz, die Frau an seiner Seite zu sein. Ich genieße meine Rolle. Andere müssen mich für eine ganz normale Frau halten, die abends mit ihrem Partner unterwegs ist. Dieser Gedanke ist schön. Vielleicht bin ich tief im Inneren auch einfach furchtbar homophob, vielleicht gefällt es mir, wenn man annimmt, ich wäre hetero. Aber da ist noch mehr. Die Sache ist die, dass … ich bisher nie als diese Frau gesehen wurde. Man hat mich bisher nie als sorgenfreie Frohnatur wahrgenommen, die mit ihrem Mann ausgeht. Wie befriedigend, Klischees zu bedienen, die man so gut kennt.

Und ich weiß gar nicht, wie ich meine Freude beschreiben soll, als Arthur seiner Frau sagt, er habe noch ein spätes geschäftliches Telefonat, um den Abend mit mir verbringen zu können, und wir eine Woche nach der Nur-zwei-Beziehungen-Offenbarung auf dem Weg von einem Restaurant in eine Bar auf Colin treffen, der in meinen späten Teenagerjahren einmal mein Vorgesetzter gewesen ist.

Ich bin wegen Arthur sowieso gut drauf, und dann laufe ich auch noch Colin in die Arme, das ist einfach zu viel! Ich bin total begeistert, auf diesen Menschen aus meiner Vergangenheit zu treffen, und so glücklich, dass Arthur sieht, wie ich mit ihm interagiere. Denn Arthur sieht mich nie mit Menschen außerhalb der Arbeit, und ich kann ihn nie jemandem vorstellen. Und das hier ist genau die richtige Ebene. Colin und ich sind nicht so eng, dass es die Dinge verkomplizieren würde, wenn er Arthur kennenlernt, aber wir kennen uns gut genug, um vertraut miteinander und interessiert aneinander zu sein. Ihm Arthur vorzustellen, ist ein weiterer Schritt, Arthurs und meine private Welt in Richtung Realität zu öffnen.

»Colin!«, rufe ich und eile auf ihn zu, Arthur bleibt schüchtern im Hintergrund.

Wir umarmen uns überdramatisch wie Teenager-Mädchen, die sich einen Tag lang nicht gesehen haben.

»Hera! Wie geht es dir, mein Goldstück? Wir haben uns seit Jahren nicht gesehen! Du siehst großartig aus!«

Arthur steht immer noch ein wenig abseits, er will mich nicht stören, und Colin und ich quatschen begeistert los. Bald habe ich herausgefunden, dass Colin jetzt Buddhist ist und sich einen anderen Namen zugelegt hat. Ich versuche, nicht zu zeigen, wie erstaunt ich bin, denn als wir zusammengearbeitet haben, war er meistens noch high, wenn er zur Arbeit kam, und unterhielt uns dann mit Geschichten über den vergangenen Abend – die Poppers, die heißen Jungs, die Tanzflächen, *die heißen Jungs*! Aber schön für ihn, sage ich mir, ganz offensichtlich ist er glücklich, auch wenn Buddhist zu sein, in meinen Ohren längst nicht so aufregend klingt, wie ein Leben als heißer, drogenkonsumierender Schwuler zu führen.

Voller Begeisterung drehe mich zu Arthur um, bin

jetzt bereit, ihn vorzustellen. Er lächelt still und zögert leicht. Sofort verstehe ich, dass er gerade abwägt, ob Colin jemanden kennen könnte, den auch er kennt, und dadurch sein Ehebruch publik würde. Aber die Wahrscheinlichkeit ist äußerst gering. Ich beschließe vorzupreschen.

Ich stelle Arthur als meinen Freund vor, und einen Moment lang verwandelt sich Buddhisten-Colin wieder in den Colin, den ich kannte. Er stemmt die Hände in die Hüften und sagt: »Hera, du durchtriebenes Ding! Als wir uns kannten, warst du gerade den Kinderschuhen entwachsen, und nun dies, du hast einen Freund!« Er dreht sich zu Arthur um und zwinkert ihm zu: »Sie werden so schnell erwachsen, oder?«

Arthur weiß nicht, was er sagen soll, und es macht herrlich viel Spaß, ihn um eine Antwort ringen zu sehen. Schließlich entscheidet er sich für: »Ja, die Zeit fliegt.«

Kurz darauf sagt Colin, er müsse jetzt los, nach Hause zum Meditieren. Ich umarme ihm zum Abschied, Arthur sagt, dass es ihn gefreut habe, ihn kennenzulernen, und wir gehen in den Abend hinein.

Ich bin energiegeladen, aufgedreht. Glücklich rufe ich: »Wahnsinn! Colin. Ich bin so froh, dass du ihn kennengelernt hast! Er hat mir im Laden immer erlaubt, *Les Misérables* in Dauerschleife zu spielen! So ein Herzchen!«

Arthur lacht, stoppt mich, legt seine Hände auf meine Hüfte, hebt mich hoch und dreht mich einmal im Kreis herum. Er setzt mich wieder ab, gibt mir einen Kuss und sagt: »Das hat dir Spaß gemacht, oder? Du hast dich echt gefreut, diesen Typen wiederzusehen.« Er sieht stolz und belustigt aus, als wäre ich sein geliebtes, verrücktes Haustier.

Arthur liebt es, dass ich die Liebe liebe, und aus diesem Grund lebe ich diesen Teil von mir nur allzu gern aus, wenn ich mit ihm zusammen bin – den Teil voller Freude, den Teil, der die Welt wunderbar findet. Sarah und Soph würden jetzt wahrscheinlich sagen, das müsse auch ohne ihn möglich sein. Sie würden sagen, dass ein Mann keine Depression heilt, aber was wissen die schon? Ich experimentiere mit alternativen Heilmethoden. Ich bin eine verfluchte Pionierin, Leute!

In den ersten zwei Monaten unserer Beziehung verbringen wir nie die ganze Nacht miteinander. Wir schlafen nie eng umschlungen ein, müde und gesättigt vor lauter Essen und Sex. Ich weiß nicht, ob er schnarcht. Er weiß nicht, dass ich unruhig träume. Wir wachen nie nebeneinander auf. Ich weiß nicht, ob er morgens vor oder nach dem ersten Kaffee duscht.

Aber dann erzählt er seiner Frau, dass er am Wochenende einen Freund in seinem Ferienhaus besuchen wird, und ich frage mich insgeheim, wie ihre Beziehung aussieht, wenn ihm eine so offensichtliche Lüge nicht zu heikel ist. Wenn ich Sarah so etwas auftischen würde, kann ich mir sicher sein, dass es keine zwei Stunden dauert, bis sie irgendwie rausbekommt, dass ich nicht die Wahrheit sage, und die Sache auffliegt. Reden sie nicht miteinander? Reden sie nicht mit den Freunden des anderen? Aber ich sage nichts. Ist nicht mein Problem! Ich kriege eine Nacht mit Arthur geschenkt – wen kümmert's, auf welche Weise?

Diesmal haben wir eine Airbnb-Unterkunft, und er hat gebucht, was mich sehr freut. Bisher habe ich immer die Hotels gebucht. Es liegt in Surry Hills, in einer ruhigen baumbestandenen Straße mit Reihenhäusern, und ist wirklich das Wohnhaus von jemandem. An der Wand hängen Familienfotos, und in der Speisekammer stehen

Gewürze, und es gibt keinen Concierge, dem wir etwas vorspielen müssen. Es ist ein Ort, an dem sich auch ein ganz normales Pärchen einmieten würde. Wie ein Zuhause, das unseres sein könnte.

Wir öffnen den Wein, den wir mitgebracht haben, und gießen ihn in richtige Weingläser, keine Wassergläser aus einem Hotelbad. Wir setzen uns im Wohnzimmer (ein Wohnzimmer!) aufs Sofa (ein Sofa!), und ich schmiege mich an ihn und erzähle ihm von meiner Woche, davon, wie die Barista in dem Café nahe der Arbeit, wo ich jetzt fast jeden Morgen einen Flat White bestelle, mich am Mittwochmorgen nur mit einer »Wie immer?«-Geste begrüßt hat. Und als sie mir dann meinen Kaffee rüberreichte, hatte sie mir einen Caffè Mocha gemacht. Einen Caffè Mocha! Das denkt sie also über mich. Sie denkt, ich wäre die furchtbarste Person auf Erden.

»Sie sollte auf der Stelle erschossen werden, gar keine Frage«, urteilt Arthur.

Genauso ist es! Sie sollte in der Tat erschossen werden. Er weiß einfach immer, worum es geht.

Wir googeln nach nahe gelegenen Restaurants und lesen uns gegenseitig die Kundenbewertungen vor.

Arthur schlägt eine Pizzeria um die Ecke vor, weil Drew aus Melbourne schreibt: *Die Kruste hat mich an Brunswick erinnert.*

Ich halte mit einem Spanier dagegen, sieben Gehminuten entfernt und laut Antoinette (Vierfach-Mama) mit *breiten Stühlen* und *sauberen Toiletten* gesegnet.

Wir einigen uns auf einen Japaner, nicht wegen der Bewertungen, sondern weil Arthur noch nie in seinem

Leben Gyoza gegessen hat. Echt jetzt? Ich muss ihm wirklich die Welt zeigen.

Draußen nimmt er meine Hand, und ich merke wieder, wie andere Heteropaare uns goutierend und ohne Hintergedanken zulächeln. Ich habe ein schlechtes Gewissen, dass ich so darauf abfahre. Wenn meine Freundin und ich Händchen gehalten haben, waren die Gesichtsausdrücke von Heteros, die an uns vorbeiliefen, immer entweder wie versteinert oder übereifrig – als wollten sie uns mitteilen, dass sie Verbündete waren, gut fanden, was wir taten, sich für die gleichgeschlechtliche Ehe eingesetzt hatten. Jeder Tag in der Öffentlichkeit war ein Kampf mit der Welt, und ich habe ihn gerne gekämpft, aber irgendwann machen Dauerkämpfe müde.

Im Restaurant geht es ebenso prächtig weiter: Der Kellner macht uns Komplimente, was für ein schönes Paar wir sind. Arthur und ich lachen, vielleicht aus unterschiedlichen Gründen. Ich verkleide mich gerade als gewöhnliche Heterofreundin, und man nimmt es mir ab! Wir trinken noch mehr Wein und langen zu, und unser Gelächter erfüllt den ganzen Raum, was niemanden zu stören scheint. Sie freuen sich für uns.

Betrunken gehen wir zurück in unsere Airbnb-Unterkunft. Arthur versucht sich an einem schottischen Dialekt und scheitert krachend. Als ich in die Küche gehe, um uns einen Tee zu machen, lässt er sich aufs Sofa fallen, und ich sehe ihn jetzt und auch in der Zukunft vor mir. Ich sehe ihn auf einem Sofa vor mir, das uns gehört.

Wie immer ziehen wir uns ins Schlafzimmer zurück

und taufen das Haus, indem wir in ihm miteinander schlafen.

Viele Jahre habe ich mich leer gefühlt. Müsste ich mich zeitlich festlegen, würde ich sagen, dass ich meine natürliche Lebhaftigkeit irgendwo um das achte Schuljahr herum verloren habe. In der Regel fühle ich mich so, als würde ich durch einen Nebel hindurchlaufen und müsste immer geradeaus weitergehen – nicht weil ich irgendetwas Gutes am Horizont erwarte, sondern weil ich sterben würde, wenn ich stehen bliebe. Aber manchmal – sehr, sehr selten – verändert sich die Luft um mich herum. Sie wird für eine Sekunde frisch, klar, und in meinem Kopf fühlt es sich dann so an, als würden sich die Wolken verziehen, und für einen kurzen Moment spüre ich, dass hier ein Versprechen auf mich wartet. Für einen winzigen Augenblick weiß ich, dass da noch mehr kommen wird. Dass ich mich nicht ewig so fühlen werde, dass es mir vielleicht wieder gut gehen wird. So schnell, wie sie gekommen ist, verschwindet diese Vorahnung dann wieder, und konkreter wird sie nie.

Was ich damit sagen will: Sex mit Arthur ist wie eine Abkürzung, die mich, wann immer ich will, dieses Versprechen fühlen lässt.

Wenn Arthur in mir ist und wir uns anschauen und unsere Körper sich zusammen bewegen, dann erinnere ich mich daran, dass ich nicht immer traurig war und es eines Tages vielleicht auch nicht mehr sein werde.

Ihr findet, man sollte an die Liebe höhere Maßstäbe ansetzen? Glaubt mir – dieser Maßstab ist verdammt hoch.

Es hat sich schon seit einiger Zeit angekündigt. Eigentlich wollte ich, dass sich die Gedanken erst einmal setzen, aber sie sind immer nur stärker geworden. Und während der Sex noch nachwirkt, rumort in mir – schon seit Längerem – diese Sache, die ich sagen muss. Natürlich habe ich wahnsinnige Angst. Ich habe wahnsinnige Angst vor seiner Antwort. Doch wenn er sich erlaubt, im Gegenzug ehrlich zu sein, wird alles gut werden, das weiß ich oder glaube, es zu wissen.

»Hey, Arthur?«

»Ja, mein Herz?«

Wir liegen im Bett, und er führt seinen Zeigefinger meine Wirbelsäule entlang.

Ich bin froh, dass ich ihn nicht anschauen muss. Ich weiß nicht, ob ich mich sonst trauen würde, es auszusprechen.

»Okay, also. Ich fühle mich wie die größte Vollidiotin, dass ich das jetzt sagen will.«

Ich höre ihn tief einatmen. Er weiß es, da bin ich mir sicher.

»Sag, was immer du sagen möchtest, Hera. Bitte.«

Wie immer bringe ich den Mut für uns beide auf.

»Arthur, ich liebe dich.«

Er dreht mich zu sich. Er strahlt. Ruckartig zieht er mich an sich. Er küsst mich, als würde er mir danken.

Dann lässt er von mir ab, gerade weit genug, um mir in die Augen schauen zu können, und als er spricht, klingt es so, als hätte auch er es die ganze Zeit zurückgehalten.

»Hera, ich bin rettungs- und hoffnungslos bis über beide Ohren in dich verliebt.«

Ich lache sanft. »Das ist gut«, flüstere ich.

»Ja«, stimmt er zu, »ich finde auch, das ist richtig, richtig gut.«

Und obwohl so vieles schlecht ist, ist das tatsächlich etwas Gutes. Es ist etwas sehr, sehr Gutes, sich so zu fühlen.

Vor sich selbst kann man zweifelhafte Entscheidungen leichter rechtfertigen als vor seinen Freunden. Aus diesem Grund lassen wir manchmal ein paar Details aus, wenn wir beim Brunch eine Geschichte zum Besten geben. Wir erzählen zum Beispiel, dass wir mit dem Typen geschlafen haben, erwähnen aber nicht, dass ein Tattoo der Nationalflagge auf seiner Brust prangte. Ich habe meinen Freundinnen noch nichts von meiner Beziehung mit Arthur erzählt, weil ich Angst vor ihrem Urteil habe und weiß, dass ich nicht auf ihren Rat hören werde, sollte er mir nicht gefallen. Ich möchte niemanden von uns in diese Situation bringen.

Aber ich kann die Wahrheit nicht länger vor Sarah und Soph verbergen. Bisher habe ich darauf geachtet, das Thema zu vermeiden, ich wollte sie nicht geradeheraus anlügen müssen, aber sie wissen, dass da was im Busch ist. Das hungrige Grinsen, mit dem ich mich früh aus irgendwelchen Treffen rausschleiche, ist ihnen nicht entgangen.

Am Freitag nach meinem Airbnb-Wochenende mit Arthur haben die Mädels und ich einen klassischen Saufabend geplant. Unsere Chat-Gruppe für solche Abende heißt »Hab mir nur kurz was übergeworfen«. Wir haben unterschiedliche Gruppen für unterschiedliche Zwecke – da gäbe es noch »Call Me Maybe« für alles, was mit Sex und Liebe zu tun hat. Und »Das kalte Kotzen«

zum Aufregen – das kann alles von langen Sprachnachrichten bis zu Diskussionen über die Gefängnisindustrie sein, Hauptsache, es ist außerordentlich negativ. Sarah reagiert ziemlich empfindlich darauf, wenn wir unsere Inhalte nicht gruppenspezifisch aufteilen. Für heute Abend haben wir alles festgelegt. Ort: bei Soph. Getränk: Rosé. Ziel: sich abschießen.

Zu dritt sitzen wir auf Sophs Balkon, neben uns eine kunstvoll arrangierte Käseplatte auf einem wackeligen Beistelltisch und zu meinen Füßen eine auslaufbereite Armada an Weinflaschen in einer Kühltasche. Aus dem UE-Lautsprecher dröhnt Caroline Polachek. Wir sind in unserem Element.

Los geht's. Sarah eröffnet uns, dass sie etwas mit einer Künstlerin namens Tess angefangen hat. Freudig berichtet sie von ihrem ersten gemeinsamen Strap-on-Dildo-Kauf – das Gütesiegel einer jeden neuen queeren Beziehung.

»Und jetzt kommt's«, ruft Sarah aus, »vor mir hat Tess noch nie einen zweiseitigen Dildo ausprobiert! Was in aller Welt hat sie bisher getrieben???«

»Ganz offensichtlich nichts, was mit dem Inneren ihrer Vagina zu tun hat«, wirft Soph hilfreich ein.

»Sehr lustig, Soph. Aber tatsächlich ist das ganz schön homophob.« (Sarah und ich sind der Meinung, dass alles, was uns missfällt, homophob ist. Jeans mit niedrigem Bund? Homophob. Warteschlangen bei der Post? Homophob.)

Sarah ist glücklich. Die Lust lässt in einem Wahnsinnstempo eine Anekdote nach der nächsten aus ihr heraussprudeln. Soph ermutigt sie natürlich, möglichst viele Details aus ihrem Sexleben mit uns zu teilen. Und ich freue mich riesig für Sarah, das tue ich wirklich, aber ich beneide sie auch. Sie darf sich in eine Beziehung stürzen und sie genießen, ihren Freundinnen davon erzählen, glücklich sein. So einfach ist das. Und ich weiß, dass ich ungerecht bin, denn natürlich ist es nicht immer einfach, in einer lesbischen Beziehung zu sein. Aber stellt euch nur mal vor, wie es wäre, wenn ich Arthur jetzt einladen könnte, uns Gesellschaft zu leisten.

Ich muss ihnen alles erzählen. Ich werde ihnen alles erzählen. Ich werde ihnen erzählen, dass ich mich nicht nur in einen Mann verliebt habe (schon peinlich genug), sondern auch noch in einen verheirateten.

Soph fängt an, über ihren Ex Reid zu sprechen. Sie hat sich von ihm getrennt, weil er ein Vollidiot ist, aber nun kommt heraus, dass der Vollidiot sie auch noch betrogen hat – was sie erst diese Woche über eine gemeinsame Freundin herausgefunden hat. Also ist gerade nicht der allerbeste Zeitpunkt, ihnen von Arthur zu erzählen, konstatiere ich. Meine Zeit wird kommen. Jetzt fühle ich mit. Jetzt trinke ich noch mehr Wein.

»Soph, mein Mädchen, mein Engel«, lege ich los, »ich weiß, dass es Scheiße ist, so etwas herauszufinden, und es tut mir so, so leid, weil es schrecklich ist, wenn man betrogen wird. Aber ist das nicht ein weiterer Beweis dafür, dass es genau das Richtige war, sich von ihm zu trennen? Der Typ ist das Allerletzte. Ich meine, er besaß nur ein Bettlaken, Soph. Hat er jemals die Bettwäsche gewechselt?«

»Ich weiß, ich weiß«, stimmt Soph mir zu. »Aber es nagt nun mal an mir. Ich meine, dass *er* derjenige ist, der *mich* betrügt?«

»Das ist wie Jay Z, der Beyonce betrügt«, fügt Sarah hinzu. »Das ergibt keinen Sinn.«

»So gar keinen!«, wirft Soph ein. »Das wär so wie … wenn Beyonce einen Hirnschlag hätte und dann mit Nick Lachey zusammenkäme – und Nick Lachey *sie* betrügen würde.«

»Soph?«, frage ich vorsichtig. »Hast du dir alte *Newlyweds*-Folgen reingezogen?«

Soph ext ihren Rosé. Mit erhobener Hand ruft sie: »Schuldig, Baby. In allen Anklagepunkten.«

»Scheiße, ich wusste es doch!«, lache ich.

»Jessica Simpson ist einfach herrlich! Ich kann nicht genug von ihr kriegen!« Soph kreischt inzwischen.

Ich erhebe mein Glas. Soph schenkt sich nach. Sarah trinkt jetzt aus der Flasche. »Auf Jessica Simpson«, rufe ich.

»Auf Jessica Simpson!«

Okay, sie geben sich die Kante. Ich auch, aber ich verfolge nebenher einen Plan.

Einige Flaschen später wage ich mich vor.

»Also, ihr wisst doch noch, wie ich vor einer Weile mit einem Typen von der Arbeit geschlafen habe, Arthur, und es sich dann herausgestellt hat, dass er verheiratet ist?«

»Ja, wir erinnern uns ziemlich gut, Hera«, sagt Soph mit undurchdringlicher Miene. »Uuuuund?«

»Und nun ja … die Sache ist die … Ich schlafe immer noch mit ihm.«

Die beiden schauen sich wissend an. »Du liebe Zeit, Hera«, murmelt Sarah.

Soph wird gleich deutlich dramatischer. »Scheiße, Hera, das ist nicht dein Ernst?«

Soph wirft Sarah jetzt einen eindringlichen Blick zu, nach dem Motto: *Was hat unser Problemkind nun schon wieder angestellt?*

Ich nicke schicksalsergeben. »Das ist mein Ernst, leider, so wahr dieser Planet gerade den Bach runtergeht.«

»Und wie lange, bitte schön, treibt ihr das jetzt schon?«, fragt Sarah.

»Ungefähr zwei Monate.«

Sie spielen sich die Bälle zu. Es ist wie beim Pingpong. »Und warum genau hast du uns noch nicht davon erzählt?«, übernimmt Soph.

»Scheiße, ist das nicht offensichtlich? Es macht nicht gerade Spaß, euch das zu erzählen. Ich kapier schon, dass das moralisch nicht sauber ist, was ich mache.«

Sarah redet jetzt in einem seltsam ruhigen Psychologinnenton mit mir. »Und wie lange willst du das noch fortführen, Süße? Geht es um Sex, oder sind Gefühle im Spiel?«

Ich seufze theatralisch. »Sosehr ich mich auch bemüht habe, ich fürchte, wir haben es inzwischen mit Hayley-Kiyoko-mäßigen Gefühlen zu tun.«

»Verstanden.« Soph öffnet eine neue Flasche. Der Balkonboden sieht inzwischen aus wie eine Wiese nach einem Festival. »Als Erstes sprechen wir über den Elefanten im Raum. Du weißt, dass er sie rein statistisch gesehen nicht verlassen wird, oder?«

»Danke, Sophie, ja, ich kenne die Statistiken.«

»Okay, also, in Anbetracht dessen … Was willst du tun?«

»Na ja … ich habe das nicht gerade geplant. Und ich weiß, dass fremdgehen scheiße ist. Und es tut mir leid, dass ich ausgerechnet heute Abend damit komme, Soph, von wegen Reid und so. Aber Reid war ein Arschloch, das dich nicht verdient hat, und ich hoffe wirklich, dass ihr mir glaubt, wenn ich euch erzähle, wie ich mich mit diesem Typen fühle. Er bringt mich zum Lachen. Und ich ihn. Das klingt wahrscheinlich total abgedroschen? Aber es kommt so gut wie nie vor, dass mich jemand, den ich ficken will, auch noch zum Lachen bringt.«

Sarah unterbricht mich. »Hera, hattest du nicht kurzzeitig mal was mit einem Comedian?«

»Genau«, sage ich. »Ich will nicht mehr mit Leuten zusammen sein, die ich nicht lustig finde.«

Sie müssen schmunzeln, ich habe das Eis ein wenig gebrochen.

Sarah wird wieder ernst. »Hera, du weißt, dass wir dir niemals sagen werden, was du tun sollst. Und ich bin mir sicher, dass du über seine Frau nachgedacht hast und darüber, was es mit ihr machen würde, wenn sie alles herausfindet. Und ich bin mir sicher, dass du auch darüber nachgedacht hast, dass du am Ende mit ziemlich großer Wahrscheinlichkeit die Arschkarte ziehst.«

»Kommt da noch was? Oder war es das?«, frage ich.

»Ich will … *Wir* wollen«, Sarah blickt zu Soph, »wir *wollen*, dass du glocklich, Quatsch, glücklich bist und dass du mit jemandem zusammen bist, der dich gut behandelt. Wenn du der Meinung bist, dass dieser Typ der richtige dafür ist, dann unterstützen wir dich. Aber sobald er dich nicht glücklich macht, ist er weg vom Fenster, alles klar?«

Ich nicke in mein Glas hinein. »Ja, das klingt fair. Das klingt fair.«

Wir schweigen. Ich kann nicht weiter über dieses Thema sprechen, sonst werde ich noch ganz rührselig und fange an, bestimmte Dinge von mir zu geben, und die Mädels müssen langsam an diesen Beziehungs-Paukenschlag herangeführt werden. Bisher haben sie gut reagiert, doch ich weiß, dass sie mit ihren eigentlichen Gedanken hinterm Berg halten.

»Okay, können wir jetzt bitte das Thema wechseln?«, bettle ich.

Gute Freundinnen, die sie sind, fügen sie sich. Der Abend geht weiter.

Es ist nicht so, dass ich nicht auch schon auf der anderen Seite gestanden hätte und Freunde von mir mit Leuten zusammen waren, gegen die ich Vorbehalte hatte, und ich mir jahrelang einen Maulkorb verpassen und meine Freunde in ihrer Wahl sogar unterstützen musste, denn so läuft es nun mal. Ich war für Soph da, als sie mit Brian zusammen war, dem Typen, der nicht an Antidepressiva »glaubte«. Ich war für Sarah da, als sie in eine Frau verschossen war, die regelmäßig mittwochs mit ihr Schluss machte, um dann abends – weil in ihrer örtlichen Schwulenbar Ladys Night war – mit irgendwem schlafen zu können, und am nächsten Tag wieder mit Sarah zusammenkam. Ich war für Ben da, als er mit einem Typen was hatte, der Oralverkehr »am Schnulli nuckeln« nannte.

Du kannst deinen Freunden nicht sagen, dass ihre Beziehung zum Scheitern verurteilt ist, weil ihr Partner scheiße ist. Du kannst deinen Freunden noch nicht mal sagen, dass ihr Partner nicht scheiße, aber trotzdem nicht gut genug ist – sondern vielleicht ganz okay. Aber wer will sich schon langfristig mit »okay« zufriedengeben?

Ich sehe also durchaus, dass Arthur für Sarah und Soph ein untreuer Ehebrecher ist, der mir zwar Liebe verspricht, aber allerhöchstens ein paarmal pro Woche ein, zwei Stunden Zeit für mich hat. Ich sehe durchaus, dass er in ihren Augen nicht der geeignetste Kandidat in Sachen Partnerwahl für mich ist und wohl eher nicht für einen langlebigen und ausgeglichenen Emotionshaushalt bei mir sorgen wird.

Aber sie verstehen es nicht! Ich kann meinen Freundinnen nicht erklären, dass mich die Aussicht, in unserem zukünftigen gemeinsamen Zuhause Abendessen für langweilige Nachrichtenmenschen auszurichten, allen Ernstes entzückt. Ich würde dann ausgefallene Dinge von mir geben und mich mit Schmollmündchen beschweren, dass mich Bergkarabach nicht die Bohne interessiert, und sie würden dann sagen: »Aber, Hera, wir reden doch über den Iran, und das weißt du ganz genau!«, und dann würde ich mich in die Küche verziehen und den selbst gemachten Nachtisch nicht mit ihnen teilen, sondern allein verdrücken. Und dann gehen die langweiligen Menschen irgendwann nach Hause und ich habe meinen wunderschönen langweiligen Mann für mich allein, und mein Herz erwärmt sich an der Tatsache, dass er die Namen aller afrikanischen Länder kennt, an der Vorstellung, wie er in seinem kleinen Vorstadtkinderzimmer in einem schmalen Bett liegt und sie alle anhand einer Weltkarte, die an der Wand hängt, auswendig lernt.

Das würde ich Sarah und Soph wirklich gern erzählen. Aber ich habe Angst, dass meine Begründungen albern und viel zu abhängig klingen würden. Und sollte ich wirklich von ihm abhängig sein, will ich es gar nicht wissen. Weil ich ihn haben will. Also beschließe ich, Arthur nur dann ins Spiel zu bringen, wenn ich direkt nach ihm gefragt werde. Als ich gegen zwei Uhr nachts im Uber nach Hause fahre, schreibe ich ihm. Natürlich bin ich betrunken.

Hera: *Hey Liebster, bist du noch wach?*

Er ist nicht wach. Da ist kein grüner Punkt.

Hera: *Wollte nur sagen, dass ich dich liebe. Hätte jetzt gern direkten Zugang zu deiner Hose.*

Hera: *Und wäre auch sonst gerne bei dir.*

Hera: *Also schlaf gut und träum schön. Nicht zu laut schnarchen.*

Am nächsten Morgen antwortet er. Er schreibt: *Ich liebe betrunkene Nachrichten von dir.*

Das ist pure Romantik. Das ist Liebe.

Nach dem Abend mit meinen Freundinnen fällt es mir nicht mehr so leicht, die Momente, in denen ich von Arthur enttäuscht bin (ich kann ihn nicht erreichen, er ist bei seiner Frau, er hat mir nicht konkret in Aussicht gestellt, wann sich das ändern wird), von den gemeinsamen glücklichen zu trennen. Es geht schon noch – es kostet mich nur mehr Kraft. Arthur hingegen scheint die Trennung der beiden Bereiche leichtzufallen. Ich bewundere, wie wenig Ecken und Kanten sein Emotionshaushalt hat. Während ich den Großteil meines Lebens bisher erfolglos gegen meine grundlose Melancholie angekämpft habe, lässt sich Arthur nur dann aus der Ruhe bringen, wenn die Gefahr droht, man könne ihn für jemanden halten, der bei der Arbeit oder im Leben unterdurchschnittlich abschneidet.

Er ist angespannt, wenn ein Abgabetermin näher rückt oder jemand aus seinem Team eventuell einen Fehler gemacht hat und er ihn abmahnen muss. Er ist ein sehr harmoniebedürftiger Typ – das merke ich, je mehr Zeit ich mit ihm verbringe und je häufiger er seinen Arbeitslaptop in unsere Hotelzimmer mitnimmt.

Wenn er wild in die Tasten haut, mir aber nicht sagen will, was ihn gerade beschäftigt, spannt er seine Schultern an und wird ein kleines bisschen zickig und sagt, dass alles gut ist, auch wenn das eindeutig nicht der Fall ist, und ich mag das. Beziehungsweise: Ich mag die Vorstellung, dass er sich seines Zustands vielleicht tatsächlich nicht bewusst ist, dass er vielleicht wirklich nicht mitbekommt, wie deutlich ich seine Verstimmung merke. Ich bin mir meiner eigenen Laune und der aller um mich herum immer extrem bewusst. Als Kind von Eltern, die sich nicht ausstehen konnten, war ich von klein auf Expertin in Sachen Körpersprache und Tonfall, darin, die Stimmung in einem Zimmer zu erspüren und dementsprechend zwischen den Parteien zu vermitteln. Die kleine emotionale Verlaufskurve, die Arthur automatisch verfolgt, wenn er bei der Arbeit unter Druck steht, finde ich irgendwie süß – der Blick ist gesenkt, keine Berührungen, erst durch mein Geplänkel und sanfte Liebkosungen findet er in die Gegenwart zurück, bis er schließlich wieder er selbst ist. Seine emotionalen Ausschläge sind Probleme, die sich leicht lösen lassen, und im Vergleich zu der existenziellen Zwickmühle, in der ich mich befinde, sowie dem Riesenproblem, dass er eine Ehefrau hat, entspannt es mich sogar auf eine Art, ihn durch diese kurzen Angstanfälle zu navigieren. Es ist, wie geistesabwesend einen Papierkranich zu falten oder mit einer rasiermesserscharfen Klinge eine Mango in mundgerechte Würfel zu zerteilen.

In den ersten zwei Monaten unserer Affäre machen mich die Endorphine und die Aussicht darauf, doch noch ein Leben neben meiner Arbeit zu haben, so high, dass ich die Aufgabe, darüber nachzudenken, welche Probleme auf uns zukommen, beiseiteschiebe. So wie man seine Steuererklärung hinausschiebt oder keine Frühbucherflüge für den schon lange geplanten Urlaub bucht. Alles soll einfach bleiben: Jetzt soll er erst mal nur meine sorglose Seite sehen. Ich erzähle ihm nicht von der Traurigkeit, die ich dauerhaft mit mir herumschleppe, oder wie ich es geschafft habe, sie zu lindern, indem ich ihn wie eine emotionale Dauerinfusion verwende. Ich erzähle ihm nicht, wie es mir geht, wenn ich an seine Frau denke und daran, dass er mit ihr und nicht mit mir zusammen ist.

Ich will das Gute nehmen, das Schlechte lassen.

Aber die Zeit vergeht. Das hier ist kein bloßer Flirt. Und dass ich mit meinen Freundinnen darüber gesprochen habe, macht es nur noch ernster, die Einsätze sind höher geworden. Ich bin nicht gefühlskalt, und deswegen fällt es mir zunehmend schwer, die Abgebrühte zu spielen. Denn in Wirklichkeit ist mir unsere Beziehung die ganze Zeit über extrem wichtig und nichts, womit ich mich nur schmücken will. Von Schmuck kann man hier ohnehin nicht reden, stelle ich schnell fest. Das Holiday Inn ist nicht gerade ein Schmuckstück. Jedem Anruf eine Nachricht vorauszuschicken, damit der Partner bloß nicht mit seiner Frau zusammen ist, hat wenig Schönes an sich. Von der Person, die man liebt, geheim gehalten zu werden, hat wenig Schönes an sich. Es fühlt sich an, als laufe man im strahlenden Sonnenschein verloren über einen Friedhof. Als würde man auf einer Wanderung seine Tage bekommen, ohne Tampons dabeizuhaben. Als behaupte man, ein Buch gelesen zu haben, und dann kommt jemand und fragt nach einem ganz spezifischen inhaltlichen Detail.

Ich merke jetzt, dass ich unbedingt möchte, dass Arthur seine Frau verlässt. Ich will diesen Mann für mich haben. Ich will, dass er nur eine einzige Partnerin hat, und diese Partnerin will ich sein. Ich finde es selbst ganz furchtbar, kann es aber nicht ändern. Ich will diejenige sein, die ihm seine Smoothies macht. Ich will, dass er meinen Vater kennenlernt und sie sich gut verstehen, weil sie mich beide lieben. Ich will, dass sie sich zusammen über mich lustig machen, weil ich keine Ahnung von Sport habe. Ich will, dass Arthur sich mit meinen Mädels betrinkt. Ich will, dass Sarah und Soph ihm Geschichten aus unserer Schulzeit erzählen. Ich will mich mit Jude und ihm auf dem Sofa einkuscheln.

Ich will ihn bitten, sie zu verlassen. Aber noch viel mehr will ich, dass ich gar nicht erst darum bitten muss. Bitte, Arthur, bitte sorg dafür, dass ich nicht um dich betteln muss.

Zwei weitere Monate gehen auf diese Weise ins Land. Bei der Arbeit schreiben wir uns, abends und an den Wochenenden ficken wir, wann immer wir können. Ich könnte eine Karte von Sydney mit allen Billighotels zeichnen. Oder eine mit allen Parks. Ich weiß, welche Parks uneinsehbare Ecken haben. Ich weiß, in welchen Parks Bäume stehen, deren Zweige wie Vorhänge herabhängen. Ich weiß, in welchen Parks das Gras am weichsten ist. Obwohl er mir ständig sagt, dass er mich liebt, macht Arthur keine Zugeständnisse hinsichtlich eines »nächsten Schritts«.

Eines Abends, vier Monate nach Beginn dieser Sache, wage ich mich in einem Hotelzimmer aus der Deckung. Wir haben miteinander geschlafen und sind satt und zufrieden, und hätte er keine Frau, wäre jetzt der Zeitpunkt gekommen, vielleicht gemeinsam unter die Dusche zu springen und sich dann ins Bett zu kuscheln und im leuchtenden Glanz dessen, was wir kreiert haben, einzuschlafen. Aber er hat nun mal eine Frau und muss los. Also nehme ich, noch bevor die übliche Anzieh-Uber-Routine startet, all meinen Mut zusammen und sage: »Wie wäre es wohl, wenn du jetzt nicht losmüsstest. Wenn wir jetzt einfach gemütlich liegen bleiben könnten.«

Der Schmerz in seinen Augen ist echt. Er sagt, es tue ihm leid und dass er weiß, wie ungerecht das alles ist. »Du hättest es so sehr verdient, Hera.«

Das ist so, wie wenn man hinfällt und sich nicht verletzt, alles unter Kontrolle hat, aber einen dann jemand fragt, ob es einem gut geht, und man erst durch diese kleine freundliche Aufmerksamkeit, durch diese Bestätigung von außen, dass einem etwas Schlechtes zugestoßen ist, zu weinen beginnt und nicht anders kann. Wie in der ersten Sitzung beim Therapeuten, wenn man ganz sachlich alles Furchtbare, das einem je zugestoßen ist, erzählt, es professionell wie eine Einkaufsliste runterrattert und der Therapeut schließlich sagt: »Du musstest viel durchmachen«, und man nur noch ein heulendes Häufchen Elend ist.

Als Arthur anerkennt, wie ungerecht das alles ist, bröckeln meine Verteidigungsmauern für einen Moment, und ich fange leise an zu weinen. Er hat mich noch nie weinen sehen. Dachte er, so etwas gäbe es bei mir nicht?

Er verzieht das Gesicht, als würde er vielleicht zum ersten Mal wirklich verstehen, dass mich das, was wir hier tun, berührt, dass ich mich nicht wie ein Schmetterling nach der Bestäubung fröhlich zur nächsten Blüte aufmache. Oder vielleicht ist ihm das schon längst klar, und er hatte immer nur gehofft, ich würde es nie thematisieren. So oder so muss er sich jetzt dazu verhalten.

»Hera«, sagt er sanft, »ich will auch nicht gehen. Ich will … Nun, ich wollte nicht gleich davon ausgehen, dass das, was ich will, auch das ist, was du willst. Um ehrlich zu sein, zermartere ich mir manchmal den Kopf, warum du mit mir zusammen bist.«

Ich lache. Will er mir wirklich sagen, dass er gezögert hat, unsere Zukunft zu planen, weil er sich nicht sicher ist, wie ernst es mir ist? Ich habe erst vor Kurzem ein Mädelswochenende abgesagt, weil die winzige Aussicht bestand, *eventuell* zwei Stunden Sex mit ihm in einem nicht klimatisierten Bahnhofshotel haben zu können. Sind meine Gefühle nicht vollkommen offensichtlich?! Merkt er denn nicht, dass ich nichts lieber will, als gemeinsam mit ihm eine Hypothek aufzunehmen? Ich muss ihm unbedingt zu verstehen geben, was für eine unstillbare Sehnsucht ich habe.

»Ich will damit nicht sagen, dass alles perfekt zusammenpasst«, sage ich, »oder dass … dass ich mir jemals hätte vorstellen können, mich in einen Mann zu verlieben, der allen Ernstes kurzärmelige Hemden trägt. Aber wenn es das ist, worüber du dir Sorgen machst – dass ich eines Tages vielleicht aufwache und keine Lust mehr auf dich habe –, dann schmink dir das ab, du Idiot. Ich will dich immer um mich haben. Das chaotische Leben einer Frau in ihren Zwanzigern habe ich schon in vollen Zügen gelebt, und ganz ehrlich, ich habe die Schnauze voll davon.

Ich will mit dir morgens zusammen meinen Kaffee trinken und das Kreuzworträtsel in der Wochenendzeitung lösen. Ich will mit dir zu IKEA fahren. Ich will mit dir zusammen langweilig sein – wenn du mich denn haben willst.«

»Mein Gott, Hera, und ich will so sehr mit dir zusammen langweilig sein.«

»Okay.«

»Okay.«

Ich hatte gehofft, dass er jetzt, wo wir festgestellt haben, zusammen sein zu wollen, mit einem Schlachtplan aufwarten, mir etwas Konkretes an die Hand geben würde, aber nein. Wieder bin ich diejenige, die das, was keiner von uns sagen will, aufs Tapet bringt.

»Und was bedeutet das jetzt für uns, Arthur? Ich will nicht unverschämt sein, aber … ich kann nicht mit deiner Frau Schluss machen.«

»Nein, das kannst du nicht.« Er atmet tief ein, als grübelte er gerade über einer ganz besonders schwierigen mathematischen Gleichung. »Ich weiß nicht … Ich weiß noch nicht, wie das alles gehen soll. Aber, Hera, ich will dich, ich will mit dir zusammen sein. Also werde ich es ihr sagen. Ich weiß noch nicht, wie, aber ich verspreche dir, ich werde es ihr sagen.«

Ich erlaube mir nur die Andeutung eines Lächelns. Ich will nicht zeigen, wie unfassbar glücklich mich das macht. Endlich hat er mir ein Versprechen gegeben. Und ja, ich musste es aus ihm herauskitzeln. Aber es zählt trotzdem.

Doch dann lächelt er auch, und zwar richtig breit. »Also ist das eine richtige Sache?«

»Eine scheißrichtige Sache, Arthur.«

Und er gibt ein aufgeregtes »Aaaah!« von sich und rückt näher und schlingt in einer festen Riesenumarmung die Arme um mich.

Wir sind zwei Idioten, allerdings, und wir haben einen Pakt geschlossen.

Also. Wenn ihr euch fragt, wie ich nur so blöd sein konnte, wenn ihr euch vielleicht bemüßigt fühlt, mich ob meiner Naivität tadeln zu wollen, so erinnert euch bitte immer an diese Szene. Ich wusste, dass er ein Guter war, und ich wusste, dass er mich liebte, und warum sollte er mir und ihr und sich selbst so viel Schmerz zufügen, wenn er nicht wenigstens am Ende Freude daraus ziehen, sein Leben verändern, ein neues beginnen würde.

Unsere gemeinsame Zukunft war schlicht und einfach die logischste Folgerung und rein zufällig auch diejenige, die mir erlaubte, in der Welt und meinem Leben weiterhin ein Wörtchen mitreden zu können.

Vor Arthurs Versprechen hatte es da noch diesen kleinen nagenden Zweifel gegeben, ob ich mir wirklich ganz sicher sein konnte. Deswegen habe ich darauf geachtet, von Zeit zu Zeit meine Freunde zu sehen. Mit einem Bein habe ich noch in der Welt außerhalb Arthurs gestanden. Aber jetzt gibt es keine Notwendigkeit mehr dafür. Ich denke bloß noch daran, wann diese Wartezeit vorüber ist, wann das echte Leben beginnt. Bin ich nicht mit ihm zusammen, denke ich an ihn. Ich stelle mir das Haus vor, in dem wir wohnen werden. Male mir aus, in welche Länder wir reisen werden. Zum ersten Mal in meinem Leben lese ich mir Rezepte durch, um abends für ihn kochen zu können, wenn es endlich so weit ist. Schon vorher hatte ich bei der Arbeit auf Autopilot geschaltet, doch jetzt stelle ich fest, dass es für das absolute Minimum sogar noch weniger braucht. Vor dem Versprechen habe ich noch halbherzig mit Ken gescherzt. Jetzt reagiere ich auf seine Bemerkungen wie jemand, der zu Weihnachten einen langweiligen Onkel am Telefon hat: »Mm-hmm … Klar … Aber ja doch. Ach was!« Vor dem Versprechen hatten Mei Ling und ich uns im Chat Nachrichten geschickt, in denen wir über unsere unendliche Langeweile klagten. Doch das würde sich jetzt unaufrichtig anfühlen, nach dem Motto: Ja, der Job ist langweilig, aber im Geheimen habe ich ein wunderschönes Leben vor mir. Ich fühle mich schuldig, dass ich bald in die Freiheit entlassen werde, während sich für Mei Ling nichts ändern wird. Ich frage sie doch nicht, ob sie ein Sandwichkind ist. Ich interessiere mich nicht mehr dafür. Diese kollegialen Freundschaften mit Menschen, die nicht Arthur sind, sind für mich jetzt bedeutungslos.

An den meisten, wenn auch nicht allen Tagen treffen Arthur und ich uns nach der Arbeit in einer Bar, bei gutem Wetter manchmal in einem Park. Ich bin immer die Erste, lese ein Buch, schlage so die Zeit tot, bis er kommt, und sage mir, dass ich keine bemitleidenswerte Figur abgebe, denn würde ich nicht auf ihn warten, würde ich mein Buch wahrscheinlich einfach nur irgendwo anders lesen. Manchmal sind die Bars, in denen wir uns treffen, voller Geschäftsleute, die dort ihr Feierabendbier trinken, und ich bin mit meinem bell-hooks-Buch und meinem Rucksack vollkommen fehl am Platze. Ich spüre, wie mich alle anschauen und sich fragen, was ich hier tue. Eine junge freizeitmäßig gekleidete Frau abends um sechs allein in einer Bar voller Anzugträger. Nie hätte ich gedacht, dass ich einmal diese Frau sein würde.

Aber wenn er dann in seiner seriösen Kleidung den Raum betritt und sich zu mir setzt, bin ich einfach nur begeistert, nach dem Motto: *Seht her, ich habe meinen eigenen Büromann!* Ich freue mich wie ein Schnitzel. Kann ihn gar nicht genug umarmen, zerknittere sein Hemd vor lauter Enthusiasmus und Energie. Ich sage: »Erzähl mir alles von deinem Tag!« Und obwohl ich weiß, was er gemacht hat – schließlich höre ich, wie er telefoniert, und wir schreiben uns alle paar Minuten –, will ich trotzdem unbedingt alles wissen. Ich will wissen, wie sein Tag für *ihn* war, will seine Sicht darauf mit meiner vergleichen und ihm diesen Vergleich präsentieren. Ebenso macht er es bei mir, erzählt, was ich seiner Meinung nach auf der anderen Seite der Dell-Grenze getan und gedacht habe. Er beschreibt meinen Gesichtsausdruck beim Tippen, anscheinend sehe ich dann so aus, als würde ich mich gerade an einer Hirn-OP versuchen.

Fast immer muss er, kurz nachdem er gekommen ist, schon wieder gehen. Nach Hause zu ihr, und momentan akzeptiere ich das. Es ist ein Geduldsspiel.

An den Wochenenden haben wir mehr Probleme, einen gemeinsamen Takt zu finden. Ich treffe mich mit meinen Freunden in ganz anderen Gegenden als dort, wo mein Vater oder Arthur wohnen. Das bedeutet, dass ich ihn manchmal – zum Beispiel an einem Freitagabend – gar nicht sehen werde, was ihn für gewöhnlich stört. Um zehn Uhr abends schreibt er mir dann: *Habs rausgeschafft, mache einen Spaziergang*, und ich bin leider gerade weit weg in einer anderen Ecke der Stadt und stelle schmerzlich fest, dass ich die Chance verpasst habe, Zeit mit ihm zu verbringen.

Ich löse das Problem, indem ich weniger ausgehe. Das macht mir nichts. Schließlich wird er seine Frau verlassen – es ist also nur vorübergehend. Ich bleibe an den Wochenenden zu Hause und warte auf eine Nachricht von Arthur, warte darauf, dass er mir schreibt, dass wir ein Zeitfenster haben, und dann heißt es: Schnell sein!

Dad hat sich entschieden, mein neues Leben nicht

zu kommentieren. Er fragt nie, wohin ich gehe, wenn ich zu seltsamen Zeiten das Haus verlasse und ein, zwei Stunden später mit strahlender Miene, die sich schnell wieder verdüstert, zurückkomme. Ab und an erwähnt er, dass er schon länger nichts mehr von Sarah gesehen hat, oder fragt mich, wie es Soph geht, und ich kann genug erzählen, um ihn davon zu überzeugen, dass wir uns nicht zerstritten haben, sodass er mich weiterhin mein Phantomleben leben lässt, ich werde schon wissen, was ich tue.

An einem Wochenende, ungefähr fünf Monate nachdem alles losging, einen Monat nach Arthurs Versprechen, seine Frau zu verlassen, bin ich wieder einmal in Warteposition, habe Arthur geschrieben, ich stünde zur Verfügung. Dad ist ausgegangen, und ich sitze mit Jude zu Hause, stiere auf mein Handy und warte darauf, dass die Zeit vergeht. Ich schaue mir *Apartment 23* an, eine Serie, die ich schon kenne. Es ist neun Uhr abends, und Arthur hat mir noch nicht geschrieben, ob oder wann wir uns heute sehen können. Langsam werde ich unruhig und fühle mich einsam. Und als Sarah anruft, um mir zu sagen, ich solle in ein Uber steigen und zu einer Ausstellung kommen, in der ihre inzwischen offizielle Freundin Tess vertreten ist, lasse ich mich gern überreden, meine selbst gewählte Isolation aufzugeben.

Solche Veranstaltungen haben mir schon immer irrsinnigen Spaß gemacht: diesen wunderbar unsicheren Hipstern, die sich bloß auf nichts festlegen lassen wollen, dabei zuzuschauen, wie sie versuchen, in ihren herrlich verrückten Outfits, ihren teuren Flatterhosen und seltsamen Vintage-Korsett-Oberteilen ihre angesprayten Baumstämme zu verkaufen, dabei immer und immer wieder das Wort »intermedial« verwenden und tunlichst ihre schwerreichen Eltern ignorieren, die natürlich auch gekommen sind und die ihnen nicht nur ihre Kunstabschlüsse finanziert haben, sondern auch das gesamte Material, aus dem diese Ausstellung entstanden ist.

Sarah erlaubt mir großzügig, mich über Tess' Werk, eine »Studie zur Textualität im digitalen Zeitalter«, lustig zu machen. Tess hat Screenshots aller Nachrichten, die sie und ihr Ex-Freund sich im Zuge ihrer Trennung geschickt haben, ausgedruckt und als gesammelte Werke an eine Wand gehängt. Ich frage Sarah, ob sie Angst hat, ihre Nachrichten könnte ein ähnliches Schicksal ereilen, sollten sie und Tess sich je trennen, und sie antwortet: »Um ehrlich zu sein, schreiben wir uns relativ wenig. Wir sind sowieso fast die ganze Zeit zusammen.«

Man stelle sich vor: die ganze Zeit mit seinem Partner zusammen sein!

Schon seit Ewigkeiten habe ich mich nicht mehr einfach so dem Abend hingegeben, mit meinen Freunden herumgealbert, bescheuertes Dosenbier getrunken und in kleinen Gassen E-Zigaretten geraucht, und ich suhle mich darin wie in feinster Seide. Mit Sarah an ihrer Seite stellt Tess mich ihren Freunden von der Kunstakademie vor, und ich frage jeden nach seinem Lieblingskünstler. Jenny Holzer, sagen sie, Marina Abramović, Nick Cave, Stanley Brouwn, Yinka Shonibare. Und wenn sie mich fragen, antworte ich mit ausdrucksloser Miene: »Rupi Kaur.«

Ihre entsetzten Blicke! Meine Güte, wie habe ich das vermisst. Sarah beschließt, mir Schützenhilfe zu geben.

»Und unterhielten wir uns nicht erst gestern darüber, Hera, dass man Rupi Kaur auch als den Christian Bök der denkenden Frau bezeichnen könnte?«

Die Kunststudenten rasten gleich aus, sie können kaum an sich halten. Nervös ziehen sie an ihren E-Zigaretten, einige tippen etwas in ihre Handys – ich nehme an, sie schicken sich untereinander Nachrichten und lästern über dieses Kaur-Fangirl in ihrer Mitte.

»Genau das sagte ich, Sarah, ja. Ich finde, Kaur hat den Faden weitergesponnen, den Bök überhaupt erst noch finden muss.«

Tess verdreht die Augen und grinst. »Ihr zwei Idiotinnen. Liebe alle, bitte ignoriert sie.«

Sarah und ich schauen uns an und rufen dann gleichzeitig: »Ganz schön homophob, Tess.« Sarah gibt Tess einen Kuss, und dann sausen wir wieder hinein zur Bar, um noch mehr von dem widerlichen, aber kostenfreien Sauvignon blanc zu trinken.

Als Sarah und ich eine Runde durch die Ausstellung drehen und alle Kunstwerke laut kommentieren – »Eindeutig eine Hommage an den frühen Ken Done« und »Hochinteressant, wie der Künstler sich hier des Themas Materialität angenommen hat« –, wird mir bewusst, dass ich schon einige Stunden nicht mehr auf mein Handy geschaut habe. Also hole ich es aus meiner Tasche und sehe, dass ich zwölf Nachrichten von Arthur habe, alle schon zwei Stunden alt, in denen er schreibt, dass wir uns in zehn Minuten treffen können, dann fragt, wo ich bin, dann fast schon unhöflich wird, dann zurückrudert und schreibt, dass er mich liebt und hofft, dass ich einen schönen Abend habe, dann noch mal fragt, wo ich bin. Panisch lasse ich Sarah für einen Moment links liegen und schreibe zurück, wie leid es mir tut, dass ich mit Freunden unterwegs bin und die Zeit aus den Augen verloren habe, dass ich ihn morgen jederzeit treffen kann.

Aber sein grüner Punkt ist nicht da, und es ist schon spät, und es ist klar, dass er irgendwann verärgert ins Bett gegangen ist. Mein Hoch ist dahin, ich bin jetzt erschöpft und traurig und fühle mich blöd. Ich verabschiede mich und nehme mir ein Uber nach Hause. Er schreibt mir am nächsten Tag erst spät zurück, dass alles okay ist, er es nur schade fand, weil er mich vermisst hat und ich gesagt hatte, ich wäre erreichbar, und er sich darauf verlassen hatte.

Jetzt fühle ich mich schuldig. Welche Botschaft habe ich ihm da nur vermittelt, wenn ich nicht erreichbar bin und mich stattdessen an einem Freitagabend irgendwo betrinke! Ich muss ihm zeigen, dass ich verantwortungsbewusst bin, dass ich ein Erwachsenenleben mit ihm führen kann. Aber dann nagt auch etwas anderes an mir, etwas, das ich selten verspüre, ich bin verärgert: *Hat er sie noch alle? Ich versetze hier gerade mein ganzes Leben für ihn in den Ruhemodus, und er hat seine Frau immer noch nicht verlassen, und jetzt ist er sauer, weil ich an einem von hundert Abenden nicht sofort zu haben war, als es ihm gerade passte?* Doch dieses Gefühl wird sofort von Verständnis verdrängt: Ich wäre auch sauer, wenn er nicht da gewesen wäre, obwohl er es versprochen hätte. Ich komme nicht weiter. Mir ist bewusst, dass die Hera von früher, eine

Hera ohne diese ganzen Verwicklungen, alles viel klarer gesehen hätte und wahrscheinlich eine größere Lanze für sich gebrochen und sich darüber geärgert hätte, was Arthur sich herausnimmt. Oder sie hätte erst gar nicht zu Hause gesessen und auf ihn gewartet.

Aber zu dieser Klarheit habe ich keinen Zugang mehr.

Das nächste Mal sehe ich Arthur am Sonntagnachmittag. Wir treffen uns in einem Park, der zwischen unseren Häusern liegt, und lassen den fraglichen Abend Revue passieren, erzählen, wie wir uns beide gefühlt haben. Wir sitzen auf einer Decke, die ich mitgebracht habe, und lächeln die Gassi gehenden Hundebesitzer um uns herum höflich an. Es ist kühl, und ich habe mich nicht warm genug angezogen. Mit klappernden Zähnen erkläre ich Arthur, dass ich mich am Freitag, als ich gewartet habe, richtig eingesperrt gefühlt habe, und er erklärt mir, dass er sich so etwas schon gedacht habe und sich deswegen ganz schrecklich fühle und es ihm leidtue und er auf keinen Fall wolle, dass ich mich so fühle, aber dass er mich eben immer vermisse und an jenem Abend darauf gezählt habe, mich sehen zu können, und sich blöd, allein, hängengelassen gefühlt habe, als ich nicht antwortete. Und natürlich finde ich es ziemlich lustig, dass ihm so etwas ein Mal passiert und er es mir gleich unter die Nase reibt, wohingegen ich mich fast immer so fühle, es ihm aber nicht sage, um ihn vor dem Schmerz, den das auslösen würde, zu bewahren – aber das Lachen bleibt mir im Halse stecken.

Es regt mich auf, dass er anscheinend nicht sieht, wie hier mit zweierlei Maß gemessen wird, und so traue ich mich zu sagen: »Dann verlass deine Frau.« Und er antwortet mit ernster Miene: »Das werde ich, ich verspreche es dir, das werde ich.« Und er fährt fort: »Ich muss nur den richtigen Zeitpunkt finden. Ich möchte sie mit Respekt behandeln. Sie hat im Moment sehr viel bei der Arbeit zu tun. Aber sobald sie ihr aktuelles Projekt beendet hat, wird es gut machbar sein, glaube ich. Ich will nicht nachtreten, wenn sie ohnehin schon am Boden liegt.«

Und obwohl das eine ziemlich mickrige Rechtfertigung ist – es *gibt* keinen guten Zeitpunkt, um seiner Frau zu sagen, dass man sie für eine Jüngere verlässt –, geht mir angesichts der Tatsache, dass er sich über das konkrete Wann und Wie Gedanken macht, das Herz auf. Und es ist gut, dass er seine Überlegungen mit mir teilt. Es ist transparent. Wir werden also weiterhin unseren ehebrecherischen Tanz tanzen. Aber es wird so wie in dem Video zu Sophie Ellis-Bextors »Murder on the Dancefloor« sein. Ich werde alles tun, um sicherzugehen, dass wir als Paar am Ende auf dem Siegertreppchen stehen.

In den Wochen nach diesem »Gespräch« ertappe ich mich dabei, wie ich Arthur – mal ganz gelassen, mal halb hysterisch – dränge, es ihr endlich zu sagen, denn ich schieße mich mehr und mehr auf ihn ein, bin mehr und mehr davon überzeugt, dass mit ihm zusammen zu sein, der einzig gangbare Weg in meinem Leben ist. Er frühstückt mich mit vagen Versprechungen ab. »Bald«, sagt er. Ich stelle ihm Entweder-oder-Fragen, zwinge ihn, sich zu positionieren. Statt: »In was für einem Haus siehst du uns später einmal?«, frage ich ihn: »Findest du, wir sind eher ein Reihenhaus-Pärchen oder ein Wohnungs-Pärchen?« Ich kann mir und meiner Nörgelei kaum noch zuhören. Die wenigen Male, die ich mich mit Sarah und Soph treffe, bin ich total abwesend, zu sehr mit meinem Handy und der Aussicht auf eine Nachricht von ihm beschäftigt. Ihre Gespräche interessieren mich nicht, ich schaffe es gerade so, ein beiläufiges Interesse an Sarahs Beziehung vorzutäuschen, und lache an den falschen Stellen, wenn Soph von ihrer Arbeit erzählt. Eure Probleme möchte ich haben! Die Torheiten der Jugend, wie klein und unbedeutend!

Eines Abends, als ich unter der Woche von der Arbeit nach Hause komme, treffe ich auf Dad. Er ist schon da und hat es sich mit einem Buch und Jude zu seinen Füßen auf der Veranda gemütlich gemacht.

»Früh die Segel gestrichen?«, frage ich.

Er schaut von seinem Buch auf und taxiert mich von oben bis unten. »Mein liebes Mädchen, manchmal verbringt man einen Tag am besten damit, ihn hinter sich zu lassen und am nächsten Morgen neu zu starten, das habe ich dir hoffentlich beibringen können. Und da wir schon beim Thema sind, Lust auf einen Gin Tonic?« Er hebt das leere Glas in seiner Hand hoch.

»Da sage ich nicht Nein. Und für dich auch noch einen?«

»Wäre dir sehr verbunden.«

Ich bereite uns in der Küche unsere Drinks zu. Dann gehe ich zurück auf die Veranda, setze mich neben Dad, und wir genießen die Ruhe.

»Was macht die hektische Nachrichtenwelt?«, fragt er.

»Ein britisches TV-Sternchen wurde beim Fremdgehen erwischt, und jetzt fordern die Leute, dass man sie aus der Show wirft, die sie seit gefühlt einem Jahrhundert moderiert.«

»Die Welt dreht sich, und alles bleibt beim Alten«, philosophiert er vor sich hin.

»Und bei dir so?«

»Früher war ich jünger.«

»Lass mich raten. Du hast den Eingangsbereich für ein Wohnhaus entworfen und heute festgestellt, dass du die Tür vergessen hast?«

»Hera, woher wusstest du das? Aber ich habe den Ingenieuren einfach erklärt, dass es sich um ein Teil des Konzepts handelt, eine Anspielung auf Gottes sinnlose Eigenart, immer Fenster zu öffnen.«

»Das fanden sie bestimmt gut.«

»O ja, wir verstehen uns alle prächtig. Nein, um auf

deine Frage zurückzukommen, mein Tag war vollkommen durchschnittlich, und gegen drei dachte ich, was soll's, und habe beschlossen, dass es sehr viel schöner wäre, nach Hause zu gehen und sich hier niederzulassen. Gesagt, getan.«

»Dad, du weißt, dass ich dich liebe, aber es ist meine Pflicht, dir zu sagen, dass du mir hier gerade deine Boomer-Privilegien unter die Nase reibst. Ich würde was darum geben, Feierabend machen zu können, wann immer mir danach ist.«

Dad lässt meine Worte nachwirken. Er ist es schon gewohnt, den Prügelknaben für meinen Generationengroll zu spielen.

»Du hast recht, Hera. Ich bin dein Wirtschaftsfeind. Ganz nebenbei – wie wohnt es sich eigentlich mietfrei?« Er gibt mir Zeit, geläutert zu gucken, dann fährt er nachdenklich fort: »Das vorhin war nicht nur im Scherz dahingesagt, Hera. Ich bin früher gegangen, weil zu gehen manchmal das Beste ist, was man tun kann, vorausgesetzt, man weiß, dass man zwar etwas verlieren könnte, aber etwas noch Wichtigeres erreicht. Das weißt du hoffentlich.«

»Okay, Konfuzius, hast du meinen Vater irgendwo gesehen?«

Er wendet sich Jude zu. »Schau dir an, wie sie mich behandelt!«

Eine Weile sitzen wir schweigend da, und ich nehme Jude auf meinen Schoß und streichle ihn gemächlich, wie eine alte Dame mit ihrem Zwergspitz in einem Kostümfilm.

Die Unterhaltung wendet sich weniger philosophischen Themen zu, aber Dads Vormarsch in existenzielles Ratgeberterritorium hat mich verunsichert. Was weiß er, oder was meint er zu wissen? Und was will er mir vor diesem Hintergrund sagen?

Und Dad weiß um die Wechselfälle des Lebens. Er kennt sie besser als die meisten. Manchmal ist es tatsächlich angebracht zu gehen.

An diesem Abend machen wir uns Curry und essen es vor einem britischen Fernsehkrimi am Küchentisch.

Mittendrin kriege ich eine Nachricht von Arthur: *Treffen in 10 Min? Im Park?*

Mein Herz geht auf, und ich sage sofort zu.

Ich lege mein Handy zur Seite. »Schaffst du es ohne mich?«, wende ich mich an Dad. »Dann treffe ich nämlich kurz noch einen Kumpel auf ein Bier.«

Ich kann sehen, dass Dad verletzt ist, auch wenn er es nicht zu zeigen versucht: Das war unser Abend, und ich breche ihn kurzerhand ab.

»Oh, okay, ein schneller Abgang. Dann müssen Jude und ich wohl ohne dich klarkommen.«

»Tut mir leid, Dad, ich muss halt meine Jugend ausleben und so, du weißt schon.« Ich stehe auf und umarme ihn von hinten ganz fest.

Im Stechschritt gehe ich los. An unserem Treffpunkt angekommen, ist der Park menschenleer, und ich habe noch zwei Minuten, bis Arthur kommt, also setze ich mich, scrolle auf meinem Handy herum und wärme mich an dem Gedanken, dass er gleich seine Arme um mich schlingen wird.

Weitere sieben Minuten vergehen. Arthur ist jetzt also ganz offiziell fünf Minuten zu spät. Kein Problem, fünf Minuten sind in Ordnung. Sein grüner Punkt leuchtet nicht, das bedeutet, dass er bestimmt auf dem Weg ist.

Auf der anderen Seite des Parks torkelt ein Betrunkener durch die Gegend. Er hat eine Weinflasche am Flaschenhals gepackt und führt laute Selbstgespräche. Ich ducke mich, mache mich klein, um keine Aufmerksamkeit auf mich zu lenken. Vielleicht ist er harmlos, vielleicht will er mich vergewaltigen. In solchen Situationen (und im Grunde im Leben allgemein) weiß man nie, womit man es zu tun hat, also im Zweifel lieber auf Nummer sicher gehen.

Ich starre auf mein Handy und tippe wahllos etwas in die Notizen-App, sodass es für den Mann im Zweifel so aussieht, als wäre ich gerade im Gespräch, nicht eine einsame junge Frau, die spätabends in einem leeren Park sitzt.

Arthur ist jetzt schon zehn Minuten zu spät, und aus den Augenwinkeln kann ich sehen, dass der Betrunkene sich im nassen Gras niedergelassen hat.

Zehn Minuten nach der verabredeten Zeit. Nach zehn Minuten ist es erlaubt, jemanden zu fragen, wo er gerade ist, deutlich zu machen, dass man wartet, dass man es satthat zu warten. Ich würde es wirklich vorziehen, nicht zu schreiben, ich will nicht diese Frau sein, aber ich kann nicht anders.

Bin im Park. Du auch?

Immer noch kein grüner Punkt, und auch nichts, was darauf hinweist, dass er meine Nachricht gelesen hat.

Ich habe keine Kopfhörer dabei, kann also keine Musik hören, und außerdem sollte ich das wahrscheinlich auch nicht, lieber die Augen offen halten und so. Der Trinker singt jetzt, und ich würde gern berichten, dass er eine traurige irische Ballade oder wenigstens einen ruhigen Clapton-Song singt, aber nein, er hat sich für Avicii entschieden. Ich höre einem komplett unmusikalischen Typen dabei zu, wie er immer und immer wieder »Heyyyy, brother« brüllt. Und ich fühle ja mit ihm, wirklich. Das sind die einzigen Worte, die man sich bei dem Song merken kann, aber angesichts meiner Lage wirkt es auch ein wenig bedrohlich.

Ich lege mein Handy auf meinem Bein ab und starre in den Himmel. Denke an Dad. Stelle mir vor, wie er nur ein paar Straßenecken weiter zu Hause sitzt, in der warmen Küche fernsieht und sich wahrscheinlich fragt, was ich mache, warum ich ihn an einem Dienstagabend nach dem Essen einfach so allein lasse. Ich denke an all die Abende, an denen er allein essen musste, und es bricht mir mein Herz, und ich hasse mich. Ich sitze in einem Park und warte auf einen Mann, der eine Frau hat, und eben hat Dad noch mit seiner Tochter *Spooks* geschaut, und jetzt schaut er es nur noch mit seinem Hund, was nett ist, aber nicht das Gleiche.

Nach zwanzig Minuten leuchtet endlich mein Handy auf: *Tut mir leid, verspäte mich, musste hier noch was regeln. Mach mich jetzt auf den Weg.*

Ich öffne die Nachricht nicht. Ich will ihm nicht die Befriedigung gönnen, zu sehen, dass ich sie gelesen habe, zu wissen, dass ich hier sitze und begierig auf seine Nachrichten warte. Das weiß er natürlich auch so, schon klar, aber ich halte an jedem bisschen Würde fest, das ich noch habe. Ich antworte nicht, warte nur. Ich versuche, mir zu überlegen, wie ich meine Verstimmung überspielen werde, wenn er kommt. Werde ich alles runterspielen und behaupten, ich hätte einen langen *New Yorker*-Artikel gelesen und gar nicht auf die Uhr geschaut? Werde ich ihn aufziehen und so tun, als wäre das alles lustig?

Soph schreibt mir: *Yo, sind bei Mr Moore's. Lust, auch zu kommen?*

Nein, Sophie, denke ich. Ich will nicht »auch kommen«. Ich bin damit beschäftigt, auf unabsehbare Zeit in einem öffentlichen Park herumzusitzen.

Aber echt jetzt, wo ist er denn? Ich zwinge mich, weitere fünf Minuten zu warten, insgesamt sind wir jetzt schon bei vierzig angelangt, und schreibe ihm dann wieder.

Arthur, ich will nicht unhöflich sein, aber wo bist du, verflucht noch mal???

Es leuchtet grün! Ich sehe, dass er schreibt, löscht, schreibt, löscht. Dann taucht eine Nachricht auf.

Hera, es tut mir so leid. Ich schaffe es nicht. Komme hier nicht weg.

Eine Sekunde später eine zweite Nachricht: *Ich dachte, es klappt. Tut mir so leid.*

Erst als ich eine Träne auf meiner Wange spüre, merke ich, dass ich weine. Ich fühle mich lächerlich. Und ich habe mich schon vieles im Zusammenhang mit Arthur gefühlt, aber lächerlich noch nie. Bisher gab es immer etwas, womit ich mich beschäftigen konnte, wenn ich auf ihn wartete: Bücher, die ich lesen, Menschen, die ich beobachten konnte. Ablenkungen, die mir versicherten, dass ich eigentlich gar nicht wartete. Ich war jung, konnte selbst wählen. Ich hatte das Heft in der Hand. Aber das hier, diese vollkommene Einsamkeit, dieser dunkle, stille Ort. Dem Trinker aus dem Weg gehen zu müssen, der mich vielleicht, vielleicht auch nicht überfallen will. Ich dachte immer, wir würden so etwas nicht tun. Ich dachte, wir hätten eine unausgesprochene Abmachung, dass er niemals so klischeehaft handeln würde wie die Ehebrecher im Fernsehen und dass ich ihn dementsprechend auch nie wie einen behandeln würde. Aber seine Geliebte dazu zu bringen, nachts in einem Park auf einen zu warten, und sie dann dort sitzenzulassen, weil man keine geeignete Ausrede für die Ehefrau findet? Ich dachte, wir beide wüssten, wo wir die Grenze ziehen.

Ich stehe auf und streiche meine Kleidung glatt, was den Betrunkenen auf mich aufmerksam macht. Er ist wieder aufgestanden und torkelt jetzt nur einige Meter von mir entfernt herum.

Ich schaue ihn direkt an, fordere ihn fast schon heraus, auf mich zuzukommen. Tut er aber nicht. Er zeigt auf seine Weinflasche – will mir was anbieten, glaube ich – und lallt: »Kopf hoch, Kleine, so schlimm wird's schon nicht sein!«

Ich weiß nicht, was ich darauf antworten soll, also lächle ich ihn schief an und salutiere, als ich gehe.

Zu Hause ist alles schon dunkel. Dad ist ins Bett gegangen, und das Haus ist totenstill.

Wie lange kann so etwas dauern, fragt ihr euch? Wie lange können sich zwei Menschen ineinander verlieben, in Hotelzimmern miteinander schlafen und bei der Arbeit im Treppenhaus herumknutschen, sich täglich alle zwei Minuten schreiben, bis die eine es satthat, dass der andere seine Frau nicht verlässt?

Ich kann natürlich nur für mich sprechen, aber bei mir gibt es durchaus ein Limit. Sechs Monate. Sechs verfickte Monate.

Dritter Teil

Zu unserem sechsmonatigen »Was auch immer seit sechs Monaten eigentlich lief«-Tag bestieg ich einen Flieger nach England – und ließ Sydney und Arthur hinter mir.

Lasst mich alles erklären. Dieser Abend, an dem ich wie eine Witzfigur im Park saß, veränderte etwas bei mir. Die folgende halbe Woche und das Wochenende verbrachte ich damit, mir immer und immer wieder Gedanken darüber zu machen. Ich traf eine wahnwitzige Entscheidung. Ich wollte ihn nicht verlassen, konnte aber auch nicht bleiben. Arthur war in Sydney verwurzelt, sich sicher, dass er hierhergehörte, sein Leben war komplett an die Stadt gebunden. Auch ich hatte mich hier gebunden. Aber weiterhin hier zu leben und zu arbeiten, würde bedeuten, sich an einen Anker zu klammern, der nirgendwo befestigt war. Ich war vierundzwanzig. Ein solches Leben sollte ich nicht führen müssen.

In den Tagen nach dem Verrat im Park saß ich an meinem geteilten Schreibtisch im Büro und spürte Arthur auf der anderen Seite. War die Dell-Grenzmauer bisher immer eine prickelnde Metapher für unsere verbotene Affäre gewesen, stand sie für mich jetzt für etwas viel Einfacheres: Wir waren voneinander getrennt und konnten uns nicht sehen. Und er machte keine Anstalten, aufzustehen und Blickkontakt herzustellen. Er bemühte sich nicht, die Grenzmauern einzureißen.

Während Alison mir einen Vortrag über falsche farbliche Markierungen hielt, während Mei Ling mir ein Moira-Rose-Gif schickte – *Mein Gott, was würde ich jetzt für ein gutes Koma geben* –, während Ken nicht aufhörte, über Negativzinsen zu quatschen, spürte ich, wie ich mich im Kreis drehte. Jeder weitere Gedanke, jeder Plan, den ich zu schmieden versuchte, ließ etwas in meinem Kopf keimen, das ich nicht mehr ignorieren konnte: So ging es nicht weiter.

Wenn das hier Liebe war, sagte ich mir, echte Liebe, würde es funktionieren, Arthur würde seine Frau verlassen. Aber jetzt musste ich erst mal gehen. Ich musste ihm zeigen, was es hieß, ohne mich zu leben. Er musste verstehen, dass ich nicht ewig auf ihn warten würde. Dass ich ohne ihn machen konnte, was immer ich wollte. Die Welt lag mir zu Füßen, wenn ich es wollte, das musste er sehen. Und ich musste es glauben.

Ich besaß einen britischen Pass. Ich besaß dank Arbeit und Mietfreiheit ein bisschen Geld. Ich würde kündigen, und zwar vordergründig aus Karrieregründen. Indem ich geschickt zwischen Browserfenstern wechselte, sobald Alison zu mir herüberschaute, begann ich bei der Arbeit, auf Indeed nach anderen Jobs zu suchen und mich auf Stellen in England zu bewerben. Angesichts meiner derzeitigen Stelle konnte man alles plausibel als Aufstieg verkaufen. Ich war eine unabhängige Frau, ich würde meinen eigenen Weg gehen. Ich würde mir ein Leben ohne Arthur aufbauen, eines nur für mich. Ich würde nicht mehr in irgendwelchen Parks warten.

Dieses Mal ging ich die Stellensuche gezielter an. Ich

kannte die Schlagwörter, wusste, was die anderen hören wollten. Außerdem konnte ich jetzt Berufserfahrung in einer renommierten Nachrichtenagentur vorweisen. Auf Indeed fand ich sehr, sehr viele sehr, sehr schlecht bezahlte Jobs als selbstständiger Content-Creator. England war anscheinend voll davon. Ich brachte Bewerbungen unter die Leute wie Domino's-Flyer. Und bereits am Mittwoch hatte ich mir ein Bewerbungsgespräch für Freitag gesichert. Ich nahm mir einen halben Tag frei und skypte abends um acht zwanzig Minuten mit einem Abteilungsleiter in England, bei dem es gerade Vormittag war. Schon während des Gesprächs sagte man mir mehr oder weniger, dass ich den Job haben könne und man mir den Vertrag am Montag zuschicken würde. Ich würde für eine Online-Marketing-Firma als selbstständiger Content-Creator mit dem Schwerpunkt Feminismus arbeiten. Wer bitte schön behauptet da noch, dass Träume nicht wahr werden?

Zugegeben, die Entscheidung, mein australisches gegen ein britisches Leben einzutauschen, war nicht ganz ohne Hintergedanken gefällt worden. Arthur war aus England. Hoffte ein Teil von mir im Stillen, dass er versucht wäre, mir hinterherzuziehen, versucht wäre, in sein Heimatland zurückzukehren, um mit der wahren, jungen Liebe seines Lebens zusammen sein zu können? Ich kann nicht behaupten, dass mir dieser Gedanke nicht ein- oder zweimal durch den Kopf gegangen wäre. Wir würden über einem kleinen Laden in Soho leben. Er würde schreiben, und ich würde herausfinden, was ich mit meinem Leben anstellen will. Wir würden Baked Beans und Speck und Eier frühstücken. Wir würden Gin aus Dosen trinken. Aber ihm würde ich das nicht erzählen. Das musste er schon selbst herausfinden. Ich würde ihm eine Begründung liefern, die meine Hoffnungen und Träume für uns nicht vollkommen begraben würde. Aber er musste glauben, dass ich einen Schlussstrich zog. Er musste zum Handeln gezwungen werden.

Also traf ich mich gleich am Wochenende mit ihm, in einem Café auf halber Strecke zwischen unseren Häusern, am Samstag, noch bevor ich den Vertrag für den neuen Job gesehen hatte. Ich hatte ihm die ganze Woche über die kalte Schulter gezeigt – er wusste, dass sich etwas ankündigte. Die Verzweiflung stand ihm ins Gesicht geschrieben, das gefiel mir. Denn sonst war ich immer diejenige, der alle Gefühle ins Gesicht geschrieben standen, ganz egal, wie sehr ich sie zu verstecken versuchte.

Bei Smoothie (er) und Flat White (ich) erzählte ich Arthur, dass ich ihn liebte, aber gehen würde, dass er endlich klarkommen müsse, dass ich erst mit ihm zusammen sein könne, wenn er mir bewiesen hätte, dass es ihm ernst sei, wenn er seine Frau verlassen hätte.

»Was sagst du da?«, fragte er mich. »Das kannst du nicht tun. Du kannst mich nicht einfach verlassen, Hera, nicht, ohne vorher wenigstens darüber zu reden!«

Ich war ihm gegenüber noch nie in dieser Position gewesen. Er bettelte. Es fühlte sich gut an.

»Ich meine es ernst, Arthur. Ich wünschte, es wäre anders, aber ich meine es ernst.« Ich nippte an meinem Flat White und sah ihn entschlossen an, als wäre er jemand, dem ich gerade seine Entlassung mitgeteilt hätte. Ich hatte es geschafft, mich zu distanzieren. Ich hatte eine

Entscheidung getroffen und würde mich nicht erweichen lassen. Jetzt war er an der Reihe, sich so zu fühlen, wie ich es die ganze Zeit getan hatte. Jetzt war er an der Reihe, sich machtlos zu fühlen.

»Aber, Hera, ich liebe dich. Ich weiß, dass alles nicht einfach ist, aber wir werden schon zusammen eine Lösung finden. Doch das geht nur, wenn du auch hier bist. Bitte verlass mich nicht!«

Ich schwieg und legte mir die richtigen Worte zurecht. Dann sagte ich langsam: »Genau das ist die Sache, Arthur. Ich bin hier gewesen, und ich habe gewartet, dass du deine Frau verlässt, so wie du es versprochen hast. Und das hast du nicht getan. Du hast dir noch nicht einmal überlegt, wie du es tun könntest. Ich liebe dich, das weißt du, aber das reicht nicht. Du musst mehr investieren. Also werde ich gehen, und du wirst bleiben. Und wenn du deine Frau verlässt – meld dich bei mir. Aber abgesehen davon will ich nicht mit dir reden. Ich will nicht, dass du mir schreibst. Denn wenn du sie nicht verlassen willst, dann musst du mich jetzt mein Leben leben lassen.«

Zum allerersten Mal sah ich Arthur weinen, still und heftig. Sein Körper zuckte, er hatte glasige Augen. Hier saß ein Mann, der vielleicht zum ersten Mal in seinem Leben nicht bekam, was er wollte. Ich stand auf, ging um den Tisch und berührte ihn an den Schultern, gab ihm einen Kuss auf die linke Schulter. Dann bezahlte ich am Tresen unsere Getränke und verließ das Café. Er sollte allein in dem Schlamassel hocken bleiben, den er angerichtet hatte. Er sollte die Schwere des taktischen Zugs spüren, zu dem er mich gezwungen hatte.

Ich war am Boden zerstört, aber auch stolz auf mich. Vielleicht würde mir sogar gelingen, was ich angedroht hatte – mir ein neues Leben aufzubauen.

Als ich Dad am Sonntag von meinen Plänen berichtete, war er nicht überrascht.

»Du hast es noch nie lange an einem Fleck ausgehalten, Hera.«

Wenn er wüsste! Wie gern wäre ich geblieben – unter anderen Umständen.

»Nun, immerhin wird mein Heimatland jetzt davon profitieren, dass ich einst gegangen bin. Das ist ein kleiner Trost«, sagte er.

Als ich das hörte, kamen mir die Tränen. Warum glaubte er so fest daran, dass ich ein guter Mensch war? Das hatte ich nicht verdient.

Er umarmte mich, und ich weinte, allerdings aus anderen Gründen, als er wohl vermutete.

Nachdem ich meinen neuen Vertrag unterschrieben hatte, mailte ich Alison am Mittwochabend nach der Arbeit meine Kündigung. Am Donnerstagmorgen nahm sie mich in einem kleinen Konferenzraum zur Seite und sagte mir, dass sie meine Nachricht empfangen habe. Sie wirkte äußerst unberührt. Am wichtigsten war ihr, verdeutlichte sie mir, dass ich an meinem letzten Tag auch wirklich mein Headset bei der IT ablieferte, da »die Leute immer denken, sie könnten so etwas mitnehmen«. Ich dankte Alison für all ihre weisen Ratschläge, und sie sah mich an, als würde sie mir gern die Kehle aufschlitzen.

Jetzt war es an der Zeit, Mei Ling die Nachricht zu überbringen. Zurück am Schreibtisch, schrieb ich sie an.

Hera Stephen: *Irgendwer zu Hause?*

Mei Ling Chen: *Was gibt's?*

Hera Stephen: *Was hat zwei Titten und macht sich bald aus dem Staub?*

Mei Ling Chen: ... *???*

Mei Ling Chen: *Nicht dein Ernst?!*

Hera Stephen: *Tut mir leid, Baby. Ich hau ab. Deine Kraft kann Berge versetzen ich aber bin schwach.*

Mei Ling Chen: *Du lässt mich allein mit Alison, machst du Scherze? Hera das überleb ich nicht*

Hera Stephen: *Dann kündige auch! Komm schon, das wird lustig! Ich zieh nach England. Abends gehen wir Fußball gucken und tagsüber ziehn wir uns billigen Koks rein?! Wenn das kein Angebot ist.*

Mei Ling Chen: *Zweifellos, aber, Hera, keine Chance bei mir. Ich hab hier meine Familie. Ich wohne mit meiner Mutter zusammen. Sie braucht mich.*

Ich hatte keine Ahnung, dass Mei Ling mit ihrer Mutter zusammenwohnte und sich um sie kümmerte. Mir wurde klar, dass ich so gut wie nichts über Mei Ling wusste. Ich hatte sie nie etwas gefragt.

Als die Mail über meinen Abschied an alle im Unternehmen rausgegangen war, antworteten mir Leute, mit denen ich noch nie gesprochen hatte und denen ich noch nie begegnet war, und wünschten mir »viel Glück« und versicherten mir, »wir werden dich vermissen«. Arthur beteiligte sich nicht an dieser Kettenmail. Ken schrieb mir zurück: »Wie traurig, unser süßes kleines Küken wird flügge.« Killara kam zu mir rüber und umarmte mich fest und sagte, sie hätte mich gern besser kennengelernt. Das rührte mich. Ich glaube nicht, dass sie es wirklich ernst meinte, aber nett war es trotzdem.

An meinem letzten Tag im Büro überreichte man mir einen Schokokuchen von Coles und eine Karte, die Ken ausgesucht hatte. Ken kriegte sich nicht mehr ein, als ich den Umschlag öffnete. Auf der Karte stand »Hau bloß ab, du Tussi«. Im Innenteil fanden sich einige unleserliche Unterschriften, eine Nachricht von Sally, die »Wir werden dich vermissen« geschrieben hatte, »Stay gold, ponyboy« von Mei Ling – und ein biertrinkendes weibliches Strichmännchen, darunter »Schieß dich ab! Ken«. Ich suchte überall nach einer Zeile von Arthur. Nichts. Schließlich fand ich eine von »Doug«. »Geh nicht«, hatte er geschrieben.

Seine Nachricht machte mich erst traurig und dann wütend. Wer war er, mir zu sagen, ich solle bleiben? Es lag schließlich in seiner Hand, ob ich blieb oder nicht, und er hatte sich fürs Nichtstun entschieden. Ich schaufelte ein Stück Kuchen in mich hinein und krümelte meine Tastatur voll. Ich machte sie nicht sauber.

Sarah und Soph hatte ich gleich am Anfang davon erzählt, unmittelbar nachdem ich meinen Plan gefasst hatte. In den folgenden Wochen durchliefen sie verschiedene Emotionen – Unglaube, Kränkung, Aufregung. Im Großen und Ganzen schwankten sie vor allem zwischen Neid und Sorge. Sie waren neidisch, weil ich mich von einem Leben befreite, das mir nicht das gab, was ich wollte. Und besorgt, weil mein Plan ganz offensichtlich nicht sonderlich durchdacht war.

Sarah gab sehr pragmatisch der Sorge Ausdruck, dass

ich dieses Riesenproblem, das ich hatte, gerade auf eine recht theatralische Weise zu lösen versuchte und dass ein Umzug nach England, wo ich keine Freunde und kaum Familie hatte, für einen Job, der noch nicht einmal ein Büro beinhaltete, nicht unbedingt die beste aller Ideen war. Ich versicherte ihr glaubhaft, dass sie falschlag und dass ich – ja, im Grunde die Menschheit an sich – tatsächlich noch nie eine bessere Idee gehabt hatte.

Soph versuchte nicht, mich aufzuhalten. Manche Dinge ändern sich nie. Stattdessen rang sie mir das Versprechen ab, sie und Sarah regelmäßig über FaceTime anzurufen. Ich versprach ihr, mich in regelmäßigen Abständen zu melden.

Euch kann ich ja sagen, dass ich vorhatte, sie kein einziges Mal zu kontaktieren. Ich wollte mein ganzes altes Leben streichen.

Und so machte ich mich auf den Weg.

Man kann zwar umziehen, aber unser Leben bleibt leider immer noch unser Leben. Das lerne ich schnell.

Ich weiß eigentlich nicht, was ich mir erhoffe. Eine grundlegende Veränderung, nehme ich an. Wenn Menschen in Büchern in eine neue Stadt ziehen, werden sie Teil neuer Erzählungen. Das Narrativ ihres Lebens verwebt sich mit anderen Texturen, nicht zuletzt mit den Strukturen der neuen Stadt. Sie finden ihre Wahlfamilie. Oder zumindest einen Spiegel, aus dem ihnen ein verändertes Ich entgegenblickt. Sie stellen fest, dass sie hier anders sein können. Sie können alte Muster aufgeben. Schauen sich abends nicht mehr immer dieselben zwei Netflix-Serien an, um in den Schlaf zu finden, quälen sich nicht mehr mit alten Gedanken herum.

Ich stelle es mir wohl so vor, dass ich von einer unerwarteten Welle, einem neuen Leben mitgerissen werde, und vielleicht werde ich dann aufhören, Arthur zu lieben, und stattdessen jemand anderen – schließlich bin ich noch jung und weiblich und nicht potthässlich –, jemand ohne Ehefrau, wenn's geht. Eine andere Variante wäre, dass ich mich bewusst netten Ablenkungen hingebe, so lange, bis Arthur seine Frau verlässt und zu mir kommt. Ich will beides auf einmal, auch wenn das ein Widerspruch in sich ist. Ich werde versuchen, mein Leben hier so zu führen, als wäre ich nicht verliebt.

Es regnet viel in der neuen Stadt, und den Job, den ich hier mache, könnte ich von überallher erledigen. Da es kein Büro gibt, sehen meine Tage so aus, dass ich aufwache, mich einlogge, den Pressemitteilungen von Sexspielzeugherstellern oder E-Zigaretten-Lieferdiensten ein paar emotionsgeladene Wörter hinzufüge, herausfinde, wie ich diese Worthülsen in Instagram-Bildunterschriften und zwischen Hashtags einbaue und pastellige Fotografien von Jade-Eier-Stillleben weich zeichne. Ich sage mir, dass das hier gut ist, dass das hier mein eigenes Leben ist, ohne Arthur. Manchmal trage ich sogar Lippenstift auf und gehe mit meiner neuen Mitbewohnerin in den Pub. Sie heißt Poppy und hat allem Anschein nach noch weniger Freunde in dieser Stadt als ich, obwohl sie hier aufgewachsen ist. Ich habe sie auf einer »WG gesucht«-Website gefunden. Unter »Hobbys« hatte sie dort angegeben: Musik, Wein und Sport. Im wahren Leben besteht ihr größtes Hobby darin, extrem laut zu sein, stelle ich fest. Trotzdem lasse ich mich an Abenden, an denen ich nicht allein sein kann, herab, ein paar Pints mit ihr zu trinken, während sie drauflosredet, von ihren Schulfreunden erzählt, die inzwischen alle in anderen Städten leben, und überhaupt nicht wieder aufhört. Wenn der Pub schließt, torkeln wir in unsere lausige Dreizimmerwohnung zurück und wissen genauso wenig voneinander wie zu Beginn des Abends.

Ich trete in einen Chor ein, trete wieder aus. Ich suche mir einen feministischen Lesekreis, aber beim ersten Treffen stelle ich fest, dass man sich nicht in einem Pub oder einer Bar trifft, sondern in einer Art Vierundzwanzig-Stunden-Teeladen, was schon alles sagt. Wer bitte schön geht abends um acht aus, um Pfefferminztee zu trinken? Vierzehn unscheinbare weiße Frauen mit kurzen Ponys diskutieren über Intersektionalität in Roxane Gays *Bad Feminist*. Ich trete wieder aus.

Was soll man tun, wenn man allein in eine neue Stadt gezogen ist und mit niemandem über die Affäre, die man hatte, reden kann und den Herzschmerz, den man hat, weil er sie nicht verlassen will? Allein eine solche Unterhaltung in Betracht zu ziehen, setzt eine jahrelange Freundschaft voraus. Jemand muss einen wirklich mögen, erst dann kann man den nächsten Schritt tun und erzählen, was für ein schlechter Mensch man eigentlich ist. Wenn man versucht, in einer neuen Stadt Freunde zu finden, will man den potenziellen neuen Freunden nicht als Allererstes auf die Nase binden, dass man erfolglos versucht hat, eine Ehe zu zerstören. Eine Ehe zu zerstören, ist schlimm genug – aber dann noch nicht mal den Typen zu kriegen? Das ist nicht nur ganz und gar unmoralisch, es ist auch noch peinlich.

Natürlich stelle ich mir eine traurige Playlist zusammen. In meinen Marketingsprech-Pausen setze ich mir meine Noise-Cancelling-Kopfhörer auf, gehe spazieren und höre mir »Running Up that Hill« von Kate Bush in Dauerschleife an. Die Stadt, in der ich jetzt leben, ist ziemlich flach, weswegen es schwierig ist, die Symbolik wirklichkeitsgetreu abzubilden, aber von Zeit zu Zeit entdecke ich eine leichte Steigung, immerhin etwas. Noch heute versetzen mich die Eröffnungstakte des Songs in diese Zeit der depressiven Runden zurück – starrer Blick, Hände in den Jackentaschen, tränenüberströmtes Gesicht.

Ich habe noch nicht herausgefunden, wie ich mich in dieser Stadt kleiden soll, da es hier kälter ist, als ich es gewohnt bin. Es bleibt also nicht aus, dass ich entweder viel zu viele oder zu wenige Schichten trage und somit komplett verfroren oder schweißüberströmt von meinen Spaziergängen zurückkomme, manchmal beides. Ich durchsuche auf meinen Runden mein Wohngebiet nach unerwarteten schönen Ecken, es gibt aber keine. Ich finde viele dunkle Gassen, viele verlassene Drogenumschlagsplätze, einen ziemlich guten Dönerladen.

Wenn es Wochenende ist und sie nicht arbeitet, versucht Poppy manchmal, mich zu begleiten, dann sagt sie ganz nebenher: »Ach, so ein gepflegter Stadtbummel wäre jetzt herrlich, nicht wahr?« Und ich sage: »Du hast so recht, meine Liebe. Also dann, bis später!«, und stiefele schnurstracks los, als verstünde ich nicht, worauf sie anspielt.

Ich versuche, in Cafés zu arbeiten, das wird mich an mein städtisches Umfeld binden und mich davon überzeugen, wirklich hier zu sein, denke ich mir. Jeden Tag lasse ich mich mit meinem Laptop an einem komplett unbrauchbaren Designertischchen nieder, trinke einen enttäuschenden Flat White (ganz egal, wie cool das Café ist – englischer Kaffee ist die reine Plörre), scrolle durch Twitter und tippe. Wie bei meinen Bewerbungen ist es erschreckend, wie ich mich von dem, was ich tue, abkoppeln kann. Manchmal starre ich nach drei Stunden auf meinen Bildschirm und sehe, dass ich vier Seiten über ein Produkt geschrieben habe, ohne mich bewusst daran zu erinnern, geschweige denn darüber wirklich etwas zu wissen. Ich schicke meinen Text ins Nirgendwo, an Sue, an Sara, an Amanda, an Emily, und warte auf Anweisungen, wie die nächsten eiligen fünfhundert Wörter über feministische Kerzen auszusehen haben.

Jeden Tag beginnt mein Magen kurz nach der Mittagszeit zu grummeln, und ich kaufe mir in dem jeweiligen Hipster-Café, in dem ich mich gerade befinde, ein überteuertes Sandwich, statt die zwölf Minuten nach Hause zu laufen, wo mein Sandwichtoaster und – unwahrscheinlich, aber eine furchtbare Vorstellung – Poppy auf mich warten. Ich sage mir, dass ich Zeit spare. Geld oder Kraft spare ich nicht.

Ich versuche, Arthur zu vergessen. Ich versuche, ihn hinter mir zu lassen. Aber in diesen Cafés zu arbeiten, jeden Tag kilometerweit zu laufen, niemanden zu kennen, gibt mir nur noch mehr Zeit und Raum, um mich in Tagträumen über ihn zu verlieren.

Man kann auf zwei Ebenen gleichzeitig existieren und von zwei verschiedenen Motivationen getrieben sein, sogar dann, wenn diese Motivationen sich gegenseitig ausschalten. Ich will, dass Arthur seine Frau verlässt und zu mir zieht. Aber ich weiß auch, dass er das gerade nicht tut. Also beschließe ich, den Plan, mich neu zu verlieben, im Schnelldurchlauf in die Tat umzusetzen, und schlafe mit lauter englischen Fremden.

Ich melde mich bei zwei unterschiedlichen Dating-Apps an und lege mir zwei verschiedene Persönlichkeiten zu. In der ersten App bin ich hetero, Australierin, hierhergekommen, um Spaß zu haben, nicht, um mich niederzulassen etc. Mein Lieblingsfilm ist *Crocodile Dundee*. In der zweiten App bin ich queer, interessiere mich für linke Politik und Craft Beer. Mein Lieblingsfilm ist *Der Babadook*. Ich habe für alle Eventualitäten gesorgt. Als Nächstes ficke ich nacheinander einen bunten Strauß an Menschen.

Allerdings fühlen sich diese Dates nicht wie der Beginn einer neuen Reise an, sondern vielmehr wie Übungen in Misanthropie. Es ist erschreckend, wie schnell man manche Männer glauben lassen kann, sich in einen verliebt zu haben. Doch wenn ich merke, es könnte mir etwas bedeuten, was dieser oder jeder Mann von mir denkt, oder auch nur eine Sekunde lang an mir zweifle, habe ich keine

Macht mehr über sie. Also muss ich mir meine Opfer genau aussuchen. Ich muss mich mit Männern treffen, die für mich keine Menschen sind. Das ist ziemlich leicht.

Folgendes lerne ich dabei.

Die meisten Männer sind bereit, sich zumindest auf die ersten drei Charaktereigenschaften, die du ihnen darbietest, einzulassen. Du musst also nur die drei richtigen für den betreffenden Mann finden, und zack, schon hast du ihn an der Angel.

Sie stehen alle auf Augenkontakt. Sie stehen auf Frauen, die nicht wegschauen, sondern ihnen das Gefühl geben, beobachtet zu werden, zum ersten Mal wirklich gesehen zu werden. Seit meiner Zeit mit Max habe ich meinen durchdringenden Blick perfektioniert. Du musst seine Augen in einen doppelverglasten Spiegel verwandeln. Denn dann siehst du dich, wenn du ihn anschaust. Er hingegen glaubt, du bist von ihm gefangengenommen. Lass ihn in dem Glauben.

Im Allgemeinen mögen es die Typen, wenn du klüger als sie bist, aber mildere das Ganze mit einer Dosis spielerischer Dummheit ab, die zeigt, dass du geerdet bist und man vor allem Spaß mit dir haben kann. Hau einen klugen Kommentar über das amerikanische Gesundheitssystem raus, aber füge dann hinzu, dass du das aus den *Simpsons* hast. Er muss davon überzeugt sein, dass er, wenn er in dich verliebt ist, alle Scherze kapieren wird, auch diejenigen, die ihm vorher zu hoch waren. Es versteht sich von selbst, dass er niemals merken sollte, dass deine Witze auf seine Kosten gehen. Aber allzu viele Sorgen musst du dir darüber nicht machen, da er diese

Möglichkeit höchstwahrscheinlich nie in Betracht ziehen wird. Vielleicht ist er sogar der Ansicht, du lachst über dich selbst. Was für eine Fehleinschätzung! Aber sie ist auch putzig, diese Torheit, wie die eines Kindes, an dem völlig vorübergeht, dass seine Zeichnungen noch nicht einmal ansatzweise dem ähneln, was sie darstellen sollen.

Drittens: Lass dir von ihm ganz viel erklären. Spätestens seit Rebecca Solnit wissen wir alle, dass sie das mögen, aber anders als Rebecca finde ich: Warum dagegen anarbeiten? Lass ihn unendlich lange über die Psychologie hinter Marketingstrategien in der Lebensmittelindustrie reden, als wäre das alles vollkommen neu für dich. Lass dir von ihm die Augen darüber öffnen, dass dich das Etikett auf einem Mayonnaiseglas genau diese eine Mayo kaufen lässt, weil es die Person anspricht, die du gern wärst, obwohl sich die verschiedenen Produkte qualitativ nicht voneinander unterscheiden. Und wenn er dann endlich fertig ist, lass dir irgendeine schlaue Bemerkung einfallen, die zeigt, dass du das alles schon wusstest und ihn einfach verwöhnen wolltest. Die Bemerkung sollte freundlich, nicht scharf sein, so, dass er sich nicht sicher ist, wie sehr du ihn hasst, so, dass er glaubt, er habe dich vielleicht falsch verstanden und du seist vielleicht doch beeindruckt. Dann küss ihn auf den Mund und schau ihm noch mal tief in die Augen. Frag ihn, wann er zuletzt so richtig glücklich war, und warte auf seine Antwort. Er wird es dir sagen. Denn niemand fragt ihn das. Volltreffer. Du hast ihn in der Hand. Du willst ihn nicht, hast ihn aber.

Im Hinterhof einer Rum-Bar ficke ich einen Gynäkologen namens Kieran, danach gehen wir zu ihm. Seine Wohnung besteht aus einem Kühlschrank, einem Bett und einer sehr großen Videospiel-Ecke. Ich sage ihm, dass er ein Händchen für Einrichtungen hat, und bin mir wirklich nicht sicher, ob er merkt, dass ich ihn auf den Arm nehme: Er dankt mir und erzählt, wo er das Bett gekauft hat (Argos). Er will, dass ich am nächsten Wochenende seine Mutter kennenlerne, also melde ich mich nie wieder bei ihm.

Ich ficke einen Paul, der gerade seinen Abschluss in Anthropologie macht und sagt, dass er nie weiß, was ich gerade denke, und dass ihn das total anmacht. Nachdem wir miteinander geschlafen haben, sitzen wir rauchend im Wohnzimmer, und Poppy kommt nach Hause und unterhält sich mit ihm. Es wird ziemlich schnell deutlich, dass die beiden sich gegenseitig nach Informationen über mich ausquetschen, aber ich habe keinem von ihnen genug erzählt, als dass sich die Arbeit lohnen würde. Ich sage ihnen Gute Nacht und gehe schlafen.

Irgendwann kommt Paul in mein Zimmer und schlüpft zu mir unter die Decke, als sei das das Normalste auf der Welt. Am nächsten Morgen lasse ich mich von ihm zum Frühstück einladen und ignoriere dann all seine Anrufe und Nachrichten, die in immer kürzeren Abständen auf meinem Handy landen.

Frauenbekanntschaften sind komplexer, aber auch hier gelten ähnliche Regeln. Ich ficke eine Frau, die Halsketten aus Bronze-Tampons herstellt. Sie redet nicht lange um den heißen Brei herum: Ich sage ihr, dass ich die Musical-Folge von *Buffy*, Hannah Arendts Philosophie und die Lieder von Willie Nelson mag. Kurze Zeit später sagt sie mir, dass sie mich liebt. Es ist nicht so, dass ich diese drei Dinge nicht mag. Im Gegenteil, ich mag sie. Aber ich weiß einfach sofort, welche drei Dinge ich ihr präsentieren muss. Ich mag so vieles.

Deine drei Dinge und die des Gegenübers werden immer ein Mengendiagramm ergeben. Präsentiere sie also wie kostbare Juwelen – Juwelen, die Intimität versprechen. Warte darauf, dass der oder die andere sie aufnimmt, und sei überrascht und erfreut, wenn er oder sie es tut. Tu so, als wärst du diejenige, die sich zum ersten Mal wirklich gesehen fühlt. *Lass dein Gegenüber der Ansicht sein, es hätte dich entdeckt.* Ihr wisst schon: Zeigen, nicht erzählen!

Wie ihr seht, lassen meine intimen Begegnungen keinen Raum für Gefühle. Ich sabotiere meine eigenen Dates, suche mir Leute aus, die ich hassen werde. Und wenn ich sie zufälligerweise doch mag, spiele ich eine Version meiner selbst, die so weit von dem entfernt ist, was ich wirklich zu sein meine, dass wir uns ganz sicher nie ineinander verlieben werden. Wie denn auch, wenn ich behaupte, *Crocodile Dundee* zu mögen?

Ich starre in diesem Land noch häufiger auf mein Handy als in Australien. Denn die Sache ist die: Ich habe Arthur zwar gesagt, er solle mir nicht mehr schreiben, ich habe ihm aber nicht gesagt, er solle mir nicht *nicht* schreiben. Und so sind wir, obwohl ich ihn verlassen habe, obwohl ich ihm klargemacht habe, dass unsere Beziehung zu Ende ist, solange er nicht seine Frau verlässt, in ein länderübergreifendes »Wer kann länger stillhalten«-Spiel verwickelt.

Er wartet darauf, dass ich online bin (was ich fast immer bin), und dann schreibt und schreibt er und löscht alles wieder, ohne es gesendet zu haben. Er weiß, dass ich das sehen kann. Er weiß, dass ich ihn dabei beobachte. Und ich tue genau das Gleiche. Manchmal schreibe ich ihm echte Nachrichten, bevor ich sie lösche. Ich schreibe alles auf, was ich mit ihm zusammen eines Tages machen möchte, und manchmal schreibe ich nur Kauderwelsch, drücke minutenlang auf die L-Taste. Ich frage mich, ob er erkennen kann, hinter welchen meiner Pünktchen sich echte Nachrichten und hinter welchen sich bloß Unsinn verbirgt. Ich bilde mir ein, dass ich es bei ihm erraten kann. Es hat mit dem Tempo zu tun, in dem die Pünktchen auftauchen und wieder verschwinden, mit der Länge der Pausen. So oder so fange ich seinen auf sein Handy gerichteten Blick ein, wenn ich tippe, und das ist mir Verbindung genug, um gerade so zurechtzukommen. Ich bin wie ein Raucher, der mit Nicorette-Pflastern auskommen muss – ein Raucher mit Nicorette-Pflastern und Handydaumen.

Ich weiß, wie erbärmlich es ist, dass mir das Herz in die Hose rutscht, wenn kein grüner Punkt zu sehen ist, weil das heißt, dass seine Aufmerksamkeit gerade nicht mir gilt. Von jedem lustigen Satz, den ich in einem Buch lese, mache ich ein Foto, nur für den Fall, dass ich es ihm irgendwann in der Zukunft vielleicht schicken kann. Wo immer ich Paare glücklich nebeneinandersitzen sehe, will ich sie am liebsten auseinanderrücken. Ich kann mich kein bisschen konzentrieren, verpasse dauernd meine U-Bahn-Haltestellen.

In Sydney hatte mir Soph noch einen weisen Diplomatinnenrat gegeben. Wenn man in eine neue Stadt ziehe, sei es normal, sich zunächst an Gegenständen und Menschen von früher festzuhalten, aber nach und nach, wenn man Wurzeln schlage, lasse man das alte Zeug los. Ich nickte, als sie mir das sagte, als stimmte ich ihr zu, dass ich diesem Mann elektronisch bald nicht mehr so zugetan wäre und den endlosen Teufelskreis, ständig auf meinem Handy nach Nachrichten von ihm zu schauen, durchbrechen würde. Ein Teil von mir wollte das auch wirklich. Aber ein anderer überhaupt nicht. Je länger ich in England bin, je mehr Sex ich mit furchtbaren Menschen habe, desto einsamer werden meine Tage, desto mehr stelle ich fest, dass ich nicht die Absicht habe, den Traum, mit Arthur zusammen zu sein, aufzugeben – obwohl ich spüren kann, wie dieser Schwebezustand wie ein Dementor alles Leben aus mir heraussaugt. Ich weiß, dass

Arthur eine Wahl getroffen hat. Aber vielleicht wird er ja noch Vernunft annehmen. Meine Abwesenheit muss ihn doch irgendwann so sehr quälen, dass er es nicht mehr aushält. Das ist die Hoffnung, die ich hege, und ich beschütze sie wie eine Votivkerze auf einer Frauenrechte-Demo im Regen.

Zwei Monate nach Beginn meines neuen Halblebens habe ich Geburtstag. Ich sage Poppy nichts, da ich Angst habe, sie könne irgendwelche gemeinsamen Aktivitäten planen. Wahrscheinlich einen Malkurs mit Weinverköstigung oder einen Escape-Room-Abend. Allein der Gedanke daran lässt mich schaudern.

Um neun Uhr morgens Londoner Zeit ruft mich mein Dad über FaceTime an. Er hat schon zu Abend gegessen und sitzt zu Hause mit Jude auf dem Sofa.

»Und, was planst du heute Aufregendes?«, fragt Dad.

Stellt euch vor, ich würde ihm die Wahrheit sagen, nämlich: in dieser Wohnung herumsitzen, Texte schreiben, im Laden um die Ecke zwei Flaschen Wein kaufen und sie allein in meinem Zimmerchen trinken.

»Hmmmm, wahrscheinlich arbeite ich erst ein bisschen, dann werde ich mir eine Ausstellung anschauen und mich mit ein paar Freunden treffen, um was trinken zu gehen. Nichts Aufregendes.«

»Das hört sich richtig nett an, Hera. Jude und ich vermissen dich. Und erst vor Kurzem habe ich Sarah am Bahnhof getroffen. Hört sich so an, als seist du dort richtig gut angekommen, hat sie gesagt.«

Die gute alte Sarah. Seit ich hier bin, habe ich kaum mit ihr oder Soph gesprochen. Sie ist eine treue Seele, wie sie mich deckt.

»Dad, ich muss jetzt los. Ich habe heute noch einen Abgabetermin, den ich unbedingt einhalten muss. Aber danke für deinen Anruf, hab dich lieb.«

»Und ich dich, Hera. Herzlichen Glückwunsch zum Geburtstag, mein Mädchen.«

Ich drücke auf Auflegen. Kurz zeigt mein Telefon Dads eingefrorenes ernstes, stets besorgtes Gesicht, bevor wieder mein Hintergrundbild auftaucht – ein Selfie von Arthur und mir, zu dem ich ihn in Sydney nach einem unserer Sextreffen im Park gezwungen habe.

Ich verbringe den Tag so wie vorhergesagt, verlasse mein Zimmer nur, um Alkohol zu kaufen. Um zehn Uhr abends habe ich einen Rotweinschwips und gehe alte Instagram-Nachrichten von Arthur durch. Bei ihm ist es jetzt Morgen. Er ist wach. In Australien habe ich nicht mehr Geburtstag. Ich hatte gedacht, dass mein Geburtstag ihn vielleicht dazu veranlassen würde, sein Schweigen zu brechen, hat er aber offensichtlich nicht.

Ich lasse auf meinem Laptop Spotify in zufälliger Wiedergabe laufen, und der Algorithmus hat sich natürlich dazu entschieden, mich zu quälen. Er spielt »The River«, und sofort sehe ich mich wieder in diesem Kabuff in der Karaoke-Bar sitzen. Ich vermisse Arthur unglaublich. Eine einzige kleine Nachricht müsste ich ihm eigentlich schreiben können, oder? Heißt ja nicht, dass ich gleich die Heimreise antrete. Nur eine ganz kleine Nachricht, ein Geburtstagsgeschenk an mich selbst?

Ich sehe seine drei Pünktchen. Beobachte, wie sie wieder verschwinden.

Ich fürchte, lange halte ich nicht mehr durch. Ich

schreibe *Hey Fremder.* Mein Finger schwebt über der Senden-Taste.

Doch bevor ich ihn senken kann, verwandeln sich seine Pünktchen – in Wörter! Arthur hat mir eine Nachricht geschrieben.

Ich weiß, ich soll dir nicht schreiben, aber ich kann dir nicht nicht gratulieren.

Unglaublich, wie viel Serotonin in meine Adern schießt.

Meine Finger fangen an zu tippen, bevor ich überhaupt weiß, was ich sagen will. Das hier ist eine ganz schlechte Idee, und ich bin auch noch Feuer und Flamme für sie.

Und, wirst du mir jetzt gratulieren?, antworte ich.

Herzlichen Glückwunsch zum Geburtstag, Hera, schreibt er.

Und dann fügt er eine Sekunde später hinzu: *Ich vermisse dich. Ich vermisse dich so sehr, dass es schmerzt.*

Wäre ich nüchtern, hätte ich vielleicht die Kraft, nicht darauf zu antworten. Aber ich bin nicht nüchtern.

Was denkst du denn. Geht mir logischerweise genauso. Ich drücke auf Senden.

Liebling, ich werde ihr alles erzählen. Ich werde Schluss machen, schreibt er.

Und obwohl er mir dieses Versprechen schon einmal gegeben hat, obwohl es immer noch keinen konkreten zeitlichen Rahmen gibt, wann dieses Schlussmachen denn stattfinden soll – kann ich mir nicht helfen.

Es geht wieder los.

Nur dass ich diesmal auf der anderen Seite der Welt lebe.

Fast sofort haben wir wieder in den alten Chat-Rhythmus gefunden, es sei denn, die Zeitdifferenz lässt gerade einen von uns schlafen. Ich erzähle ihm von meinem Tag, er mir von seinem. Wir schreiben uns auf Instagram und rufen uns, wann immer wir können, auf FaceTime an.

Spätabends für mich ist frühmorgens für ihn. Mein Morgen ist sein Abend. Er kann mich nicht von zu Hause aus anrufen, wenn er mit ihr zusammen ist, und er kann mich auch nicht während der Arbeit anrufen, höchstens in seiner Mittagspause. Also facetimen wir jeden Tag sehr spät am Abend beziehungsweise sehr früh am Morgen Londoner Zeit. Das bedeutet, dass ich entweder betrunken oder müde bin, wenn wir miteinander reden, und die morgendlichen Anrufe fressen meine Zeit auf, fressen die Stunden meines Lebens auf, in denen ich die Möglichkeit hätte, produktiv zu sein und Geld zu verdienen. Wir leben auf unterschiedlichen Kontinenten, und immer noch wird mein Zeitplan von seinem bestimmt.

Jeden Morgen wache ich auf und greife zum Handy. Neun Uhr morgens in England ist sechs Uhr abends in Sydney. Entweder er ist noch bei der Arbeit und wartet dort darauf, dass ich aufwache, oder er ist gerade auf dem Heimweg. Er sieht meinen grünen Punkt leuchten und schreibt: *Guten Morgen, meine Schlafmütze, FaceTime?* Ich antworte: *In 5 Min*. Und dann mache ich mir einen Kaffee und setze mich aufs Sofa im Wohnzimmer. Ich lasse mich längs auf das braune Kunstleder fallen und stopfe mir drei Kissen in den Rücken, mache es mir gegen die Armlehne gelehnt bequem, stelle den Laptop auf die Knie, drücke auf das FaceTime-Symbol, und er nimmt den Anruf an, und dann ist er da: meine große Liebe, auf meinem Bildschirm.

Und ich frage: »Und, was sind die Nachrichten des Tages? Gibt's was Neues aus Tschetschenien?« Und er lacht, weil ich diesen Witz jeden Tag mache und an jedem Tag genau so wenig über Tschetschenien weiß wie Bridget Jones, als sie den Satz »Ist die Lage in Tschetschenien nicht furchtbar?« auswendig lernt, um damit die Salman Rushdies dieser Welt bei der Buchpräsentation von *Kafkas Motorrad* zu beeindrucken (des … vielleicht … bedeutendsten Buches aller Zeiten).

Er erzählt mir, dass es in Tschetschenien katastrophal zugehe, dass er momentan alle Energien in die Berichterstattung über das Land stecke, dass sein Chef ihn gebeten habe, alles andere liegenzulassen und ausschließlich über Tschetschenien zu schreiben.

Ich lächle, aber mein Lächeln ist angespannt, da ich nicht weiß, wann ich ihn wiedersehen werde, und nichts, was ich hier tue, echt ist, abgesehen von meinen Gesprächen mit ihm.

Die Stadt, in der ich bin, ist voller *Events*: Lesungen, Musik, esoterischen Gesprächsrunden über Punkgruppen, deren einzige Hinterlassenschaft ein Poster an der Rückwand einer Pub-Toilettentür ist, historischen Stadtführungen in Parks, in denen früher Kinder begraben wurden. Je besser ich diese Stadt kennenlerne, desto mehr habe ich das Gefühl, dass sie hauptsächlich um der Ablenkung willen gebaut wurde. In Sydney gibt es davon nicht genug. Vielleicht ist Sydney nur etwas für glückliche Menschen. Aber wenn man liebeskrank und melancholisch ist und ständig von Lärm und Ideen umringt sein muss, um sich von sich selbst abzulenken, findet man dort vielleicht gerade einmal an vier Abenden pro Woche Veranstaltungen, die ein solches Bedürfnis befriedigen. Nun, vier Abende pro Woche sind nicht genug: Ich brauche alle sieben.

Manchmal schaue ich in dieser Stadt der Ablenkungen eine ganze Stunde lang nicht auf mein Handy und beglückwünsche mich dann. Sieh an, Hera! So selbstständig. Aber jetzt ist es natürlich unweigerlich so, dass ich nach jeder Veranstaltung den ganzen Heimweg über den Blick auf das Handy gerichtet habe und Arthur von den Orten, an denen ich an dem Tag gesessen, und den Gesprächen, die ich mitgehört habe, schreibe. Manchmal facetimen wir auch, und mein Kopf hüpft vor der Kamera auf und ab, hinter mir die schwarze Nacht, mein Gesicht verpixelt und kaum erkennbar.

Eines Abends, einige Wochen nachdem Arthur und ich wieder Kontakt aufgenommen haben, bin ich bei einer Ausstellungseröffnung. Niemand hat mich eingeladen, ich habe dort auch keine Freunde, aber ich habe in einem Café, in dem ich mit meiner Arbeit saß, einen Ankündigungsflyer gesehen und mich entschieden, mich dem Unbekannten zu stellen. Nachdem ich in der Galerie genug Freigetränke genossen habe, geselle ich mich mutig zu einem herumstehenden Grüppchen und versuche, mich mit ein paar Harnisch tragenden britischen Kunststudenten über ihre Arbeit zu unterhalten. Beruhigenderweise sehen Kunststudenten überall gleich aus. Nach einigen gestelzten Wortwechseln versuche ich es mit meiner Rupi-Kaur-Nummer. Sehr schnell wird klar, dass das keine gute Idee ist – aber zu spät, jetzt kann ich nicht mehr zurück.

»Entschuldigung«, sagt eine Frau in einem Englisch, das – so viel weiß ich inzwischen – *Ich habe in Oxford studiert* bedeutet, »du meinst die Instagram-Dichterin Rupi Kaur? Das ist deine Lieblingskünstlerin?«

»… ja?« Ich halte an der Nummer fest, aber der Überraschungsmoment ist vorbei, und ich weiß genau, wie ich ohne ihn auf die Frau wirke: wie eine unkultivierte Australierin, eine bemitleidenswerte Hinterwäldlerin.

Sie lächelt geziert, blickt mich von oben bis unten an und schließt mit: »Interessant.« Sie lässt mich stehen und ich versuche, mich wieder der Gruppe anzuschließen, deren Mitglieder inzwischen darüber reden, dass eine ihrer

Freundinnen sich neulich mit Grayson Perry zum Mittagessen getroffen hat.

Still und heimlich stehle ich mich davon und rette mich zum nächsten Kunstwerk, das ich mit fingiertem Interesse intensiv betrachte – eine abstrakte Skulptur aus Lachgaskartuschen. Dem Mann neben mir schlage ich vor: »Sollen wir jeder eine klauen und uns dann eine gute Zeit machen?«

»Wie bitte?«, er schaut mich verständnislos an.

Shit. Hat hier etwa noch nie jemand Lachgas genommen? Oder der Typ hat nichts mit der Kunstszene zu tun.

»Oh, okay! Kein Problem …« Ich verstumme. »Ignorieren Sie mich einfach.« Das tut er.

Um elf Uhr habe ich die Nase voll von diesen Leuten. Ich mache mich vom Acker und bin extrem dankbar für die kalte Luft, die mir draußen entgegenschlägt, und für die Anonymität. Hier draußen kann mich niemand beurteilen. Hier draußen in der Dunkelheit ist es salonfähig, allein zu sein. Ich zünde mir eine Kippe an, gehe hocherhobenen Kopfes meiner Wege und schreibe Arthur: *FaceTime?* Bei ihm ist es jetzt acht Uhr morgens. Normalerweise müsste er auf dem Weg zur Arbeit sein.

Ein paar Minuten später ruft er mich an, und ich bleibe stehen. Ich will ihn zum Lachen bringen. Ich muss wissen, dass ich es noch kann, Menschen zum Lachen bringen. Mit einem ernsten »Arthur« steige ich direkt in die Unterhaltung ein.

»Hera«, gibt er ebenso ernst zurück.

»Mir ist etwas aufgefallen, Arthur. Ich habe gemerkt – und bitte lass mich ausreden, denn ich weiß, dass ich hier eine steile These aufstelle, aber –, Engländer *lieben* ihre Pubs.«

»Hera«, antwortet er mit Grabesstimme, »du kannst nicht einfach mir nichts, dir nichts solche Behauptungen aufstellen. Du kannst nicht den Lauf des Universums mal ebenso mit einem einzigen Satz fundamental verändern und dann verlangen, dass Normalos wie ich einfach mit ihrem Tagesgeschäft weitermachen.«

Ich atme aus. Da ist er, mein Mensch. Ich laufe weiter, und wir reden darüber, dass er zu mir ziehen wird – darüber haben wir in den letzten Wochen häufiger gesprochen. Es kam sogar von ihm. Wir sprechen darüber, wie es sich für ihn anfühlen würde, nach so langer Zeit wieder in seinem Heimatland zu leben, dass ich dann die Ausländerin an seiner Seite wäre. Ich male ihm alles aus, beschreibe unsere kleine Mietwohnung, in der ich kochen und in der Küche zu Robyn tanzen werde. Wie er sich zunächst noch über seine Arbeit beugt und dann den Laptop zuknallt, um mit mir zu tanzen. Wie ich ihn zwingen werde, mich zu meinen ganzen albernen kleinen Veranstaltungen zu begleiten, und wie wir uns dann zusammen über sie lustig machen werden. Arthur sagt immer, dass er nie die Zeit findet, die Dinge so zu genießen wie ich, und ich sage ihm heute, was ich ihm schon früher gesagt habe: Arthur, die Zeit ist überall, in allem. Sie ist tatsächlich das Einzige, was wir haben.

Eines Morgens – seit vier Monaten lebe ich in der neuen Stadt, seit zehn Monaten liebe ich Arthur – facetimen wir wie jeden Tag. Die Arbeit ist langweilig, das Wetter schlecht, und ich habe mir erlaubt, mit dem Gedanken zu spielen, nach Sydney zurückzugehen, nur um mich dann zurückzupfeifen: »Nein. Nein, es gab einen Grund, warum du weggegangen bist. Erst muss er sie verlassen!« Aber ich weiß auch, dass tägliche Gespräche und Nacktbilder von mir nicht unbedingt der beste Weg sind, ihn von der Notwenigkeit dieser Tat zu überzeugen.

Die erste Viertelstunde flachsen wir herum, quatschen über das, was gerade in der Welt passiert, darüber, was ich von Greggs Sausage Rolls halte (»Sie sind … durchschnittlich? Tut mir leid, aber irgendjemand muss es ja mal sagen, Arthur. Diese Würstchen sind absoluter Durchschnitt«). Er lacht, ist jedoch insgesamt verhalten. Bei Greggs hätte ich mehr Widerworte erwartet. Schweigen breitet sich aus.

Irgendwas ist immer.

Ich sehe auf meinem Bildschirm, wie Arthur tief Luft holt und sich sein Gesichtsausdruck verändert, und obwohl er über meinen Quatsch gelacht hat, sieht er jetzt sehr ernst aus. Er sieht so aus, als würden ihm gleich die Tränen kommen.

»Ich habe schlechte Nachrichten.«

Und ob ihr es glaubt oder nicht: Ich weiß, was jetzt kommt. Ich sehe es in seinen Augen. Ich setze mich aufrecht hin, spüre, wie ich mich vor Entschlossenheit versteife.

»Kate ist schwanger.«

Kate. Kate. Kate. Kate. Kate.

Der Name, um den ich bisher tunlichst einen großen Bogen gemacht habe, den ich diese ganze Zeit nicht auszusprechen wagte.

Arthurs Frau hat einen Namen, und dieser Name lautet Kate, und Kate, Arthurs Frau, ist schwanger, bekommt ein Kind von ihm.

Ich umklammere meine Kaffeetasse, ich werde sie nicht wie im Film vor lauter Schreck fallen lassen. Ich werde mich an dieser Tasse festhalten, und alles wird irgendwie gut werden. Ich werde mich an dieser Tasse festhalten, und sie wird nicht zerbrechen, ebenso wenig wie ich.

Ich schweige, ich weiß nicht, was ich sagen soll. Ich weine nicht. Ich werde nicht weinen.

Aber er. Er bricht zusammen, und plötzlich bin ich diejenige, die ihn tröstet.

»Ich will diese Schwangerschaft nicht«, sagt er. »Es tut mir so leid«, sagt er.

Er will sie ganz und gar nicht, und er will mich nicht verletzen, will sie nicht verletzen, niemanden verletzen. »Ich weiß nicht, was ich tun soll«, schluchzt er. Und das stimmt. Es ist offensichtlich, dass er nicht weiß, was er tun soll. Ich sehe einen Mann vor mir, der das Gefühl hat, eine Entscheidung fällen zu müssen, die ihn so oder so zum Buhmann macht. Ich sehe jemanden, der sich zwischen Pest und Cholera entscheiden muss. Und obwohl ich das Leben, wie ich es mir für uns ausgemalt habe, sich vor meinen Augen verflüchtigen sehe, obwohl mir klar wird, dass Kate jetzt immer Teil unseres Lebens sein wird, dass wir aus dieser Sache nicht so einfach rauskommen, lautet mein einziger Gedanke: Bitte lass mich für ihn das kleinere Übel sein.

Wir werden nie woanders hinziehen können. Ich werde immer, immer die Beziehung, die ich zerstört habe, vor Augen haben, und zwar in Form eines kleinen menschlichen Wesens, das mich wahrscheinlich für all das, was ich seiner Mutter angetan habe, hassen wird. Alles deutet darauf hin – dass ich jetzt sofort Schluss machen sollte.

Denn wenn man eine Affäre mit einem verheirateten Mann hat, der seine Frau nicht verlassen will, wenn man daraufhin in eine andere Stadt zieht, um ein neues Leben anzufangen, und wenn er einem schließlich auf FaceTime erzählt, dass seine Frau schwanger ist – dann sollte die Antwort vollkommen klar sein: »Wie schön für dich. Mir reicht's. Viel Erfolg.« Du dankst deinen Sternen, dass sie dich gerade noch rechtzeitig gerettet haben. Du löschst diese Episode aus deinem Leben. Du lässt los und findest jemanden, der Single ist und nur darauf wartet, ein gemeinsames Leben mit dir aufzubauen.

Du tust nicht das, was ich tue.

»Okay«, sage ich. »Okay. Ich werde dir jetzt ein paar Fragen stellen und möchte, dass du ehrlich antwortest. Du musst mir wirklich alles geradeheraus sagen, auch wenn es wehtut.«

»Okay.« Wie schon so oft sieht er mich an, als erwarte

er von mir die Lösung aller Probleme. Wie damals an unserem ersten Abend in Sydney, als er mich bat, ein Restaurant rauszusuchen. Wie vor unserem ersten Hotel, als er darauf vertraute, dass ich das Tor schon irgendwie aufbekommen würde. Wieder einmal werde ich die Führung übernehmen.

Ich stelle die notwendigen Fragen. »Ändert das etwas an deinen Gefühlen für mich?«

»Nein.«

»Und willst du immer noch mit mir zusammen sein?«

»Mehr als alles andere.«

»Ist dir klar, dass sie dich abgrundtief hassen wird, du ihr aber nichtsdestoweniger die Wahrheit sagen musst, und je länger du das hinausschiebst, desto schlimmer wird es?«

Er starrt mich einige Sekunden stumm an, dann sackt er in sich zusammen. »Ja, ich weiß. Ich weiß.«

Ich atme aus.

»Aber nicht jetzt.« Er schaut zu Boden, dann wieder hoch. »Jetzt kann ich es ihr noch nicht sagen.«

Ich atme ein.

Jetzt kommt's. Werde ich wieder einmal akzeptieren, dass er über mein Schicksal bestimmt?

»Aber ich werde es ihr sagen. Wenn der richtige Zeitpunkt gekommen ist, werde ich es ihr sagen, Hera. Das verspreche ich dir. Ich will dich.«

Jetzt kann er nicht mit ihr darüber sprechen, sagt er, weil sie ja schwanger ist. Er will ihre Gesundheit nicht aufs Spiel setzen. Und wenn das Baby erst einmal da ist, kann er sie auch nicht sofort verlassen. Er kann sie ja nicht zur alleinerziehenden Mutter eines Säuglings machen, oder? Das ist er ihr schuldig, sagt er. Er ist anständig. Ich würde ja auch nicht wollen, dass er sein Kind und die Mutter seines Kindes verlässt, während sie es noch stillt, oder? In Gedanken spiele ich unterschiedliche Reaktionen durch. Probiere sie aus. Bin ich egoistisch genug, ihn zu bitten, sie *jetzt* zu verlassen? Nein, auch wenn ich es mir wünsche. Wenn alles so läuft, wie ich es mir vorstelle, werde ich ihr ohnehin noch genug wegnehmen. Also lasse ich ihr wenigstens das hier, sage ich mir. Ich kann warten, bis sie das Baby hat, bis das Baby die Flasche nimmt und durchschläft. Bis dahin kann ich hier in England bleiben. Ich kann mich noch ein wenig länger selbst zerstören, damit sie ihr unschuldiges Glück leben kann. Oder nicht? Gibt es überhaupt noch etwas zu zerstören, frage ich mich.

Ich sage nur sehr wenig, während er nach Worten ringt.

»Das Baby ist ein Unfall!«, wiederholt er immer wieder. Seit er in mich verliebt ist, hat er wirklich nur zweimal mit ihr geschlafen, beschwört er mich. Soll ich mich jetzt besser fühlen? Nach dem Motto: Ach, du hast sie nur zweimal gefickt? Ja, dann ist ja alles okay. Aber es bringt nichts, eingeschnappt zu sein. Ich muss mich der Wirklichkeit stellen. Ich muss entscheiden, ob ich damit leben kann oder nicht.

Er liefert neue Argumente. Er liebt sie nicht, sagt er erneut. Aber bevor er mich kennengelernt hat, hatten sie schon so lange versucht, ein Kind zu kriegen, und dann hatten sie es aufgegeben, und jetzt – er kann ihr diese Chance nicht nehmen. Es ist sowieso schon eine Risikoschwangerschaft aufgrund ihres Alters. Er schuldet ihr dieses Baby, ob ich das verstehen könne? Denn er hat ihr ihre fruchtbaren Jahre genommen.

Ich beobachte ihn dabei, wie er sich gedanklich verrenkt, nach einer Lösung sucht, die ihn moralisch entlastet. Er versucht, sich davon zu überzeugen, dass Baby gegen Trennung ein fairer Tauschhandel sei. Er will, dass ich das genauso sehe.

Ich denke an das Lied, das er mir vor vielen Monaten geschickt hat, das von der Frau, deren Freunde Kinder kriegen. Hätte ich es ahnen müssen? Wusste ein Teil von mir, dass so etwas passieren könnte?

Bestimmt nicht. Ich hätte bestimmt nicht weitergemacht, hätte ich gewusst, was kommt.

Er redet immer noch, und ich würge ihn plötzlich ab. Ich brauche Zeit zum Nachdenken.

»Arthur, ich liebe dich. Aber ich brauche jetzt einen Moment, um das alles zu verarbeiten. Ich ruf dich morgen wieder an, okay?«

Er sieht mich reumütig an. »Okay, okay, das ist in Ordnung«, sagt er. Seine Augen sind voller Angst. Sein Gesicht spiegelt meines wider. Ist das der Tropfen, der das Fass für mich zum Überlaufen bringen wird?

»Ich melde mich, Liebling«, verspreche ich. Und beende das Gespräch.

Ich sitze schweigend auf meinem Sofa. Weiß nicht, wohin mit diesen widerstreitenden Gefühlen, es sind zu viele. Ich muss mir einen Schlachtplan überlegen, aber alles ist so verworren.

Ich beschließe, mich meinen Emotionen so zu nähern, wie ich es am besten kann. Ich werde mich volllaufen lassen.

Es ist noch nicht einmal Mittag, aber ich lebe in England. Die Pubs haben geöffnet. Ich ziehe meine Jacke an, schnüre meine Schuhe und steure die nächste Tränke an.

Ich starte mit dem Getränk, bei dem ich zu bleiben gedenke: Bier. Ich sitze am Tresen und trinke langsam ein Pint nach dem anderen. Ab und an werfe ich einen Blick in ein Buch, das ich mitgenommen habe. Ich könnte nicht sagen, worum es geht, ich habe keine Ahnung.

Um fünf Uhr nachmittags bin ich nicht mehr nüchtern, und der Pub füllt sich mit Menschen, die ihren Feierabend genießen wollen. Sehr gut. Ich werde mich unter sie mischen. Ich werde mich in ihren Alltagsproblemen verlieren.

Am Tisch hinter mir haben sich einige Kollegen um ihre Pints versammelt. Ich warte, bis sie ihre dritte Runde begonnen haben, und stelle dann Blickkontakt zu einem der Männer her. Ich lächle. Er fragt mich, was ich lese (tun sie immer).

»Die Seiten könnten genauso gut leer sein, so wenig sagen sie mir«, antworte ich.

»Und was hat dich aus dem Outback ganz allein hierher verschlagen, junge Dame?«, fragt der Mann.

Normalerweise würde ich mich jetzt aufregen, aber heute lass ich so was durchgehen. Ich sage, dass ich wegen der Arbeit hergezogen bin, noch nicht lange hier bin und nur wenige Menschen kenne.

»Dann komm zu uns an den Tisch!«, ruft er.

Angel, Köder, auswerfen, Fisch am Haken.

Nach kurzer Zeit bin ich eine von ihnen. Ich gebe nichts von mir preis. Ich erzähle zum Beispiel nicht, dass mein verheirateter Fernbeziehungs-Freund mir gerade eröffnet hat, eine schwangere Frau zu haben. Ich lasse nicht erkennen, dass ich kurz vor dem Zusammenbruch stehe. Stattdessen frage ich diese betrunkenen Fremden über ihren Alltag und ihr Leben aus, und sie erzählen mir alles.

Ich sage: »Wow, hört sich an, als hätte dich Sarah ganz schön auf dem Kieker. Vielleicht mal mit der Personalabteilung reden, wäre das denkbar?«

Ich sage: »Nicht leicht, Rob, das verstehe ich. Aber hast du schon mal daran gedacht, dass es vielleicht ein Zeichen seiner Unsicherheit ist, wenn dein Schwager nach jedem Essen ›Das war lecker-schmecker‹ sagt? Vielleicht will er sich bei der Familie beliebt machen, einschmeicheln und so.«

Ich sage: »Du liebe Güte, und ich dachte immer, Jeffrey Epstein habe Probleme!«

Und während dieser ganzen Gespräche, dieser ganzen Pints, brummt es unablässig und dreht sich chaotisch in meinem Kopf. Denn es ist so: Ich weiß, dass ich auf ihn warten werde. Trotz des Vorwands, ich bräuchte Zeit, um darüber nachzudenken, weiß ich bereits jetzt, dass ich allem zustimmen werde.

Das kommt meinem Seelenhaushalt nicht gerade zugute. Doch noch viel drängender ist die Frage: Wie soll ich das bloß meinen Freunden verklickern – und meinem Dad, wenn die Zeit reif ist? Menschen, die einen lieben, sehen es nicht gerade gern, wenn man sich auf der anderen Seite der Weltkugel ein selbst gewähltes Exil sucht, um dort auf den verheirateten Partner zu warten, bis er sein Kind bekommen und seine Frau verlassen hat. Wie kann ich ihnen das verkaufen?

Aber wie gesagt, ich bin betrunken. Und so gehe ich nicht auf Nummer sicher und warte ab, bis ich nüchtern bin, um das Thema bei meinen Freunden aufzubringen, sondern schreibe Soph auf dem Heimweg vom Pub: *Kurz FaceTime? Muss mit dir reden.*

Seit ich hier bin, habe ich bisher nur ein einziges Mal mit ihr gesprochen, ungefähr eine Woche nach meinem Umzug, also weiß sie, dass es brennen muss, wenn ich mit ihr sprechen will.

Sie schreibt sofort zurück. *Ja, Moment, bin bei der Arbeit. Ich geh auf die Toilette und meld mich gleich.*

Soph sitzt in der Tat auf einer Toilette, als sie auf meinem Bildschirm erscheint. Das Licht ist grell, sie ist geschminkt und sieht gestresst aus. Ich hingegen liege bäuchlings auf meinem Bett und habe mein Handy wie eine Krone bei einer Krönungszeremonie auf einem Kissen vor mir drapiert. Meine Wimperntusche ist verschmiert, und nur die Nachttischlampe leuchtet. Es ist dunkel in meinem Zimmer, und mein Gesicht im Video ist körnig. Für Soph muss ich wie ein einziges Häufchen Elend aussehen.

»Hey«, ich lächle und bemühe mich um einen lockeren Ton. »Wie geht's, Süße?«

Soph ist kurz angebunden. »Hera, du hast um einen Anruf gebeten. Was ist los? Ich muss in fünf Minuten in eine Sitzung, also schieß los.«

»Hm, ja, also, wie … hmmmm … wie soll ich das sagen? *Wie soll ich das sagen?*« Den letzten Teil trällere ich.

Soph ist nicht gerade begeistert. »Hera, bist du besoffen?«

»O ja!«, rufe ich aus und ziehe dann eine Grimasse wie das Emoji mit den gefletschten Zähnen.

Sie seufzt. »Okay, meine kleine Schnapsdrossel. Spuck's einfach aus, was ist los?«

»Ja, okay, okay. Also … die Sache ist die. Du weißt doch, dass Arthur eine Frau hat, nicht wahr?«

»Das weiß ich nur zu gut.«

Wieder versuche ich, meiner Verzweiflung keinen Raum zu geben. »Nun, stell dir vor, es hat sich verrückterweise herausgestellt …«

Soph unterbricht mich. »Sie ist schwanger, richtig?«

Sie muss es mir angesehen haben. »Äh, also, ja. Lustige Sache, was?«

»Beschissener Wichser«, murmelt sie.

»Was hast du gesagt, Soph?«, frage ich unschuldig.

»Ich habe gesagt, dass er ein beschissener Wichser ist. Und lass mich raten, jetzt sagt er, dass er sie verlassen wird, aber erst nachdem das Baby auf die Welt gekommen ist.« Sie zieht ihre Augenbrauen hoch.

»Äh … ja.«

»Okay. Schön. Und, was machst du jetzt, Hera? Kommst du zurück und wartest hier in einer kleinen Zweitwohnung auf ihn, während er mit seiner Frau beim Geburtsvorbereitungskurs ist? Und bläst ihm einen, wenn er zwischendurch mal Zeit hat? Oder wirst du zur wilden Furie, bis er seine Frau verlässt – sollte er das je tun …«

»Das ist nicht fair, Soph.«

Sie wird weicher. »Ich weiß, es tut mir leid. Es ist nur so, dass du mir wichtig bist. Und dieser Typ verletzt dich immer und immer wieder.« Sie zögert. »Glaubst du immer noch daran, dass er sie verlassen wird?«

Mit gebrochener Stimme sage ich: »Das muss ich, Soph.«

Ich kann ihr nicht sagen, was ich wirklich fühle, denn das würde sie zu traurig machen. Sie denkt immer noch, dass ich da rauskomme. Ich bin jung, habe einen Job und kann ja wohl einfach Nein sagen, wenn mir meine Lebensumstände nicht zusagen, denkt sie.

Aber mein ganzes Leben lang hat es sich so angefühlt, als hätte ich meine Gefühle nur gespielt, wenn ich mit jemandem geschlafen habe. Mein ganzes Leben lang hat es sich so angefühlt, als könnte ich jeden, mit dem ich zusammen bin, jederzeit verlassen und dass es vielleicht zunächst schwer wäre, ich es aber gut überstehen würde. Und jetzt liebe ich jemandem von ganzem Herzen. Was soll's also, dass seine Frau schwanger ist? Was erwartet mich denn, wenn ich ihn jetzt verlasse? Noch mehr von dieser Taubheit, die ich ohnehin schon empfinde? Noch mehr Dates mit Menschen, die sich in mich verlieben, während ich von ihnen komplett unberührt bleibe? Noch mehr Männer namens Clemens? Noch mehr Frauen namens Clem? Noch mehr Alkohol, noch mehr Zeit, die vergeht, noch mehr Ideen, was man an einem Freitag- und dann an einem Samstagabend tun könnte, und dann die ganzen Stunden dazwischen und danach? So viele Stunden! Wenn ich mit Arthur Schluss mache, womit verbringe ich dann meine Tage?

Stattdessen sage ich Folgendes: »Ich kann nicht Schluss machen, Soph. Alles wäre so viel einfacher, wenn ich es könnte, aber ich kann nicht. Denn sonst werde ich den Rest meines Lebens herumlaufen und mich fragen, was passiert wäre, hätte ich mich nur mehr bemüht.«

Soph zieht eine Grimasse. »Du willst also ganz offiziell im Jahre 2019 in die Sunk-Cost-Falle tappen? Ist das jetzt retro, so was wieder auszugraben?«

Ich lache kurz auf, denn die Antwort zeigt mir, dass Soph das, was ich tue, zwar nicht gutheißt, aber mich trotzdem nicht fallenlassen wird.

»Soph, ich fühle mich so wie damals, als wir uns in Homebush in die Warteschlange gestellt haben, um Taylor-Swift-Karten zu bekommen, obwohl das Konzert laut Website ausverkauft war: Wenn das ›versunkene Kosten‹ sind, dann lass mich mit meinem Schiff untergehen.«

Ich bleibe also. Ich bleibe verliebt, und ich bleibe in England. Ich verpflichte mich, mindestens bis zur Geburt des Babys hierzubleiben. Und dann, *dann* kann mein Leben beginnen.

Die nächsten zwei Monate tue ich alles, was man in einer neuen Stadt eben so tut. Ich schlafe mit weiteren Menschen, um mir sagen zu können, dass ich lebe, auch wenn ich in Wirklichkeit warte, nur warte. Arthur erzähle ich nichts von diesen Techtelmechteln, aber bestimmt ahnt er es. Ich kreiere weiterhin Content. Ich habe jetzt eine Kundenkarte bei Pret a Manger und einen Lieblings-Wrap (den mit Hackbällchen). Ich sage inzwischen nicht mehr Fish and Chips, sondern »chippy tea«. Ich denke nicht mehr, dass ich furchtbar aussehen muss, wenn mich Engländer mit »Alles in Ordnung?« begrüßen. Arthur und ich hören uns jeden Tag. Seit ich ihm versprochen habe, auf ihn zu warten, haben wir begonnen, uns gegenseitig Bilder von absurder Babykleidung auf Etsy zu schicken, von Stramplern mit »Ich bin hier der Boss«- oder »Vorsicht, bissig«-Aufdrucken. Wir reden darüber, wie ich als Stiefmutter sein werde. Wir reden darüber, was ich dem Baby beibringen werde, wie sich unsere Erziehungsstile ergänzen werden. Ab und an ist Poppy zu Hause, wenn ich mit Arthur im Wohnzimmer auf Facetime spreche, und obwohl es offensichtlich ist, dass sie alles dafür geben würde zu wissen, was hier los ist, spürt selbst sie instinktiv, dass sie lieber nicht nachfragen sollte.

Ich gehe auf queere Partys und benutze meinen australischen Akzent, um mich von den anderen Lesben in bauchfreien Tops zu unterscheiden, die genauso aussehen wie ich. Ich schlafe mit einer Krankenpflegerin. Ich schlafe mit einer Frau, die traurige Songs übers Traurigsein schreibt. Ich gehe auf ihre Konzerte und trinke danach was mit ihren Freunden und erzähle den Leuten nichts von mir, wie an dem Abend, als Arthur mir Kates Schwangerschaft gebeichtet hat. Neuerdings wirke ich anscheinend geheimnisvoll, etwas, was ich nie zu können geglaubt hatte. Es reicht, andere einfach auf keinen Fall etwas von einem wissenlassen zu wollen, und schon geht man als Mysterium durch. Ich will hier in dieser neuen Stadt so lange unsichtbar sein, bis ich in Sydney mit Arthur als liebendem Mann an meiner Seite wiederauferstehen kann.

Und so halte ich mich zurück, ich versuche wirklich, Arthur Zeit zu geben, sein Baby zu kriegen und seine Frau zu verlassen. Aber sich in einer neuen Stadt einzurichten, ist nur begrenzt möglich, wenn die Person, die man liebt, auf Instagram ist und ihr kleiner grüner Punkt einen wie ein Auge, in dem man sich nicht spiegeln kann, anstarrt.

Und vollkommen unmöglich ist es, wenn dann auch noch eine weltweite Pandemie ausbricht. Aber wie immer brauche ich eine Weile, um das zu kapieren.

Rückblickend frage ich mich, warum Arthur mir nicht deutlicher zu verstehen gab, wie schlimm er die Situation einschätzte. Wollte er mir keine Angst machen? Wollte er nicht, dass ich voller Sorge nach Hause käme? Für ihn war es vermutlich einfacher, sich einzureden, dass ich meine eigenen Entscheidungen gefällt hatte, dass alles, wofür ich mich seit unserer ersten Begegnung entschieden hatte, nicht in seine Verantwortung fiel. Und wäre ich ein freier, souverän handelnder Mensch gewesen, könnte man ihm nicht einmal Vorwürfe machen.

Scheinbar über Nacht schleicht sich das Virus ins öffentliche Bewusstsein und dann in unser Leben ein. Hätte man mich noch bezahlt, um die Nachrichten zu verfolgen, oder hätte ich besser zugehört, wenn Arthur von seinen Themen bei der Arbeit berichtete, hätte ich vielleicht schneller gemerkt, wie ernst die Situation ist. Vielleicht wäre mir aufgegangen, dass die Welt vor einer Riesenveränderung stand. Erst umarmt sich keiner mehr in den Pubs, dann kommt keiner mehr in die Pubs. Das war mein Kenntnisstand.

Arthur sagt es nicht, aber ich weiß, dass meine Rückkehr sein Leben verkomplizieren würde – die vielen Lügen, die er erfinden müsste, um mich zwischen all die Arzttermine zu quetschen. Aber er wird mich auf keinen Fall geradeheraus darum bitten, mich während einer globalen Gesundheitskrise in die Selbstverbannung zu begeben. Das wäre egoistisch, und egoistisch ist er nicht.

Diese Tage Mitte März 2020. Zunächst ist das Virus kein großes Thema, weder beim kurzen Plausch an der Supermarktkasse noch während meiner wenigen FaceTime-Anrufe mit Dad oder in den seltenen Zusammentreffen mit Poppy, bis es zum einzigen Thema wird, und dann ist es zu spät, und wir stecken mittendrin.

Großbritannien geht in den Lockdown, und in Australien empfiehlt die Regierung allen Bürgern, die sich im Ausland befinden, zurückzukehren. Als mich Dad via FaceTime fragt, ob ich nach Hause komme, da es Gerüchte gebe, dass man die Grenzen schließen wolle und alle Flüge gestrichen werden, sage ich: Nein, nein, ich baue mein Leben hier in der neuen Stadt doch gerade erst auf. Ich bin mir sicher, dass meine Stimme dabei zittert. Ich bezweifle, dass ich überzeugend klinge. Ich versuche, mir einzureden, dass es stimmt, was ich sage. Und außerdem wird die Pandemie doch sicherlich bald vorbei sein. Poppy ist nicht so optimistisch. Sie zieht zu ihren Eltern zurück. Allerdings zahlt sie weiterhin ihre Miete, sodass ich es mir leisten kann, in der Wohnung zu bleiben.

Aus den Lockdown-Wochen werden Monate, und immer noch ist keine Freiheit in Sicht. Die Frühlingstage ziehen sich, und die Pubs, in denen man sich mit Fremden gegenseitig hätte bemitleiden können, sind zu. Ein guter Nährboden für depressive Gedanken. Wein ist mein einziger Freund.

Ich gewöhne mir an, jeden Tag drei Stunden spazieren zu gehen: anderthalb Stunden zu einem ziemlich schlechten Café, das immerhin Kaffee und getoastete Sandwiches zum Mitnehmen verkauft, anderthalb Stunden wieder zurück. Ich traue mich nicht, mein Sandwich im nahe gelegenen Park zu essen, da die Polizei alle öffentlichen Orte durchkämmt und jeden, der sich nicht sportlich betätig, verscheucht – also esse ich im Gehen, mein ganz persönlicher täglicher Trauermarsch.

Im Supermarkt bei mir um die Ecke trägt ungefähr die Hälfte der Kunden eine Maske. Noch gibt es keine Aussicht auf einen Impfstoff. Die Schulen sind zu, die Universitäten auch. Auf Twitter überbietet man sich in Nachbarschaftshilfe, was mir nichts bringt, da ich hier niemanden kenne.

Ich bin nicht gut darin, allein zu sein, keine Ablenkung zu haben. Es gibt keine Veranstaltungen. Nur mich und meine Gedanken, in meiner Wohnung. Ich schreibe meine Texte. Gehe einkaufen. Gehe spazieren. Trinke. Warte auf Arthurs Anrufe.

Er schickt mir Blumen. Er schickt mir Blumen in meine neue Wohnung, während er in Sydney mit seiner schwangeren Frau zusammen ist. Der Florist legt auf seine Anweisung hin kleine Kärtchen dazu, die Bezug auf unsere Gespräche nehmen und mir zeigen, dass er alles, was wir je zueinander gesagt haben, im Kopf hat. Der Bote stellt die Blumen vor meiner Tür ab, und ich bin so dankbar für meinen verheirateten Mann, der das für mich tut. Ich stelle die Blumen in eine Vase und schreibe ihm nicht. Ich warte so lange, bis er schließlich einknickt und mich fragt, ob irgendetwas in der Post war.

Na ja, ein paar Dominos-Flyer?

Und, ach ja, ich hatte eine neue Klobürste bestellt?

Ein paar Briefe für den Vormieter, glaube ich?

Und dann, als ich sehe, wie er schreibt und löscht, schreibt und löscht, schreibe ich: *Oh, und stell dir vor, ich habe Blumen bekommen. Von Soph, nehme ich an?*

Und er schreibt: *!!!!du weisst genau dass die blumen von mir sind!!!!*

Und ich schreibe: *Aber ja doch, Liebling, das weiß ich. Danke.*

Und er schreibt: *Ich liebe dich sehr*

Und ich glaube ihm.

Drei Monate halte ich das durch, dann kann ich nicht mehr. Ich werde verrückt. Ich schlafe zu seltsamen Zeiten, weine bei Popsongs. Trinke zu viel. Es muss sich was ändern. *So kann ich nicht weiterleben.* Ohne Rücksprache mit Arthur oder meinem Vater oder meinen Freunden trete ich den Heimweg an.

Vierter Teil

Auf meinen beiden Flügen zurück nach Sydney tragen die Flugbegleiterinnen Ganzkörperschutzanzüge. Matte rote Lippen und konturierte Wangen sind hinter weißen virenabwehrenden Kunststoffschichten verborgen. Im Flughafen hallt eine stille Angst wider. Alle, die hier sind, haben zum ersten Mal seit Monaten ein Taxi oder Uber genommen und Kontakt mit Menschen außerhalb der eigenen vier Wände gehabt. Das hier ist nicht die erste Fluchtwelle. Es ist der verzweifelte Gang nach Canossa all derjenigen, die nicht mehr klargekommen sind.

Der einzige Laden, der geöffnet hat, ist ein Drogeriemarkt, und ich kaufe mir eine Flasche Wasser, denn ich traue mich nicht, vor Fremden zu zeigen, dass ich in diesen so furchtbaren Zeiten am liebsten ein Lipgloss und irgendein Klatschblatt kaufen würde.

Ich spüre, wie in mir das Wörtchen *bald* vibriert. Ich will endlich in Sydney ankommen. Ich will meinen Dad und meine Freunde wiedersehen. Doch vor allem will ich, dass die Stunden, die Arthur und mich trennen, verschwinden. Ich will meine Nase in seinem Nacken vergraben.

Wenn man sich auf den Weg macht, schafft es das Hirn irgendwie auszublenden, was man natürlich weiß – dass sich die Umstände, die einen vom Glücklichsein abhielten, *bevor* man sich auf den Weg machte, nicht verändert haben. Aber man ist verliebt und denkt einfach: Ich will bei dir sein. Ich muss zu dir. Also geht man los.

Als ich endlich in Sydney lande, bin ich müde, freue mich aber zugleich wahnsinnig. Ich bin wieder da: dort, wo die Dinge einen Sinn ergeben – oder wo ich ihnen zumindest einen Sinn geben kann.

Obwohl Sydney nicht im Lockdown ist, müssen sich alle einreisenden Passagiere in eine zweiwöchige Quarantäne begeben. Der Flughafen ist wie eine militärische Zone – überall Polizisten und Soldaten. Das Virus ist die Krise, auf die sie schon ihr ganzes Leben lang gewartet haben. Viele von ihnen sehen aus wie Kinder, wahrscheinlich sind sie es auch. Kleine Jungs (natürlich hauptsächlich Jungs) mit schlechter Haut und Helmen, die sie unter dem Kinn festgeschnallt haben. Zum ersten Mal in ihrem Leben sind sie richtig wichtig und können ihr Glück kaum fassen.

Ich stelle mich an, um meine Körpertemperatur messen zu lassen. Die Mitreisenden um mich herum schildern ihre Odysseen und wer den furchtbarsten Lockdown erleiden musste. Ich meine, klar, das Pärchen vor mir hat sich eine 23-Quadratmeter-Wohnung in London geteilt, was nicht schön ist, aber der Typ hinter mir war mit sieben Familienmitgliedern in einem Haus mit nur zwei Schlafzimmern in Tel Aviv eingepfercht – und dann entschloss sich seine Tante auch noch, Geige zu lernen. Triumphierend blickt er in die Runde. Das kann niemand toppen. Er guckt zufrieden, dann traurig.

In Bussen transportiert man uns vom Flughafen zu unseren staatlich zugewiesenen Hotels. Die Sicherheitskräfte sagen uns nicht, wo wir hinfahren – das finden wir erst heraus, wenn wir da sind –, und ich weiß, dass das nicht meine größte Sorge sein sollte, aber heimlich bete ich, dass unsere Unterkunft eher in Richtung Hilton als Travelodge geht. Als wir vor dem Park Hyatt parken, stößt eine wohlhabend gekleidete Frau vor mir einen erleichterten Seufzer aus. Leise fragt sie einen der Sicherheitsleute, ob es möglich wäre, dass sie ihre Stamm-Suite bekommt. »Das könn'Se sich abschminken.« Wie habe ich Australien vermisst!

Drinnen führt man mich in ein Zimmer, in dem ich die nächsten zwei Wochen meines Lebens entweder betrunken, schlafend oder auf FaceTime mit Artur verbringen werde. Also kein großer Unterschied zu den letzten zehn Monaten, vor allem den letzten drei. Ich kann die Fenster nicht öffnen, habe aber freie Sicht auf die Baustelle auf der anderen Straßenseite. Ein Zettel, den mir jemand unter der Tür hindurchgeschoben hat (jemand vom Sicherheitspersonal, nehme ich an, da wir Insassen unsere Zimmer nicht verlassen dürfen), lädt mich ein, einer Facebook-Gruppe für Lockdown-Bewohner dieses Hotels beizutreten. Dem komme ich nach und bin begeistert, was ich dort finde. In einem Thread geht es darum, was wir am meisten an unserer Heimat vermisst haben. Einer, Tommo, dessen Profilbild ihn mit einem Fisch zeigt, hat geschrieben: »Ganz sicher nicht meine Alte!«, und fünf Likes dafür bekommen. Nora, deren Profilbild ein Baby zeigt, schreibt: »Die Natur.« Tommo postet ein Foto eines total überfüllten Bondi Beach. Ich mache Screenshots davon und schicke sie Arthur.

Dad besucht mich als Erster. Natürlich kann er nicht in mein Zimmer kommen, aber er hinterlässt eine Bücherkiste und ein Glas Vegemite an der Rezeption, beides wird mir eine Sicherheitskraft dann vor die Tür stellen. Dad ruft mich an, als er auf der Straße vor meinem Fenster steht, und ich winke ihm von oben zu, während wir telefonieren.

»Na, Kleines, was macht das Leben?«, fragt er.

»Schickes Outfit«, antworte ich. Er trägt mein Lieblingsshirt von ihm, eine Scheußlichkeit der Marke Mambo mit dem Schriftzug der örtlichen Müllabfuhr.

»Wollte mich für dich ein bisschen aufbrezeln«, erklärt er.

»Es ist seltsam«, sage ich. »Ich sehe draußen Leute, die einfach … rumlaufen, und sie sehen aus, als ginge es ihnen gut. Ich meine, sie sind nicht total ausgezehrt und am Ende ihrer Kräfte. Nette Abwechslung.«

»Hmm … und wie war das jetzt, warum genau hast du dich so lange gesperrt, nach Hause zu kommen?«

»Pschsch«, mache ich. »Jetzt bin ich ja da.«

Am Tag nach Dads Besuch – Tag drei der Quarantäne – kann sich Arthur von zu Hause wegstehlen, um mich gegen Mittag besuchen zu kommen. Er hat in letzter Zeit im Homeoffice gearbeitet, wie alle, die eine entsprechende Erlaubnis haben. Es ist verrückt, ihn auf der Straße zu sehen. Er wirkt so schüchtern. Ich hatte ganz vergessen, wie defensiv seine Haltung ist, als würde er sich entschuldigen, so viel Platz einzunehmen. So süß. Er steht neben einem Bauzaun, und obwohl er nach oben schaut und das

Fenster, an dem ich stehe, sucht, ist sein Rücken leicht gekrümmt. Wir telefonieren. Ich versuche zu beschreiben, wo ich bin, aber ich habe keine Ahnung, wie sich mein Zimmer zum Rest des Gebäudes verhält.

Endlich sieht er mich.

»Hallo«, sagt er. In seiner Stimme liegt ein Lächeln.

»Du siehst aus der Vogelperspektive aus wie einer dieser Geschäftsmänner in *Matrix*«, sage ich.

»Und du wie ein wunderschöner Geist, der im Hotel herumspukt wie in einem Spukschloss.«

An dieser Stelle zeige ich ihm kurz meine Brüste.

»Würde ein Geist so was machen?«, sage ich herausfordernd.

Ich kann ihn auf dem Bildschirm und im echten Leben lachen sehen, zwei Geschenke des Himmels.

»Hey, Arthur?«

»Ja, Hera?«

»Ich liebe dich, verdammt noch mal.«

Ich kann sehen, wie er grinst. Er blickt zu mir hoch, als er sagt: »Ich liebe dich, verdammt noch mal, auch.«

Ungefähr eine Stunde später kommen Soph und Sarah vorbei. Sie rufen mich an, als sie genau dort stehen, wo Arthur eben noch stand, und winken mir zu. Ich stelle mir vor, wie sie dort unten alle aufeinandertreffen und feststellen, dass sie ein und derselben Person zuwinken. Endlich wäre die Katze aus dem Sack.

Aber das passiert nicht.

Nachdem ich vierzehn Tage eingesessen habe, darf ich das Hotelgefängnis verlassen. Es fühlt sich verboten an, aus meinem Zimmer zu spazieren, aber niemand hält mich auf, als ich durch den Flur zum Aufzug gehe und in die Lobby fahre. An der Rezeption trage ich mich aus. Ich verlasse das Gebäude und atme zum ersten Mal seit zwei Wochen frische Luft ein. Draußen wartet Dad auf mich. Als er aus dem Auto steigt, um mir mit meinem Gepäck zu helfen, umarme ich ihn so fest, dass er zu ersticken droht.

Als wir im Auto sitzen, fragt Dad: »Was möchtest du tun, Hera? Wir machen, was immer du willst.«

»Wie wäre es, wenn wir an den Strand fahren, uns einen Kaffee holen und eine Runde spazieren gehen?«

Genau das tun wir. Er fragt mich nicht über meine Zeit in England aus, will nicht viel über die Hotelquarantäne wissen. Stattdessen sitzen wir im Auto in friedlichem Schweigen nebeneinander. Wir parken an einem Café am Strand. Es gibt nur Kaffee zum Mitnehmen, aber für mich ist das ein wahrer Luxus. Ein Americano für Dad, ein Flat White für mich und ein Brownie zum Teilen. Manches verändert sich nie. Dad zahlt, und ich fange fast an zu weinen. Schon seit Ewigkeiten hat mich niemand mehr auf etwas eingeladen – es sei denn auf ein Bier, um mich danach ficken zu können.

Wir schlendern über die Promenade, am Schwimmbecken vorbei, in dem Dad mir das Schwimmen beigebracht hat.

»Weißt du noch, wie wütend du immer geworden bist, als wir geübt haben?«, fragt er.

»Na logisch!«, rufe ich aus. »Weil du immer gesagt hast, ich soll zu dir schwimmen, und mir hoch und heilig versprochen hast, dich nicht zu bewegen, und ich habe genau gesehen, dass du dich doch bewegt hast. Ich bin mir ziemlich sicher, dass das der Grund für meine Probleme mit Männern ist. Seither vertraue ich ihnen nicht.«

»Aber gewiss doch.« Er lächelt. »Es ist sehr schön, dich wieder zu Hause zu haben, Hera.«

»Jetzt ist aber gut.« Ich umarme ihn. »Es ist schön, wieder zu Hause zu sein, Pops.«

Diesen Abend verbringe ich weder mit Dad noch mit meinen Freunden, stattdessen treffe ich Arthur. Ich konnte Ben überreden, mir seine Wohnung für Sex zur Verfügung zu stellen, während er sich mit seiner neusten Eroberung sieben Tage in Isolation begibt. Den Schlüssel hat er vorher für mich im Hotel abgegeben. Ich habe versprochen, ihm heiße Details zu erzählen, und sein Verlangen nach Klatsch überwog alle moralischen Bedenken, die er hätte haben können.

Im Uber zur Wohnung platze ich fast vor Adrenalin, Hoffnung und Angst. Ich kann es kaum erwarten, Arthur wiederzusehen, aber ich mache mir auch Sorgen. Empfinden wir noch das Gleiche füreinander? Wir haben so viel Zeit in unserer Beziehung damit verbracht, uns nacheinander zu sehnen – ein kleiner Teil von mir hat Angst, dass wir uns in diesem Anschmachten gut eingerichtet haben.

Als das Auto hält, sehe ich Arthur auf dem Bürgersteig vor Bens Wohnung stehen. Er schaut nicht auf sein Handy. Er starrt ausdruckslos auf die Straße und wartet auf meine Ankunft. In seinem Gesicht spiegeln sich meine eigenen Gefühle wider – eine Mischung aus Erschöpfung und Verlangen. Es wird langsam dunkel, die Straße liegt in einem ruhigen Randbezirk, und als ich aus dem Auto in dieses überragend alltägliche Szenario trete, sieht Arthur mich, läuft auf mich zu, und ich bin in seinen Armen. Wir sagen erst einmal gar nichts. Als wir einander halten, mein Kopf auf seiner Schulter, seiner auf meiner, geben meine Gedanken zum ersten Mal seit sehr, sehr langer Zeit Ruhe. Ich spüre, wie er weint, er schluchzt leise, und auch mir kommen die Tränen. Er küsst meine Schulter, ich seine, und er drückt mich, als müsse er sich davon überzeugen, dass ich echt bin, dass das hier tatsächlich der Körper ist, den er kennt. So stehen wir lange da und schweigen.

Ich hätte mir keine Sorgen machen müssen. Dieses Gefühl kann man nicht vortäuschen. Ich brauche ihn, und er braucht mich.

Ich höre jemanden husten und sehe, dass mein Uber-Fahrer immer noch neben uns steht und im Auto auf Anweisungen wartet, wohin die nächste Fahrt gehen soll. Er hat uns die ganze Zeit zugeschaut. Ich winke ihm zu.

»Hey, Arthur«, flüstere ich, »was denkt der Uber-Fahrer wohl von uns?«

Wir mustern uns gegenseitig. Unsere Gesichter sind nass geheult, und wir klammern uns wie zwei Affen aneinander.

»Ich glaube, er denkt, dass wir ziemliche Heulsusen sind.«

»Wenn wir hier und jetzt eine Nummer schieben, kriege ich von ihm dann fünf oder null Sterne, was meinst du?«

»Kommt ganz drauf an, ob wir's noch draufhaben,« sagt Arthur.

Ich hole in gespieltem Entsetzen Luft. »Glaubst du, so was verlernt man?«

Endlich haut der Uber-Fahrer ab, und wir sind allein.

Arthur zieht mich an sich: »Nur ein dummer Scherz. Komm her.«

Er beugt sich vor und küsst mich, zuerst sanft, doch innerhalb von Sekunden wird sein Kuss leidenschaftlich, wild. Ich spüre die Kuhle seiner Wirbelsäule, seine Schulterblätter unter dem Hemd, und alles, was ich will, ist diesen Rücken anfassen, mich in ihm verkrallen, diesen Rücken auf ein Bett werfen. Er atmet mich ein.

»Du riechst noch nach dir«, sagt er. »Ich hatte Angst, dass sich dein Geruch vielleicht verändert hat. Aber es ist immer noch genau der gleiche.«

»Du riechst auch noch nach dir«, antworte ich.

Es gibt zu viel zu sagen, ich weiß nicht, wo ich anfangen soll. Es ist an sich nicht unangenehm – einfach nur viel. Wir müssen wieder in Gänze zueinanderfinden. Wir müssen miteinander schlafen.

»Sollen wir reingehen?«, frage ich ihn.

»Du warst schon immer die Schlaue in dieser Beziehung«, sagt er.

Also nehme ich ihn an der Hand und führe ihn zur Haustür. Auf meinem Handy finde ich den Code, um sie zu öffnen, und ich gebe ihn gleich zweimal falsch ein. Beim dritten Mal wird uns Eintritt gewährt.

»Ben wohnt in Wohnung Nummer sechs, also müssen wir hoch, nehme ich an?«

»Einfach zu schlau für diese Welt«, murmelt Arthur.

Wir gehen Hand in Hand die Treppe hoch, und da er größer ist als ich, haben wir einen unterschiedlichen Rhythmus. Aber er passt sich an, und im Gleichschritt gehen wir weiter.

Vor Bens Wohnungstür wühle ich in meiner Tasche nach dem Schlüssel. Zum Glück erwische ich direkt beim ersten Versuch den richtigen, und wir sind drinnen.

Bens Wohnung riecht nach Männerdeo und chinesischem Essen. Auch wenn er schwul ist, ein Mann bleibt er trotzdem: Seine Bude ist ein Saustall. Über dem Sofa hängt ein riesiges Tom-of-Finland-Poster, und überall stehen dreckige Gläser herum.

Aber das ist egal.

Wir finden das Schlafzimmer, und im Schlafzimmer wissen unsere Körper genau, was sie zu tun haben.

Wortlos ziehen wir unsere Schuhe aus, und sobald diese Pflichtübung erledigt ist, greift mir Arthur unter den Rock, zieht meine Strumpfhose aus und wirft mich aufs Bett. Er fängt sofort an, mich zu lecken.

Es fühlt sich unglaublich gut an, aber auch irgendwie nicht ganz richtig: Ich will sein Gesicht sehen. Ich war zu lange ohne ihn, um noch weiter auf ihn verzichten zu können. Ich ziehe ihn an den Schultern zu mir hoch. »Nicht jetzt, Arthur – ich will dich in mir spüren.«

Das muss ich ihm nicht zweimal sagen. Er küsst mich fordernd, dann steht er auf und entkleidet sich schnell. Währenddessen entledige ich mich meines eigenen Oberteils, ziehe BH und Rock aus und schmeiße alles auf den Boden. Er kommt zurück ins Bett, und während er sich mit seinen starken Armen über mir abstützt, dringt er, die Augen auf mich gerichtet, in mich ein. Sein Rücken ist schweißnass, während er stößt. Ich öffne meine Beine weit, ganz weit. Er soll so tief eindringen wie nur möglich. Der Nebel in meinem Kopf lichtet sich. Keine Gedanken mehr, nur noch Ekstase.

Ich verstehe, warum Menschen Kriege anzetteln, ich verstehe, warum Menschen ihr Leben zerstören. Hierfür würde ich alles um mich herum in Schutt und Asche legen, immer wieder.

Danach liegen wir mit verschlungenen Beinen im Bett, mein Busen an seiner Brust.

Es ist neun Uhr.

Um halb zehn muss er los.

Ich bleibe noch im Bett liegen, als er weg ist, kuschele mich in das Bettzeug, das jetzt nach ihm riecht. Und ich bin traurig – ja, auch einsam. Aber im Vergleich zu vorher ist er mir jetzt wieder ganz nah, und das tröstet mich. Ich werde diesen Mann kriegen. Er wird mir gehören.

Am nächsten Abend treffe ich mich mit Soph und Sarah. Sie begrüßen mich mit Pauken und Trompeten. Es wird viel über das Wunder meiner Rückkehr aus dem verseuchten Kontinent geredet. Wir sitzen, wie all die Monate zuvor, bevor die Welt sich veränderte, mit einigen Flaschen Wein auf Sophs Balkon. Die Mädels erzählen mir, wie Sydney sich bisher in der Pandemie geschlagen hat. »Zwei Wochen oder so waren die Leute ein bisschen beunruhigt, dann lief alles wieder so wie immer.«

»Und, wie fühlt es sich an, frei zu sein?«, fragt Sarah.

Ich weiß, dass sie damit das Ende meiner Hotelquarantäne meint, aber stichelt sie vielleicht auch ein bisschen? Will sie mich dafür strafen, dass ich immer noch eine Affäre habe? Oder lese ich inzwischen in jede harmlose Bemerkung gleich eine Beziehungskritik hinein? Ich entscheide mich, aufs Sarahs Frage so zu antworten, als wäre sie unschuldig.

»Ziemlich verrückt. Ich habe schon mit Dad darüber geredet. Allein hier herumzulaufen, fühlt sich anders an, die Stimmung ist anders. In England hatte man das Gefühl, dass an jeder Straßenecke der Tod lauert, was sich dramatisch anhört – aber so war es ja auch irgendwie. Und hier wirkt es so, als wäre alles wie immer, und ich freue mich wirklich für alle, aber manchmal will ich die lächelnden Leute in ihrer Funktionskleidung auch schütteln und rufen: *Seht ihr nicht, was da draußen vor sich geht?? Die Kacke dampft ganz gewaltig!*«

»Du hast Schuldgefühle, weil du überlebt hast«, stellt Soph fest.

»Total! Ich bin im Grunde eine Kriegsveteranin!«

»Hera, irgendwann wird man dich canceln«, sagt Sarah.

»Scheiße, ich weiß«, seufze ich und schenke mir ein neues Glas Wein ein.

»Anderes Thema«, sagt Sarah leichthin, »wie hast du den gestrigen Abend verbracht, den ersten in Freiheit? Hast du mit Papa Stephen gefeiert? Gab's ein Festessen mit diesen komischen Ravioli, die nur ihr mögt?«

Et voilà. Ich habe mich schon gefragt, wie lange es dauern wird, bevor ich mich gezwungen sehe, Arthur ins Spiel zu bringen.

Ich nippe an meinem Glas. »Äh, nein. Mit Dad habe ich mich tagsüber getroffen. Er hatte sich freigenommen, was sehr süß von ihm war, und abends habe ich mich dann mit Arthur getroffen.«

Sarah und Soph tauschen einen »Hab ich's doch gewusst«-Blick aus, und dann sagt Sarah: »Tja nun, wenn mich eins nicht überrascht, dann das.«

»Stimmt«, pflichtet Soph ihr bei, »es gibt drei Dinge, auf die wir uns im Leben verlassen können: den Tod, Steuern und dass du dich in die Scheiße reitest.«

Ich ziehe einen imaginären Hut. »Gern geschehen.«

Dann mache ich deutlich, dass ich es vorziehen würde, nicht mehr über dieses Thema zu sprechen, und sie tun mir den Gefallen.

Wir trinken bis in die Nacht, und Arthur und ich schreiben uns währenddessen die ganze Zeit Nachrichten.

Am nächsten Tag begebe ich mich auf die Suche nach einem WG-Zimmer. Ich kann nicht mehr mit meinem Vater zusammenwohnen, ich kann nicht so weitermachen wie zuvor – zu seltsamen Zeiten verschwinden und wissen, dass Dad etwas ahnt. Ich sage mir, dass es nicht angeht, in einen Mann verliebt zu sein, dessen Frau schwanger ist, und immer noch zu Hause zu wohnen.

In der darauffolgenden Woche habe ich einige Bewerbungsgespräche mit »WG-Familien«, deren Annoncen ich auf Facebook gefunden habe. Alle wollen jemanden, der »ordentlich ist« und »einem abendlichen Plausch bei einem Glas Wein nicht abgeneigt«, aber »auch seine Privatsphäre schätzt«. Alle sind berufstätig und in den Zwanzigern. Und allen ist es wichtig zu betonen, dass sie keine »Party-WG« sind. Wo sind denn all die Party-WGs hin, frage ich mich. Wo ist die Annonce, die mit »Liederliches Lotterleben willkommen« überschrieben ist? Wo sind all die Hedonisten hin? Wohin diejenigen, die offen zugeben, einfach nur Spaß haben zu wollen? Ich wünschte, wenigstens in einer Annonce darauf zu stoßen, dass die WG-Mitbewohner sich lieber die Hucke vollsaufen, als ins Fitnessstudio zu gehen.

Wie inzwischen bekannt, sind Vorstellungsgespräche nicht gerade meine Stärke, und auch wenn ich mittlerweile besser darin geworden bin, mich auf Jobs zu bewerben, macht mir der Gedanke, ein WG-Vorstellungsgespräch führen zu müssen, immer noch eine Heidenangst.

Schließlich geht es dort darum, dass ein Haufen Fremder, von denen mich niemand ficken will, im wahrsten Sinne des Wortes meinen Charakter beurteilt und sich anschaut, wie cool ich rüberkomme. Absagen lassen sich zu hundert Prozent darauf zurückführen, dass sie mich als Person nicht mögen. In einem der Gespräche versuche ich, Nähe herzustellen, indem ich mich über eine australische Online-Serie lustig mache, an der einer der Mitbewohner mitarbeitet, wie sich herausstellt. In einem anderen kommen meine Witze über seelische Macken (und ich beziehe mich dabei ausschließlich auf meine eigenen!) gar nicht gut an.

Potenzieller Mitbewohner: »Was machst du gern abends unter der Woche?«

Ich: »Wahrscheinlich versuchen, mir nicht die Kugel zu geben, stimmt's?«

Seinem Gesichtsausdruck nach zu urteilen, stimmt es nicht.

Schließlich finde ich irgendwann ein Zimmer, mit dem ich leben kann. Ausnahmsweise führt nur einer das Gespräch mit mir. Ivan ist ein Ingenieur Ende zwanzig, der ein *Big Bang Theory*-T-Shirt trägt und mir mitteilt, dass er und seine Mitbewohner es nicht auf die Reihe gekriegt haben, einen gemeinsamen Termin zu finden, um Leute zu befragen, also hat er sich breitschlagen lassen, weil irgendwer es schließlich tun muss. Er wirkt genervt, es scheint aber nicht das erste Mal zu sein, das so etwas passiert. Er erinnert mich an Alison. Gastlichkeit scheint Ivan schnurz zu sein. Wir sitzen am wackeligen Küchentisch, und er schafft es gerade einmal, mir ein Glas Wasser anzubieten. Er fragt mich, ob ich einen Job habe und ob ich sofort die Kaution zahlen kann. Beide Fragen beantworte ich mit Ja, auch wenn das mit dem Job nicht stimmt. Das Geld für die Kaution werde ich mir von Dad leihen müssen. Und einen Job werde ich schon noch finden, denke ich mir – damit muss ich Ivan nicht belasten.

Das Haus ist ein Reihenhaus, das wahrscheinlich einmal schön war, jetzt aber aussieht wie ein einziges riesiges Teenager-Zimmer voller leerer Pizzakartons. Die Küchendecke ist schimmelig, und die große Anzahl dreckiger Tassen neben der Spüle sagt mir, dass ich hier gut reinpassen werde. Man bietet mir das Dachgeschosszimmer an. Es ist zugig und staubig, und aus den Dielenbrettern recken hier und da schüchtern funkelnde Nägel ihre Köpfe. Ich stelle mir vor, wie ich hier wie Jo March leben und bei flackerndem Kerzenschein bis in die Morgenstunden hinein schreiben werde.

Am nächsten Tag hilft mir Dad, mein Zeug in die neue Wohnung zu transportieren.

Als wir Bücherkartons vom Auto ins Haus schleppen, wirft Dad einen Blick auf die toten Pflanzen auf der Veranda und sagt: »Du hattest schon immer ein Faible für Bruchbuden.«

Er verbeißt sich weitere Kommentare, während wir die Treppe zu meinem Zimmer hinaufsteigen. Er leiht mir eine Matratze, bis ich das Geld habe, mir eine eigene zu kaufen. Gleichfalls Bettzeug, Kissen und einen Schreibtisch. Ich versuche, alles so zu arrangieren, dass das Zimmer wie die charmante Kammer einer Pariser

Kunststudentin aussieht, fürchte aber, dass ein unbeteiligter Betrachter nur an eine Hausbesetzerin denken würde.

Ich begleite Dad zum Auto, dann gehe ich wieder hinein und setze mich auf meine Matratze. Als es dunkel wird, lege ich mich schlafen, denn ich habe noch keine Leselampe, und Arthur hat keine Zeit.

Mein neues Leben mit Arthur fühlt sich seltsam und wie aus der Zeit gefallen an. Ich bin zwar wieder in Sydney, warte aber darauf, dass seine Frau ihr gemeinsames Kind bekommen wird. Sie ist im siebten Monat. Bären können Winterschlaf halten, während sie darauf warten, dass sie Zeit vergeht, Menschen nicht. Wir müssen weitermachen.

Es ist Juni, und alles fühlt sich unwirklich an. Ich habe weit weg im Lockdown gelebt, und jetzt bin ich wieder hier, in der Stadt, in der ich Familie und Freunde habe, obwohl die Pandemie auf der anderen Seite der Weltkugel immer noch wütet. Läden und Restaurants haben geöffnet, alle treiben sich in Sommerkleidern und dünnen Jacken herum. Das Wasser ist zwar noch kalt, aber die Sonne warm.

Ich muss Miete zahlen, also fange ich an, in einem Laden für überteuerte matt glasierte Keramik zu arbeiten. Den Einzelhandel als Arbeitgeber habe ich, wenn ich nicht gerade vollkommen pleite war, bisher stets vermieden, weil er mir schon immer wie die Spitze des Kapitalismus vorgekommen ist, aber nach so viel Zeit, die ich mit der Moderation und Redaktion von Online-Content verbracht habe, fühlt sich die Arbeit in einem Geschäft jetzt auf eine gewisse Weise ehrlich an. Niemand spielt hier irgendwem etwas vor, niemand tut so, als sei sein Job großartig, und niemand glaubt an das Firmen-Blabla, das wir runterbeten müssen. Hier im Laden, mit unseren Namensschildern und den unbezahlten Mittagspausen, verkaufen wir unsere Zeit, um Menschen Gegenstände zu verkaufen, und ich merke, wie mir die Kameradschaft gefällt.

Ich erfreue mich an der Routine, die mich an meine Schulzeit erinnert. Den Laden betreten, meinen Kollegen an der Kasse zuwinken und in den Belegschaftsraum hochgehen, um meine Tasche abzustellen und mir mein Schlüsselband zu schnappen – so hat es sich auch morgens in der Schule angefühlt, wenn ich ankam, meine Freundinnen auf dem Pausenhof entdeckte und Lehrer und jüngere Mitschülerinnen fröhlich grüßte, weil dieser Ort uns allen gehörte.

Der Chefin, die meine Kollegen und ich hier im Laden haben, ist alles genauso egal wie uns. Sie versucht sich an einer Karriere als Electro-Musikerin, und matt lackierte Keramik zu verkaufen, ist nur ihr Brotberuf. Wir können machen, was wir wollen, es sei denn, die Geschäftsführung stattet uns einen Besuch ab, dann tragen wir Eyeliner auf und führen mit unseren Kunden sehr ernste Gespräche über die eingeschränkte Spülmaschinentauglichkeit des Geschirrs und die Pantone-Farbe des Jahres (Leute, ob ihr's glaubt oder nicht – sie heißt »Inner Self«). Mein Lieblingskollege heißt Harry, ist zweiundzwanzig und Rugbyfan. Ich habe keine Ahnung, wie er hier gelandet ist, und keine Ahnung, warum er nicht schon längst weg ist. Wann immer er jemandem etwas verkauft hat, sucht er über die Schulter des Kunden hinweg quer durch den Laden meinen Blick und formt mit den Lippen das

Wort »Tooooor!«. Harry findet es großartig, wie wenig ich über Sport weiß, ich finde es großartig, wie viel Harry über Sport weiß. Unsere Schwätzchen laufen meistens so ab, dass ich irgendeine falsche Touchdown-Metapher verwende und ihn dann triumphierend anschaue – »Na, wie war das?« –, und er antwortet: »Vergiss es, Mädel.« Wir bringen uns gegenseitig unsere Sprache bei und finden es herrlich, wenn wir hören, wie sie in einem anderen Kontext verwendet wird.

Aber klar, jeder hasst es, als Verkäufer zu arbeiten, auch ich, zumindest theoretisch. Doch ganz praktisch gesehen bedeutet es für mich, dass ich jeden Tag an einen Ort komme, an dem ich etwas zu tun habe, das zwar einfach ist, aber dennoch meine Aufmerksamkeit fordert, und andere, die so wie ich sind, spulen genau das gleiche Programm ab, und wir tauschen die alltäglichsten Dinge aus und kommen uns dadurch näher. Ich erfahre von den Fehlgeburten und Trennungen meiner Kollegen, ihren Hoffnungen und Träumen, und ich erzähle ihnen auch ein bisschen was von meinen, und währenddessen dekorieren wir das Schaufenster neu oder nehmen Online-Bestellungen von jemandem auf, der siebzehn Vasen haben will, die sich »graduell voneinander unterscheiden«. Ich muss mit den anderen nur das teilen, was ich teilen möchte. Unsere Freundschaften, wenn man sie denn so nennen kann, beruhen auf dem unmittelbar Erlebten. Die Äußerung eines Kunden lässt bei uns eine bestimmte Kindheitserinnerung wieder lebendig werden, und der Einkaufsleiter, den alle hassen, erinnert uns an eine bestimmte Figur in *Broad City*. Ich merke, dass ich schon lange nicht mehr so gelacht habe wie hier, denn siehe da, Menschen können sehr lustig sein. Dieser nichtssagende Typ, der dir auf der Straße gerade entgegengekommen ist? Vielleicht ist er verdammt witzig. Könnte aber auch ein Impfgegner sein. Wer weiß das schon so genau.

Wenn Harry und ich die gleiche Schicht haben, stellen wir uns lustige Aufgaben für den Tag. Manchmal ist es so was wie »Rede mit allen Kunden mit einem französischen Akzent«, und manchmal wählen wir bestimmte Themen aus, die wir in unseren Kundengesprächen anschneiden müssen. Das ist ziemlich kindisch, schon klar, aber es ist zu komisch, Harry dabei zuzusehen, wie er jede Unterhaltung auf die Frage zusteuern lässt, welcher Film von Dennis Quaid der bisher beste war. Wie er an der Kasse eine Buchstütze in mintgrüne Luftpolsterfolie wickelt, innehält, den Kunden ernst ansieht und dann fragt: »Sagen Sie, geht es nur mir so, oder denken Sie auch gerade an Dennis Quaid in *Bailey*?« Ein anderes Mal trägt Harry mir auf, immer wenn jemand bei mir bezahlt, »Oh Mann, das erinnert mich an diesen Sommer in New York« vor mich hin zu murmeln. Also so was wie: »Das macht dann insgesamt 223 Dollar. Oh Mann, das erinnert mich an diesen Sommer in New York.« Und dann lache ich still in mich hinein, als würde ich mich gerade in einer Erinnerung verlieren, und der erstaunte Kunde muss sich überlegen, wie er jetzt reagieren soll.

Keiner meiner neuen Kollegen weiß um meine Beziehung, denn ich habe wirklich keine Lust, allen erklären zu müssen, dass mein Freund nicht nur mein Freund, sondern auch noch der Ehemann einer anderen ist. Sie denken alle, dass ich Single bin, und wollen mich dementsprechend andauernd mit ihren Mitbewohnern verkuppeln, preisen Bills Kochkünste oder Tinas Talente im Bouldern an.

In dieser Hinsicht ist bi zu sein ein Fluch: Man muss doppelt so viele furchtbare Verkupplungsversuche abwehren.

Harry ist fest davon überzeugt, dass ich mich sehr gut mit seinem Freund Josh verstehen würde. Er ist so hartnäckig und sich seiner Sache so sicher, dass ich eines Tages den 49-Dollar-Fingerhut, den ich gerade in der Hand halte, zur Seite lege und ihn frage: »Harry, warum genau denkst du eigentlich, dass Josh und ich uns so gut verstehen würden? Damit meine ich, in welchem Moment dachtest du: ›Sieh da, Hera und Josh – das passt wie Arsch auf Eimer‹?«

Und Harry denkt kurz nach, und dann sagt er: »Weil du die Welt retten willst, auch wenn du immer so tust, als sei sie dir egal, und Josh für eine Gewerkschaft arbeitet.«

Und ich denke, oh, okay, nach einem Monat Zusammenarbeit könnte es in der Tat sein, dass Harry mich bereits ziemlich gut kennt. Das ist interessant!

Doch auf ein Date mit Josh lasse ich mich trotzdem nicht ein, ich will meinen verheirateten Liebhaber nicht betrügen.

Ich arbeite im Laden, treffe mich gelegentlich mit meinen Freunden, lese, wasche meine Unterwäsche, und an manchen Abenden lässt sich Arthur eine Ausrede einfallen, und wir verbringen die Nacht zusammen, mieten komische Airbnb-Wohnungen und essen in Restaurants, die in der Nähe sind, entdecken die Stadt ganz neu, je nachdem, wo wir auf den letzten Drücker noch eine Übernachtungsmöglichkeit finden.

Eines Abends hat Arthur Kate erzählt, er habe ein Geschäftsessen, und so haben wir sechs (!) Stunden zusammen. Ich arbeite tagsüber und bin gut gelaunt, denke an die Liebe, den Sex, die Zärtlichkeit, die ich nach Ladenschluss genießen werde. Ich habe ihm aufgetragen, sich um den Ort zu kümmern. Eine gewisse Herausforderung. Ich bin gespannt, was er zustande bringen wird.

Normalerweise buche ich die Unterkünfte für uns und rede mir ein, dass es so ist, weil ich den besseren Geschmack von uns beiden habe (was stimmt), und nicht, weil er nicht möchte, dass unsere Spritztouren auf seinen Kreditkartenabrechnungen auftauchen, wo seine Frau sie sehen könnte. Manchmal überweist er mir direkt danach das Geld, manchmal erst Wochen später, weil er es vergessen hat und ich ihn natürlich nicht daran erinnern möchte. Ich will ihn nicht darum bitten, mir Geld für eine komische Airbnb-Wohnung zu zahlen, die wir zum Ficken benutzt haben.

Gelegentlich hat er das Geld in bar dabei, wenn wir uns treffen, und dann überreicht er es mir ganz zärtlich und sagt: »Es tut mir sehr leid, dass wir das momentan so machen müssen«, und dann reden wir nicht mehr über das Geld. Wir reden nicht darüber, dass ich mich dadurch wie jemand fühle, den er auszahlen muss. Wir reden nicht darüber, dass er Geld hat und ich keins und wie das jede

Interaktion mit Verkäufern oder Kellnern unbewusst auflädt. Wie eine Pause entsteht, wenn wir uns beide einen Kaffee holen und der Barista fragt: »Zusammen oder getrennt?«, und wir »zusammen« sagen und Arthur zahlt und ich mich immer bedanke, weil ich weiß, was sich gehört, und obwohl ich es hasse, mich zu bedanken, weil er eine Million mal mehr verdient als ich und wir außerdem beide wissen, dass er mich sofort ins nächste Gebüsch schubsen würde, sollten seine Frau oder gemeinsame Freunde von ihnen uns jemals zusammen sehen, und dass er so tun würde, als kenne er mich nicht, und dass ich, wenn die Luft rein wäre, herauskrabbeln und mir den Dreck abklopfen würde und wir dann Arm in Arm weitergehen würden und ich mein Märtyrerinnen-Dasein akzeptieren würde, weil ich mich auf den Deal nun mal eingelassen habe. Würde ich hingegen sagen, dass ich mich schlecht behandelt oder gar übervorteilt fühle, wäre der Deal geplatzt, und ich hätte keine Rechtfertigung mehr, um mit dem Menschen, den ich liebe, zusammen zu sein. Es ist ungemein wichtig, dass wir so tun, als wäre ich eine gleichwertige Partnerin in dem Deal.

Aber heute – heute hat er reserviert. Ich bin begeistert. Bei der Arbeit bittet mich meine Vorgesetzte, eine Schaufensterauslage neu zu dekorieren und »kreativ zu sein«. In den nächsten acht Stunden, während ich zwischendurch neue Ware auspacke und pastellfarbene Zahnbürstenhalter verkaufe, kreiere ich mein ultimatives Meisterwerk: eine matt glasierte Keramik-Hommage an *Romy und Michele*. Natürlich kommuniziere ich das nicht offen an meine Vorgesetzte, auch steht es nirgendwo in der Auslage, aber ich gehe davon aus, dass jeder, der den Film kennt, sofort einen Zusammenhang herstellen wird zwischen den lila Federboas, die ich um die grellgelbe Töpferware drapiert habe, und Alan Cummings, wie er »Michele« haucht. Ich lasse im Laden »Time After Time« in Dauerschleife spielen und zwinge Harry, Wange an Wange mit mir durch die Gänge zu tanzen. Ich denke lächelnd an die Spitzenunterwäsche, die unter meiner Brotdose in meiner Jutetasche im Belegschaftsraum auf mich wartet. Ich sage einer Kundin, dass der Armleuchter, den sie gerade kauft, »ein wunderbares Stück ist, um den Übergang vom Tag in den Abend zu zelebrieren«, und sie stimmt mir begeistert zu, und nachdem sie den Laden verlassen hat, biegen meine Kollegen und ich uns vor Lachen.

Gegen drei Uhr schickt mir Arthur die Adresse unserer Unterkunft. Auf Google Maps kann ich sehen, dass es sich um ein sehr steriles Gebäude gegenüber von einem Krankenhaus handelt, ganz in der Nähe meiner Mutter und somit auch dort, wo ich gewohnt habe, bevor mein Vater das Sorgerecht bekam. Mir wird flau im Magen. Ich mag diese Ecke der Stadt wirklich nicht. Sie erinnert mich an sehr viel Leid, von dem Arthur nichts weiß. Ich glaube, ich habe ihm schon einmal erzählt, dass meine Mutter in dieser Gegend wohnt. Aber ich kann wohl nicht erwarten, dass er sich das merkt – und selbst wenn, woher sollte er wissen, dass er um diesen Teil der Stadt einen Bogen machen sollte? Viele Leute mögen die Gegend, in der sie aufgewachsen sind, in der ihre Mutter noch wohnt. Viele Leute mögen ihre Mutter.

Ich beschließe, dass ich mich davon nicht runterziehen

lassen werde. Nein, es wird alles gut, alles bestens. Ich werde mit ihm dort sein, und es wird um uns gehen, nicht um sie. Ich weiß ja gar nicht, ob meine Mutter dort überhaupt noch wohnt, sage ich mir, ich vermute es nur. Vielleicht ist sie weit weggezogen. Aber da ich keine Möglichkeit habe, das herauszufinden, halte ich jede Frau mittleren Alters, die ich auf der Straße sehe, als ich nach der Arbeit im Bus sitze und in ihre Gegend fahre, für sie.

Als ich am altvertrauten Supermarkt, dem Metzger, dem Gemüsehändler vorbeifahre, erinnere ich mich daran, wie fixiert ich damals auf meine Figur war, wie ich vor jedem Schaufenster stehen blieb, um mich zu betrachten und meinen Bauch so einzuziehen, dass ich meine Rippen durch das T-Shirt sehen konnte, wie ich mir wünschte, diesen Körper loszuwerden und diese Mutter, an die das Universum mich grausamerweise gekettet hatte. Als Teenagerin war ich begeisterte *Nylon*-Magazin-Leserin, und ich fand, dass man sich immer noch Feministin nennen durfte, auch wenn man eine Frau hasste – solange es nur eine einzige war.

Schluss damit, Hera! Du bist nicht mehr dieses Mädchen, sage ich mir. Du bist gerade auf dem Weg zu einem Treffen mit dem Mann, der dich wie ein Mensch fühlen lässt, und diese Läden können dir nichts anhaben: Es sind einfach nur Läden.

Ja, es sind einfach nur Läden. Aber alles ist immer nur irgendetwas. Und ich bin seltsam verletzlich, fühle mich unwohl in dieser kleinen Ecke Sydneys, in der ich seit so vielen Jahren nicht mehr gewesen bin.

Ich steige in der Nähe des Krankenhauses aus. Meine

Jutetasche klebt an mir und erinnert mich daran, wie ich in meinen frühen Highschool-Jahren, bevor ich zu Dad zog, nur ein paar Straßenecken weiter aus dem Schulbus stieg und mein schwerer Rucksack meine Schultern niederdrückte und sich Schweißflecken unter den Achseln meiner Polyesterschuluniform bildeten. Auch heute sehe ich Schulmädchen in Grüppchen durch die Gegend laufen, und dann frage ich mich, bei wem sie dieses Wochenende feiern werden und ob womöglich irgendein historisches Ereignis aus dem Geschichtsunterricht eine Spur in ihren jungen Köpfen hinterlassen hat. Ich denke zurück an Soph und Sarah und die Cafés, in denen wir nach der Schule saßen, daran, dass wir noch nicht wussten, was die Zukunft mit sich bringen würde, und daraus Hoffnung schöpften. Ich lächle den Schulmädchen zu, und sie lächeln nicht zurück, denn ich bin alt und unwichtig. Ich will ihnen zurufen: »Halt! Versteht doch! Ich war früher eine von euch, ich weiß, wie ihr denkt, ich liebe euch!« Aber ich reiße mich zusammen. Außerdem muss ich los. Schließlich wartet ein steriles Hotelzimmer auf mich.

Arthur ist zu diesem Zeitpunkt noch bei der Arbeit. Er arbeitet immer lange, auch wenn er sagt, dass er früh Schluss machen wird. Das gibt mir die Gelegenheit, den Laden ein wenig aufzumöbeln, ein bisschen was umzustellen, das Ganze etwas schöner zu machen. Ich werde meine Reizwäsche anziehen und nicht über mich selbst lachen. Ich bin eine Frau und habe einen Körper und trage mit Ernst und Würde Reizwäsche. Ich habe einen kräftigen, kurvigen Körper, den ich früher gehasst habe. Ich hatte immer das Gefühl, dass mich mein Fleisch geradezu erdrückt, meinen Wesenskern überlagert. Aber langsam fange ich an zu akzeptieren, dass ich dieses Fleisch bin, und je mehr Fleisch es gibt, desto mehr gibt es von mir. Ich mag meine Hüften, ich mag, wie sie sich bewegen. Ich mag, wozu sie in der Lage sind. Ich mag, wozu sie mit Arthur in der Lage sind.

Ich bin angekommen. Das Zimmer ist furchtbar. Es fühlt sich absurderweise an wie in einem Krankenhaus. Das grelle Licht, die Nüchternheit. Es wirkt wie ein Wartezimmer zum Tod. Also nicht gerade Romantik pur. Arthur verspätet sich, und ich bin genervt. Ich spüre, wie ich mich verkrampfe. In meinem Kopf höre ich mich mit schriller Stimme schimpfen, und ich hasse es, ich unterdrücke die Regung. Ich habe mich aktiv dazu entschieden, bei dieser Geheimniskrämerei mitzumachen, also habe ich kein Recht zu schimpfen. Ich hasse es, wie sich mein Kopf ständig etwas ausmalt. Inzwischen male ich mir im Grunde pausenlos etwas aus. Immerhin lenkt mich die Arbeit im Laden etwas ab. Wenn ich mit Harry herumblödele, erinnere ich mich daran, dass ich einmal lustig war, dass mein Kopf regelmäßig Unsinn ausgeheckt hat. Aber jetzt ist es ein Ding der Unmöglichkeit, an diese Version von mir selbst anzuknüpfen. Um mit Mariah Carey zu sprechen: *I don't know her*.

Kurz und gut, als Arthur endlich auftaucht, liege ich lasziv in Reizunterwäsche auf dem Bett. Ich fordere ihn auf, zu mir zu kommen, und wir schlafen miteinander. Es ist nicht mehr so wie am Anfang, aber vielleicht ist es sogar noch besser, denn inzwischen kennen wir unsere Körper, und wir kennen uns. Ich weiß sein Mienenspiel zu deuten. Er weiß, wann und wo und wie lange er mich berühren soll. Er hat mir von seiner Mutter und seinem Vater erzählt. Ich kenne seine Lieblingsband, sein Lieblingslied, weiß, welche Lebensmittel er gar nicht mag (es gibt genau drei), was er gern trinkt, was er nicht gern trinkt. Wie er sich früher seine Zukunft vorstellte, worüber er in seinen Mittagspausen nachdenkt. Und er kennt meine Träume. Na ja, zumindest ziemlich viele. Je mehr ich ihm erzähle, desto mehr merke ich, wie viel es noch zu erzählen gibt. Das macht mich glücklich, diese Entdeckung, dass in mir doch noch Dinge schlummern, die ich gern einmal tun und erleben und erreichen möchte. Er ist überzeugt davon, dass ich das alles später in die Tat umsetzen werde, sagt er mir, und wenn er das sagt, dann bin ich auch davon überzeugt.

Ich glaube nicht an mich selbst, weil er es tut – so einfach ist es nicht. Ich glaube daran, weil ich ihm davon erzählt habe, und ich erzähle ihm nur Dinge, die stimmen, denn was hätte Liebe sonst für einen Sinn?

Wir essen in einem Restaurant in der Nähe zu Abend, und genau wie damals, als wir zum ersten Mal beim Chinesen waren, liebe ich es immer noch, wenn er bestellt. Ich liebe es, wie schlecht er darin ist.

Wir trinken Wein. Ich mag Wein sehr gern, aber er vielleicht noch mehr. Ich kann trinken, wann immer ich will. Mit ihr trinkt er nicht so viel, habe ich das Gefühl.

Während wir hier sitzen und essen, ist sie inzwischen hochschwanger. Das Baby ist ein Mädchen – zumindest bis sie uns etwas anderes sagt. Er redet von dem Baby, als wäre es etwas, das unabhängig von der Mutter existiert, und so mache ich es auch. Das Baby befindet sich nicht in der Gebärmutter derjenigen, die gerade ahnungslos zu Hause sitzt.

Wir sprechen darüber, wie sie das Baby nennen werden. Er zählt Namen auf, die ganz sicher von Kate kommen, weil sie nicht zu ihm passen – Meg, Nell, Judy –, und diese Namen eröffnen mir einen ungewollten Einblick in Kates Persönlichkeit. Ich will sie nicht als Mensch mit Vorlieben und Wünschen sehen, denn dann kann ich unmöglich ihr Leben zerstören. Ich hasse es zu wissen, dass sie Ethel Turners *Seven Little Australians* mag.

Ich schlage Maisie vor, ein kleiner Insiderscherz, den nur ich verstehe. Arthur hat noch nie etwas von Henry James gelesen, deswegen kapiert er die Anspielung nicht, und ich erkläre sie ihm auch nicht, das wäre fies. Allerdings gefällt ihm der Name richtig gut. Er probiert ihn immer wieder aus: »Maiiiiiisiie.« Ich muss zugeben, mit seinem englischen Akzent hat er was.

Wir sprechen über unser zukünftiges Zuhause. Darüber, welchen Einfluss ich auf das Baby haben werde. Wie ich in seine Zoom-Konferenzen hineinplatzen werde. Und sogar darüber, wie wir uns alle zusammen um das Kind kümmern werden. Wie wir drei Erwachsenen hoffentlich irgendwann einen Modus Vivendi finden und uns nicht unbedingt gut, aber auch nicht schlecht verstehen werden. Um des Kindes willen. Das sind Standardthemen für uns, seit er mir gesagt hat, dass Kate schwanger ist, und ich ihn nicht verlassen habe. Wenn wir sie nur oft genug ansprechen, werden sie irgendwann wahr, hoffe ich. Wir sprechen auch über die Kinder, die wir beide einmal haben werden. Wie alle Kinder dann als Geschwister aufwachsen, wie sie sich lieben werden. Ich spüre, wie ich ganz in dieser Möglichkeit, eine Person mit einer eigenen Familie zu sein, aufgehe. Ich bin fünfundzwanzig, wohne in einer WG und arbeite in einem Keramikladen. Die Tatsache einer herannahenden Mutterschaft sollte mich vielleicht eher abschrecken, aber das ist nicht der Fall. Ich werde Arthur haben, unsere Kinder haben, einen Zweck erfüllen im Leben.

Wir sind recht früh mit dem Essen fertig. Er hat noch ein paar Stunden, bevor er wieder zu Hause sein muss, also gehen wir zurück zu unserer Airbnb-Wohnung. Arm in Arm laufen wir die Hauptstraße dieser Vorstadt-Enklave entlang, und ich bin angetrunken und verliebt genug, um für einen Moment zu vergessen, wo ich bin – um zu vergessen aufzupassen.

Und natürlich werfe ich ausgerechnet jetzt einen Blick über die Straße und sehe sie, meine Mutter, wie sie vor einem Restaurant steht und sich mit jemandem unterhält. Sie ist gealtert, seit ich sie das letzte Mal gesehen habe, aber ihre Gestik ist immer noch genau die gleiche.

Die blanke Wut kriecht meinen Rücken hinauf, aber ich habe auch Angst, muss ich zu meiner Schande gestehen. Ich verspüre den Drang, mich hinter einem Briefkasten zu verstecken, damit sie mich nicht sieht. Ich fühle mich wie ein kleines Kind. Instinktiv schnappe ich mir Arthurs Hand, ziehe ihn mit mir und zwinge ihn im Laufschritt die Straße entlang, bis wir um eine Ecke gebogen sind.

Dort halten wir an, beide ein wenig außer Atem. Da ich weiß, dass man in meinem Gesicht gerade meine Angst, meinen Schmerz lesen kann, halte ich meinen Kopf für einen kurzen Moment gesenkt. Ich kann ihm nicht von meiner Mutter erzählen, nicht jetzt. Ich will es, wirklich – vielleicht zum ersten Mal überhaupt will ich jemandem, mit dem ich zusammen bin, von ihr und ihren Taten erzählen. Aber ich schiebe dieses Gefühl beiseite. Weil Arthur in mir eine erwachsene Frau sehen soll, die bereit ist, ein Kind großzuziehen – kein ängstliches kleines Mädchen, das erst mal selbst mit Mami klarkommen muss. Also umarme ich ihn ein paar Sekunden lang richtig fest, um mich sammeln zu können, und schaue ihn erst dann an.

»Entschuldige«, sage ich. »Du fragst dich wahrscheinlich, was das war.«

»Äh, ja. Hera, geht's dir gut?«

Natürlich ist er verwirrt. Wie kann ich das, was gerade passiert ist, erklären? Lass dir was einfallen, Hera.

»Es ist …«, fange ich an und denke fieberhaft nach. »Es … Ich habe eben meine Ex gesehen. Und ich wollte nicht, dass sie uns sieht. Ich wollte dich nicht in so eine Position bringen. Dass wir lügen müssen. Also sind bei mir die Sicherungen durchgebrannt. Tut mir leid.«

Er guckt mich verständnisvoll an. »Mein Schatz, es tut mir so leid. Es tut mir so leid, dass du das Gefühl hattest, so etwas tun zu müssen. Das ist wirklich nicht fair, oder?«

»Nein, ist es nicht«, bestätige ich.

Wie habe ich es nur hinbekommen, die Situation in diese Richtung zu lenken?

Wäre ich nicht ganz so aufgewühlt, würde ich vielleicht versuchen, meinen Vorteil weiter auszuspielen – ihn dazu bringen, einer bestimmten Frist zuzustimmen, innerhalb derer er Kate verlassen haben muss, oder so etwas in der Art. Aber ich bin viel zu erledigt, um strategisch zu denken. Lasse die Gelegenheit ungenutzt. Er soll sich jetzt einfach ein bisschen schuldig fühlen. Und ich kann die Großzügigere von uns beiden spielen.

»Komm, wir gehen zurück zur Wohnung. Wir haben schließlich noch ein paar Stunden, bevor du wieder zu Kate musst.«

Verletzt verzieht er das Gesicht – es kommt selten vor, dass ich explizit erwähne, dass er, wenn er mich verlässt, zu ihr zurückkehrt. Aber jetzt – warum nicht? Soll er sich ruhig schlecht fühlen.

Als wir wieder in unserem Zimmer sind, sage ich zu Arthur, dass ich einfach nur zusammen mit ihm einschlafen möchte. Ihm steht die Schuld ins Gesicht geschrieben. »Natürlich, Hera, natürlich können wir das tun.«

Also kuscheln wir uns aneinander, mein Kopf liegt auf seiner Brust, und wir schlafen ein. Und ungefähr zwei Stunden später, um halb zwölf, schrillt sein Wecker, und wir sind wieder in der echten Welt. Im Halbschlaf sammeln wir unsere achtlos im Zimmer verteilte Kleidung auf und ziehen uns an. Wir ziehen unsere Socken an, binden uns die Schuhe, schauen, dass wir nichts zurückgelassen haben. Arthur ruft uns ein Uber, das zweimal halten wird. Zuerst bei ihm, er wohnt näher. Ich ducke mich im Auto, sodass sie mich nicht sehen kann, sollte sie aus dem Fenster gucken. Der zweite Halt ist bei mir, wo ich allein aussteige.

Später, in meinem Dachgeschossbett, lasse ich den Tränen, die ich zurückgehalten habe, freien Lauf. Ich wünsche mir so sehr, dass Arthur Kate alles erzählt. Ich möchte neben ihm aufwachen und ihm alles über meine Mutter erzählen. Ich will einen Verbündeten in meinem Leben, ihn in meinem Team haben. Ich möchte mit ihm sein Kind großziehen und weitere Kinder haben. Ich will, dass wir eine Familie sind. Und ich glaube, ich kann nicht mehr warten, bis er so weit ist. Ich weiß noch nicht, wie, aber ich muss ihm klarmachen, dass ich ihn nicht darum bitte, sie zu verlassen, sondern es ihm befehle. Ich brauche einen konkreten Zeitrahmen, ein Datum. Nicht nur »wenn das Baby nachts nicht mehr so oft kommt« oder irgendeine schwammige Variante davon. Ich werde diese Art von Frau sein müssen.

Während ich darauf warte, genug Mut aufzubringen, Arthur ein Ultimatum zu stellen, lebe ich weiter vor mich hin.

Bei der Arbeit denke ich immer wieder an die Schulzeit zurück, als ich noch so viel mehr Elan hatte. Jetzt packe ich teure Tassen in Geschenkpapier ein und verkaufe Kunden Suppenteller für den absurden Preis von 200 Dollar, und meinen ganzen Elan spare ich mir für meine Treffen mit Arthur auf.

Wäre ich eine echte Vertreterin meiner Generation, würde ich jetzt wohl beschreiben, wie ich mich im Nullkommanichts mit meinen Mitbewohnern angefreundet habe und mit ihnen morgens verkatert auf der Veranda sitze und Tee trinkend über Gentrifizierung rede. Aber in Wahrheit bin ich ziemlich oft allein, genauso wie die Leute, mit denen ich zusammenlebe. Das hier sind nicht die Siebziger, wir laufen uns nicht irgendwie über den Weg. Man muss sich mit anderen auf einen Tag und eine Uhrzeit einigen, um sie zu sehen, und dann hoffen, dass niemand verschiebt oder absagt. Ich bin erstaunt, dass man sich überhaupt noch sieht. Es ist so viel einfacher abzusagen, als sich in die U-Bahn zu setzen. Und ich sage ab. Ich schäme mich dafür, schäme mich, dass ich mir erlaubt habe, so zu werden, dass ich mich so wenig für mein Leben einsetze, *mein eigenes Leben*. Aber ich will nicht, dass meine Freunde da noch mehr hineingezogen werden.

Doch ganz kann ich ihnen nicht aus dem Weg gehen. Manchen Menschen kann man leicht absagen, Sarah nicht. Diese Dame ist gut organisiert und äußerst hartnäckig. Eine Woche nach der Sache mit meiner Mutter veranstaltet Sarah ein Abendessen bei sich zu Hause. Die Gästeliste besteht aus Tess, Soph, Ben, Bens aktuellem Liebhaber Tim (Rettungssanitäter, hasst Knoblauch??) und John und Angela (ja, »Alle Macht den Sexarbeiterinnen«-John). Sie hat deutlich gemacht, dass meine Anwesenheit Pflicht ist, also bin ich da. Obwohl sie ihre Mitbewohner an diesem Abend ausquartiert hat, hat Sarah nicht genug Stühle für uns alle, also hat sie auch das Sofa an den Tisch gerückt. Aus irgendeinem Grund lande ich mit John und Angela auf dem Sofa. Folglich sitzen wir viel niedriger als alle anderen, auf Augenhöhe mit der Tischplatte. Soph sitzt uns gegenüber und deutet auf mein Handy. Verstohlen lese ich die Nachricht, die sie mir geschickt hat: *Wow, Süße, Arschkarte gezogen, was? Viel Spaß noch xx.* Als ich zu ihr hochschaue, grinst sie mich maliziös an, dann wendet sie sich Tim zu und sagt etwas, das anscheinend lustig ist, denn er lacht.

Vor uns sieht es aus wie in einem Ottolenghi-Kochbuch, überall Granatapfelkerne, Blumenkohlköpfe, die wie essbare Tischdeko aussehen, dazwischen Weingläser und Flaschen. Was haben wir Millennials nur vor Ottolenghi gemacht, frage ich mich. Gehungert?

Ich versuche, mich mit John und Angela zu unterhalten, ich bemühe mich wirklich sehr, aber es ist, wie einen Gesichtsausdruck bei jemandem hervorkitzeln zu wollen, der gerade frisch gebotoxt ist. Als ich sie frage, wie ihr Wochenende war, erzählen sie mir von ihren schönen Spaziergängen. Die Leute sagen immer, dass es langweilig ist, wenn jemand einem erzählt, was er geträumt hat, aber die Träume der anderen sagen wenigstens etwas über ihr Innenleben aus. Wirre Metaphern, Zähne, die herausfallen, Hetzjagden durch Flughäfen – über Träume zu reden, bedeutet, den Irrsinn anzuerkennen, der in jedem von uns steckt. Aber die Beschreibung eines Pärchenspaziergangs entlang der Küste – das lässt mich durchdrehen. Ich sehe, wie Soph und Tim auf der anderen Seite des Tisches eine allem Anschein nach sehr viel interessantere Unterhaltung führen und Sarah sich intensiv mit Tess und Ben unterhält. Das Wort »Lippenstiftlesbe« weht zu mir herüber und scheint geradezu nach mir zu rufen, aber ich kann mich wohl kaum mir nichts, dir nichts von John und Angela lösen, um unverhohlen auf die Suche nach spannenderen Themen zu gehen, und ganz abgesehen davon ist das Sofa, auf dem wir sitzen, so niedrig und tief, dass wir uns im Grunde in einer anderen Welt als der Rest der Gäste befinden.

Mit unangenehm verrenktem Rücken nicke ich meinen Nachbarn zu. »O ja«, sage ich. »Das klingt nach einem sehr schönen Spaziergang.«

»Nicht wahr?« John und Angela drängen mich mit einem auffordernden Lächeln dazu, meinen Part zu sprechen, damit sie mit ihrem fortfahren können.

Ich unterdrücke ein Schaudern. Versuche, mich dagegen zu sperren. Aber sie haben so erwartungsfrohe, hoffnungsvolle Gesichter. Ich gebe mich geschlagen. »Aber an den Wochenenden ist dort doch bestimmt ziemlich viel los, oder?«

Sie sind begeistert. »Ja, *total*! Es ist verrückt, wie voll es am Wochenende ist – und alle natürlich ohne Maske, und man ist echt nah beieinander!«

Lass es. Lass es, Hera! Erwähne nicht, dass auf Johns Instagram-Story vom letzten Wochenende weder er noch Angela auf ihrem Spaziergang eine Maske tragen.

Ich genehmige mir einen großen Schluck Wein. Trinke mich langsam, aber sicher in einen Zustand der Besinnungslosigkeit. Am ehesten überstehe ich dieses Gespräch, indem ich mich tot stelle, nichts weiter anbiete. »Wie wahr«, sage ich ohne jede Ironie in der Stimme. »Ihr habt so recht.«

Ich rücke auf dem Sofa bis zur Kante vor und konzentriere mich auf meinen Teller, um John und Angela deutlich zu machen, dass dieser Teil der Unterhaltung nun beendet ist. Lasst uns eine Pause machen, uns neu sortieren und dann andere Grüppchen bilden. Ich erlaube mir einen kurzen Blick auf mein Handy und sehe, dass Arthur geschrieben hat.

Na, was macht die Dinnerparty?

Die Dinnerparty kann mich mal, Arthur, will ich am liebsten zurückschreiben. *Wieder einmal sitze ich allein an einem Tisch voller Pärchen, und außerdem mag ich Tahini nicht, und ich habe Angst, dass ich bald durchdrehe und John mein Messer zwischen die Augen ramme.*

Statt zu antworten, drehe ich das Handy um, sodass ich neue Nachrichten nicht mehr sehen kann.

Je mehr getrunken wird, desto lauter wird es am Tisch, und die Leute fangen an, sich an die ganze Gruppe zu richten, nicht nur an die direkten Nachbarn.

»Okay! Okay!«, schreit Sarah. »Der Reihe nach. Jeder muss sagen, was das Schlimmste war, das er diese Woche gemacht hat.«

John und Angela murren, wohingegen Ben begeistert »Jawoll!« ruft und der arme Tim einfach nur verwirrt aussieht. Und mit diesen Leuten bist du befreundet?, sehe ich ihn Ben innerlich fragen.

Soph, Sarah und ich haben uns dieses Spiel vor vielen Jahren in einer Bar ausgedacht, nach einem Abendessen, bei dem der Gastgeber seine Gäste darum gebeten hatte, ihre »Tief- und Höhepunkte der Woche« mit allen zu teilen. Normalerweise spiele ich es sehr gern, aber nicht heute. Denn was habe ich in letzter Zeit gemacht, was *nicht* schlimm war?

Sarah fordert mich heraus, so viel steht fest. Eigentlich haben wir eine unausgesprochene Abmachung, dass sie und Soph mein Mätressen-Dasein im Beisein anderer nicht ansprechen.

Ben räuspert sich und legt als Erster los. »Ich war diese Woche im Fitnessstudio und wollte joggen, aber alle Laufbänder waren besetzt, und auf einem lag ein Handtuch, was logischerweise heißt, dass es sich jemand gekrallt hatte, aber ich habe das Handtuch einfach beiseite geworfen und bin aufs Laufband rauf. Und ein paar Minuten später kommt der Typ zurück, sieht, was passiert ist, hebt sein Handtuch auf und stellt mich zur Rede, okay? Er fragt mich, ob ich sein Handtuch weggenommen und sein Gerät gestohlen habe. Und ich hab ihn todernst angeschaut und gesagt: ›Tut mir leid, Kumpel, aber ich habe keine Ahnung, wovon du sprichst‹, und bin einfach weitergelaufen.«

»Ach, hör auf, Ben«, antwortet Sarah, »das ist nicht sonderlich schlimm. Du bist einfach ein fieses kleines Luder, und das ist nun wirklich nichts Neues.«

Ben zuckt fast schon stolz die Schultern. »Was soll ich sagen? Wo sie recht hat, hat sie recht.«

»Okay, okay, ich bin dran!«, stürzt sich Angela ins Gefecht, als wollte sie es schnellstmöglich hinter sich bringen. »Ich habe bei der Arbeit Scheiße gebaut. Ich habe jemanden bei einem Mailwechsel in Cc gesetzt, den ich auf gar keinen Fall hätte reinnehmen sollen, aber ich saß am Laptop einer Assistentin, weil mein Rechner kaputt war, und hatte die Mail von ihrem Account aus geschickt, weil ich zu faul war, mich neu einzuloggen, nur um diese eine Sache weiterzuleiten, auf die sie auch Zugriff hatte, und als ich gemerkt habe, was passiert war, habe ich mich einfach bei ihr ausgeloggt und für den Rest des Tages meinen eigenen Account verwendet, und noch hat niemand was gesagt, aber wenn das rauskommt, wird sie richtig in der Scheiße stecken.«

O nein, Angela hat die Spielregeln nicht verstanden. Denn wir anderen sind uns einig, dass wir über so etwas nun mal nicht lachen. Also schweigen wir betreten.

Nach einer Weile melde ich mich zu Wort. Ich kann nicht anders. Ich bin betrunken und wütend. Ich versuche, meine Äußerung diplomatisch zu verpacken, es gelingt mir aber nicht sonderlich gut. »Okay. Aber, Ange, das Ding ist doch, dass es irgendwann tatsächlich irgendwem auffallen wird und du dann auf jeden Fall die Wahrheit sagen musst. Ich meine, du wirst doch ein superschlechtes Gewissen haben. Willst du dich nicht lieber direkt drum kümmern, auch wenn das heißt, dass du die Konsequenzen tragen musst?«

Und sie antwortet: »Ja schon, aber wenn ich die Wahl zwischen einem schlechten Gewissen und einer Entlassung habe … Ich lass mich doch nicht feuern.«

Spannung liegt in der Luft, es sieht so aus, als hätte Angela kapiert, dass wir anderen zwar gern rumzicken, aber nichts davon halten, Unschuldige für unsere Fehler verantwortlich zu machen. John blickt auf seine Hände, und als auch andere ihre Blicke abwenden, geht Angela in die Defensive.

Sie bricht zusammen. Um sich nicht weiter lächerlich zu machen, sucht sie nach einem neuen Opfer und findet eines. Mich.

»O mein Gott, Hera. Jetzt tu nicht so, als würdest du nicht genau das Gleiche machen. Wir wissen alle, dass du es mit einem Typen treibst, der verheiratet ist und bald ein Baby kriegt. Ich glaube, damit belegst du eindeutig den ersten Platz in Sachen schlimmste Handlung der Woche, findet ihr nicht auch, Leute?«

Stille, abgesehen von Ben, der ein gehauchtes »Neiiiin« von sich gibt. Ich erstarre. Es ist eine Sache zu erfahren, dass die anderen untereinander über meine Schandtaten sprechen – es ist nicht so, als hätte ich mir darüber nicht schon Gedanken gemacht –, aber dass das von Angela kommt? Angela, die gerade eben kein Problem damit hatte, zuzugeben, ihren eigenen Arsch auf Kosten einer Assistentin zu retten? Angela, eine der größten Langweilerinnen auf der ganzen Welt? Da hört es auf.

Ich setze zu einer Erwiderung an, doch noch bevor ich meine im Geiste noch nicht ganz ausformulierte Antwort geben kann, schreitet Sarah ein. Sie steht auf. Sie hat etwas Stählernes an sich, ihre Worte sind klar und deutlich. »Angela, ich denke, du gehst jetzt besser. John, kannst du Angela bitte nach Hause bringen?«

Angela starrt sie an. »Das ist jetzt nicht dein Ernst, oder?«

Sarah zwinkert mir subtil zu, dann sagt sie zu Angela: »Das ist leider mein voller Ernst, so wahr dieser Planet gerade den Bach runtergeht.«

Und damit ist Angela nicht mehr Teil der Gruppe. Es ist wie bei den *Real Housewives*, nur dass keiner von uns reich ist.

Danach geht der Abend eher gedämpft weiter und ohne dass jemand Angelas Anschuldigungen noch mal aufgreift, außer Ben, der sagt, Angela sei in ihrem Urteil »viel zu krass gewesen, Süße«. Tim fühlt sich sichtlich unwohl, und ich sehe, wie er versucht, Ben unauffällig dazu zu bringen, der Abendgesellschaft mitzuteilen, dass es Zeit für sie sei, zu gehen, dass es großartig geschmeckt habe und so weiter. Während ich nur sporadisch etwas zur Unterhaltung beitrage, sehe ich, wie Sarah und Soph mir von Zeit zu Zeit besorgte Blicke zuwerfen. Tess betreibt Schadensbegrenzung und versichert Sarah, wie gut das Essen war.

Nachdem wir dieses Theater ungefähr eine Stunde lang

gespielt haben, kapiert Ben es endlich, und er und Tim verabschieden sich. Als sie weg sind, zieht sich auch Tess diskret zurück: Sie hatte einen langen Tag im Atelier und wird sich schon mal hinlegen, sagt sie.

Und dann sind wir nur noch zu dritt, und ich weine – nur ein paar Tränen, nur kurz. Sarah und Soph nennen Angela eine Vollidiotin, die niemals mehr auch nur einen Fuß in dieses Haus setzen wird, wodurch ich mich ein bisschen besser fühle, aber nur ein bisschen.

Mit ihren wohlmeinenden Sprüchen sind sie wie Christine Baranski und Julie Walters in *Mamma Mia!*. Ich weiß, dass sie mich lieben, und ich weiß, dass sie mir glauben, wenn ich ihnen sage, dass ich diesen Mann liebe. Und ich weiß, dass sie wissen, dass es nichts bringt, mir zu raten, ich solle mit ihm Schluss machen, also werden sie mit mir da einfach durchmüssen, trotz aller Bedenken.

Da ich meine Freundinnen nicht zu der Annahme verleiten möchte, er werde seine Frau vielleicht doch nicht verlassen oder er behandle mich nicht mit dem gebotenen Respekt, verschweige ich, dass ich inzwischen morgens nach dem Aufwachen nicht mehr daran denke, was ich vom Tag möchte, sondern nur noch, ob ich die Gelegenheit haben werde, mit Arthur zu sprechen, Arthur zu sehen.

Also mache ich Witze – Witze, die ihnen zeigen, dass es mir gut geht, dass sie sich keine Sorgen machen müssen, mich nicht aufhalten müssen.

Wir schenken uns noch mehr Wein ein, und ich beginne zu dozieren: »Was einem niemand über das Dasein als Geliebte sagt, ist, dass man nur die wenigsten Hotels schon ab halb neun beziehen kann, und ist das nicht verrückt, wenn man bedenkt, dass genau dann der Fake-Arbeitstag des durchschnittlichen Ehemanns beginnt?«

Vor einem Jahr hätten sie darüber vielleicht noch gelacht, doch jetzt sehe ich nur, wie sie innerlich schaudern.

Dennoch versucht sich auch Soph an einem locker-flockigen Ton. Im gleichen belehrenden Ton wie ich sagt sie: »Und erst der Sex im Freien! Niemand erwähnt die Wadenkrämpfe, die man regelmäßig erleidet, wenn man jemanden an einen Baum gelehnt fickt!«

Ich lache: Das ist lustig, weil es stimmt.

Nachdem Arthur und ich zum ersten Mal in der Öffentlichkeit miteinander geschlafen hatten, konnten wir selbst kaum glauben, was wir da Unverfrorenes getan hatten, und schickten uns noch Tage und Wochen danach Nachrichten – *Haben wir das wirklich getan?*, und *Jeder hätte uns sehen können*, und *Das war total verrückt!!!* –, aber wenn der Partner verheiratet ist und man selbst in einer Bruchbude wohnt, ist die Auswahl an Orten, an denen man Sex haben kann, recht begrenzt, sodass Sex in aller Öffentlichkeit bald zu einer normalen Angelegenheit wird.

Ich gebe Sarah und Soph noch ein paar kluge Ratschläge mit auf den Weg. Immer einen Rock tragen. Man könnte meinen, sich die Hose runterzuziehen, ginge ebenso schnell, aber sofern man sie nicht ganz ausziehen und somit in einem öffentlichen Park blank ziehen möchte, legt sie sich wie eine Fessel um die Füße und hindert alle Beteiligten daran, sich frei zu bewegen und Spaß zu haben. Und stets eine Picknickdecke einpacken. Alle betonen immer, wie schwer Grasflecken aus der Kleidung gehen, und das stimmt, aber niemand spricht von der ganzen Erde, die sich in Unterwäsche und Körperöffnungen ansammelt, wenn man es auf dem nackten Boden treibt.

Die Mädels lachen mit mir, aber erneut liegt über allem eine gewisse Vorsicht. Es ist, als würden wir dieses Gespräch entlang eines Risses führen, der jederzeit aufbrechen und mich verschlingen könnte. Ich könnte jederzeit etwas sagen, das *zu* echt ist, *zu* schrecklich, und dann würde keine von uns mehr ihre Rolle ordentlich spielen können.

Und ich weiß auch nicht, welche Reaktion ich eigentlich von ihnen erwarte, was ich erreichen möchte, wenn ich diese lustigen, leicht gestörten Sätze von mir gebe. Ich vermute, ich will alles so aussehen lassen, als handele es sich hier um Konzeptkunst, als sei das Ganze eine Performance und ich die Künstlerin. Doch wäre mein Liebesleben Yoko Onos *Cut Piece*, dann wäre ich eindeutig ihre Bluse und nicht die Schere. Das Problem ist, dass ich Soph und Sarah wichtig bin. Sie sind der Meinung, ich hätte Besseres verdient, als eine Bluse zu sein, die zerschnippelt wird. Also mache ich weiter mit meinen Scherzen und Sketchen, bis Soph schließlich nach Hause und Sarah ins Bett geht und ich auf Sarahs Sofa einschlafe, weil ich diese Nacht nicht allein in meinem Bett verbringen möchte.

Am nächsten Morgen verlasse ich das Haus, bevor Sarah und Tess aufwachen und Sarahs Mitbewohner munter sind. Der gestrige Abend klebt an mir. Ich spüre noch, wie unangenehm es war, als Sarah Angela rausgeworfen hat. Diese Entscheidungen, die ich meinen Freunden zu meiner Verteidigung abverlange, sind grässlich, ich fühle mich grässlich.

Seit zwei Monaten bin ich wieder in Sydney, und in einer Woche ist Kates errechneter Geburtstermin.

Es ist ein sonniger Sonntag, und tagsüber habe ich gearbeitet und erfolglos versucht, nicht an Kate zu denken. Kaum bin ich zu Hause, erhalte ich einen Anruf von Dad. Jude ist gestorben.

Ich wohne nur fünfzehn Autominuten von Dad entfernt, deswegen kann ich es irgendwie nicht glauben. Wahrscheinlich dachte ich immer, dass Dad kurz zu mir rüberkommen und mir mitteilen würde, wenn Jude im Sterben liegt? Ich weiß nicht, was ich dachte. Und ich weiß nicht, was ich zu Dad sagen soll, ich weine nur, und Dad weint auch. Er bittet mich rüberzukommen, und ich spüre, wie ich mich versteife. Arthur hat angekündigt, später vielleicht Zeit zu haben. Mein Hund ist tot, doch anstatt zu Dad zu fahren und ihn zu trösten, weiß ich, dass ich in meiner Kammer sitzen und auf Arthur warten werde. Ich sage zu Dad, dass ich jetzt gerade nicht kann, aber gleich morgen früh kommen werde. Dad klingt verwirrt, denn wir wollen doch sicherlich gemeinsam trauern? Aber er drängt mich nicht.

»Dann sehen wir uns morgen, Hera«, sagt er. »Hab dich lieb.« Und er legt auf.

Ich sitze auf meinem Bett und denke an Jude. Als Dad und ich ihn uns zulegten, hielt ich ihn fest im Arm und flüsterte ihm in sein albernes Schlappohr, dass ich immer auf ihn aufpassen würde, kleines grün uniformiertes Schulmädchen, das ich damals war.

Jude ist mit mir durch dick und dünn gegangen und hat mich immer geliebt, nichts hinterfragt. Er hat mich nie, nie gefragt, warum ich als junge Teenagerin am Wochenende so viele Abende zu Hause rumsaß. Er hat keine spitzen Bemerkungen fallenlassen, als ich eine Zeit lang meine Haare schwarz färbte. Und er schwieg, als ich von Morgens bis Abends Missy Higgins hörte.

Dad ließ mich seinen Namen wählen, und ich entschied mich für Jude, weil ich gerade in der Schule gelernt hatte, dass der Apostel Judas Thaddäus als Fürsprecher in ausweglosen Situationen verehrt wird, und ich fand die Idee, dass mein Hund einen Haufen versprengter Hoffnungsloser auf einen besseren Weg führt, einfach herrlich. Bevor ich auf Jude traf, hatte ich ihn mir immer als Golden Retriever vorgestellt. Doch als Dad ihn aus dem Tierheim mit nach Hause brachte, stellte er sich als Schnauzer-Mischling heraus. Trotzdem besaß er Würde und ein goldenes Herz noch dazu. Er war Jude und führte mich viele Male auf den richtigen Weg. Es stellte sich bald heraus, dass ich der ausweglose Fall war, um den er sich kümmerte. Das hört sich vielleicht melodramatisch an, aber ich habe meinem Hund eben auch den Namen des Mannes gegeben, der Jesus verriet, also passt das schon.

Und deswegen fühle ich mich jetzt, allein in meiner WG, während ich auf meinen verheirateten Mann warte und meinen Vater alleinlasse, so, als hätte mir jemand den Kehlkopf eingedrückt. Ich liege in meiner Dachkammer voller Aschenbecher und leerer Teller und kann nur daran denken, dass Jude mich wenigstens nie so gesehen hat. Und dann denke ich: Ich werde Jude nie wiedersehen.

Und wie ihr wisst, zeige ich Arthur meine traurige Seite nicht gern. Ich konnte ihm noch nicht einmal von meiner Mutter erzählen. Meine Rolle ist die der stets Ausgeglichenen. Ich bin schließlich die Ungebundene von uns beiden, muss nicht die Schuld mit mir herumschleppen, eine Familie im Stich zu lassen! Ich bin jünger, die Welt gehört mir! Doch jetzt will ich mich einfach nur in den Armen des Menschen einkringeln, den ich liebe, und will, dass er sich um mich kümmert. Er hat mir viel Kraft geraubt, und ich brauche ihn sehr. Und vielleicht wird er es ja dieses eine Mal schaffen, da zu sein, wenn ich ihn bitte.

Also schreibe ich ihm eine Instagram-Nachricht. *Ich weiß, dass es wahrscheinlich nicht klappt, aber wenn doch, würde ich es sehr begrüßen, wenn du jetzt und nicht erst später kämst. Jude ist gestorben, und ich bin sehr traurig.*

Mich bewegt das heute beim Schreiben noch genau so wie damals. Sogar in einem solchen Moment großer Trauer kam es mir nicht in den Sinn, ihn anzurufen, denn dieses Privileg besaß ich nicht, und ich bestand auch nicht darauf. Einmal hatte ich ihn aus Versehen angerufen, und er war drangegangen und hatte sofort wieder aufgelegt. Ich konnte durch den Hörer spüren, wie sehr ihn das stresste. Und ich konnte mir ein Lachen nicht verkneifen, denn wusste er nicht, dass man auf einem iPhone Anrufe einfach ablehnen kann? Man muss nicht drangehen, um aufzulegen. Er hatte mich abgewürgt, um meine Existenz weiterhin vor seiner Frau geheim zu halten. Warum fand ich das zu der Zeit süß?

Ich bin extrem gut darin geworden, Ärger zu unterdrücken, bevor er Besitz von mir ergreifen kann. Ich bin nicht wütend auf Arthur, weil er so lange braucht, um mir zu antworten. Ich bin wütend, weil er wahrscheinlich gerade mit seiner schwangeren Frau auf irgendeinem langweiligen Grillfest herumsteht und nicht immer auf sein Handy gucken kann.

Und dann leuchtet mein Bildschirm auf: eine Instagram-Nachricht. Er hat geantwortet. Er entschuldigt sich. Er wird innerhalb der nächsten Stunde bei mir sein.

Dieses Hochgefühl! Alles in mir jubelt! Er wird zu mir kommen, weil er mich liebt und ich ihn brauche. Ich male mir das alles nicht nur aus! Gut, das weiß ich natürlich, aber zur gleichen Zeit brauche ich solche Beweise, um die Stimmen in meinem Kopf zu besänftigen – und nicht zuletzt meine Freunde, denen allerdings dieser eine Beweis nicht reichen wird. Das Baby kann jederzeit auf die Welt kommen, und trotzdem setzt er sich immer noch der Gefahr aus, erwischt zu werden, weil ihm die Folgen egal sind, weil ein Leben mit mir die beste aller Folgen wäre.

Selbst in diesem Freudentaumel bin ich entsetzt von mir. Wie kann ich nur solche Hochgefühle haben, wo mich mein toter Hund doch unendlich traurig macht? Wie kann ich nur so glücklich sein, wo das, was Arthur tut, doch angesichts von allem anderen so läppisch ist, eine so kleine Geste, eine Selbstverständlichkeit? Ich weiß es – und weiß es doch auch nicht. Ich will Jude umarmen und kann es nicht. Ich will weinen, aber da kommt nichts. Also sitze ich im Schneidersitz auf dem Boden neben meinem Bett und trommle immer und immer wieder mit meinen Fingerknöcheln auf meinem Fuß herum, bis mein verheirateter Mann kommt.

Endlich klopft es an der Tür. Ich gehe runter, und da ist er. Er sieht so wunderbar aus, mit dieser kleinen Locke, die ihm in die Stirn fällt. Ich werfe mich auf der Veranda in seine Arme und fange an zu schluchzen und höre nicht mehr auf. »Ich weiß … Ich weiß, mein Schatz … Es tut mir so leid«, flüstert er, und ich weine und weine.

Ich hasse mich in diesem Augenblick, weil ich weiß, dass ich meinen Tränen aus taktischen Gründen freien Lauf lasse, auch wenn sie echt sind. Da er in dieser Situation nicht der unmittelbare Grund meines Kummers ist (toter Hund) wie sonst (er will seine Frau nicht verlassen), wecken meine Tränen keine Schuldgefühle in ihm. Und deswegen lasse ich sie zu. Er darf der Held dieser Tränen sein. Das will ich ihm schenken. Ich will, dass er mich wegen eines Schmerzes trösten darf, den er nicht verursacht hat. Ich will, dass er sich gut fühlen darf, weil er mir helfen kann.

Andererseits ist es natürlich nicht nur Taktik. Ich will von ihm getröstet werden. Es ist ein Spiel und auch wieder nicht. Würde er mich jetzt verlassen, würde ich zusammenbrechen, und ich weiß nicht, wann genau aus Liebe *Liebe* wurde. Ist es dann Liebe, wenn man beschließt, dass es wichtiger ist, einen Menschen zu haben, als Macht zu haben? Das ist es, was Angela beim Essen nicht verstanden hat, was mich so aufgebracht hat – was Arthur und ich haben, ist echt, ist rein, ist gut. Noch nicht mal ansatzweise kann man es damit gleichsetzen, seine Assistentin für seinen eigenen Fehler verantwortlich gemacht zu haben. Wir sind nicht selbstbezogen und egoistisch. Wir lieben einander.

Ich lasse Arthur herein. Meine Mitbewohner sind nicht da, also führe ich ihn ins Wohnzimmer, und wir sitzen eine Weile auf dem Sofa. Ich erzähle ihm von meiner ersten Begegnung mit Jude.

Ich war den ganzen Tag in der Schule gewesen, und zu der Zeit mochte ich die Schule nicht sonderlich. Ich war wissbegierig, das schon, fühlte mich aber in Gruppen nicht so wohl, wie andere das anscheinend taten. Ich wusste nie, was ich sagen sollte, erzähle ich ihm. An diesem Morgen verkündete ich an der Bushaltestelle, dass ich am Nachmittag einen Hund bekommen würde. Und ungefähr drei Minuten lang stand ich auf eine gute Weise im Mittelpunkt. Alle fragten mich nach der Rasse, und selbst die beliebtesten Mädchen beteiligten sich an der Suche nach einem Namen. Ein Mädchen aus einer höheren Klasse schlug »Oliver!« vor. Das war das erste Mal, dass sie mit mir gesprochen hatte.

Es gab allerdings ein Problem. Soweit ich wusste, würde ich an diesem Nachmittag gar keinen Hund kriegen. Ich meine, ich wollte natürlich einen Hund haben, wie jeder einigermaßen normale Mensch. Aber nichts hatte darauf hingedeutet, dass es heute so weit wäre. Im Gegenteil, es hatte viele Gespräche darüber gegeben, wie unpraktisch es wäre, sich einen Hund zuzulegen.

In diesem Augenblick an der Bushaltestelle hatte ich mir allerdings vorgenommen, es einfach zu behaupten, es einen Moment lang wahr werden zu lassen – dieses Mädchen zu sein, das einen Hundewelpen sein Eigen nennen würde. Ich war erstaunt über die Macht meiner Worte: Ich sagte, ich würde einen Hund bekommen, und die Leute glaubten mir.

Aber dann wurde mir mit Schrecken bewusst: Was würde ich am nächsten Tag sagen, wenn mich die Mädels nach meinem neuen Hund fragten? Ich würde behaupten müssen, dass mein Vater seine Meinung geändert hatte oder der Hund überfahren oder entführt worden sei. Oder wäre es möglich, aus dem Internet heruntergeladene Hundefotos zu zeigen und alle weiter an der Nase herumzuführen? Im Bus nach Hause wurde ich fast verrückt.

Hier halte ich einen Moment inne und schaue Arthur an. Er ist ganz gefangen, und ich sehe etwas in seinen Augen, das dort sonst nicht ist: Überraschung. Ich kann ihm beim Denken zusehen. Du warst unbeliebt? Du hast gelogen, damit man dich mochte? Du bist keine durch und durch mysteriöse, fröhliche und furchtlose Frau, die aus dem Nichts zu dem wurde, was ich will? Dass er nicht viele Freunde in der Schule hatte, weiß ich. Doch dass es bei mir in den späten Grundschul- und frühen Highschool-Jahren genauso war, hatte ich ihm bisher verschwiegen. Er weiß nicht, dass ich jemand war, der über den Vater einer Mitschülerin und seinen Beruf lästerte, nur um sich kurz beliebt und mächtig zu fühlen.

Ich mache weiter: Es ist zu spät, die Geschichte abzubrechen, außerdem will ich wissen, wie er reagiert und diese neuen Informationen mit dem Bild, das er von mir hat, zusammenbringt. Wie wird er das Ganze drehen, dass es mich nur noch liebenswürdiger macht? Denn ich weiß, dass er das tun wird. Das tun wir alle, wenn wir jemanden begehren. Jeder neue Informationshappen ist Beweis seines Genies, seiner Bescheidenheit, seines Humors, seiner Freundlichkeit.

Ich führe meine Geschichte also weiter aus. Der Bus hielt an meiner Haltestelle, und ich stieg aus und lief die Straße entlang nach Hause. Mein Rucksack war schwer vor lauter Schnellheftern und Markern und einem riesigen Taschenrechner, den ich nie benutzte, aber trotzdem immer mit mir schleppte. Es war schwül, ich fühlte mich nicht gut.

Als ich zur Haustür reinkam, sah ich Dad hinten im Haus in der Küche stehen, was seltsam war, denn normalerweise war er um diese Zeit nie zu Hause, er arbeitete immer lang. Er machte irgendwelche Zeichen. In der Luft lag eine verrückte Energie. »Na komm!«, flüsterte er laut.

Erst war es still, nichts passierte.

Und dann taumelte ein Welpe hinter der Kücheninsel hervor und blickte mich aus großen Augen fragend an, unsicher, in welche Richtung er gehen sollte.

Er kam nicht näher. Er sah ängstlich aus. Also ging ich auf ihn zu. Und das war meine erste Begegnung mit Jude, erzähle ich Arthur. Jude war die Lüge, die wahr wurde, nur um mich zu retten.

Dann weine ich wieder, und es ist keine Farce, ich weine nicht aus Berechnung, ich kann einfach nicht aufhören. Ich denke an diesen wunderbaren albernen Hund. Und dann spüre ich, wie Arthur seine Arme um mich legt und mich an sich zieht, und ich denke, dass er mich vielleicht versteht. Das ist Liebe, denke ich wieder. Ich weine, und du bist hier.

Eine Weile verharren wir schweigend in dieser Position. Doch irgendwann versiegen meine Tränen, und er ist immer noch da, er ist nicht weggegangen. Er fängt an, seine Finger in Formen, die immer ausgefeilter werden, über meinen Rücken kreisen zu lassen, bis ich mich leise kichernd schüttele.

»Was ist los?«, fragt er mit sanfter beunruhigter Stimme.

»Es ist nur … Arthur, malst du gerade ein Hakenkreuz auf meinen Rücken?«

Er bricht in lautes Gelächter aus, mein Lieblingsgeräusch.

Ich setze mich rittlings auf ihn. Ich küsse seinen Mund, seine Schultern, seine Stirn. Er blickt mich an wie damals, als wir zum ersten Mal Sex hatten – mit Augen, die mich sehen. Ich spüre, wie sich sein Körper unter mir verändert, ich spüre Quecksilber mit Bernstein verschmelzen, spüre jede schiefe Metapher, die es nur gibt, denn ich habe Chemie nach der Zehnten abgewählt und muss mich an keine Regeln halten.

Nachdem wir miteinander geschlafen haben, bestellen wir Pizza. Ich freue mich riesig, dass er nicht sofort losmuss, und frage mich, welcher Lüge wir diese Zeit verdanken. Doch ich schiebe den Gedanken beiseite.

Ich erzähle ihm noch mehr von Jude, wir trinken Wein, ich erzähle ihm, wie Jude einmal auf die Aktentasche unseres unfreundlichen Nachbarn gepieselt hat, weil Jude ein fieses Genie war. Ich erzähle ihm, wie meine Ex-Freundin mit Jude nicht konnte und wie er immer mit großen allwissenden Augen zu mir hochlinste, wenn sie gegangen war, nach dem Motto: *Wirklich, Hera? Das soll die Eine sein?* Ich erzähle ihm, wie mein Vater Jude von ganzem Herzen geliebt hat, wie er trotz seiner anfänglichen Bedenken im Grunde nur dann wirklich zufrieden war, wenn er es sich gemütlich machen und Jude streicheln konnte. Ich lasse meine Mutter ein bisschen mit einfließen. Ich erzähle Arthur, wie mein Dad nach der Trennung von meiner Ex zu mir sagte: »Sie hat sich nie wirklich mit Jude verstanden, oder? Deine Mutter mochte auch keine Hunde«, und wie ich dann grinsen musste – darüber, dass mein bärbeißiger Vater diese emotionale Intelligenz besaß, aber Jude brauchte, um sie in Worte zu fassen. Er hatte mir nie gesagt, dass er meine Freundin nicht mochte, aber jetzt, wo wir nicht mehr zusammen waren, gab er zu, dass ihre Hundeabneigung ihn an meine Mutter erinnert hatte, also an den Menschen, dem er am allerwenigsten in der ganzen Welt vertraute.

Ich sehe Arthur verstohlen auf sein Handy blicken.

Das weckt in mir das altbekannte dräuende Gefühl, zu wissen, dass er mich bald verlassen wird, um in ihre Arme zurückzukehren, um den Abwasch, das Bett mit ihr zu machen. Ich lasse ihn selten sein Gehen selbst ankündigen, denn diese Worte reichen schon aus, um mich zum Weinen zu bringen, und ich hasse es, die Geliebte zu sein, die weint, wenn er mich verlässt. Bisher habe ich ihm immer einen Ausweg geboten. Ich sage dann: »Du musst wahrscheinlich los, oder? Du hast ja noch einen ziemlichen Weg vor dir, bevor du schlafen gehen kannst.«

Aber diesmal – diesmal schaffe ich es nicht. Dass er hier

ist, mir hilft zu trauern und ich gerade anfange, ihm von meiner Mutter zu erzählen – das sind echte, ernste Dinge. Diese wahnsinnig vage Vorstellung, wann er ganz mir gehören wird, reicht mir nicht mehr. Ich werde diesen Teufelskreis für uns beide durchbrechen.

Er steckt seinen Schlüssel, sein Handy ein, zieht sich Hose und Socken an. Ich sitze nackt auf dem Sofa.

»Arthur?«, werfe ich mit ernster, die folgende Diskussion einläutender Stimme in den Raum.

»Hera«, antwortet er übertrieben feierlich, was er bestimmt gleich bereuen wird.

»Arthur, ich glaube, ich muss etwas sagen, was ich eigentlich wirklich, wirklich nicht sagen möchte.«

Er wirft mir einen Blick zu, als wüsste er ganz genau, was jetzt kommt, aber dann verzieht er das Gesicht, er zuckt irgendwie zusammen, und mir geht auf, dass er vielleicht denkt, ich würde jetzt Schluss machen – habe ich nicht mit allem, was ich je getan habe, deutlich gemacht, dass ich ihn will, koste es, was es wolle? Aber ich spüre auch – und ich hasse es, wie klischeehaft das ist – meine Macht. Und diese Macht lässt mich weiterreden. Stellt euch mal vor, ich könnte in dieser Beziehung tatsächlich etwas aus eigener Macht tun!

Ich sage: »Es gibt keine Möglichkeit, es freundlicher auszudrücken, deshalb sage ich es einfach geradeheraus. Du musst ihr alles sagen. Und ich brauche ein konkretes Datum von dir, bis wann du es ihr gesagt hast.« Ich bin jetzt kalt, mein Gesichtsausdruck steinern. Ich zwinge mich, alles rauszulassen.

Und statt auszuweichen, wovon ich ausging, statt zu

sagen: »Wir können erst darüber nachdenken, wenn das Baby da ist«, sieht er … erleichtert aus.

Erschrocken, aber erleichtert.

Er sieht mich sehr ernst an und sagt leise: »Ich weiß.«

Ohne dass ich weiter in ihn dringen muss, schlägt er vor: »Wie wäre es mit Ende des Jahres? Ich werde es ihr bis Ende des Jahres sagen. Es geht nicht, solange wir beide übernächtigte Zombies sind. Aber Ende des Jahres wird das Baby vier Monate alt sein. Dann sollen sie besser schlafen, habe ich gehört. Ende des Jahres? Ist das okay? Kannst du damit leben?«

Wir haben August. Ich kann damit leben. Ich muss damit leben.

Ich nicke. »Bist du dir sicher, Arthur? Versprich mir bitte nichts, wenn du dir nicht wirklich sicher bist.«

Er kommt zu mir rüber, halbnackt, und legt sich neben mich aufs Sofa. Dann sagt er: »Die Aussicht, am Ende mit dir, *dir* für immer zusammen sein zu können – nur dadurch ist das alles machbar. Ich würde nicht … Ich hätte das alles nie tun können, wenn das nicht das Ziel wäre. Also ja, ich bin mir sicher. Ich weiß nicht, wie es ablaufen wird. Und ich weiß, dass es Kate das Herz brechen wird. Aber was dich angeht, bin ich mir sicher. Also – Ende des Jahres. Versprochen.«

»Okay, okay! Nicht ganz so feierlich, bitte!« Mein Erfolg benebelt mir das Gehirn, ich fühle mich so, als hätte ich gerade erfolgreich mit irgendwelchen Terroristen verhandelt.

Es fühlt sich an, wie nach Hause zu kommen und festzustellen, dass jemand anderes schon die Küche gemacht hat. Es fühlt sich an, wie in einem einschüchternden Geschäft einen teuren, unglaublich weichen Kaschmirpulli anzuprobieren und dann zu den hochnäsigen Verkäuferinnen zu gehen und ihn, ohne mit der Wimper zu zucken, zu kaufen. Es fühlt sich an, wie sich auf der Schulterrasse zu den anderen zu setzen und zu wissen, dass die Freundinnen einem einen Platz reserviert haben.

Ich kuschele mich an ihn und küsse diesen verrückten Mann. Wir liegen noch einige Minuten so da, dann muss er wirklich los.

Am nächsten Tag besuche ich Dad. Die Trauer lastet schwer auf ihm, aber er lächelt, als er mich sieht. Jude ist schon beim Tierarzt, von wo aus seine Leiche ins Krematorium für Tiere transportiert wird. Wir sitzen am Küchentisch, trinken Tee, und ich sage Dad, dass es mir leidtut, gestern Abend nicht da gewesen zu sein, und ich weine währenddessen, teils aus Trauer, teils aus Schuld – weil ich weiß, wo ich stattdessen war, was ich stattdessen getan habe.

Er drückt mich kurz und sagt: »Es ist okay, Hera. Wir haben ja noch unser ganzes Leben, um uns an ihn zu erinnern.«

Und diese Aufforderung, uns an ihn zu erinnern, lässt mich noch mehr weinen, und ich kann vor lauter Tränen nichts mehr sehen. Dad bezieht sich auf eine Welt, in der es Jude nicht mehr gibt. Gestern war er noch Teil dieser Welt, heute nicht mehr.

Es ist Montagmorgen – normalerweise würde Dad jetzt bei der Arbeit sein. Es ist Montagmorgen – normalerweise würde ich jetzt bei der Arbeit oder im Bett sein und mich nach Arthur sehnen.

»Musst du heute irgendwo sein?«, fragt Dad.

»Nein. Nur bei dir, wenn das okay ist?«

Er lächelt. »Ich dachte schon, du fragst nie.«

Wir igeln uns ein, so wie wir es immer gemacht haben,

wenn ich krank war und nicht in die Schule gehen konnte. Ich hole eine Tüte Brownie-Fertigmischung heraus, und Dad lässt die Rollläden herunter. Er beugt sich über eine der Sideboard-Schubladen, und während ich Eier in eine Schüssel voller schokoladiger, zuckeriger Chemie schlage, fragt er: »*Indiana Jones* oder *Herr der Ringe*?«

»Oh, eindeutig *Herr der Ringe*«, antworte ich.

Dad kniet sich hin und steckt die DVD in den Player. »Soll ich wie immer vorspulen, wenn die Szene mit Sméagol kommt?«

»Aber so was von.«

Die Brownies sind im Ofen, die Decken liegen bereit, und wir beginnen unseren elfstündigen Mittelerde-Marathon, den wir nur unterbrechen, um auf die Toilette zu gehen oder die Brownies aus dem Ofen zu holen. Mehrfach fällt Dad auf, wie bemerkenswert ähnlich sich Samwise und Jude sind, und jedes Mal hat er recht. Als der letzte Film zu Ende ist, stehen wir auf und legen die Decken zusammen. Ich spüle die Brownie-Backform und die Schüssel ab, Dad trocknet ab. Wir umarmen uns, dann fahre ich mit dem Bus zurück in meine Dachkammer.

Das Baby ist da. Das Baby! Das Baby, dessen Stiefmutter ich werden will und dessen Mutter nicht weiß, dass ich existiere! Dieses Baby!

Die Stadt befindet sich zwar nicht im Lockdown, es gibt aber trotzdem Corona-Einschränkungen, deswegen herrschen in den Krankenhäusern strenge Besuchsregeln. Arthur ist mehr oder weniger fünf Tage lang auf der Geburtsstation eingesperrt. Seit ich mein Ultimatum gestellt habe, habe ich ein ganz furchtbares Gefühl im Bauch: die Angst, dass sich Arthur wieder in die Mutter seines Kindes verlieben wird, wenn das Baby erst einmal auf der Welt ist. Da ich keine Möglichkeit habe, das zu steuern, versuche ich, den Gedanken beiseitezuschieben.

Er schickt mir Bilder aus dem Krankenhaus. Zum Glück sieht man nie die Mutter.

Und er sagt mir, dass sie das Baby Maisie genannt haben – Maisie Jones.

Mir bleibt die Luft weg. Oh, Arthur, du wunderschöner Narr.

Ich fühle mich schuldig. Und zugleich habe ich einen Sieg eingefahren. Dass er seinem Kind einen Namen gegeben hat, den ich vorgeschlagen habe, ist ein Zeichen. Damit sagt er mir: Du bist Teil von uns, auch wenn es die Öffentlichkeit noch nicht weiß.

Ich kann ihm schlecht sagen, warum ich Maisie vorgeschlagen habe, also sage ich stattdessen, dass der Name wunderschön ist, elegant und süß. Er dankt mir. Er sagt, dass er mich liebt.

Auf den Fotos sieht Maisie aus wie ein Engel. Ich hatte Angst, sie zu hassen, ihr alles übel zu nehmen, ihr kleines Gesicht für das, was sie mir antut, zerquetschen zu wollen. Aber das kann ich natürlich nicht. Sie kann die Situation, in die sie hineingeboren wurde, nicht ändern. Es bleibt mir nichts anderes übrig, als sie zu lieben.

Seit dem Tag, an dem Arthur mir von Kates Schwangerschaft berichtete, wusste und akzeptierte ich, dass ich immer die zweite Geige spielen würde, was seltsam erscheinen mag, schließlich hatte er zu dem Zeitpunkt bereits eine Frau. Aber bis dahin hatte ich immer gewusst, dass ich sie toppen könnte. Doch das Baby – ein Baby kann man nicht toppen. Man kann einen Vater nicht dazu bringen, uns, die Geliebte, mehr als sein Neugeborenes zu lieben. Und das will ich auch gar nicht, das wäre niederträchtig. Ich mag zwar eine Geliebte sein, doch vor allem bin ich ein netter Mensch und mag Babys. Ich werde sein Baby lieben. Und das schaffe ich, indem ich es gedanklich auch zu meinem Baby mache.

Ich schicke Soph und Sarah ein Foto von ihr, *Ist sie nicht unglaublich?*, schreibe ich. Sarah schickt ein Herz zurück, keinen Text. Soph schreibt: *Eindeutig ein Baby! Tut mir leid, Hera, aber du weißt, dass ich nicht so auf Babys stehe.*

Und natürlich weiß ich um die Zwischentöne dieser Nachrichten. Ich weiß, welche Fragen im Raum stehen. Wie kann ich das nur tun, Fotos des Babys herumschicken, als wäre es mein eigenes, während die richtige Mutter im Krankenhaus liegt und keine Ahnung hat, dass sie betrogen wird, dass ich existiere, dass ich vorhabe, die Stiefmutter ihres Babys zu werden, dass ich die volle Absicht habe, nur zehn Minuten von ihrem Zuhause entfernt mit ihrem Baby im Park zu sitzen und es im Arm zu wiegen, mich von ihrem Mann küssen zu lassen und mich gemeinsam mit ihm über ihr Kind zu beugen. Ich weiß, dass das meine Freunde vielleicht noch mehr beunruhigt als ohnehin schon alles.

In den nächsten Wochen sehe ich nicht viel von Arthur, aber endlich, endlich ist es irgendwann so weit, dass er wieder aus dem Haus kommt. Und eines Tages – es ist unter der Woche, und ich habe frei und habe es mir mit einem Roman über lesbische Tierpräparatorinnen in meiner WG gemütlich gemacht – kommt er zur Mittagszeit vorbei. Und mit ihm – Maisie. Wir sitzen in meinem unvorstellbar unaufgeräumten Wohnzimmer. Ich wünschte, ich wäre vorausschauend genug gewesen, wenigstens die vielen Pizzakartons umzusiedeln.

Und wisst ihr, was, Leute? Sie ist so verdammt niedlich.

Sie ist wirklich unglaublich klein, auch wenn das alle über Neugeborene sagen. Sie ist eine menschliche Borlotti-Bohne. Arthur trägt sie in einem dieser kleinen Tuchdinger, die man auf dem Rücken zusammenbindet, deswegen ist sie fest an seine Brust geschmiegt. Sie schläft. Und ist es komisch, wenn ich sage, dass er sie so ansieht, wie er mich manchmal ansieht? Als wäre er stolz auf sie, dass sie einfach nur auf der Welt ist? In der Zärtlichkeit, die er ihr entgegenbringt, sehe ich alles, was ich an ihm liebe.

Bisher hatte ich noch nicht viel mit Babys zu tun, deswegen bin ich in ihrer Gegenwart nervös. Sie wird bestimmt merken, dass ich eine Amateurin auf diesem Feld bin. Ich frage Arthur, ob ich ihren Kopf streicheln darf. Ich will nichts als gegeben annehmen, nichts überstürzen. Natürlich darf ich das, sagt er.

Und als ich ihr über ihren unglaublich perfekten, weichen, engelsgleichen kleinen Kopf streiche, flüstert er ihr ins Ohr: »Mein Schatz, das ist Hera. Hera ist ein ganz besonderer Mensch.«

Maisie reagiert nicht, weil sie ein Baby ist und weil sie schläft, aber ich bin mit seiner Vorstellung meiner Person sehr zufrieden. Es ist wie ein gutes Schulzeugnis: »Hera ist sehr fleißig. Hera hat eine lebhafte Phantasie. Hera ist ein ganz besonderer Mensch.«

Arthur löst das Tragetuch und legt mir das Baby in die Arme. Das ist ein ganz entscheidender Moment. Jetzt darf ich mir keinen Fehler erlauben. Ich weiß, dass Neugeborene ihren Kopf noch nicht halten können, dass ich ihn stützen muss. Ich halte sie auf eine Art, die auch für sie ungemütlich sein muss, traue mich aber nicht, mich zu bewegen, als ich sie erst einmal im Arm habe. Ich schaue zu Arthur hoch und bin mir sicher, dass er sehen kann, wie nervös ich bin, aber er lächelt, als wäre er glücklich, uns zusammen zu sehen, glücklich über das Bild, das er sich gerade ausmalt.

Nach ein, zwei Minuten vollkommener Ruhe wacht sie allerdings auf. Sie schaut mich entschlossenen Auges an, blickt tief in meine Seele und fängt mit einer Wildheit an zu weinen, wie ich es bisher nur von Claire Danes kannte. Scheiße. Ich sollte doch beweisen, wie mütterlich ruhig ich bin und wie leicht mir das alles fällt. Ich versuche, sie zu trösten, wiege sie ein bisschen hin und her. Ich fange an, in einem Tonfall zu sprechen, den ich noch nie bei mir gehört habe. Einem leisen, sehr hohen Singsang. »Alles ist gut, alles ist gut. Alles wird gut, Süße. Schschsch, Maisie, alles ist gut.« Haben Frauen diesen Tonfall einfach in sich und können ihn jederzeit hervorholen, sobald sie ein Neugeborenes im Arm halten? Oder habe ich mir das aus dem Fernsehen, aus Filmen abgeguckt? Wie geht das, ein Baby auf natürliche Weise beruhigen? Ich fühle mich wahnsinnig unnatürlich und habe das Gefühl, dass mir das Baby das gerade vorwirft.

Arthur lässt mich ein, zwei Minuten kämpfen – vielleicht merkt er, dass ich diese Aufgabe annehmen und lösen will –, dann gibt er nach. Er nimmt Maisie wieder an sich und geht mit ihr durch das Zimmer, schaukelt sie hin und her und singt ihr ein Lied vor, das ich nicht kenne. Ich gehe wie ein nutzloser Wurmfortsatz hinter ihnen her, wie ein kaputter Staubsauger. Endlich, nach wahrscheinlich nur wenigen Minuten, die sich wie Stunden anfühlen, schläft sie in seinen Armen wieder ein. Er sieht mich mit müden Augen an, und meine andere Angst bewahrheitet sich: Er muss los. Sie muss schlafen. Doch bevor er sich aufmacht, bemerkt er meinen enttäuschten Gesichtsausdruck und deutet ihn richtig. »Hera, das hat nichts mit dir zu tun. So was passiert dauernd. Sie ist dann einfach müde oder hungrig oder hat irgendetwas anderes, was ich noch nicht herausgefunden habe. Versprich mir, dass du das nicht persönlich nimmst. Sie liebt dich, das verspreche ich dir. Ich erzähle ihr sehr viel von dir.«

Ich erzähle ihr sehr viel von dir. Ich frage mich, wie viel davon in ihr Unterbewusstsein eindringt. Und kann sie mir vielleicht einen kleinen Gefallen tun? Kann sie ihrer Mutter zu Hause auf nonverbale Art mitteilen, dass es mich gibt?

Während das Jahr langsam seinem Ende entgegengeht, wird es in Sydney zunehmend sonniger und heller. Meine freien Tage verbringe ich am Strand, ich lese und schreibe Arthur, der nicht allzu weit entfernt im Homeoffice sitzt. An manchen Tagen stattet er mir mittags einen Überraschungsbesuch ab. Er setzt Maisie in die Trage und sagt seiner Frau, dass er einen kleinen Spaziergang macht. Dann kommt er dorthin, wo ich in meinem Bikini in der Sonne brate, setzt sich zu mir, und wir spielen mit Maisie. Andere Familien mit Babys nicken uns zu. Manchmal watscheln ihre Kleinkinder auch zu uns herüber, um sich Maisie, die in meinen oder Arthurs Armen liegt, aus der Nähe anzuschauen, und ich sage zu ihnen, dass sie aufpassen müssen, dass Maisie noch sehr klein ist. Die Eltern der Kleinkinder lachen wissend und schauen mich an, als wäre ich eine liebende, behütende Mutter, und das finde ich großartig. Ohne Arthur bin ich am Strand nur eine einsame junge Frau, die unter der Woche nichts zu tun hat.

»Was liest du gerade, Liebling?«, fragt er mich dann. Und ich antworte: »Ein Buch über Phänomenologie. Einer von uns muss es ja tun.« Und er schüttelt lachend den Kopf, als wäre er von mir und meiner Hirnleistung tief beeindruckt. Und dann lese ich Maisie schwierige Passagen aus meinen Büchern vor, und Arthur und ich überlegen uns, was sie dazu sagen würde. Unser Running Gag ist, dass sie Heidegger nicht ausstehen kann, und jedes Mal wenn sie unglücklich das Gesicht verzieht, führen wir das auf ihre antifaschistische Grundhaltung zurück.

Eines Tages in diesem endlosen Sommer, der gerade erst beginnt, ist Kate mit Maisie stundenlang bei einem Neugeborenenkurs im Krankenhaus, und Arthur lädt mich zu sich nach Hause ein. Ich finde das sehr waghalsig. Fühle mich unwohl. In ihr Haus zu kommen, wo ihre Sachen sind, wo sie schläft und isst und nichts über das andere Leben ihres Mannes weiß, über diese Wilde, die rein metaphorisch ihr Heim zerstören will und sich jetzt im wahrsten Sinne des Wortes in ihm befindet. Ich habe mich schon so oft gefragt, wie es bei ihm aussieht. Ich habe bildschirmgroße Kacheln seines Zuhauses auf FaceTime gesehen, wenn sie nicht da war, ich habe die Wand hinter Arthurs Bett gesehen, ich habe einen Ausschnitt seines Wohnzimmers im krümeligen Abendlicht gesehen. Ich kenne das Haus von außen, geduckt im Uber sitzend. Es ist klein, nichts Außergewöhnliches, aber es wirkt sicher und heimelig, wie ein Ort, an den man nach einem langen Arbeitstag freudig zurückkehrt. Es ist aus Backstein, und auf der kleinen Veranda stehen Pflanzen, und ich frage mich, ob er der Gärtner ist oder sie. Da ich mir bei ihm keinen grünen Daumen vorstellen kann, nehme ich an, dass sie gärtnert.

Auf der einen Seite fühlt es sich also falsch an, das Haus zu betreten – ja, ich gehe zwar mit ihrem Mann ins Bett, aber bisher bin ich nicht in ihre Privatsphäre eingedrungen. Ihr wisst schon: Ich bin eine Schlampe mit Moralvorstellungen und so weiter. Auf der anderen Seite fühlt es sich allerdings wie ein Fortschritt an. Ich komme ihrem innersten Heiligtum, dem, was ich für mich haben will, einen Schritt näher. Ich frage mich, was Arthur sich dabei denkt, warum er sich ausgerechnet jetzt dazu entschieden hat, mir diesen Einblick in sein Privatleben zu gewähren. Ich bedränge ihn nicht, stelle keine Fragen, stimme einfach nur zu. Und so stehe ich zur vereinbarten Zeit vor seiner Haustür und schreibe ihm, dass ich da bin. Ich höre, wie sich drinnen etwas bewegt, und ein Teil von mir hofft, dass es ein Missverständnis gab, dass Kate zu Hause ist, dass sie mir Hallo sagen muss, dass alles rauskommen wird. Aber nein, er ist es. Er öffnet die Tür und lächelt, als gleiche es einem Wunder, mich an diesem Abgrund stehen zu sehen, und dann schaut er sich zunächst um, ob irgendwelche Nachbarn gerade gucken, bevor er mich, zufrieden, keine Zuschauer zu haben, hereinlässt.

Die Einrichtung ist nichtssagend, aber das Haus sieht bewohnt aus, als hätten die Menschen, die hier leben, ihre Abdrücke im Sofa hinterlassen, als hätten sie einen Lieblings-Wasserhahn. Überall liegt Babykram herum, Decken und sperriges Zeug, dessen Funktion sich mir nicht erschließt. Arthur sieht mir dabei zu, wie ich alles betrachte. Ich würde gern entspannt wirken, als würde ich nicht jede einzelne Karte auf dem Kaminsims lesen wollen, als würde ich nicht jedes einzelne Foto, das sie aufgestellt haben, ganz genau anschauen und nach Zeichen von Kate, Zeichen ihres Zusammenseins untersuchen wollen. Aber entspannt zu wirken, ist nicht gerade meine Stärke. Es zieht mich sofort zum Bücherregal, wo ich versuche, seine von ihren Büchern zu unterscheiden. Ich weiß, dass die Thriller von ihm sind, und mache mich über ihn lustig.

Mit einem zerfledderten James-Patterson-Schinken drehe ich mich zu ihm um. »Weißt du, Baby«, sage ich, »darum habe ich mich in dich verliebt. Du bist einfach so belesen.«

Er lacht und antwortet: »Warte nur, bis du meine Peter-FitzSimons-Sammlung gesehen hast. Du wirst kaum noch an dich halten können.«

Ich brauche gar nicht seine Familienvater-Geschichtsschwarten zu sehen, um ihn verführen zu wollen. Mit einer einzigen fließenden Bewegung ziehe ich mir mein Kleid über den Kopf und lasse es auf den Boden fallen. Ich trage nichts darunter. Das habe ich mir inzwischen zur Angewohnheit gemacht. Arthur macht große Augen, und da ist es wieder, dieses wunderbare Gefühl, der Mensch zu sein, den er haben will. Mein Körper ist stark und kräftig und zieht seinen gezielt und schnell aus.

Das alles nicht mehr im Geheimen machen zu müssen – wir sind dem schon so nahe. Ich küsse ihn leidenschaftlich, beiße ihm in die Lippen, den Nacken, ich will ihn zeichnen, meine Spuren auf ihm hinterlassen. Als wir uns zusammen bewegen, phantasiere ich von einem Bett, das uns gehört, stelle mir vor, dass dies hier unser Bett, unser Haus ist. Als er kommt, blickt er mir tief in die Augen. Schau mich an, Arthur. Schau mich an und verschließ die Augen nicht vor uns.

Danach gehe ich ins Bad, um zu duschen. Ich schließe die Tür hinter mir, lasse das Wasser warm laufen und nutze die Zeit, um zu sehen, was mir der Spiegelschrank über dem Waschbecken alles erzählt. Ich finde heraus, dass Kate drei verschiedene Feuchtigkeitscremes verwendet. Kate trägt hautfarbene Haargummis. Kate schaut jeden Tag in den Spiegel, in den ich jetzt schaue, und geht davon aus, dass sie weiß, wie ihr weiteres Leben aussehen wird.

Ich gehe unter die Dusche und lasse mich berieseln. Ich benutze ihr Duschgel, ich benutze ihr Shampoo. Ich bediene mich ordentlich. Meine Haare sind bereits sauber, aber ich schäume und schäume und beobachte, wie der Füllstand der Flasche sinkt. Sieh es dir an, Kate, du sollst ruhig bemerken, dass da etwas fehlt. Du sollst es bemerken und ihn damit konfrontieren. Du sollst die Wahrheit herausfinden und ihn verlassen, sodass ich endlich mein Leben haben kann.

Es klopft an der Tür, und Arthur fragt, ob er mir Gesellschaft leisten darf. Natürlich darf er das.

Danach liegen wir zusammen auf dem Sofa, und ich spreche die Frist an. Sanft und voller Sehnsucht versuche ich, ihn dazu zu bewegen, mir Antworten zu geben. Wir haben uns auf Ende des Jahres geeinigt, aber wann genau, Arthur, an welchem Tag, um wie viel Uhr ist es so weit? Wir haben schon fast Dezember. Soph und Sarah sind schon dabei, Silvester zu planen, und fragen mich, was ich vorhabe. Ich habe ihnen gesagt, dass ich eigene Pläne habe. Denn wenn die Uhr an diesem unausstehlichen Abend Mitternacht schlägt, werde ich mit ihm zusammen sein, wir werden frei sein. Das stimmt doch, Arthur, frage ich ihn. Sag mir, dass das stimmt.

Es fühlt sich extrem albern an, sich wie ein Teenager solche Gedanken über Silvester zu machen. Aber es geht nicht um den Abend an sich, es geht darum, wofür er steht. Ich habe bisher nur eine einzige Sache von Arthur verlangt, dass er es ihr bis dahin gesagt haben muss, und mein Herz, das die Fassung bewahren und am Glauben festhalten möchte, wird immer enger.

Er sagt Ja. Er verspricht mir, dass wir zusammen auf das neue Jahr anstoßen werden. Wir werden Essen gehen, Sex haben, beisammen sein. Und nichts mehr verheimlichen müssen.

Als die Dezemberwochen vergehen und die Frist näher und näher rückt, verengt sich mein Blickfeld. Für Albernheiten ist kein Platz mehr, auch nicht bei der Arbeit. Ich habe nur ein einziges Ziel im Leben, nur einen einzigen Zweck. Ich schicke Arthur eindringliche Nachrichten, dränge ihn per FaceTime, auf WhatsApp, auf Instagram. Über jeden erdenklichen Kanal versuche ich, ihn dazu zu bringen, mich endlich von meinem Elend zu erlösen.

Er muss nur noch den richtigen Zeitpunkt abwarten, sagt er, er will sie so wenig wie möglich verletzen. Ich glaube nicht, dass es so einen Zeitpunkt je geben wird. Arthur, sage ich zum hundertsten Mal, jeder Zeitpunkt ist schlecht. Ich bin nicht grausam. Ich wollte nie, dass sie stärker als nötig verletzt wird. Aber *ich* will nicht mehr verletzt werden. Ich zwinge mich dazu, ihren und meinen Schmerz auf die gleiche Ebene zu stellen, was mir nicht leichtfällt, denn ich bin die, die im Geheimen existiert, und ich bin jünger und halte es immer noch für einen Scherz, wenn Leute mich als Frau bezeichnen und nicht als Mädchen.

Manchmal höre ich, wie Mütter im Keramikladen ihre Kinder ermahnen, »auf die Dame achtzugeben«, und es kommt mir nie in den Sinn, dass ich diese Dame bin. Eine Dame geht wahrscheinlich nur mit Einkaufszettel einkaufen. Manchmal, wenn mir klar wird, dass der

Mann, den ich liebe, einen grau melierten Bart hat und dicht behaarte Beine und Schultern, auf denen schon seit vielen Jahren das Gewicht von Hemdkragen und Laptoptasche lastet, verschlägt es mir die Sprache. Wie kann es nur sein, dass ich die Menschen um mich herum dazu gebracht habe, mich zum Kreis der Erwachsenen zu zählen?

Ich bin ein Kind. Kate ist eine Frau. Kate arbeitet für eine Wohltätigkeitsorganisation, habe ich inzwischen herausgefunden, ich verkaufe Tassen.

Aber ich muss anfangen, mich als jemanden zu sehen, der gewisse Dinge verdient. Das ist wichtig.

Ich spiele jetzt bei den Erwachsenen mit.

Seit dem Abend mit Angelas Anschuldigungen habe ich meine Freunde kaum gesehen. Ich kann die Mischung aus Sympathie und Abscheu, mit der sie mich inzwischen betrachten, nicht ertragen. Was für sie zunächst ein ehrlicher Fehler, eine Fehleinschätzung war, hat sich inzwischen zu einem Sturz ins Bodenlose entwickelt. Sie sehen, wie ich auf mein Handy starre, sehen, in was für ein Geduldsspiel sich mein Leben verwandelt hat.

Früher war ich für meinen guten Schlaf bekannt. Ich konnte nach einer Party bei irgendwem zu Hause im Wohnzimmer den ganzen Vormittag verschlafen, Staubsaugergeräusche, verkaterte Gespräche und knallende Türen inbegriffen. Man musste mich schütteln, sonst wurde ich nicht wach. Auch einschlafen konnte ich immer sofort. Kopf aufs Kissen, wirre Gedanken, die sich in schräge Bilder verwandeln, und zack, ich war weg, auf dem Weg zum Lichttunnel, der mich am nächsten Morgen zu meinem Müsli führen würde. Ich habe schon seit Langem nicht mehr so geschlafen. Wenn ich ihn sehe, kommt Leben in mich, wenn er geht, verkümmere ich.

Wieder und wieder erinnere ich Arthur an die Frist. Wenn wir zusammen Silvester feiern wollen, muss er es ihr vorher sagen. Wann, Arthur? Wie willst du es machen? Er wird es ihr am buchstäblich letzten Tag des Jahres sagen, antwortet er – gerade noch rechtzeitig, um sein Versprechen mir gegenüber nicht brechen zu müssen.

Der 31. Dezember.

Ich habe den Tag damit verbracht, mein Zimmer zu putzen, es für einen Mann, der gerade seine Frau verlassen hat, bewohnbar zu machen. Ich habe einen Kuchen aus einer Backmischung gemacht und ihn in Glasur ertränkt. Er thront auf einem Plastikschneidebrett in der Küche, einen Tortenständer besitze ich nicht. Auf einem Teller habe ich verschiedene Sorten Aldi-Käse angerichtet. Sarah und Soph sind auf einer Party im Westen der Stadt, und je weiter der Abend voranschreitet, desto mehr betrunkene Selfies bekomme ich von ihnen. Meine Mitbewohner sind alle weg, zweifellos feiern sie mit ihren Freunden, ihren Partnern, wenn sie welche haben. Ich trinke nichts, bin viel zu nervös. Ich muss ruhig sein und einen klaren Kopf haben, wenn er kommt, ich muss die verlässliche Partnerin sein, die sich um ihn kümmern kann.

Seit zweiundzwanzig Stunden habe ich keinen grünen Punkt mehr bei ihm gesehen. Es ist so weit. Er redet mit ihr.

Ich sitze im Wohnzimmer und starre auf mein Handy, versuche, ihm eine Nachricht von Arthur zu entlocken. Im Nachbarhaus wird gefeiert, und die Musik, die durch die gemeinsame Wand dröhnt, stört meine ansonsten stille Mahnwache. Es ist heiß und schwül, eine lähmende Sommerhitze. Ich stelle einen Bodenventilator auf volle

Kraft und setze mich nahe der Tür im Schneidersitz vor ihn, bereit zu öffnen, sobald Arthur klopft.

Der Teufelskreis, auf mein Handy zu schauen, es dann mit dem Bildschirm nach unten aufs Sofa zu werfen, nur um es kurz darauf wieder herzuholen, um draufschauen zu können, macht mich krank. Es ist wie vor der Website der Schulbehörde zu sitzen und auf seine Abschlussnoten zu warten, diese Angst, zu wissen, dass der Bildschirm mir bei einem der nächsten Male, wenn ich ihn erneuere, ein Ergebnis anzeigen wird, das meine Zukunft bestimmt. Ich habe hart gearbeitet, Zeit investiert, jetzt sollte ich das, was ich verdiene, auch bekommen.

Ich weiß, dass er es ihr heute gesagt hat, denn er weiß, was es heißt, wenn er es nicht tut. Er wird an der Tür klopfen, und ich werde ihn hereinlassen, und wir werden anfangen zu leben.

Es ist bereits zehn Uhr, als es klopft, heftig und schnell.

Ich springe auf und gehe zur Tür.

Er sieht aus wie ein Geist. Ich umarme ihn und halte ihn eng umschlungen. Er hat es getan, er ist hier, er ist meiner.

Ich trete zurück und will ihn reinlassen – und sehe seinen Gesichtsausdruck.

Manchmal hat er einen ganz bestimmten Blick, wenn es etwas gibt, das er mir partout nicht sagen will, weil er weiß, dass ich verletzt sein werde, dass es ein weiterer Vertrauensbruch sein wird, den ich hinnehmen muss. Etwa wenn er mir sagt, dass er nicht zum Essen bleiben kann. Oder wenn er absagen muss. Dann presst er den Kiefer zusammen und guckt so schmerzverzerrt, dass ich fast vergesse, dass er gerade derjenige ist, der mir das hier antut, nicht irgendwelche bösen Kräfte, über die keiner von uns bestimmen kann.

Jetzt, hier an der Tür, sagt er nicht »Ich liebe dich« oder »Es ist vollbracht«, was er eigentlich hätte tun sollen, sondern dies: »Ich habe schlechte Nachrichten. Ich konnte es nicht. Ich habe es ihr nicht gesagt.« Und dann schlägt er vor, dass wir reingehen, damit er mir alles erklären kann. Und ich bin sprachlos, wie erstarrt. Noch vor einer Sekunde dachte ich, dass alles vorbei wäre und ich endlich Atmen schöpfen könnte. Aber es ist nicht vorbei.

Noch lasse ich ihn nicht rein. Ich überlege, was ich jetzt tun soll. Sogar in diesem Moment bittersten Schmerzes denke ich noch strategisch. Das Spiel kann noch nicht aus sein. Ich werde nicht verlieren. Ich beruhige mich. Ich werde ihm nicht zu verstehen geben, dass ich gerade schlecht von ihm denke. Ich muss mich als Option darstellen, für die er sich entscheiden muss, wenn er sich nur ansatzweise integer verhalten will. Er liebt die Vorstellung, integer zu handeln.

Er darf nicht sehen, dass er in mir gerade etwas zerstört hat, dass ab jetzt immer ein Teil von mir zerstört sein wird.

Ich lasse ihn rein. Denn tief in mir weiß ich, dass ich ihn rumkriegen kann, dazu bringen kann, zu sehen, was richtig ist. Ich weiß, dass es ihm nicht möglich sein wird, das eine Versprechen, um das ich ihn gebeten habe, nicht zu halten, das eine Versprechen, das mich so lange davon abgehalten hat, verrückt zu werden, aber auch davon, ein richtiges Leben zu führen. So ein Mann ist er nicht. Er ist ein guter Mann. Er hat Angst, das ist alles. Wir müssen einfach nur drüber reden. Ein allerletztes Mal werde ich mich erniedrigen. Er muss einsehen, dass er um unser aller Willen die Wahrheit sagen muss, werde ich ihn anflehen. Ich werde den Mann, den ich liebe, anflehen, so zu handeln, dass auch er mich vorbehaltlos lieben kann. Ihn anflehen, mich ernst zu nehmen, auch wenn ich nicht die Mutter seines Kindes bin. *Ich könnte es aber sein!*, werde ich betteln. *Ich möchte es sein!*, werde ich ihn zu überzeugen versuchen. *Verwehre uns nicht um des einen Kindes willen, das du bereits hast, all die Kinder, die wir haben werden.* Diese Worte werde ich tatsächlich aussprechen, und ich werde sie ernst meinen.

Ich drehe mich um und gehe rein, bedeute ihm, mir zu folgen.

Er will meine Hand nehmen, doch ich ziehe sie weg.

»Du kannst reinkommen, aber bitte fass mich nicht an, Arthur«, sage ich leise. Die Berührung, nach der ich mich noch vor einer Sekunde so sehnte, wäre jetzt ein grausamer Affront.

Das Wohnzimmer ist groß, und wir wirken darin sehr klein.

Ich stelle mir vor, wie wir von oben aussehen, aus der Perspektive des Hauses, das meine eingefallenen Schultern und seinen flehenden Blick und seine nervös wippenden Beine betrachtet und sich denkt: »Was habe ich nur für traurige Menschen in mir.« Das Haus tut mir leid, er tut mir leid, ich tue mir leid. Niemand von uns wird unbeschadet aus dieser Situation herauskommen. Ich weiß, dass ich früher oder später wieder allein in diesem

Zimmer sein werde, ganz egal, was passieren wird, denn er wird mich wieder verlassen, übergangsweise oder für immer, um in sein anderes Leben zurückzukehren, um sich mit Dingen zu beschäftigen, die wichtiger sind als ich. Und dann, wenn ich wieder allein bin, werde ich dorthin starren, wo er sich mir zu Füßen geworfen hat – wozu eigentlich? –, und dorthin, wo ich meine Würde aus dem Fenster geworfen und geweint und einen Mann angebettelt habe, dazubleiben, mich einer anderen vorzuziehen. Mich zu nehmen, weil ich sonst nicht weiß, was ich tun soll. Nimm mich – nimm mich, damit ich es nicht tun muss.

Es ist schwierig, die Gefühle zu beschreiben, mit denen ich mich konfrontiert sah, als ich ihn, nachdem er es ihr nicht gesagt hatte, in mein Wohnzimmer ließ. Es ist schwierig, weil es immer noch wehtut, trotz meiner ganzen Versuche, darüber hinwegzukommen, und es ist auch schwierig, weil dieser Roman zu großen Teilen ein Tatsachenroman ist und ich diese Szene glaubhaft schildern möchte, und was ich in den folgenden vier Stunden tat und wie ich die Sache anging, ist so mickrig (und damit meine ich, dass das, was ich tat, mickrig war – ich habe mich kleiner gemacht, mickrig eben), dass es vielleicht schwierig wird, deutlich zu machen, warum sich eine Romanfigur so verhalten sollte. Wenn ihr nicht nachempfinden könnt, was es heißt, in bodenlose Verzweiflung zu stürzen, dann hoffe ich zumindest, dass ihr an die Sache so herangeht wie bei einer Krimiserie, wenn ihr überlegt, jemanden von der Liste der Verdächtigen zu streichen, denn niemand, wirklich niemand wäre so dämlich, so viele belastende Beweise am Tatort zu hinterlassen. Wäre er tatsächlich der Bösewicht, hätte er den Mord doch niemals am helllichten Tag und vor den Augen von Überwachungskameras begangen, noch dazu mit einem T-Shirt, auf dem das Wort Mörder steht. Warum, wenn es nicht der Wahrheit entspräche, sollte ich euch erzählen, wie unglaublich erbärmlich ich mit der Situation umgegangen bin – was hätte ich davon? Warum sollte ich mich in ein so schlechtes Licht rücken? Andererseits lügen die Leute aus den verrücktesten Gründen. Und sie lügen ständig, das habe ich gelernt.

Vielleicht bin ich ja doch die Mörderin.

Aber. Vielleicht wart ihr auch schon einmal in so einer ausweglosen Situation wie ich. Vielleicht wusstet ihr auch schon einmal, dass ihr alles sagen würdet, um einen Menschen zum Bleiben zu bewegen, obwohl es (und sogar euch war das klar!) sehr viel klüger wäre, zu gehen und dieses Kapitel eures Lebens für immer zu schließen.

Vielleicht sind wir alle solche erbärmlichen Wesen, und ich könnte mir meine Vorsichtsmaßnahmen sparen. Vielleicht habt ihr auch schon einmal am Neujahrsabend auf dem Boden eures WG-Wohnzimmers gesessen und einen Mann angebettelt, Frau und Kind zu verlassen, und währenddessen gebetet, dass eure Mitbewohner bloß nicht auf den Gedanken kommen, in eurer WG mit Freunden auf das neue Jahr anzustoßen, denn das würde euch in dieser Situation wirklich nicht helfen.

Er sitzt auf dem Sofa und ich auf dem Boden ihm gegenüber.

Am meisten Sorgen macht er sich darüber, was es für das Baby bedeuten wird, wenn er Kate verlässt, sagt er – dass es das Leben des Babys zerstören wird. »Ich dachte, ich schaffe das, Hera. Ich habe nicht gelogen, als ich gesagt habe, ich würde es ihr heute erzählen. Aber dann habe ich heute Morgen Kate und Maisie zusammen gesehen, und Maisie braucht ihre Mutter so sehr, und ich … ich konnte es einfach nicht.«

Also muss ich ihn zu überzeugen versuchen, dass es auch für das Baby das Beste ist, wenn er seine Frau verlässt. Ich sage ihm, dass Eltern, die zusammenbleiben, sich aber nicht lieben, viel schlimmer sind als getrennte Eltern. Ich sage ihm, dass es nicht ausreicht, nur mit jemandem zusammenzubleiben, weil man ein gemeinsames Kind hat, und dass das sowohl ihn als auch sie ihrer Freiheit berauben würde. Ich versuche, ihm klarzumachen, dass ich eine tragfähige Lösung wäre, dass Maisie dann letzten Endes *mehr* Liebe bekäme, nicht weniger. Ich erinnere ihn an die Kinder, die wir zusammen kriegen wollen, an die Geschwister, die ich Maisie schenken will.

Mit einem gewissen Abstand betrachtet, ist es wirklich interessant, wie ich hier verhandele, denn auch wenn ich an die Argumente, die ich auf den Tisch lege, glaube, ist es doch gleichzeitig vollkommen verrückt, dass ich vortäuschen muss, unbeteiligt und objektiv zu sein – als argumentierte ich nur im Sinne Maisies.

Um wenigstens den Anschein rhetorischer Gleichmut und Ebenbürtigkeit zu erwecken, lasse ich die Sache, die ich am allermeisten fühle, unerwähnt: *Verlasse sie, weil ich dich liebe und du mich liebst und weil ich wichtiger bin als alles andere.*

Wieder sagt er, dass er Maisies Leben nicht kaputt machen will. Und es ist verständlich, dass er sich schuldig fühlt, möglicherweise das Leben der Person, die er in die Welt gesetzt hat, zu zerstören, noch bevor sie überhaupt die Gelegenheit hatte, sich eins aufzubauen, es zumindest zu versuchen. Aber, Arthur, denke ich mir, deine Trennung wäre nie freundschaftlich über die Bühne gegangen. Es hätte immer böses Blut gegeben. Von dem Moment an, als du mir gesagt hast, dass du Doug nicht ausstehen kannst, hatte das Blut keine Chance mehr, etwas anderes als böse zu werden.

Bin ich die Mörderin?

Ich habe noch nie ein T-Shirt mit Schriftaufzug besessen, aber oft genug habe ich mich schon in Parfumwolken gehüllt, bevor ich einen verheirateten Mann gefickt habe, in der Hoffnung, der Geruch würde an ihm und dann an seiner Frau haften bleiben. Ich habe noch nie ein T-Shirt mit Schriftaufzug besessen, aber wie sehr, wie unbedingt wollte ich, dass eine allem Anschein nach sehr nette, unbescholtene Frau – einfach verschwand.

Ich habe gelogen. Ich habe schon einmal ein T-Shirt mit Schriftaufzug besessen. Und nicht nur eins.

Wir sitzen eine Weile schweigend da, während ich darauf warte, dass er spricht. Sein Handy vibriert, sie ruft an, und er nimmt nicht ab. Auf alle Bedenken, die er äußert, kontere ich mit logischen Argumenten. Und jedem dieser Konter begegnet er mit einer verquasten Variante desselben Arguments. (»Ich kann es nicht, ich kann diese Schuld nicht auf mich nehmen. Ich kann nicht die Person sein, die ihr so etwas antut.«)

Ich versuche zu ergründen, was in seinem Kopf vorgeht, während er mit dem Kiefer mahlt und die Ader an seiner Stirn hervortritt. Er ist in einem Kreislauf der Angst gefangen, den ich gut kenne. Ich kann erkennen, dass die Gedanken in ihm rasen. Für mich mag ein solcher Wahn normal sein, für ihn ist es das nicht. Ich kann sehen, wie er zu verstehen versucht, was sich da gerade in seinem Körper abspielt, als hätte es ihm noch nie den Magen umgedreht.

Er ist bereits seit fast zwei Stunden hier. Wir stecken fest. Als von draußen der Lärm von sich zuprostenden Menschen und Feuerwerk hereindringt, wird uns klar, dass das neue Jahr begonnen hat. Nebenan wird die Musik aufgedreht. Der Refrain von Lizzos »Juice« dringt durch die Wand. Arthur und mich lässt das kalt, alles ist so erbärmlich und traurig, dass ich noch nicht einmal darüber schmunzeln kann.

»Arthur, was hast du Kate gesagt, wo du hingehst?«

Und er starrt mich mit leerem Blick an, als verstehe er nichts von alldem, was in seinem Leben gerade passiert. »Ich weiß es nicht«, antwortet er, »ich weiß es nicht. Wir waren bei ihren Eltern. Ich habe ihr gesagt, dass ich was zu tun habe, dass ich bald wieder zurück sein werde.« Er weint ein wenig darüber.

»Arthur …« Ich muss meinen Trumpf spielen, was ich eigentlich *wirklich* nicht wollte. Doch endlich spiele ich für mich selbst. »Du musst es ihr sagen, und zwar heute.

Du kannst mir das nicht antun. Ich liebe dich, und du liebst mich, und ich habe gewartet, und das hier ist echt. Es jetzt nicht zu sagen, macht es nicht weniger echt. Rein praktisch gesehen, musst du ihr ja wohl erklären, wo du verflucht noch mal gesteckt hast. Und es wird rauskommen. Also bitte, bitte wähle die Variante, die mich bei dir bleiben lässt. Sag es ihr aus freien Stücken, nicht, weil du gezwungen wirst. Sei mutig, Arthur. Ich flehe dich an. Ich kann kein Geheimnis mehr bleiben. Ich bin kein Geheimnis.«

Er fleht mich geradezu an, ihn gehenzulassen, aber das tue ich nicht. Das werde ich nicht tun. Ich fühle mich so, als hätte ich ihn in Geiselhaft genommen und würde ihn zwingen, jemandem Gewalt anzutun. Wieder und wieder trifft mich die Ungerechtigkeit dieser Situation wie ein Schlag ins Gesicht.

Aber schon seit Jahrhunderten sehen sich Frauen gezwungen, sich selbst Schaden zuzufügen, um Männer zur Verantwortung zu ziehen. Für diesen Augenblick habe ich geübt. Ich werde nicht aufgeben, und das sage ich ihm auch.

Es ist spät, so unglaublich spät. Ich sage: »Wenn du hier bist, um von mir einen Ausweg präsentiert zu bekommen, werde ich das nicht tun.«

Am Ende breche ich ihn durch reines Durchhaltevermögen.

Er knickt ein. Um zwei Uhr morgens kann er nicht mehr kämpfen. Er sagt, dass er es tun wird, und ich weiß, dass er es diesmal ernst meint. Ich habe ihn bezwungen.

Und es fühlt sich nicht wie ein Sieg an.

Als er weg ist, bin ich fix und alle. In der Küche esse ich eine Handvoll Kuchen. Die Käseplatte lasse ich links liegen. Ich räume nichts weg und wasche nicht ab. Ich gehe hoch. Ich hänge mein Handy an die Steckdose, lege mich angezogen aufs Bett und dämmere vor mich hin, während ich auf die Nachricht warte, die ich kriegen werde, das weiß ich.

Am Neujahrstag erwache ich um elf Uhr aus einem unerquicklichen Schlaf und sehe, dass er mir geschrieben hat. Er hat es ihr gesagt. Das ist alles, was er mir schreibt.

Ich hatte gedacht, ich würde erleichtert sein, aber das bin ich nicht.

So lange war das alles, was ich wollte. Und jetzt, wo es passiert ist, habe ich nicht das Gefühl, dass mit dem Geständnis alles vorbei ist oder alles anfängt. Vorher hatte ich mir immer vorgestellt, dass dann alles anders würde. Dass es uns gut gehen würde. Es wäre furchtbar und schwer, aber endlich wären wir ein Team, wir gegen den Rest der Welt. Doch mit jemandem, der nur sporadisch auf deine Nachrichten antwortet, kannst du nicht so wirklich ein Team bilden. Mit jemandem, der dich dazu gezwungen hat, ihn dazu zu zwingen, sich von seiner Frau zu trennen.

Doch ich möchte es, immer noch.

Am dritten Tag Sex. Er besucht mich und erzählt mir, wie schlecht sie es aufgenommen hat, dass sie nicht reden kann, nichts tun kann. Er sieht aus wie jemand, der am Ende ist. Er sieht so aus, wie ich mich fühle.

Wir schlafen eilig miteinander, und ich versuche, den Akt mit all meiner Liebe aufzuladen, um ihn daran zu erinnern, wofür er das alles tut. Danach sagt er mir, dass er mich liebt, so sehr, dass er aber jetzt zurück zu ihr und dem Baby muss, dass er mich auf dem Laufenden halten wird, wie es ihr gehe, dass alles gut werden wird.

Aber so fühlt es sich nicht an.

Während der nächsten Tage sehe ich seinen grünen Punkt kaum. Das bedeutet, dass er mit ihr redet, er redet mit ihr, berichtet mir aber nicht davon. Ich habe Angst, dass sie sich über Dinge unterhalten, die er nicht an mich weitergeben will, Dinge, die nicht in meinem Sinne sind.

Und ich weiß, dass er mich liebt. Daran habe ich nie gezweifelt. Aber ich weiß auch, dass Menschen, die dich lieben, Dinge tun können, die dich anderes glauben lassen.

Meine Freunde zwingen mich, zu einer kleinen Party bei Soph zu kommen. Es ist Samstag, alle haben gute Laune. Es ist Januar. Die Leute waren am Strand, haben auf glühend heißem Sand Bier getrunken. Alle führen ihr ganz normales Leben weiter, und ich kann unmöglich glauben, dass wir in derselben Welt leben. Ich fühle mich von allem getrennt, aus der Zeit gefallen. Habe meine Tage damit verbracht, auf mein Handy zu starren und mich bei der Arbeit krankzumelden. Ich weiß, dass ich gerade auf dieser Party bin, in einem gewissen Sinne anwesend, aber jeder Moment, den ich nicht damit verbringe, Instagram im Auge zu behalten, fühlt sich verloren an.

Ich führe die Mädchen aus dem Getümmel raus und auf den Balkon. Während ich in einem sehr ungesunden Tempo eine Zigarette nach der anderen rauche, erzähle ich Sarah und Soph, was passiert ist.

Zuallererst sind sie vollkommen baff, dass er es ihr tatsächlich gesagt hat.

Sarah sagt: »Ich weiß ja, dass du immer daran geglaubt hast, Süße, aber um ganz ehrlich zu sein, ich kann es nicht glauben, dass er seiner Frau wirklich alles gestanden hat. Das sind verdammt große News.«

»O ja, das sind große News, allerdings«, sage ich ausdruckslos, nicht weil ich lustig sein will, sondern weil ich erschöpft bin. »Aber jetzt geht er mir aus dem Weg«, fahre ich fort. »Ich habe das Gefühl, dass er mir etwas vorenthält, und das macht mich auf eine ganz neue und andere Art verrückt.« Zum ersten Mal gebe ich ihnen gegenüber zu, dass diese Beziehung mich völlig fertigmacht. Es war natürlich ohnehin offensichtlich, aber es auszusprechen, fühlt sich zu gleichen Teilen furchtbar und gut an.

»Na ja«, setzt Soph an, »jetzt, wo er es ihr gesagt hat, ist es wohl nichts mehr mit *Keeping Up with the Joneses*, Süße.«

Ich lache. »Sophie«, sage ich ernst, »seit anderthalb Jahren warte ich darauf, dass du diesen Scherz machst.«

Sie zwinkert mir zu. »Alles eine Frage des Timings.«

Die Mädels führen mich sachte zurück zur Party. Ich fühle mich gleich besser. Beim Reingehen flüstert mir Sarah zu: »Er hat es verflucht noch mal getan, Babe! Jetzt ist nicht die Zeit zu schmollen. Du bist so was wie die grandiose Geliebte, die auf ewig in aller Munde sein wird, die, die tatsächlich ihren Typen bekommt. Lass uns darauf anstoßen!«

Sie hat recht, sie haben beide recht. Ich glaube ihnen. Kate und er führen wahrscheinlich ellenlange Gespräche, in denen er ihr erklärt, dass er sie nicht mehr liebt, und ihr darlegt, wie oft wir Sex hatten, wie oft er sie angelogen hat, wie oft ich im Auto saß, als er zu Hause ankam, wie oft ich ihn geküsst habe, als er Maisie im Arm gehalten hat, wie oft ich Maisie im Arm gehalten habe. Kate packt wahrscheinlich gerade ihre Sachen zusammen, schnappt sich das Baby und überlegt, womit sie am sinnvollsten die restliche Zeit verbringt, bevor das Uber da ist und sie ihn verlässt.

Ich trinke mich in den Abend hinein, und als der UE-Lautsprecher in der Küche »I'm On Fire« zu spielen beginnt, tanze ich.

Am elften Tag schreibt er mir, dass wir den Tag für uns haben und ich einen Treffpunkt wählen soll, er vermisse mich so sehr. Ein Freund der Familie kümmere sich um Maisie. Das muss bedeuten, dass Kate nicht mehr da ist.

Und plötzlich bin ich wie aufgedreht, ich schwebe. Uns geht es gut. Alles wird gut werden.

Ich kaufe Zutaten für einen Smoothie für ihn ein. Als Treffpunkt schlage ich einen unserer Lieblingsorte in der Nähe des Strands vor. Den Smoothie fülle ich in eine Trinkflasche. Ich bin voller Energie, ich leuchte. Er umarmt mich und küsst mich leidenschaftlich, und ich weiß, dass sich dieser Kampf in jeder Hinsicht gelohnt hat. Es war richtig, mein Innerstes offenzulegen, es war richtig, alles auf eine Karte zu setzen.

Wir setzen uns ins Gras. Ich schenke ihm von seinem Smoothie ein, habe ein Glas von zu Hause mitgebracht. Übergebe es ihm wie eine Opfergabe. Er dankt mir, trinkt aber nicht. Er stellt das Glas neben sich ab. Er ist angespannt, aber das ist ja klar. Sein Zuhause gleicht momentan einem Albtraum. Ich lege den Kopf auf seine Schulter, atme tief ein und aus.

Ich blicke ihn an und will anfangen zu reden, ihn fragen, wie es ihm geht, doch bevor ich auch nur ein Wort sagen kann, hebt er die Hand.

Er sagt: »Ich werde dich jetzt sehr verletzen, und es tut mir unendlich leid.«

Sie hat ihn gebeten, bei ihr zu bleiben.

Er wird sie nicht verlassen.

Ihr hattet recht. Ihr habt es richtig vorausgesagt. Alle außer mir hatten recht. Da habt ihr es. Ich bin eine Idiotin.

Jetzt wäre der Zeitpunkt gekommen, wütend zu werden, ihm die Meinung zu geigen, zu toben, zu brüllen. Oder ich könnte versuchen, ihn wieder aus der Sache herauszureden.

Aber dafür fehlt mir die Energie. Ich bin unglaublich erschöpft. Ich sage ihm, dass er einen Fehler macht, und vielleicht ist ihm das jetzt noch nicht klar, aber irgendwann wird es ihm klar sein. Und ich weiß, dass ich recht habe. Ich sage ihm langsam und ruhig, dass er mir das Herz gebrochen hat. Er weint, ich nicht.

Immer und immer wieder sagt er, dass es ihm leidtue, dass es ihm so leidtue, und ich reagiere darauf nicht – schaue ihn nur an. Ein Hund kommt auf uns zu und fängt an, am Smoothie, den ich gemacht habe, zu schlecken, wirft dabei das Glas um. Keiner von uns scheucht ihn weg. Es kann nicht sein, dass das hier gerade passiert.

Ich kann hier nicht bleiben, ich kann nicht diesen Hund beobachten.

Es kostet mich große Mühe aufzustehen. Ich überlege, ob ich das Glas mitnehmen soll. Nein, ich schaffe es nicht. Arthur soll sich darum kümmern. Ich blicke zu ihm hinab. Sage ihm, dass er mich nie wieder kontaktieren soll. Ich gehe.

Fünfter Teil

In den Tagen und Wochen, die der vollständigen Vernichtung meines Herzens folgen, bin ich verblüfft darüber, was meine Tränen machen. Es wurde schon oft festgestellt, aber jedes Mal ist es eine Art medizinisches Wunder. Man sollte meinen, sie müssten irgendwann zur Neige gehen. Bei Ariana Grande sind sie es, warum also nicht bei mir? Die Wahrheit ist die, dass Tränen überhaupt nichts *müssen.* Ich kann in dieser Dynamik nichts ausrichten, es ist wie bei einem Vorgesetzten im Einzelhandel, der dich zwingt, an deinem Geburtstag zu arbeiten. Meine Tränen machen, was immer sie wollen.

Eine Weile lang kann ich niemandem erzählen, was passiert ist, wie sich alles zugetragen hat. Ich kann es nicht erzählen, weil ich es noch nicht glauben kann. Ich kann es nicht begreifen. Ich weiß, dass es passiert ist, schon klar, so wie ich auch weiß, dass Unternehmensberater wirklich Worte benutzen, wenn sie mir erklären, was sie in ihrem Beruf eigentlich machen. Hören kann ich sie trotzdem nicht. Unternehmensberater, die von ihrem Beruf reden, und sich ankündigende Beziehungskatastrophen: beides aktualisierte Formen von Schrödingers Katze – Dinge, die zugleich sind und nicht sind.

Außerdem kann ich es nicht erzählen, weil ich nicht in der Verfassung bin, die unausgesprochenen, aber deutlich spürbaren unvermeidlichen »Hab ich's dir doch gesagt«-

Schwingungen aufzunehmen. Meine Freunde werden den Anstand besitzen, es nicht laut auszusprechen, aber trotzdem werde ich es in jedem ihrer tröstenden Sätze hören, in jedem Blick, den sie untereinander austauschen, sehen.

Gedanken gehen einfach keine Verbindung mehr ein. Ich komme von der einen Frage nicht los, einer Frage, auf die es keine Antwort zu geben scheint: Wie konnte er das tun? Diese Frage kreist wie eine rotierende Spirale in meinem Kopf herum, immer und immer wieder.

Es ist mir nicht möglich, die beiden Versionen, die ich von Arthur habe, in Einklang zu bringen, den »Ich verlasse sie«-Arthur und den »Ich verlasse sie nicht«-Arthur. Ich kann es nicht glauben, dass ich allein in meinem Zimmer sitze und nicht weiß, wie ich weitermachen soll, während er nur zwanzig Minuten entfernt mit ihr zusammen ist und weitermacht.

Sie weiß und er weiß, dass er mich liebt. Und dennoch, dessen ungeachtet, haben sie sich für dieses Leben entschieden.

Vielleicht werde ich eines Tages, wenn ich älter bin, verstehen, warum jemand so etwas tut. Aber ich hoffe, dass ich es nie verstehen werde. Denn das hieße, dass ich mich zu ihnen gesellt habe, dass ich willens bin, die Zukunft zu verraten, um eine Vergangenheit erneut zu durchleben, die jetzt nicht mehr existieren kann, eine Vergangenheit, die kleiner wird, je häufiger man sie treulos nachspielt. Ich weiß zwar nicht, was ich will, aber dass ich das nicht will, mein Gott, das weiß ich.

Einige Tage danach stehe ich weinend vor Dads Haustür. Ich sage ihm, dass mir jemand das Herz gebrochen hat, und er weiß genug, um keine Fragen zu stellen. Er sieht mich an wie damals, wenn ich als Teenagerin sehr traurig war, zu traurig, um irgendetwas zu tun. Damals musste ich all meinen Glauben in meinen Vater setzen, der mir versicherte, dass ich das durchstehen würde. Je älter ich werde, desto mehr versuche ich, diese Art der Abhängigkeit zu vermeiden, aber vielleicht muss ich sie jetzt gerade einfach mal akzeptieren.

Dad umarmt mich und sagt mir, dass ich erst einmal nicht zurück in meine WG gehen werde, dass ich bei ihm bleiben werde und dass alles gut werden wird. Ich bin so erleichtert, dass er diese Entscheidung für mich fällt. Bei meinen Freunden habe ich nicht den Eindruck, dass sie ihre Eltern noch brauchen, aber ich brauche meinen Vater so sehr.

Er sagt auch, dass ich für eine Weile nicht zur Arbeit gehen, dass ich mich einfach ausruhen soll. Wieder bin ich erleichtert: Jemand, der mir sagt, dass ich mich ausruhen darf. Dennoch entgegne ich: »Dad, dir ist hoffentlich klar, dass ich dann keine Schichten mehr bekommen werde? Da reicht es schon, wenn ich mir nur eine Woche freinehme. Ich falle unter Gelegenheitsarbeiterin.«

Das erstaunt ihn sehr. »Das würden sie doch bestimmt nicht tun«, sagt er, »dein Vorgesetzter wird das doch sicherlich verstehen.«

Zwar war das nicht seine Absicht, aber zum ersten Mal seit Tagen lache ich.

»Klar, Dad, mein Vorgesetzter wird das schon verstehen.« Und ich umarme ihn fest, als wäre ich diejenige, die ihn beschützt, diesen liebenswürdig arglosen Menschen, und dadurch fühle ich mich besser. Dass er nach dem ganzen bürokratischen Kleinkrieg, den er in seinem Leben schon ausfechten musste, nach der Erfahrung, dass das System ihn aufgrund der Lügen einer anderen Person davon abhalten wollte, sein Kind zu sehen, immer noch Vertrauen in die Freundlichkeit eines Arbeitgebers im Einzelhandel haben kann! Von einem System enttäuscht worden zu sein, heißt für ihn nicht, zynisch an allen Systemen zu zweifeln. Darum beneide ich ihn, auch wenn ich ihn dafür ein wenig herablassend behandle.

Einige Wochen lang sitze ich herum und weine und mache kaum etwas anderes. Ich habe keine Kraft zu essen und, viel beunruhigender, zu trinken. Ich habe ein bisschen was angespart, davon zahle ich meine Miete. Doch als die Wochen sich in einen Monat verwandeln, wird mir klar, dass dieser Schmerz, anders als bei der anderen großen Trennung, nicht innerhalb eines abgesteckten Zeitrahmens vorbeigehen wird.

Ein großer Teil von mir, einer, den ich zu verstecken versuche, hofft, dass Arthur eines Tages einfach vor meiner Haustür stehen und sagen wird, dass er den größten Fehler seines Lebens begangen hat, und mich inständig bitten wird, zu ihm zurückzukommen. Inzwischen habe ich meinen Freunden erzählt, was passiert ist, und sie haben mir alle das Versprechen abgenommen, dass ich ihn abweisen werde, sollte er je bei mir anklopfen. Bei jedem

Versprechen hatte ich die Finger hinter dem Rücken gekreuzt. Mörderin, Mörderin, Serienmörderin.

Ich höre auf, Miete zu zahlen, kündige meinen Mietvertrag. Ich ziehe wieder bei Dad ein.

Und ich fange wieder an, im Laden zu arbeiten. Mein Vorgesetzter will mir keine Schichten mehr geben, aber dann kommt eine neue Corona-Welle und ich bin eine der Letzten, die noch bei der Stange bleiben, und so stehe ich wieder hinter der Kasse. Masken, Desinfektionsmittel, Anmeldeprozeduren, wütende Leute, traurige Leute – kaum glückliche Leute. Ich verbringe viel Zeit heulend auf der Belegschaftstoilette. Schon die kleinste Unhöflichkeit eines Kunden kann mich zum Weinen bringen.

Während der nächsten fünf Monate mache ich weiter, aber Arthur liebe ich immer noch.

Auf dringendes Anraten meiner Freunde lasse ich ihn schrittweise, in sehr kleinen Schritten, los.

Sie zwingen mich, ihn auf Instagram zu blockieren, auf WhatsApp, Facebook und Twitter.

Aber seine Likes kann ich auf Twitter immer noch sehen, und sie betreffen allesamt Tweets, in denen es um Liebe, um Entschuldigungen geht. Er weiß, dass ich sie mir anschauen werde, und ich Idiotin tue genau das. Ich wünschte, ich könnte euch erzählen, dass ich über diese Tweets, diese unbeholfenen Boomer-Versuche, mit mir zu kommunizieren, lache, aber nein, ich lese sie alle wie eine Geheimsprache und suche in ihnen nach Antworten.

Soph und Sarah und Daisy und Ben gehen mit mir aus und sagen mir, dass ich mehr wert bin, sagen mir, was für ein Dreckskerl er ist.

Dad und ich essen sehr viele Ravioli. Nach dem Essen schauen wir uns alte Filme an. Einige Monate nach meinem Wiedereinzug kauft er einen neuen Hund. Diesmal gibt er ihm einen Namen. Der Hund gehört ihm. Aber ich bin stolz, Teil der Familie dieses Hundes zu sein.

Dad nennt den Hund Ash. Weil Asche das Einzige ist, was nach einem Feuer übrig bleibt, sagt er, aber den Boden auch fruchtbar macht.

Ich lache in mich hinein. Ich halte mich immer für die Sensible von uns zweien, aber Dad musste so viel mehr durchmachen als ich, und für die Poesie des Lebens ist er viel empfänglicher, als ich es ihm zutraue.

Dad hat jetzt einen Freund, aber so nennt er ihn nicht. Er nennt ihn nur Daniel, weil er nun mal so heißt. Daniel geht behutsam mit mir um, freundlich. Manchmal bleibt er über Nacht und schaut sich zusammen mit uns alte Filme an. Manchmal, wenn Dad denkt, dass ich es nicht sehe, kuschelt er sich auf dem Sofa an Daniel und lächelt. Und Daniel tätschelt Ash.

Manchmal gehe ich nach der Arbeit mit den wenigen Kollegen, die nicht jeden öffentlichen Ort meiden, noch etwas trinken, und wir nennen das dann »uns gegenseitigen Beistand leisten«. Ich höre ihnen zu, wie sie über ihre Mitbewohner sprechen, über ihre Probleme, und gelegentlich trage ich auch etwas zur Unterhaltung bei, wenn es die Situation gebietet.

Ich höre auch den Gesprächen um uns herum zu, und ihre beruhigende Alltäglichkeit tröstet mich.

Zwei Männer, ich nehme an, es sind Brüder: »Mum ist einfach so eine verrückte Nuss …«

Eine Frau auf einem Date mit einem Mann, der seit zwanzig Minuten nonstop auf sie einredet: »Du hast recht, es ist echt total verwirrend, wenn zwei Menschen den gleichen Namen haben.«

Eine gesellige Gruppe Cocktail trinkender Schwuler in sexy Funktionskleidung: »Ich kapiere es einfach nicht, wie Leute verrückt nach Micky Maus sein können. Ich meine, will ich Micky Maus kennenlernen? Nein danke! Ich bin nicht mit Micky Maus aufgewachsen, Schnuckel, sondern mit häuslicher Gewalt.«

Und weiter und immer weiter, endlos.

Manches wird mir, nachdem ich sehr lange benebelt war, langsam klarer. In manchen Momenten – wenn ich eine Kreditkarte ans Lesegerät halte, mit einem Kunden ein paar nette Floskeln austausche, in einem vertrauten Restaurant etwas essen gehe – spüre ich den Anflug eines Gefühls, das ich einst kannte: den Wunsch nach einer Zukunft, die größer als das Leben ist, das ich gerade führe, und größer als das Leben, mit dem meine Freunde anscheinend sehr zufrieden sind. Ich werde dann daran erinnert, dass diese ganze Unruhe, diese Unruhe, die ich lange für meine stete und engste Begleiterin hielt, sich aus einem *Verlangen* speist. Und Verlangen nach etwas zu verspüren, ist eine hoffnungsvolle Sache. Eigentlich sogar die hoffnungsvollste Sache überhaupt. Der Schmerz, der mich immer begleitet, von der Party zur Arbeit zu Feierabenddrinks zum Strand ins Bett, dieser Schmerz spricht zu mir von ungeahnten Dingen. Es ist ein Schmerz, der weder vergessen kann noch vergessen will, dass es eine sehr große Welt gibt und ich in ihr lebe und dass ich mich mit einem kleinen Teil von ihr nicht zufriedengebe, zumindest nicht, solange ich nicht noch mehr von ihr gesehen habe.

Ich schaue mir nicht mehr so oft seine Aktivitäten auf Twitter an. Ich trauere um ihn und um die Version von mir, die ich mit ihm hätte sein können. Aber jetzt, da einige Zeit vergangen ist und das starke Verlangen langsam abebbt, wird mir bewusst, dass das Ich, das ich mit ihm womöglich gewesen wäre, vielleicht gar nicht das Ich gewesen wäre, das ich in Wirklichkeit sein möchte. Ich weiß zwar immer noch nicht, wer ich sein möchte, aber langsam lasse ich den Gedanken zu, dass ein Vierzigjähriger, der auf Smoothies steht, vielleicht nicht die geeignetste Person ist, das für mich zu entscheiden.

An diesem Abend beim Chinesen suchte ich nach einer Möglichkeit, alles auszuschalten, dieses Verlangen auszuschalten. In ihm habe ich einen Ausweg aus dem Teufelskreis gesehen, etwas, das meine großen, unstillbaren Sehnsüchte zum Schweigen bringen könnte. Ich hatte mein ganzes Verlangen in ihn strömen lassen wollen, in etwas, das handhabbar war, unmittelbar vor mir, greifbar. Ich hatte gehofft, dass die große Unruhe verschwinden würde, wenn ich mich verliebe.

Und vielleicht wäre das zumindest zeitweise auch der Fall gewesen. Aber wahrscheinlich nicht für immer. Ich kenne mich. So leicht lässt sich ihr Hunger nicht stillen. Es findet sich immer noch ein zweiter Magen.

Eines Nachmittags laufe ich mit Kopfhörern und einem Schal gegen die Kälte einen Strandweg entlang. Wie immer habe ich mir ganz bewusst kein Ziel gesetzt. Ich blicke aufs Meer, ohne nach Antworten zu suchen, will einfach nur wissen, ob es da ist. (Es ist da.)

Ein sehr kleines Mädchen kommt mir entgegen. Stolz zeigt sie mir ihren leeren Plastikeimer, als wäre er ihr Lieblingsspielzeug. Ich lächele sie an. Sie ist sehr süß. Ich gehe in die Hocke, um ihr Hallo zu sagen. Irgendwie kommt sie mir bekannt vor.

Sie schaut sich um, und ich folge ihrem Blick, wahrscheinlich steht dort ein Elternteil, dem sie zeigen will, dass sie eine neue Freundin hat.

Und dort steht er, natürlich. Er steht weiter vorn auf dem Weg und beobachtet mich. Hat seine Tochter wie ein Trojanisches Pferd vorgeschickt.

»Hallo, Maisie. Du bist groß geworden.«

Sie kichert und wackelt zurück zu ihrem Vater.

Mir bleibt die Luft weg, als ich ihn sehe. All das, was ich erreicht habe, ist mit einem Mal verschwunden. Ich will ihn einfach nur in die Arme schließen!

Aber wie immer rührt er sich nicht vom Fleck – er kommt nicht auf mich zu. Er lächelt mich an. Warum? Wie kann das sein?

Es wäre unehrlich, würde ich sagen, dass es mir egal

war, wie unser Gespräch verlaufen würde. Ich liebte ihn schließlich immer noch. Hätte sich herausgestellt, dass er sie verlassen hatte, wäre ich dann eingeknickt und hätte ihn wieder in mein Leben gelassen? Ich würde gerne Nein sagen, aber vielleicht hätte ich es. Es ist mir wichtig, das zu bekennen. Vielleicht hätte ich es.

Aber so lief es nicht ab.

Ich gehe langsam auf ihn zu.

»Hi.« (Ich.)

»Hallo.« (Er.)

Er trägt wieder einmal furchtbare Klamotten, gruselige lange Shorts und einen Kapuzenpulli, der aussieht wie von der Resterampe im Supermarkt. Seine Locken sind zerzaust, die Stirn gerunzelt, aber freundlich. Es gab eine Zeit, da habe ich diese Kleidung an ihm geliebt, da habe ich diesen Blick geliebt.

Aber jetzt, nach allem, was passiert ist, wirkt beides auf mich geradezu erbärmlich. Kauf dir endlich ordentliche Kleidung, Arthur. Leg dir einen anderen Blick zu, einen, der zu dem Leben passt, das du ja nicht ändern willst.

»Schön, dich zu sehen«, sagt er.

»Ja«, sage ich.

Ist es schön? Auf jeden Fall fällt es mir nicht leicht.

Wir stehen unangenehm berührt auf dem Spazierweg herum und versuchen uns an einer Unterhaltung, währenddessen wuselt Maisie gelangweilt und unruhig zwischen den Beinen ihres Vaters umher. Ich stelle ein paar oberflächliche Fragen, und er gibt mir die passenden oberflächlichen Antworten.

Als ich gerade wieder irgendeine Plattitüde von mir

gebe, unterbricht er mich plötzlich: »Ich liebe dich jeden Tag mehr. Es geht nicht weg.« Es fühlt sich an, als würde er mich eindringlich beschwören, irgendetwas zu tun. Aber was?

Ich überlege, wie ich darauf reagieren soll. Ruhig sage ich: »Arthur, ich habe dich immer geliebt, und das wusstest du.« Ich zögere kurz. »Aber ich weiß nicht, ob ich dir noch glauben kann.«

Das trifft ihn. Na klar, schließlich ist er ein ehrlicher Kerl. Das ist das, was ihn ausmacht!

Maisie hat sich von uns entfernt, sodass er hinter ihr herlaufen und sie wieder zu mir lotsen muss. Er kramt in seinen Taschen und findet einen Stift, den er ihr in die Hand drückt. Das beschäftigt sie eine Weile.

Die Aufmerksamkeit wieder ganz auf mich gerichtet, setzt er erneut an. »Ich weiß«, sagt er. »Ich weiß, aber du *kannst* mir glauben.« Er bettelt regelrecht. »Ich … ich lese immer wieder unsere Unterhaltungen durch. Versuche zu verstehen, warum ich getan habe, was ich getan habe. Ich wollte dich immer. Will dich immer noch. Und ich dachte wirklich, ich würde mit Kate Schluss machen können. Das war keine Lüge. Ich habe dich nie angelogen.«

Ich weiß nicht, was er will, was diese Unterhaltung soll. Merkt er nicht, wie weh er mir tut, dass er mit jedem Bedauern, das er äußert, ohne entsprechende Veränderungen einzuleiten, noch einmal nachtritt?

Und ein kleiner Teil von mir, ein Teil, der wie ein gefangener kleiner Vogel in meinem Brustkorb herumflattert, erlaubt sich die Frage: Ist das der Moment? Wird er mir jetzt sagen, dass er mich zurückhaben will?

In Gedanken hatte ich diese Unterhaltung immer in zwei mögliche Richtungen gehen sehen. Entweder er sagt mir, dass er mich liebt und sie verlassen hat, und bittet mich, zu ihm zurückzukommen, oder er sagt mir, dass er sie nicht verlassen hat und das auch nicht tun wird, entschuldigt sich, und das war's dann.

Nur passiert weder das eine noch das andere.

Er stottert herum und wirft mit Worten um sich. »Du kennst mich. Ich liebe dich. Ich wollte dir nie wehtun. Es bringt mich um, dass ich dir wehtue. Du kennst mich.«

Das klingt alles so abgedroschen und vollkommen ungeeignet für den Kampf, den er gerade kämpft.

Und die Wahrheit, die immer deutlicher wird, je mehr er sich windet, hat er noch gar nicht ausgesprochen.

»Arthur?«

»Ja?«

Ich zwinge mich, ihn zu fragen. »Hast du Kate verlassen?«

Stille. Ein verzweifelter Gesichtsausdruck. Für wen genau soll der jetzt sein? Für mich, um mir zu zeigen, dass ich ihm so viel bedeute, dass es schmerzt? Oder für sich, um sich von seinem Gewissen zu überzeugen, davon, dass er immer noch zu den Guten gehört?

»Nein, ich habe sie nicht verlassen.«

Und damit reißt auch der allerletzte Faden in mir. Dieser winzige alberne Faden, den ich partout nicht reißen lassen wollte, der mich all die Zeit immer noch an ihn band. Der Vogel in meiner Brust? Tot.

Ich spüre eine Entschlossenheit. Ich spüre, zum allerersten Mal, rasende Wut. Endlich habe ich nicht mehr mit ihm Mitleid, sondern mit mir.

»Das ist verrückt, Arthur«, sage ich mit geballten Fäusten. »Es ist verrückt, dass du mich dazu gezwungen hast, dich überreden zu müssen, mich zu lieben. Wo du all meine Liebe hattest – und es wusstest. Du wusstest es immer. Und es ist verrückt, dass du das Gleiche jetzt wieder tust. Nach allem, was passiert ist. Das ist … das ist zum Kotzen, Arthur.«

Ich hasse es, so zu reden, wegen all der Hoffnungen, die damit endgültig verloren gehen, wegen allem, was ich vermeintlich wollte und nicht haben konnte. Aber ich muss es sagen.

»Du sagst, dass du mich nie angelogen hast. Glaubst du das wirklich?«

Da ich einmal losgelegt habe, kann ich nicht mehr an mich halten. Die Worte sprudeln aus mir heraus – alles, was ich immer sagen wollte: alles, was er einmal hören muss.

»Arthur, du hast mich *immer* angelogen. Weil du mir *nie* die ganze Wahrheit gesagt hast. Zum Beispiel genau jetzt. Du kommst zu mir. Du sagst mir, dass du mich immer noch liebst, dass du mich immer noch willst. Und erst als ich dich frage, kommt heraus, dass du Kate nicht verlassen hast, immer noch mit ihr zusammen bist?«

Er starrt mich an, als wollte er von mir gequält werden, als bitte er darum, dass ich ihn auspeitsche.

Maisie fängt an zu weinen. Er nimmt sie auf den Arm und schaukelt sie, versucht, sie zu beruhigen. Selbst das hält mich nicht auf. Ich übertöne ihr Weinen.

»Wie … wie kann es sein, dass du mich *immer* noch in eine Lage bringst, wo ich an jedem deiner Worte hänge, um womöglich zu hören, dass doch noch Hoffnung besteht, dass du nicht mehr schwach sein wirst?«

Er hat sie nicht verlassen, und er lässt mich nicht in Ruhe, und ich schäume. Zum allerersten Mal stelle ich mir vor, wie ich diese Unterhaltung beende und nie wieder auch nur ein einziges Wort mit ihm wechsle. Diese Aussicht ist furchtbar – grandios und furchtbar.

»Die Sache ist doch die, Arthur«, sage ich. »Ich habe dich immer offen und ehrlich geliebt. Ich habe immer alles auf eine Karte gesetzt. Und du hattest die Möglichkeit, glücklich zu sein, hast dich aber dagegen entschieden. Stattdessen warst du schwach. Und du hast mir verdammt noch mal das Herz gebrochen.« Ich gebe zu, hier überschlägt sich meine Stimme. »Und hier bist du und machst so weiter wie zuvor, obwohl du *nichts* getan hast, um dein Leben zu ändern. Das wirst du mir nicht noch einmal antun. Das werde ich nicht zulassen.«

Er setzt Maisie ab und will etwas sagen, aber ich lasse ihn nicht. Ich werde das jetzt beenden.

»Du hast die Zukunft – unsere Zukunft – für eine Vergangenheit aufgegeben, die du noch nicht einmal willst. Und jetzt sehe ich es. Ich sehe, dass du *niemals* aufhören wirst, meinen Blick zu suchen, und wenn du ihn dann hast, hast du mir nichts zu sagen. Also werde ich jetzt weggehen. Und mich nicht umdrehen.«

Und dann passiert etwas Spannendes, noch bevor ich mich überhaupt umdrehen kann. Der Hintergrund, vor dem Arthur steht – ein Spielplatz mit Kunstrasen und

Schaukeln –, verschwimmt, wie wenn die Hitze im Sommer auf einer Straße flirrt. Plötzlich ist Arthur eingerahmt, in einem Holzrahmen am Rand meines Gesichtsfelds. Er ist eine Figur, die jemand gemalt hat: eine Figur in einem Park. Und während ich ihn anstarre, verblasst die Figur langsam. Erst steht er deutlich im Vordergrund, dann wird er kleiner und verschwindet im gemalten Hintergrund.

Selbst als er kleiner und kleiner wird und im Hintergrund des Gemäldes, das sein Leben ist, verschwindet, flüstert er noch: »Ich liebe dich.«

Ich kann ihn kaum noch sehen. Ich muss die Augen zusammenkneifen, um überhaupt noch zu erkennen, wo er sich befinden könnte, so fern, so weit weg ist er. Ist er das, dort hinten, neben dem verschwommenen Umriss eines Hauses? Oder ist das ein Baum? Ich kann es nicht sagen. Es ist ein sehr, sehr kleiner grüner Fleck auf der Leinwand. So klein, dass ich das Interesse an ihm verliere. Die Sonne geht unter, und ich habe keine guten Augen, und im Übrigen will ich lieber andere Dinge anschauen.

Viel zu lange schon habe ich auf diesen einen Punkt gestarrt.

Danksagung

Als ich dieses Buch schrieb, arbeitete ich als Buchhändlerin in einer unabhängigen Buchhandlung in Sydney. Meine Kollegen und ich organisierten uns gewerkschaftlich und gewannen. Diese Kollegen sind einige der mutigsten und stärksten (und lustigsten) Menschen, die ich je kennengelernt habe. Also möchte ich zuallererst meiner Truppe danken: Tahlia, Stella, Jimmy, Sanjo, Kat, Luca, Carolina, Leona, Emma, Darcy, Reem, Audrey, Ariel, Gin, Lucy, Diana, Bron, Mandy und jedem, der in der Retail and Fast Food Workers Union (RaFFWU) organisiert ist. Wir werden uns nie unterkriegen lassen. Außerdem: ACAB.

Ich danke meiner Familie. Dad, Isobel, Helen und James. Ich liebe euch.

Danke, Jen. Ich hoffe, immer deinem Beispiel folgen zu können. Danke, Georgie. Es gibt nichts Schöneres, als dich zum Lachen zu bringen. Danke, Brendan. Du bist phantastisch. Danke, Tink, Lily, Georgia, Mik, Kate, Lana. Danke, Jaclyn, danke, Young Sun. Danke, Mikey.

Danke, Emma und Frances. Ihr geht mit mir durch dick und dünn.

Danke, Nell. Du warst der Meinung, ich würde ein Buch schreiben können, also tat ich es.

Danke, Hera Lindsay Bird, dass ich einen Ausschnitt aus deinem Gedicht »Monica« als Motto verwenden durfte. Von Ross will ich gar nicht erst anfangen.

Ich danke meiner Agentin Grace Heifetz. Wir haben es geschafft. Danke, Jane Palfreyman, Genevieve Buzo und Ali Lavau. Danke, Lettice Franklin. Ich glaube, manchmal hast du dieses Buch besser verstanden als ich. Danke, Caroline Zancan. Danke, John Ash und Dana Murphy. Dank auch an Mary Pender und Kristina Moore.

Zum Schluss möchte ich den Lehrern danken, die mein Leben verändert haben. Danke, Suzanne O'Connor, Deborah Moir, Annette Lawlor, Graeme Colman, Jeff Lowndes, Christina Pechey, Matthew Sussman, Adam Guy und Kaye Mitchell.